尼子姫十勇士

諸田玲子

集英社文庫

How weary, stale, flat, and unprofitable,
Seem to me all the uses of this world !

この世の営みのすべてが、私には、なんと退屈で
愚かしく、味気なく、無意味なものに思えることか！

『ハムレット』１幕２場

目次

尼子姫十勇士

［登場人物］

スセリ……………尼子再興軍の女頭領　塩冶興久が日御碕神社の巫女に産ませた娘　興久自刃後は新宮党の伯父、尼子国久の養女となって月山富田城下で成長　国久の嫡子・誠久の妻となり勝久を産むも新宮党は壊滅　従兄の晴久の側室となり、尼子滅亡後は京で隠棲

尼子勝久…………尼子再興軍の総大将　スセリと誠久の息子　祖父と父が討たれたあと京の寺へ預けられる

山中鹿介　………尼子再興軍の大将

立原源太兵衛………尼子再興軍の軍師　鹿介の叔父

尤　道理介………尼子再興軍のご意見番　勝久の守役

秋上三郎左衛門……尼子再興軍の重鎮

秋上　庵　介………尼子再興軍の勇士　秋上三郎左衛門の息子

横道兵庫介　………尼子再興軍の勇士　横道三兄弟の長男

生死介（せいしのすけ）・苅介（かりのすけ）・早苗介（さなえのすけ）……尼子再興軍の勇士

女介（めのすけ）……………尼子再興軍の女勇士　神楽舞の名手　父は石見銀山の
山吹城主・本城常光、母は鉢屋衆の女

奈佐日本介（なさやまとのすけ）……尼子再興軍の勇士　奈佐水軍の頭領

大力介（たいりきのすけ）　……尼子再興軍の勇士　鹿介の家臣

イナタ……………スセリの侍女

小倉鼠介（おぐらねずみのすけ）…………尼子の戦忍び

猫女（ねこめ）……………鼠介の妻女　呪術師

黒装束の男………世木忍者　熊谷団の末裔

ナギ……………スセリの侍女　謎の娘

黄揚羽（きあげは）……………京・傾城町の遊女

荒法師（あらほうし）……………塩冶掃部介の霊

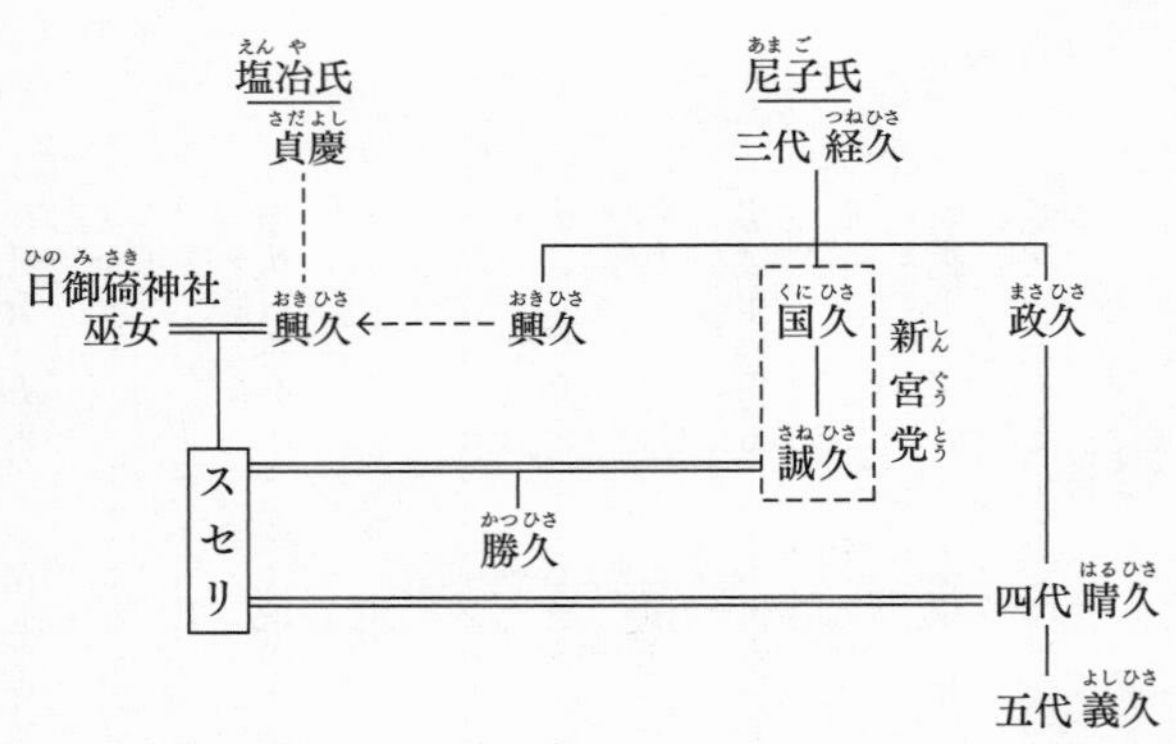

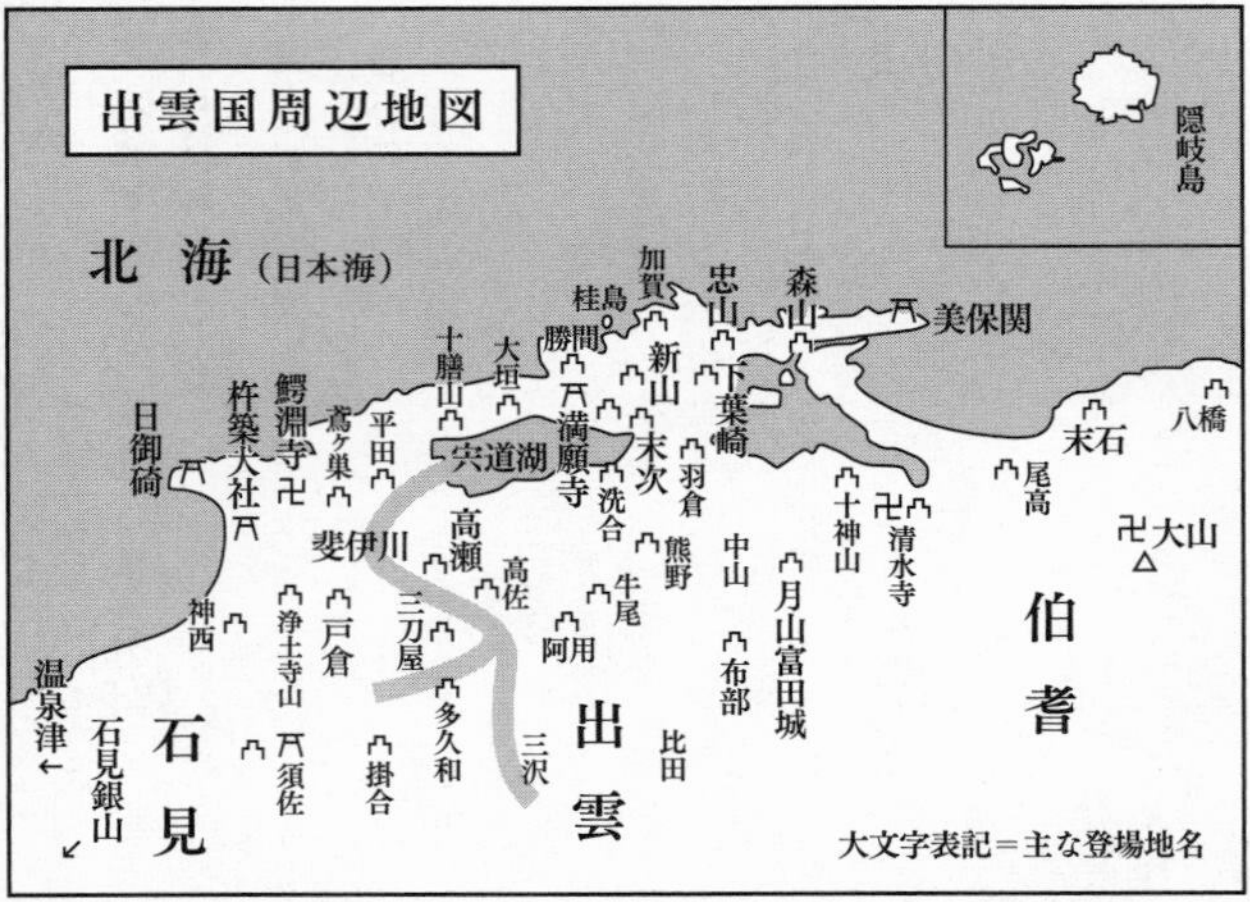

塩冶氏
貞慶
日御碕神社
巫女
興久
興久
尼子氏
三代 経久
国久
誠久
新宮党
政久
スセリ
勝久
四代 晴久
五代 義久

出雲国周辺地図
北海（日本海）
隠岐島
日御碕
杵築大社
鰐淵寺
鳶ヶ巣
平田
十膳山
大垣
桂島
加賀
勝間
忠山
森山
美保関
新山
下
葉崎
満願寺
末次
宍道湖
羽倉
洗合
斐伊川
高瀬
高佐
熊野
牛尾
中山
十神山
清水寺
尾高
末石
八橋
大山
伯耆
月山富田城
布部
阿用
三刀屋
多久和
三沢
出雲
比田
神西
浄土寺山
戸倉
温泉津
石見
石見銀山
須佐
掛合
大文字表記＝主な登場地名

序

応仁元年（一四六七）から文明九年（一四七七）まで十一年間つづいた応仁の乱は、将軍家の後継者問題に端を発し、全国の守護大名の家督争いにも飛び火、各地の武将たちが細川勝元方と山名宗全方に分かれて戦をくりひろげた大争乱である。

この大乱で、京の町々の多くは灰燼に帰した。

焼けだされたのは人間だけではない。

彼の地で暮らす生き物のすべてが多大な被害をこうむった。今熊野や聖護院の森で長閑に草を食んでいた鹿の群れも例外ではない。

一方、大乱に乗じて出雲国の大半を掌中におさめた一族もいた。

尼子だ。

とはいえ出る杭は打たれるのが世の習い。急速に権力を拡大した尼子に脅威を感じて国人や豪族たちが結集、反旗をひるがえし、尼子を追い落としてしまった。出雲の領地を奪われたばかりか守護大名の地位まで失った尼子は、いったんは撤退を余儀なくされたものの……。

文明十八年（一四八六）、尼子の三代当主・経久は、遠縁にあたる山中一族の加勢を得て――芸能集団・鉢屋衆の元旦の万歳を隠れ蓑に使うという卑劣な闇討ちで――塩冶掃部介から月山富田城を奪還。力をつけ、国人衆を身内に取り込んで出雲国をほぼ制圧した。以後、晴久、義久と三代にわたって尼子の出雲支配がつづく。

尼子の治世に終止符を打ったのは毛利だった。永禄九年（一五六六）、毛利軍に猛攻された尼子軍は月山富田城を開城して降参、ここに尼子は壊滅する。

この物語はその二年後の永禄十一年、秋たけなわの京の都からはじまる。

第一章　八咫烏

一

かつて後白河(ごしらかわ)上皇が別邸のための鎮守社を建立したこの地も、今では荒廃がいちじるしい。熊野大社本営の証誠殿(しょうじょうでん)を模した荘厳な社(やしろ)が応仁の乱で焼失してしまい、再建されないまま雑木が生い茂って、ご神木の大楠(おおぐす)と共に焼けのこった小殿だけが、姨捨(おばすて)の老婆のごとく茅葺(かやぶき)の重みにきしみながらうずくまっている。

京の都、洛東(らくとう)の今熊野(いまぐまの)。

永禄十一年……といえば足利将軍の室町幕府はすでに名ばかりで、武田・上杉・毛利(もうり)・織田など群雄が割拠する戦乱の真っただ中だ。

陰暦八月は秋の盛り。薄紅葉(うすもみじ)はまだちらほらながら、陽射(ひざ)しが雑木にさえぎられただけでも肌寒さを感じる季節である。ときおりピヨピヨギッギと鵯(ひよどり)や啄木鳥(きつつき)の声が聞こえる以外はしんと静まりかえった道を、女が二人、小殿へむかっていた。

一人は小袿(こうちぎ)の上に頭から被衣(かずき)をかぶり、緒太(おぶと)をはいた壺装束(つぼしょうぞく)。今一人は鈍色(にびいろ)ずくめの尼姿(あますがた)。急ぎもせず、といって長閑(のどか)な散策のようでもない。ものなれた足取りは、近隣に住む由緒めかしき主従が日課の新熊野(いまくまの)神社詣でにやって来た、といったところか。

大楠の前で二人は足を止めた。目をあわせてうなずきあう。

どちらも若いとはいえないが、白い肌はみずみずしく、紅色のくちびるもつややかで、見た目は三十に手がとどくかとどかないかという年恰好。とりわけ一斤染の地に菊唐草の文様入りの被衣をまとった女の吊り気味の大きな目は、ぬれぬれと光って、よく動く眸がすばしっこい獣のそれを思わせる。

「お心おきのう、ご祈願を」

尼姿の女は袈裟のふところから懐剣の先端を引きだして、右手で柄をにぎりしめた。

壺装束の女は今一度うなずき、尼をのこして、雑木林の奥で見え隠れしている小殿へむかう。

壺装束の女はスセリという。須瀬里とも須勢利とも記され、一昨年までは名のあとに姫をつけて呼ばれていた。尼姿のほうはイナタ。伊奈多はスセリの乳姉妹で、日御碕神社の巫女をしていたことがある。二人は近隣の家の離れを借りて、世捨て人のように暮らしていた。

だからといって、世を捨てたわけではない。

世捨て人なら、敵を怨むことも宿世を嘆くこともないし、ましてや、やり場のない怒りをもてあましつつ叶う可能性がかぎりなく無に近いと知りながらもお家再興を祈願する……などという未練がましいことも、決してしないはずである。

錠前はこわれていた。観音開きの扉はギギギとあえぎながらも造作なく開いた。

スセリは眸をこらして足をふみいれる。いつぞやは栗鼠の死骸をふみつけてしまった。

小殿内は薄暗くて埃っぽい。壁の隙間やふし穴からもれる淡い光が、肉眼では見えないはずの塵やわがもの顔に張りめぐらされた蜘蛛の巣を金や銀にきらめかせている。

正面に祭壇があった。が、本来なら祀られているはずの熊野牟須美大神——またの名をイザナミノミコト——を顕すものはない。かわりに神を畏れぬ盗人でさえ手を出す気にはならないような、半ば焼け焦げた木片が無造作におかれていた。

スセリは祭壇の前へ進み、片手をのばして身幅ほどの木片にふれた。一見しただけではわかりづらいが、指でなぞったところには奇妙な絵が彫られている。翼をひろげた三本足の鳥——八咫烏だ。太陽の化身といわれるこの鳥は黄泉と現世をつなぐ熊野神社の霊鳥で、よみがえりの導き手でもあった。

「なにとぞ、わらわにお力を……」

目を閉じて一心不乱、八咫烏に語りかけていたときである。背後から、いきなりがっしりした腕に抱きすくめられた。

「だれじゃッ。なにをするッ」

逃れようとしたものの、羽交い絞めにされて動けない。熱い息が耳元にかかった。

「無礼者ッ、放せッ」

「お忘れか、姫さま」

「あ……そなたは、鹿介……」

「ようよう逢え申した」

男はスセリの体の向きを変え、なめらかな頬に不精髭の生えた頬を押しつけてスセリが悲鳴をあげるほど強く抱きしめ、それから、ぱっと跳びのいて足下に平伏した。

スセリは昂る胸を抑えて男を観察する。総髪を頭頂で括り、十徳に四布袴という粗末な身なりは、これまで見なれた武将の山中鹿介とは別人のようだ。大柄な体格は元のままだが少し痩せて、髭のせいもあるのだろうが面窶れして見える。とはいえ鹿介という名らしく、颯爽たる身のこなしと凜としたまなざしは変わらない。なんといっても鹿介は勇猛さ清廉さ、それに男ぶりで女たちを虜にしてきた。

鹿介とスセリは幼なじみだ。故郷の出雲国月山富田城下では目と鼻の先の屋敷で成長した。スセリが花を摘む少女だったころ、鹿介は頑是ない童子だったから、スセリよりいくつか年下であるのはまちがいない。長じた鹿介は、尼子軍の勇猛な武将の一人として軍功でも頭角をあらわした。ところが尼子は大敗。開城後はぱたりと消息が途絶えた。風の便りで敵方へ寝返る者が続出したと聞いているだけに、鹿介がどういう魂胆で会いにきたのか、スセリは判断がつきかねている。

「なにゆえここがわかったのじゃ」

「叔父貴から聞いた」

「叔父？　おう、立原源太兵衛か。さればイナタが……」

鹿介の母方の立原家は日御碕神社と深いかかわりがあった。イナタと源太兵衛は恋仲。イナタから源太兵衛が丹後国にひそんでいると聞かされていた。

「して、何用じゃ」

「これへ」

鹿介はおもむろに十徳を脱いで埃のつもった板床の上へひろげた。そこへ座れというのは、話が長くなるということだろう。

スセリは腰をおろした。一片の偽りも許さぬぞ、とでもいうような鋭さで鹿介の目を見つめる。鹿介も心の底まで射貫くような眼光でうけとめた。もしここに余人がいたら、二人は敵同士と勘違いしたかもしれない。

「好機到来」といって、鹿介は居住まいを正した。口調は穏やかで視線ほどの烈しさはない。

「毛利が動いた。吉川、小早川が先陣となり、海を渡ったそうな」

「まことか」

「庵介が父と共に報せをもってきた」

秋上庵介は代々神官の家柄だが、父の三郎左衛門は武士に取り立てられて尼子家に仕えていた。尼子滅亡後は出雲各地の情勢を探りながら再起の兵をつのっているという。

「毛利が九州の大友にかかれば、出雲は手薄になる、その隙に……というのじゃな」

「いかにも。われらは大友と手を結ぶ」

「なれど、われらというても尼子はもう……」

「ご案じ召さるな。あやつらが続々と渡海したとして、冬のあいだは大戦にはなるまい。つまり戦仕度に手いっぱいで出雲はガラ空き。その間にわれらは兵を集める」

「さようなことができようか。百や二百では足りぬぞ」

「承知。三千か、いや四千」

「そんなにッ」

「名だたる尼子が再起を賭けての大勝負に挑むのだ。報せを耳にすれば皆、血をたぎらせて、じっと座してはおられまい」

スセリは驚いた。一昨年、長い籠城戦の末に毛利に降伏したとき、城内にはわずか百四十余名の兵しかのこっていなかった。尼子の当主・義久は弟たちと共に安芸国円明寺へ流され、幽閉された。ちりぢりになった兵をかき集めたとしても五百や千がいいところで、それも、確固たる旗頭がいなければ烏合の衆にすぎない。

「お屋形さまが円明寺から脱出されたのか」

「さにあらず」

「なれど尼子の血を引く男子(おのこ)はもう……」

首をかしげると、鹿介は眸を躍らせた。

「腹を痛めた御子(おこ)をお忘れか」

「あッ」

スセリは目をみはった。どうして忘れよう。十年以上も会っていないが、スセリには息子がいた。会えないまでもせめて近くにいたいと願えばこそ、京の都に、それも今熊野に住まいを見つけたのだ。

「あの子は寺におるゆえ、俗世のことはなにも知らぬ。それに、そもそも直流にあらず。尼子の旗頭はつとまるまい」

「それはちがう。義久さまから見ればたしかにご父君のお従弟(いとこ)の御子、なれど、ご祖父同士は血を分けたご兄弟。しかも母者(ははじゃ)の姫さまも尼子のお血筋。これほど旗頭にふさわしきお方がおられようか」

「尼子の血筋……いかにも、祖父、父、養父、二人の夫も皆、尼子じゃ。そなたのいうとおりわらわは頭のてっぺんから爪先まで尼子であったな」

スセリの半生は数奇としかいいようがない。出雲国をほぼ支配下におさめた尼子経久(つねひさ)には三人の息子がいた。スセリが末子・興久(おきひさ)の娘として生まれたときはもう、謀反人(むほんにん)となった父親は自害させられていた。親がわりとなって養育してくれた伯父――尼子家の次男・国久（くにひさ）――と、夫となり子を生（な）したその息子・誠久（さねひさ）もやがては粛清されて、スセリは長男であるもう一人の伯父・政久（まさひさ）の嫡子・晴久（はるひさ）の側室となることで、かろうじて生きのびた。もしスセリが尼子の血縁でなく、また晴久の食指をそそる美貌の持ち主でなかったら、遠国へ追いはらわれ、二歳だったわが子も寺ではなく黄泉国（よみのくに）へ送られていたにちがいない。

「秋（とき）が、参ったのだ」

鹿介はおもむろに手をのばして、スセリが膝の上で束ねていた両手をにぎりしめた。

スセリはじゃけんにふりはらう。

この男、信用できようか。鹿介が美丈夫であろうとなかろうとそんなことは関係ない。悲劇の数々を思い起こせば自（おの）ずと警戒心がわいてくる。鹿介にかぎらず、男をあっさり信用するほど、初心（うぶ）ではなかった。

「姫さまはそれがしを信じられぬと仰（おお）せか」

鹿介は少しばかり気分を害したようだ。それとも害したふりをしたのか。

スセリはついと顔をそむけた。

「山中一族は信用ならぬ。わが父の養家、塩冶（えんや）を騙（だま）し討ちにした。それにそなたは、わが養父を闇討ちにした者たちの仲間にも加わっておったそうな」

といっても、後者の一件が起こったときの鹿介は十代の若者だった。主君の命に逆らえなかったとしても責められない。つづいて夫が自害に追いこまれた。このときスセリ母子がいち早く脱出して難を逃れたのは、鹿介の機転によるものだった。いや機転というより、鹿介が胸に秘めていたスセリへの恋慕が、せっぱつまったそのときにあふれ出たということだろう。それからの一時期、二人はめくるめく恋に溺れたことがある。いきなり抱きすくめられたところをみると、今も変心してはいないようだ。

「即答はできぬ。考える時が必要じゃ」

「むろん、突然押しかけてかような話をしたとて信じていただけぬのは無理もない。しかし、それでも、信じてもらわねばならぬ。姫さまなくして尼子再興は叶わぬ。なぜなら、姫さまには八百万の神々がついておられるゆえ」

スセリは、尼子の血を引く塩冶興久が西出雲にある日御碕神社の巫女に産ませた娘で、生まれながらにそなわった気品や凜としたたたずまい、一風変わった物言いなどから神々の申し子と噂されていた。

「姫さまこそ扇の要、陰の頭領にて……」

総大将はわが子でも、背後であやつるのは母であるスセリ——鹿介はそういっている。

面白い、とスセリは目を輝かせた。が、命を懸けるにはそれなりの証がほしい。

「今一度たずねる。信じてはもらえぬか」

「信じさせて、くれるなら」

「されば、こうしよう」

その言葉が終わる前に、スセリは十徳の上に押したおされていた。野太い四肢が牡鹿のように跳ねて、若い獣の発する刺激的な匂いがスセリの体を疼かせる。十徳は、座るためではなく抱きあうためだったのだ。

抱きすくめられたときから感じていた、こうなるだろうと。目をそらしたときはうけいれる気になっていた。八咫烏の前でまぐわうことは尼子再興戦の第一歩にふさわしい。月山富田城主、従兄で二番目の夫の晴久の死から今日まで、戦に次ぐ戦だった。京へ逃れてからは侘び住まい……長いあいだ男に抱かれていなかったので、スセリは自分でもあきれるほど乱れて、忘我の淵を彷徨った。が、事が終わったあと胸におかれた鹿介の腕を撥ねのけ、いち早く身を起こしたのもスセリだった。脱ぎちらした小袿をまとい、被衣をかぶる。

「いずこに毛利の耳があるか、油断はできぬ。慎重に、進めよ」

鹿介の腕の中で陶酔の表情をうかべていた眸はもう、何事もなかったかのように冴え渡っていた。火照った頬が急速に冷えてゆく。

鹿介もあわてて身づくろいをした。

「されば三日月の夕、ふたたび、ここで」

「東福寺へは、いつ？」

「いや、還俗の御事なれば、まだ早うござる。仕度がととのうてからに」

これよりは続々と同志が集まってくる。なにか報せがあれば……といいかけて、鹿介は小殿の内を見渡した。スセリはすかさず祭壇へ歩みより、木片の片端をもちあげる。

「報せなればここに」

「八咫烏か」

「そなたがいうたとおり、わらわは神々の申し子、必ずや八咫烏が黄泉国へ導いて八百万の神々に会わせてくれるはずじゃ」

ひと足先に帰って行く鹿介を見送ったあと、スセリは八咫烏のもとへ駆けよった。

よもや、このようなことが起こるとは……。今度という今度はあきらめるしかないと自分にいいきかせ、それでもあきらめきれずに新熊野神社へ日参して祈願をつづけた。熊野でなければ、イザナミを祀る神社でなければ、八咫烏でなければ意味がないと感じていたからだ。

娘の顔を見ることなく死んでしまった父は、女児なればスセリ姫と名づけよ、と遺言した。神話ではスセリビメの父はスサノオノミコト、スサノオの母はイザナミ――。

しばしのち、スセリは小殿を出た。イナタは大楠のかたわらで待っていた。

「そなたは存じておったのじゃな。鹿介が訪ねてくることを」

「申しわけございません。源太兵衛さまからうかごうて。なれど、姫さまがなんと仰せになられるか、見当がつきませず……」

「わからいでか。戦わずしてなんとするのじゃ」

スセリはイナタをうながして帰路につく。背をのばし、燃える眸で前方の一点を見つめて歩く姿は、すでに女頭領の威厳に満ちていた。

二

「いったい、いつまで待たせる気じゃッ」

スセリは花筒に生けられた山茶花を放り投げた。沓脱ぎ石の上に淡紅色の花びらがちらばる。

「姫さま。お心をお鎮めくださいませ」

イナタは素足のまま石の上におりて、花びらをかき集めた。

二人が身をひそめている離れは、さる豪商の別荘の一角にある。縁者の伝手で見つけた寓居だが、毛利方の耳目を警戒して、近隣の者たちばかりか豪商にも素性を隠していた。

小体ながらも丹精された庭がある書院風の住まいは居心地も上々だ。が、スセリは故国が恋しかった。その故国、出雲へ帰れるかもしれないと光が見えはじめた今はもう、じっとしてなどいられない。

「鎮めよ、と？　二度も反故にされたのじゃ。鹿介め、どこでなにをしておるのか」

新熊野神社の小殿で尼子再興を誓い、その証にまぐわった。あのとき鹿介は三日月の夕の再会を約して立ち去った。報せがあれば祭壇に祀られた木片の下に隠しておく、との約束だったが、あれから報せの紙片がおかれていたのはたったの二度で、いずれも、支障をきたしたゆえ行かれぬ、としか記されていなかった。

「わらわは、たばかられたのじゃ。四千の兵を集めるなどと、端から戯言じゃった」

「いいえ。鹿介さま一人の思いつきならばいざ知らず、源太兵衛さまと策を練ってこられたのです」

この日のイナタは護身用の尼姿ではなく、主とおなじ、小袖に細帯である。

「さよう申すなら、源太兵衛に問いただしておくれ。そなたなら居所を存じておるはず」

「丹後国にいると仰せでしたが、今はいずこにおいでやら……」

いいながらも、イナタはスセリのかたわらへ膝を進めた。

「先日の騒動で洛中の者たちは戦々恐々としております。いまだ浅井や織田の軍勢がわがもの顔にふるもうておるようで……」

「狼藉者を追いはろうてくれたではないか。将軍宣下が済めば混乱は鎮まる」

「さようなればよいのですが……」

先月下旬、浅井・織田両軍に供奉されて足利義昭が上洛した。これに恐れをなしたか、先々代将軍を暗殺してのけてからというもの京で横暴のかぎりを尽くしてきた三好三人衆が逃走、先代将軍も先ごろ病死したため、いよいよ義昭が次期将軍となる下地がととのった。戦にこそならなかったが、京は兵があふれてざわついているので、鹿介も思うようには動けないのだろう。義昭将軍の治世が順調にすべりだし、都人が平穏な日常を取り戻すまで、企ては進みそうにない。

「ぐずぐずしておれば毛利が出雲へ戻ってこよう。鹿介とて承知しておるはず」

「それゆえ慎重に、趨勢を見きわめておられるのでしょう」

「どういうことじゃ」

「十五代将軍におなりあそばす足利義昭さまは一乗院のご門跡。しかも一時は興福寺に幽閉されておられたそうで。将軍となるため、御自ら還俗されたと聞いております」

　スセリの息子も物心がつく前に寺へ送られ、僧となるべく修行に励んできた。還俗して尼子の大将になるのは、義昭が正式に将軍となり、世が鎮まってからのほうがよい。将軍と酷似した生い立ちだと喧伝すれば尼子軍の士気も高まるはずだし、上手くゆけば将軍に取り入ることもできるかもしれない。

イナタの話は的を射ていた。

「鹿介さまを信じてお待ちになられませ。動きだしたら最後、花を愛でる暇とてのうなります。姫さまは御旗を掲げて出雲へ乗りこまれるのです。故国を奪いかえしていただかねばなりません」

そのとおり。事が動きだす前から苛ついていては、戦が長引いたとき、もちこたえられない。焦りは禁物、頭領は常に冷静沈着であるべし。

スセリは鹿介が恋しかった。正確にいえば、感触は冷たいのにその下で熱いものが燃えたぎっている肌や、鋼のように硬くてたくましい四肢、抱かれたとき感じた圧倒的な力が恋しかった。

「イナタ。そなたの母はよう話してくれたものじゃ。わらわの父がいかに勇猛だったか。大蛇のごとき斐伊川をいかにしてなだめ、塩冶の地をおさめたか」

塩冶氏も、京極氏の一族である尼子とおなじ出雲源氏の流れをくむ佐々木氏の血統で、出雲の守護をつとめた名家だった。東方の月山富田城を本拠地として出雲一国の制圧を目論んでいた尼子経久は、出雲国の西方の一帯、斐伊川流域に勢力をひろげていた。三男の興久を塩冶氏の養嗣子に送りこみ、配下に組みこんだ。のちに尼子と敵対、乱を企てて自害したこの興久がスセリの実父で、スセリは身重の母が月山富田城下の伯父の屋敷へ落ちのびた後に生まれているから、父の記憶はもとより塩冶の地や斐伊川の思い出もない。

「月山富田城へ帰り、次々に支城を奪いかえしたら、わらわは塩冶へ飛んでゆく。斐伊川の岸辺に新たな城を築くのじゃ。それからそう、杵築大社はむろん熊野大社、われらゆかりの日御碕神社にも詣でねばの。石見の銀山さえ取り戻せば、いくらでも寄進ができる」

　スセリの夢は際限なくひろがってゆく。

「ああ、わらわもじっとしてはいられぬ。なんぞ、できることはないものか」

「下手に動けば、かえってご迷惑になりましょう。尼子だと知られれば、すべてが水泡に帰してしまうやもしれません」

「そなたのいうとおりじゃ。報せがあるまでおとなしゅうしていよう」

　スセリはあっさり引き下がった。あまりに聞き分けがよいので、イナタは首をかしげる。

「まことにございますか。また、なにか、謀をなさっておられるのでは……」

「そなたも疑り深うなったのう。心配ばかりしておるとシワがふえるぞ」

　フフフ、とめずらしく笑みをもらしたスセリはもう、肚の中で一計を案じていた。

三

尼姿の女が一人、伏見の里へつづく道を歩いている。イナタではなくスセリだ。女の一人旅は尼姿にかぎる。といっても昨今のような戦乱の世では人心も荒廃して、神仏を畏れ敬う心をもたぬ者がふえていた。道端からのびてきた腕をばっさり断ち切るくらいの備えと度胸がなければ遠出はできない。

今熊野から伏見へは、東山連峰の峰々を左に眺めつつ深草山の麓の道を行く。女の足なら数刻。幸いこの日は風もなく、速足で歩いていると汗ばむほどだった。山は色とりどりの紅葉の美しい季節だが、スセリに景色を愛でる余裕はない。

伏見の里、桃山のあたりは風光明媚で、昔は貴族や豪族の別荘が建ち並んでいたという。都さながらのにぎわいだったと聞くが、今はすっかり寂れていた。霊水のわく泉がある御香宮神社も新熊野神社同様、応仁の乱で灰燼と化し、境内にあった数多くの末社も大半が焼失している。変わらないのは戦火で黒ずんだ鳥居のみ、それがかえって戦の壮絶さを物語っていた。

スセリは、焼け跡に建てられた掘立小屋といった趣の小家へむかう。裏手にささやかな畑があったが、この季節、青物はなく、前庭に敷かれた莚の上には干からびた根っこや木の実が雑然とつみあげられていた。入口の戸は開いている。

「だれぞ、おるか」

訪いを入れると、家内から聞こえていた物音が止んで、女が出てきた。裾短に着た小袖に前垂れ、足駄をはいて、髪を紐でひとつに括っている。四十代後半といった年恰好、女にしては大柄で、しどけなくはだけた胸元から乳房の上半分がこぼれていた。

「なんや、お布施やったらお断り」

「猫女ッ」

スセリは尼頭巾をもぎとった。

「あれれ、まあまあ、だれかと思えば……」

猫女と呼ばれた女はスセリに突進して肉厚の手で肩を抱いた。猫というより、屏風絵で目にする虎のようだ。見かけにたがわずこの女、タダ者ではなかった。合戦になるといずこからかあらわれて、易・占で勝敗を予言したり、敵調伏の呪術をほどこしたり、尼子陣中では畏怖の目で見られていたものだ。

「イナタは一緒じゃないのかえ」

「こっそり出てきた。止められとうないゆえ」

「そりゃあ大事な時だもの、止めるサ」

スセリは驚いて目をしばたたいた。

「知っておるのか、鹿介の話……」

「ウチの人の耳にはいらぬ話などないやね」

「そうか。ちがいない。鼠介はどこにいるのじゃ」

「ちょいとたのまれてそこまで。もう帰ってくるころやから、さ、中へおはいり」

藺草で編んだ円座に座り、熱々の蕎麦がきを馳走になる。猫女は陣中でも、兵たちに蕎麦がきをふるまっていた。

箸をおいていくらもしないうちに、この家の主、猫女の亭主が帰ってきた。

小倉鼠介は、素波とも乱波ともいわれる戦忍びである。少人数の集団をひきいて尼子のために働き、とりわけ宿敵の毛利方の世木忍者とは、壮絶な死闘をくりかえしてきた。籠城中の月山富田城からスセリとイナタを脱出させたのも鼠介だ。二人を猫女に託して自身は城へ戻るつもりでいたが尼子は降伏、開城の報せを聞いて断念せざるをえなかった。

小柄な男である。どこにでもいるような——目鼻の特徴を訊かれてもすぐには思いだせない——凡庸な顔貌をしている。強いてあげれば、敏捷そうな体つきと、なにを考えているのか判明しづらい茫洋とした双眸か。だれが命名したにせよ、鼠介はぴったりの名だ。

「おうおう、姫さま、ようおいでくださった。なんぞ、ございましたかの」

　ちょこなんと座した鼠介に柔和なまなざしをむけられて——といってもこの柔和なまなざしで平然と敵の喉首を掻っ切るのが鼠介だったが——スセリは不服そうな顔になる。

「知っておるそうじゃな」

「ふむ。お家再興の話にござれば、兵庫介さまの弟が報せて参りました」

「横道兵庫介か。あの兄弟はお屋形さまと安芸へ落ちのびたとばかり思うておったが……」

「いや、皆、杵築までしか随行を許されなんだそうにござります」

　一昨年、毛利に降参、月山富田城を開城して尼子義久が安芸へ流された際の話である。鹿介をはじめ立原源太兵衛や横道兄弟など籠城していた者たちは、最後まで当主に従おうとした。が、許されず、ちりぢりになった。

「して、兵庫介は、あれからいずこにひそんでおったのじゃ」

「弟の一人と共に大和の松永弾正さまに拾うてもろうたそうにございます」

「松永弾正？　たしか、三好の重臣……」

　悪辣非道な三好三人衆は、浅井・織田両軍に京から追われたと聞いている。

「三人衆とはとうに手を切って、今や敵。松永さまは六月に信貴山城を奪われ、織田信長さまに泣きつかれた。織田の援軍二万を引きつれて奪還におもむいておるそうにござります」

「織田、信長……」

三十年の余、スセリは出雲国を一歩も出たことがなかった。京へ逃げてからの二年余りは今熊野で隠棲していた。諸国の大名の動きなどわかるはずがない。いや、スセリでなくても、昨日の身方は今日の敵、下克上ばやりのめまぐるしさではだれもが理解に苦しむ。

それはともあれ、横道三兄弟は親の代からの尼子の家臣で、三人とも忠義一途の真っ直ぐな気性で知られていた。これは当節めったにないことだ。そんな三人だから、むろん籠城戦にも加わっていた。中でも愚直を絵に描いたような兵庫介は、いったいどんな思いで松永弾正のもとへ走ったのか。

「戦の最中なれば兵庫介は無理じゃな。ぜひとも加わってほしかったが……」

「いやいや、お三方とも駆けつけるご所存だそうにござります。こればかりはなにがあっても断れぬ、尼子の戦なれば最後の一人になっても戦うと、尋常ならざるはりきりようにて」

「まことか。まことに、さよう申したか」

鼠介はうなずいた。スセリは一瞬、喜色をうかべたが、すぐに案じ顔になる。

「なれどお屋形さまは囚われの身、旗頭はわが子じゃ。都育ちの若造に皆がついてこようか」

「それゆえよいのでございます。尼子も一枚岩だったわけではなし。兄弟が血で血を洗う戦いをして参りました。各々、口にはできぬ思いもございましょう。姫さまの御子なれば清廉潔白、だれの怨みも買わずに済みまする」

それまでだまって聞いていた猫女も、ぐいと身を乗りだした。威圧感たっぷり、鼠介はひとひねりされそうに見える。が、そこが夫婦(めおと)の妙というもので――。

「将軍さまにあやかって、仏さまのお弟子を大将にいただく。となりゃ、だれも文句はなかろうよ、ねえ、おまえさま」

「おめえはだまってろ。いや、ま、そのとおりか」

「ほらね。スセリビメさまは神々の申し子、八百万の出雲の神々がお身方してくださる。毛利の大蛇(オロチ)めを退治して尼子の国を……ねえ、おまえさま」

「うるさい。ご託宣はまだ早い。だがおめえのいうとおり、こいつは勝ったも同然だ」

猫女と鼠介は次第に興奮してきたのか、頬に血を昇らせ、敵陣へ突撃していきたそうな勢いだった。

尼子にはまだ気骨ある家臣が大勢いる。忠義に篤(あつ)く勇猛果敢な彼らが心をひとつにして戦えば、再興はきっと叶うはずだ。

スセリも胸が昂ってきた。

「イナタには叱られようが、ここへ来てよかった。迷いが吹っ切れた。不安ものうなった」

「姫さまのお言葉、百人力、いや千万力にござります。皆々にも報せてやりましょう」

新将軍の下で都が鎮まれば、還俗のこと陣立てのこと進路のこと、具体的な軍議がはじまるという。スセリは武者ぶるいをした。

「尼子は負けぬ。出雲はわれらのものじゃ」

四

横道兵庫介は真冬の一日、信貴山城の曲輪(くるわ)のひとつで朝を迎えた。寒い。手足がかじかんで歯が鳴りそうだ。むしろ夜営をしていたときのほうが、篝火(かがりび)があったし、甲冑(かっちゅう)を身につけていたし、それに気が張っていたせいもあったのか寒さを感じなかった。

「ううう、冷えるのう」

「兄者(あにじゃ)も目覚めておられたか」

「おぬしも眠れなんだようだの」

「寒さだけならものともしないのだが……」

兄弟はそこで口をつぐんだ。眠れないわけはおなじだ。尼子再興のための戦に加わるならここから出て行かなければならない。

二人の周囲には他にも共に戦った仲間が寝ていた。だだっ広い板の間に二、三十人はいようか。旗指物をなびかせ手勢の兵にかこまれているような武将ではないものの、そこそこ名の知れた武士が集まっている。

朝といっても早暁。長い戦の末に勝利を手にした者たちは、安堵と疲労でまだ眠りこけている。

「今のうちに兄者、出かけよう」

あたりをうかがい、弟は声をひそめた。

戦の最中に陣を離れれば敵方に降ったかと疑われる。だいいち、敵に見つかれば命が危うい。だが、今ならもう敵はいない。

「いや、お屋形さまのお許しをいただかねばならぬ。それが礼儀というものだ」

「お屋形さまはわれらのことなど覚えてはおられぬ。かようなときにあえて暇を願い出れば、かえって勘ぐられる恐れもある」

兵庫介は眉をひそめた。

「かようなときゆえ礼儀を尽くすのだ。今ならご機嫌もよろしかろう。われらの思いをわかってくださるにちがいない」

戦は終わった。松永軍は勝利した。松永弾正は六月末に奪われた城を奪いかえした。織田の援軍のおかげとはいえ、弾正が今、喜色満面なのはまちがいない。行くあてのなかった自分たちを迎え入れてくれたことに謝意を述べ、叛意のないこと、今回の戦は故国を思うがための蜂起であることを理解してもらうには、勝利に酔っている今がいちばんである。

「されど、万が一、毛利方にもれれば……」

「お屋形さまなれば心配あるまい。世間がどういおうと、おれは信に足るお方と信じている」

「それはそれがしも……とはいえ……わかり申した。兄者におまかせしよう。吉と出るか凶と出るか、尼子の運を占うと思うて……」

「しッ。声が高いぞ」

同日夕刻。

兵庫介は、四層まである天守櫓の三層目で、城主の松永弾正久秀その人とむきあっていた。

弾正は還暦を迎えて間もない。数々のおぞましい噂――真偽はわからぬものの将軍や主君を暗殺したというような――にもかかわらず、温厚で誠実そのものといった風貌をしていた。真っ直ぐとおった鼻筋や穏やかな目、口髭の下の引きしまった口元は気品すら感じられる。

対する兵庫介は色黒の固太りで、不精髭におおわれた顔は粗野丸出しだ。おまけに口下手だから、弟に対するようにはすらすらと言葉が出てこない。

「話とは、なんじゃ」

平伏したまま顔を上げない兵庫介に、弾正は内心じれながらも、やんわりとうながした。

「ははぁ。こたびは、た、大慶、至極に、ございまする」

「おぬしらの働きのおかげじゃ」

「もったいのうございまする」

今さら祝意を述べてもはじまらない。が、兵庫介の全身から冷や汗がどっと噴きだしていた。

「なんぞ、不満でもいいに参ったか」

「い、いえいえ、めっそうもございませぬ」

「では何事じゃ」

背後にひかえていた弟が「兄者ッ」と声を発し、ひと膝、進み出た。兵庫介はようやく顔を上げる。

「われら、お暇をいただきたく……」

弾正は眉をひそめた。

「主替えをいたすと申すか」

「いえッ、そうではございませぬ」

「されば……」

「旧主の、尼子を再興いたしたく」

弾正はなおのことけげんな顔になった。

「尼子の再興だと？　よもや毛利に戦をしかけるつもりではなかろうの」

「はあ。故国へ立ち帰り、今一度、毛利から出雲を……」

ハハハ……と、弾正はしんからおかしそうに笑った。兵庫介はむっとする。

「おかしゅうございまするか」

「おかしい」

「再興は叶わぬと？」

「毛利は今や破竹の勢い、城もなく主もなく軍兵とておらぬ尼子の敵ではないわ。残党が集まって騒いだくらいでは城ひとつ奪れまい」

「それはあまりな仰せよう、いかなお屋形さまとて許せませぬ」

「兄者ッ」

弟が兄にかわり両手をついた。

「ご無礼の段、お許しくださりませ。兄は頭に血が昇っておりまする。なにとぞ」

兵庫介は弾正をにらみつけたままだ。その目をじっと見返した弾正は、叱りつけるかと思いきや、ふっと表情をやわらげた。

「尾張の若造もさような目をしておった」

尾張の若造とは、今や美濃一国を手中におさめて岐阜城主となった織田信長のことだろう。臣下の礼をとって援軍を送ってもらった相手を若造呼ばわりするとは、弾正も食えない男だ。

「たしかに戦の勝敗は時の運」と、ひとつ息をつき、ぐいと身を乗りだした。

「わしは百姓の子だ。が、見よ、今は大和国の大名である。河内、山城……いや、畿内、そのうち天下とて夢ではないぞ」

兵庫介は目を丸くした。弟も息を呑んでいる。弾正の温厚な見た目は野心を隠す鎧だったのか。

弾正は兄弟を等分に眺めた。利用価値を測っているのかもしれない。

「一度しかいわぬ。よう考えよ。わしのもとにおれば、相応の領地を与えてやる。むろん働きによってということだが、わしは約束をたがえぬ。尼子ではないぞ、おぬしらの領地だ」

人生には何回か、岐路に立たされる時がやってくる。弾正は三好の家臣から身を起こして今や大名にまでのし上がった。この先どこまで出世するか。もちろん真っ逆さまに転落するということも……。どちらに転ぶかは五分五分だが、壮大な野心に賭けてみる、というのも選択肢のひとつではあった。

だが、兵庫介の頭には、選択、という言葉自体が欠如していた。旧主と弾正、いずれかを選ぶという発想がない。弾正がどんなに優れた人物であったとしても、それは変わらなかった。なぜなら、弾正は、尼子ではないからだ。

兵庫介は弾正の目を見返した。

「身にあまるお言葉、御礼の申し上げようもございませぬ。が、われらの思いはただひとつ、尼子再興にござる。命の捨て所は他になしと、心に決めておりまする」

弾正は一瞬あきれたように声を呑み、それから首を横にふった。

「止めても無駄か。されば……」

と、おもむろに家来を呼びつけ、鎧と太刀(たち)を取ってこさせて各々に下賜(かし)した。

「思いもかけぬ餞(はなむけ)を賜り、われら兄弟、ますますもって神仏のご加護を得たかのごとく……」

「そなたらの主家を思う心に意気を感じたゆえじゃ。くれぐれも、後悔したもうな」

「お暇、つかまつりまする」

兵庫介と弟は深々と頭を下げる。

兄弟はその日のうちに信貴山城を出て、一路京へむかった。

五

京の都、東洞院通七条を下ったところに傾城町がある。傾城屋は足利将軍家の許可のもとで商いをしているため、盗人まがいの楼主に身ぐるみはがされる心配はないものの、将軍家に上前をはねられているぶん揚げ代も割高で、路地裏で色を売る辻君を買うような手軽さはない。

それでも年中にぎわっていた。元は公家の姫、戦死した武士の妻、などという謳い文句が男たちの気を引くのだろう。将軍家は目下、前将軍の死去にともなう新将軍の即位でごたついていた。洛中には浅井や織田の兵があふれている。巷は騒然としているのにここだけは別世界だ。

「ねえ、どないしはるんどすか。あんたはんはもう素寒貧どっしゃろ。旦那はんに知れたら足の一本や二本折られただけや済みまへんえ」

屏風で仕切られた一角の、薄っぺらい敷物の上で、生死介はなじみの遊女、黄揚羽を抱いていた。戦乱の世である。夫も親兄弟もことごとく戦死、頼る者とてなく、泣く泣く身を売ったという触れ込みの黄揚羽に溺れてしまったのは、生死介自身、拠り所のない身の上だからだ。

「はん。おれさまをだれと思う。生死介とは一度死んだ身、怖いもんなどありゃしねえや」

強がりをいって、またもや女の上にのしかかる。あれえ、もう堪忍（かんにん）……などと嬌声（きょうせい）をあげながらも、黄揚羽は四肢をからめてきた。

生死介は本名を寺本半四郎（てらもとはんしろう）という。尼子の元家臣だ。鹿介や庵介、兵庫介とは竹馬の友で、切磋琢磨（せっさたくま）しながら成長した。頭の凝り固まった老臣たちのむこうを張って、若者同士、結束して出陣したこともある。主家のためを思う心はいずれ劣らず、盟友である一方、数々の戦で功を競ってきた。

宿敵・毛利との戦で、生死介は一度ならず死にかけている。抱かれた女が一様に尻込みするほどのすさまじい傷痕が、今も全身のいたるところにのこっていた。実際、死んだと思われて野辺へ捨てられたこともある。盟友三人で面白半分に呼び名を決めることになったとき、だれがいいだしたか生死介と命名された。ぴったりの名だと思い、おれは黄泉国へ行ったことがある、などと嘯（うそぶ）いている。

尼子は滅びた。そう、あのとき自分も死んだのだ。生死介は、月山富田城の開城に最後まで異を唱えつづけた。独りでも戦うと息巻いていた。が、あろうことか義久は開城を決め、そればかりか毛利に命乞いをした。

死ぬ気で戦ってきたのは、なんのためだったのか——。

怒りと落胆が烈しかったので、安芸国へ配流となった義久兄弟に随行する列には加わらなかった。希みは潰えた。腹を掻っ捌いてやろうかと思ったが、それも馬鹿馬鹿しくなって、金になりそうなものを盗んで逃げた。

その蓄えも、もう底をついている。

「ねえ、また戦がはじまるいう噂どすえ。ひと稼ぎしてきはったらどないどす？　あんたはんは、お強いのどっしゃろ」

「だれのために戦をせよというのだ」

「あれ、うちのためどす。ほんでのうてはもう逢えのうなってしまうやおまへんか」

ひとつになっていた体が離れても、黄揚羽は眠らせてはくれなかった。銭をつくれとしつこくいうのは、自分に逢いたいからで、それは、一介の客としてではなく心底惚れているからだろう……などと生死介はにやつく。

満身創痍の上に痩せて目玉のぎょろりとしたこの男は、哀しいほどに単純である。

だからその日も、いつものように、簡単に事が運ぶと思いこんでいた。

「お客さん、今日こそはお代を……」

傾城屋の主に呼び止められて申しわけなさそうに催促されたときは、まださほどあてなかった。これまで蓄えのあらかたをつぎこんできたという自負がある。

ところがこの日はそうはいかなかった。押し問答しているうちに主の形相が一変した。

と、強面の荒くれ者が五人、どこからともなくあらわれ、生死介をとりかこんだ。以前の生死介なら、五人十人でもものともしなかった。槍も太刀も弓矢もとうに食い物に化けてしまってはいたが、素手でも逃げおおせていたにちがいない。だが、食うに事欠き痩せ細っている上に、黄揚羽に精気を吸い取られた。しかも、しこたま酔っている。

生死介は殴る蹴るの暴行を加えられた。はじめのうちこそ懸命に応戦したものの、遊蕩三昧で鈍った体はすぐに限界がきた。鼻をへし折られ、前歯をすっ飛ばされて、裏手へ引きたてられたときは、今度こそ生死の境を越えるのだと覚悟した。ところが――。

生死介はまたもや命拾いをした。

「とんだ出費だったぞ。何人の兵が養えたか。そのぶん、おぬしには働いてもらわんとな」

鹿介は、朽ちかけた棒にぼろ布を巻きつけたような生死介を、あきれはてた顔で観察した。生死介は目をあわせない。

「助けてくれなんぞと、たのんだ覚えはねえや」

「おれだって助けたくて助けたわけじゃない。いったろ、おぬしの働きが必要になったんだ。死なれるとこっちが困る」

「つまらん用心棒だの、そこいらの貰い仕事なら断る。おれのことならかまわんでくれ」

「そうはいかぬ。おぬし無しにははじまらぬ」

「悪いが、おれはもう……」

鹿介は最後までいわせなかった。身を乗りだし、こぶしをにぎりしめる。

「尼子を、再興するんだ」

生死介の体がぴくりと動いた。

「出雲国を奪いかえす。毛利が大友との戦にかまけているあいだに月山富田城を奪う」

鹿介がたたみかけると、生死介は顔を上げ、ふしぎなものを見るように目をしばたたいた。

「本気で、いっておるのか」

「本気も本気、身方が続々と集まっている」

「しかしお屋形さまは……」

「旗頭は義久さまにあらず。東福寺におられる亡き誠久さまの忘れ形見だ」

「待て。誠久さまの忘れ形見だと？　新宮党は成敗された。一族は皆殺しになったはず」

「スセリ姫さまは生きのびられた」

「ああ。しかしあれは晴久さまの側室に迎えられたがゆえ……おう、そうか。スセリ姫さまが産んだ御子か。都の寺へ送られたという……」

「姫さまの実父は尼子三兄弟のお一人、ゆえに姫さまと誠久さまの御子は尼子の中の尼子だ。それに姫さまは出雲の神々の申し子だ。われらはお二人をいただいて戦う」

生死介は、鹿介の顔をじっと見つめている。その双眸がにわかに光を帯びてきた。

「そういうことなら……ここで死んではおれんな」

六

師走を目前にひかえた一日、石見国温泉津の龍御前神社では御神楽奉納の神事がおこなわれていた。

この神社は三十六年前に時の帝の勧請によって建立されたもので、境内の高台に龍が口をあけているように見える奇岩がある。本殿は名前のとおりその巨岩の前に建てられていて、入母屋桟瓦葺の屋根は今しも龍の口に呑みこまれそうだ。

温泉津には、地名の由来ともなった名湯のわき出る温泉があった。石見銀山で採掘された銀を各地へ送りだすための良港もある。そのため神社にはオオクニヌシノミコトの他、温泉や海の安全を司る神々が祀られていた。参詣に訪れる人も、地元の民や漁師、山師や銀掘り人と雑多で、今も様々ないでたちの老若男女が高台の下につどって龍岩の口を見上げていた。

逢魔(おうま)が時である。

洞(ほら)は薄暗く、ぼんやりとしか見えない。が、それがかえって、冷涼とした薄闇の中で色とりどりの領巾(ひれ)をなびかせて舞う巫女をこの世のものならぬ女神——そう、アマテラスオオミカミ——の化身のごとく見せていた。うっとりと眺めるだけでなく、だれもがその威光にひれ伏したくなるような……。

舞っているのは井筒(いづつ)。鉢屋(はちや)衆である母から神楽舞(かぐらまい)を伝授された。

鉢屋衆とは、平将門(たいらのまさかど)の乱に加担して四散した飯母呂(いぼろ)一族の中で、出雲へ逃れ、万歳(まんざい)や神楽などの芸能にたずさわって身すぎ世すぎをしている者たちをいう。

井筒は舞いながら、ちらちらと男を見ていた。洞に手がとどくのではないかと思うほどの大兵(おおつわもの)で、人混みの最後列にいるのに肩から上が見えている。その顔には畏敬も陶酔もなかった。といっても悪意はなさそうだ。でんと胡坐(あぐら)をかいた鼻に細い目、分厚いくちびるというご面相ながら、おかしみと哀愁を感じさせる男である。

どこかで見たような……井筒は思案した。

吉川の追っ手か——。

いや、吉川は今、大友との戦仕度で大わらわのはずである。それでなくても、敵方の血を引く養い子の一人が行方知れずになったからといって、追っ手をかけるとは思えない。

鉦(しょう)と太鼓の音が忙(せわ)しくなった。張りぼての大蛇(オロチ)をあやつるヤマタノオロチと勇ましく太刀をかざしたスサノオノミコトが踊りながら登場したのをしおに、井筒は本殿の裏手へ引っこむ。あわただしく領巾を放り投げ、黒髪をひとつに結わえて表へ飛びだした。

裏の坂を下りきるまでもなく、大男と鉢合わせをした。

「やっぱり。われに会いにきたのか」

だれだと訊くと、大男は辞儀をした。

「山中鹿介さまの家臣、大力介(たいりきのすけ)」

「鹿介……あ、尼子の武将の？」

「ご存じなれば、話が早うござる」

鹿介なら知っている。といって、顔を思いだしたわけではない。昔は噂をしょっちゅう耳にしていた。知勇と男ぶりで尼子に鹿介あり、と聞こえていたからだ。

亡父には尼子と手を結んでいた時期があった。そのころ井筒が鹿介や大力介と会っていても、ふしぎはない。当時、井筒は童女だったから、並外れた巨体の大力介だけが記憶に刻まれていたのだろう。

「尼子が、われに何用か」

「尼子は無うなってござる」

「知っている」

「わが主、鹿介さまは、井筒どのと手を組みたいとの仰せ」

井筒は目をみはった。突拍子もない話だ。顔も覚えていない、話した記憶もない、とうに滅亡した尼子の旧臣が、神楽を舞ってかろうじて日々の糧を得ている自分と手を結んで、いったいなにをしでかそうというのか。そもそも吉川は毛利方――つまり尼子の敵で、自分はその敵に養われていたのだ。

「話がちんぷんかんぷんだ。おぬしの主はなにを企んでいるのだ」

「尼子再興。毛利から出雲を奪いかえす」

これまで、こんなに驚いたことがあったか。井筒は笑おうとしてやめ、大力介の細いけれど誠実そうな目を見返した。

「戯言はやめてくれ」

「いや、井筒どのはだれよりも毛利を怨んでおられるはず。でなければ、かようなところで神楽を舞わずとも、吉川におればよい」

そう、怨んでいる。それもすさまじく。でなければ大力介がいうように、ここにはいない。

井筒の父の本城常光は尼子の家臣であったころ、尼子の支城のひとつ、山吹城の城主として石見銀山をおさめていた。銀山は垂涎の宝だから大内、毛利など次々に触手をのばしてきた。常光は勇猛果敢に戦い、尼子が毛利に敗退したのを機に一時は大内氏の配下となったものの、その後、ふたたび尼子へ帰参して毛利方の吉川軍を撃退した。

そこまではよかった。が、尼子が義久の代になると、またもや毛利の侵略を許してしまう。常光は調略に応じてやむなく毛利方に寝返ったのだが、毛利は約束をたがえ、本城一族を無惨にも成敗してしまった。

一族の大半の命が奪われた中で、生きのびた女子供がいた。かつて本城軍に敗戦したとき温情をかけてもらった恩のある吉川が、ひそかに救いの手を差しのべたのだ。

六年前の出来事である。

吉川の養い子でいれば、井筒もとりあえずは平穏に暮らしていられた。逃げだしたのは、父の仇を討ちたい、毛利の首級をあげたいという願いを消し去ることができなかったからだ。吉川に迷惑をかけずに事を成すには、縁を切るしかない。

「毛利は卑劣だ。父上は欺かれた。父の無念を思うと、われは夜も眠れぬ」

「わが主はすべてお見通しにござる。それゆえ井筒どのを迎えに行けと命じられたわけで……共に手をたずさえて、毛利に一泡吹かせてやろうと、さよう仰せ」

心が動いた。女独りでなにができよう。毛利の寝首を掻くのは至難の業だ。だが武勇の誉れ高い鹿介と手を結べば、悲願を叶えることも夢ではなくなる。

「よし。乗ろう。だがわれも本城常光の娘だ。二度と欺かれとうはない」

「わが主は毛利にあらず」

「しかし人は利がなければ動かぬ。尼子の武将が、温泉津くんだりまで家臣を遣わして神楽巫女をつれ帰るのは、なんのためだ？」

大力介は、待ってましたというようにうなずいた。

「さすがは本城さまの娘御。ひとつは銀山にござる。月山富田城の奪還は大望なれど、毛利を叩きのめすには兵が要る、兵糧も要る。銀山は必須。それゆえ井筒どのに手引きをおたのみしたいと、わが主はお考えになられた」

たしかに石見銀山のことなら、井筒は自分の庭のように知りつくしていた。童女のころから父と共に歩きまわっていたので、顔見知りも大勢、働いている。

「今ひとつは……」

「義久さまの代になって毛利へ寝返る者が続出した。ところが皆、尼子へ帰参している。なぜなら井筒どののお父上に毛利がなにをしたか、目の当たりにしたからだ。毛利は信用ならぬ。毛利は卑劣非道だ。今はわが主の呼びかけに迷うておる者も、本城常光さまの娘御が身方になられたと知れば、一も二もなく尼子になびくに相違なし。つまり、士気が高まるということにござるよ」

なるほどと井筒は合点した。鹿介はたいそう頭の働く男らしい。

体なら鍛えていた。そんじょそこらの男子には負けない自信があった。とはいえ、二十歳そこそこの女の力など知れたもの。

その力を、鹿介はもっと有効に利用せよといっているのだ。自分が加わることで、五人が十人、十人が二十人になるなら、十分に利用価値がある、ということだろう。

「五十や百は集まりそうか」

「四千は集めるとの仰せ」

「四千ッ」

井筒は息を呑んだ。いったいどこからそれだけの兵をかき集めるのか、にわかには信じがたい。

「わかった。組もう。で、鹿介どのはいずこにおるのだ」

「都にござる」

井筒はまたもや目をみはる。

「われに、都へ来いというのか」

「お供つかまつる。歩き疲れたら、おぶってしんぜましょうぞ」

大力介はそこでようやくニッと笑った。笑うと目がなくなって、愛嬌たっぷりの顔になる。

井筒も頰をゆるめた。

「フン。そっちこそ、へたばったら道端に捨ててくよ。あ、それから都へ着くまでは、われは神楽巫女だ。追っ手をかけられたら終いだからおぬしも……そう、一緒に神楽を」

大力介が人目を引くのはまちがいないから、いっそ二人で大蛇とスサノオの真似をするという手もある。街道の辻々で舞って見せれば、銭も稼げる。一石二鳥ではないか。

「で、いつ発つのだ」

「すぐにも」

なんと性急な……と思う一方で、井筒は一刻も早く都へ行きたい、とも思った。鹿介という男に会ってみたい。鹿介と結託して毛利を地獄の底へ突き落としてやるのだ……。

「ちょっとだけ待っとくれ。身のまわりのものを取ってこなきゃ。それと、母の形見の亀だけは」

「亀？　あの、甲羅のある……」

「ああ。縄でこさえた小っこいやつ。お守りサ」

井筒は切れ長の目をきらめかせる。大力介を待たせて、踊るように本殿へ消えた。

鹿介に抱かれるたびに、スセリは自分の内なる力が目を覚まして、万能の力を宿した神になったような気がした。全身に力がみなぎって、天空へ駆け昇り、地上の戦のすべてを指先ひとつで自在にあやつれるような気さえしてくる。

「わらわはスセリビメじゃ。鹿介、そなたは、オオクニヌシノミコトになれ」

オオクニヌシは国造りの神である。鹿介こそ毛利を撃退して出雲を建てなおす男だとスセリは確信していた。なつかしい月山富田城が尼子の七ツ割リ隅立テ四ツ目結の旗におおいつくされる光景が目に見えるようだ。

「わらわが八百万の神々を身方につける。尼子を勝利に導く」

「おう。今やわれらは身も心もひとつ。姫さまさえついていてくだされば、むかうところ敵なし」

七

都の冬は底冷えがする。この日も戸外は粉雪が舞っていた。廃屋さながらの小殿は隙間風が吹きこんで凍えそうだが、二人は分厚い夜着をかぶって裸の体をぴたりとあわせている。

まぐわいはまるで戦のようだった。睦言は、といえば、これも戦の話ばかり。

「戦仕度は、進んで、おるのか」

乱れた息を吐きながら、スセリは鹿介に話のつづきを催促した。

鹿介はスセリの髪を愛しげに撫でる。が、声には早くも張りつめた気配が戻っていた。

「順調、といいたいところだが、いくつか問題がある。ひとつは船だ」

「船……」

「さよう。但馬、因幡、伯耆を通って数千の兵が陸路を進軍しては、出雲へ到着する前に毛利に知られてしまう。守りを固められ、迎え撃ちさえ、されるやもしれぬ」

「なれど数千の兵を運ぶ船となると……」

「それゆえ水軍の助けが要る。数百艘の船と、それをあやつる水夫を目下、物色中だ」

秋上父子や横道兄弟、生死介こと寺本半四郎など、開城間際まで共に戦った盟友をはじめ、尼子の旧臣が続々と集まっていると鹿介はつづけた。京にひそんでいる者たちの動静なら鼠介と猫女も報せてくれている。

予想以上の人数がすでに集まっていた。尼子への思い入れが強く、いまだ出雲を忘れがたい者たちが大勢いるということだ。同時にそれは鹿介という人間の、人を惹きつける魅力によるものでもあった。スセリは安堵し、ますます胸をふくらませていたのだが――。

「船の他にもなんぞあるのか」

隠岐氏は尼子とおなじ佐々木氏の一族で、古くから の忠義の臣だった。が、為清は最後の戦に加わっていないので、まだ真意が測れずにいる。

これについては、立原源太兵衛が丹後へ戻り、そこから但馬、因幡、伯耆、隠岐まで足をのばして諸将の勧誘に努めるという。

「あとひとつは、いまだ肚の決まらぬ者たちを身方に引き入れることなれど……領地の分配であわだこうだとうるそうてのう」

「領地の分配？　勝利してもいないのに？」

スセリはびっくりした。今は毛利を撃退することが第一である。画餅を取りあってなんとするのか。

「切りとり次第でよいではないか」

「いや。そうはゆかぬ。合戦を目前にして仲間割れにでもなってみよ。尼子は世間の笑いものだ」

褒美を目の前にぶら下げて兵をつのるのは不本意だが、実際、命を懸ける者たちにとっては、それがいちばんの関心事であるのは否めない。尼子の再興という大義と自らの利益はいずれが欠けても成立しないのだ。

「そうか。義では食えぬ、か」

「尼子は戦をくりかえしてきた。勝敗はめまぐるしく変わる。いったんは毛利に寝返り、また帰参した者たちにとって尼子ひとすじの律義者は煙たかろうし、律儀者の目から見れば出戻りは信用ならぬということになる」

そこに領地争いがからむとなれば、容易に収拾がつかないのもうなずける。

「そうそう」と鹿介は表情をやわらげた。「良き話もあるのだ。本城家の姫が身方に加わる」

「本城……石見銀山をおさめていた？」

「毛利に騙し討ちされた常光さまの娘御だ」

本城家の悲劇なら、スセリも記憶に新しい。実家も婚家もほとんど騙し討ち同然に粛清された身ゆえ、他人事（ひとごと）とは思えなかった。

「姫が都へ来るのか」

「うむ。大力介を迎えにやった」

スセリはにわかに興味を覚えた。

「姫が加われば、本城家の悲劇を目の当たりにして毛利を見限り、尼子へ出戻った者たちも安心する。で、われわれもとあとにつづく……そういうことじゃな」

毛利への憎悪をかきたてて士気を高める。

「哀れな。姫は毛利に囚われておったのか」

「いや。鉢屋衆に伝わる神楽を舞うておったそうにて」

八

年が明けて永禄十二年正月。

京の都、伏見の鼠介と猫女夫婦の住まいに、六人の牢人がつどっていた。

一人は鹿介。

いつもながらの粗末ないでたちだが、たくましい体と鋭い眼光には英気がみなぎっている。不精髭がないぶん色男ぶりも増して、四つ五つ若返ったように見えた。

一人は庵介。

父の三郎左衛門が、立原源太兵衛ともども、各地にひそんでいる尼子旧臣の勧誘にまわっているので、この日は息子のみ。秋上父子は月山富田城を開城となるまで守りとおした古参の臣だから、鹿介ともだれより気心の知れた仲である。忠義一途の頑固な父に負けじと思うのか、庵介は勇み足や見当違いもしばしばだが、中肉中背の体には闘争心がみなぎり、少しすねたような顔が負けず嫌いの一面を覗かせている。

一人は兵庫介。

弟と共に松永弾正のもとを去り、勇んで仲間に加わった男は実直・朴訥、無口なのでほとんどしゃべらないが、どかりと胡坐をかいているだけで皆に一目おかれていた。

一人は生死介。

痩せて貧相な男は、ぎょろ目で座を睥睨している。もとより皮肉屋で僻みっぽいが、存外情にもろいところもあるようで……。盃をくみかわす前から、生死介はもう酒臭い。

さて、この日は新たに二人の勇士が加わっていた。

一人は早苗介。

本名は三刀屋蔵人という。三刀屋氏は出雲の西方に広大な領地を所有する豪族だった。今は毛利方の国人である。

蔵人も三刀屋の一族だが、親類とは袂を分かち、尼子滅亡まで一貫して尼子の家臣でありつづけた。月山富田城が開城となった際も、城主の義久が安芸へ流される道中でも、鹿介たちと行動を共にしている。そんな蔵人だから、尼子再興戦の報せに小躍りしたものの、三刀屋を名乗れば敵方とまぎらわしいし、敵身方とはいえ三刀屋本家へのはばかりもあって、名を変えるといいだした。

そこで、鹿介が新しい名を授けた。

「開城から三年近く、刀を捨てて田畑を耕していたそうではないか。酒と女に溺れていた生死介とはえらいちがいだ」

「なんだとッ。もいっぺんいってみろ」

すかさず生死介がからんでくる。が、鹿介は相手にしない。

「蔵人どの。いや、今日からは早苗介どの」

「早苗介でよい。おぬしらより歳はくっておるが、体はまだ鈍ってはおらぬ。尼子の御為とあらば、この命、いかようにも使うてくれ」

「では早苗介と呼ばせてもらおう。十歳かそこいらの初陣で早くも手柄を立てたというおぬしだ、存分に働いてくれ」

早苗介の初陣は天文九年の毛利戦だったというから、今は四十そこそこか。

「もはや戦にも飽いた。鍬や鋤をにぎって平穏な余生を……などと思うておったのだが、そうはいかなんだようじゃ。鼠介から決起を報されたとたん居ても立ってもいられのうて……」

早苗介は日に焼けてシワだらけになった顔をうれしそうにほころばせた。

となれば、最後の一人、森脇東市正も、仲間はずれはごめんだと身を乗りだしてくる。

「おれは藪中茢介と呼んでくれ」

そう、最後の一人は茢介。

茢介も鹿介の盟友だ。月山富田城の開城にも立ち会い、義久の安芸下向へも随行している。背は高からず低からず、身幅は太からず細からず、ととのった目鼻は個性豊かな面々の中では凡庸に見えるが、理路整然と戦術を説く一面もあり、頼りがいのある仲間の一人だった。

「なんで苅介なんだ？」

「こたびはおれが先陣だ。藪の中を苅り進んで露払いをしてやるよ。実をいうと、この二年余り、なにをやってもだめだった。ここが……」

と、苅介は自分の胸を叩く。

「ぱーっとしないんだ。まるで藪の中を這いまわっておるようだった」

「おれもそうだ……」

生死介がぼそりというと、「おれもだ」「おれもだ」とそこここから声があがった。

「おれたちは皆、出口を探していたのさ。ようやく見つかった。八咫烏が導いてくれたのだ」

鹿介がいうと、一同は首をかしげた。

「八咫烏ってのはお天道さまだろ」

「烏が導くってのはどういうことだ？」

「われらが出雲は神々の国だ。神々のご加護を得た者が勝利する」

鹿介は、スセリ姫が神々の申し子であり、新熊野神社へ詣でて八咫烏と交感して、神々を身方につけようとしていると教えた。もちろん二人のまぐわいについては秘しておく。

「なるほど。おれたちには、八百万の神々がついてるってわけか」

「そういうことだ。あとは、叔父貴たちがどれだけ国人衆を集めてくれるか……」

隠岐を筆頭に、松田、多胡、古志、目賀田、熊野、神西、河副、牛尾など尼子に与していた国人たちが蜂起してくれれば、再興軍は一気にふくれあがる。

「石見の銀山があればなぁ」

茢介がつぶやいたのをしおに、鹿介は次なる吉報を伝えた。

「本城から援軍が来る」

「本城だって？」

「本城は毛利に成敗されたはずでは……」

ざわつく座を鎮めて、鹿介は本城常光の娘、井筒の話をした。

「なんだ、女子か……」

だれかが吐き捨てる。鹿介はけわしい目になって、一同をにらみつけた。

「侮るなッ。男子顔負けの使い手らしい。なにより毛利への怨みはわれらに劣らぬ」

「わかった。援軍は援軍だ。銀山の手引きにはもってこいだろう」

真っ先に早苗介がうなずく。

「敵将の調略にもひと肌脱いでくれるやもしれぬぞ。文字どおりその柔肌で……」

生死介はまた余計なことをいって、兵庫介に横っ面を張られた。

「井筒どののことは女介と呼んでくれ」

「よかろう。女介はよしとして……」と、庵介があいだに割ってはいる。「もう一人、大事なやつを忘れておるぞ」

「大事なやつ？」

あッと、皆はいっせいに声をあげた。

「熊谷新右衛門だッ」

「あやつめは毛利元就を刺殺しようとした」

「元就暗殺にはしくじったが、かわりに近習の大塚某を討ちとった」

「そのためにやつは毛利へ降ったふりをしたんだ。肝の据わった野郎だぜ」

「籠城戦のときは仰天した。何日も水しか飲まなんだが、あいつは平然としておった」

「もとよりろくに食わぬ男だ。真冬でも下帯ひとつで土間へ寝てるとか」

「質実剛健を絵に描いたような……しかし、あいつは人の意見に耳を貸さぬ」

「そは尤もなれど、道理には適い申さず」

生死介が新右衛門の口癖をそっくりに真似たので、あちこちから笑いがもれた。

「尤も、道理。うん。尤道理介と呼んでやろう」

「道理介か、それはよい」

「たしかに、尼子のためなら火の中、水の中、勇んで飛びこむ男だ。それにあいつは山名家に伝手がある。ぜひとも身方に加わってもらわねば」

ひとしきり座が盛り上がったところで、一同は思いあわせたように口をつぐんだ。

「新右衛門——いや、道理介は新宮党を目の敵にしていた。問題は旗頭だな」

鹿介の言葉に皆もうなずく。

新宮党とは、月山富田城下の新宮谷を本拠地としていた尼子の一党で、尼子三兄弟の次男、国久がひきいていた。城主の身内ということもあって次第に勢いを増し、城の家臣団と揉め事を起こすこともひんぱんになった。国久の息子・誠久と道理介との争いもたびたび人の口にのぼったものだ。

やがて新宮党は粛清されたが、誠久の妻女の一人だったスセリは、晴久の側室になることで生きのび、幼い息子も処刑を逃れて、都の寺へ預けられた。

今回の再興戦では、スセリの息子を還俗させて旗頭に迎えることになっている。新宮党嫌いの道理介が果たしてそのことに賛同しようか。それなら自分はおりるといいだしたら、どんなに説得しても言をひるがえすとは思えない。

「厄介なことになったのう」

「なにか妙案はないものか」

一同が頭を抱えたときだ。これまで勇士の輪にははいらず、庭先に座って話に耳をかたむけていた鼠介が、ぴょんと立ち上がった。

「ええーお取り込み中にはございまするが……」

鼠介は一同を見渡す。

「道理介さまの一件、わたくしめにおまかせください」

「鼠介。策があると申すか」

鹿介がすかさず訊きかえした。

「へい。ございます」

なんだなんだとたずねる声には答えず、鼠介は鹿介に目くばせをする。

「さればご一同、道理介のことは鼠介にまかせようではないか」

けげんな顔をしながらも一同はうなずく。

「ではそういうことで。旗揚げの佳き日には、旗頭の後ろにつき従うておられる道理介さまのお姿、きっとご覧に入れまする」

さぁさぁそろそろ……と鼠介が手を叩くと、猫女が酒と蕎麦がきを運んできた。

九

尤道理介は――といっても本人は自分が熊谷新右衛門以外の名で呼ばれているとはまだ思ってもいなかったが――新熊野神社へつづく道を残雪に足をとられながら歩いていた。

どうやって居所をつきとめたのか、数日前、予告もなく茅屋(ぼうおく)へ訪ねてきた鼠介から尼子再興のための戦仕度が進んでいると聞かされたときは、思わず快哉(かいさい)を叫びそうになった。が、なににつけ慎重な男である。ぬか喜びはすまいと己にいい聞かせ、事の次第を問いただした。すると鼠介は、まるで太古からの決まり事ででもあるかのように落ちつきはらって委細を教えた。

「よ、四千と申したか」

「おそらく、それくらいにはなるかと」

「立原、秋上、横道、三刀屋や森脇も加わっておると……」

「本城の娘も都へ参りますそうにて」

目途がついた上で重鎮をお迎えするつもりでいた……などとおだてられれば、道理介もその気になってくる。

「して、旗頭は?」

「その件もござるゆえ、内々にご相談を……」

というわけでこの日、道理介は鹿介に会いにきた。正月明けからしばらく降雪もなく、寒さも多少やわらいでいる。とはいえ、外で待っていれば凍えてしまいそうだ。

小殿へはいろうとしてはっと耳をそばだてた。中から女の声が聞こえてくる。近隣の者か。祈禱のじゃまをしないよう、扉の外で終わるまで待つことにした。

ところが――。

女の声は次第に大きくなった。聞き流すつもりでいた道理介は、祈禱の中身を知るや、目をみはり息を呑む。

「八咫烏さま。わらわをお導きください。尼子の再興が叶いますよう。そのためなれば、この命、喜んで捧げまする。わらわの悲願は尼子が出雲国を奪いかえすことのみ……」

澄みわたった美声には、聞く者の耳に染み入るような切実な響きがあった。

いったいだれが、かくも熱心に尼子の再興を祈っているのか。

道理介は扉を細くあけて中を覗いた。

薄暗い小殿の祭壇の前に白い装束をまとった女がいた。いや、まことに女か。

足の先まですっぽり隠れるほどの裳の上から腰のあたりが細くなった上衣、さらに薄物の裳をまとっている。髪は高く結い上げて、両耳からきらびやかな飾りがぶら下がっていた。武家や商家、農家の女でないことは一目瞭然。しかもどこか、ではなく、なにかで見たような……と考え、道理介はのけぞりそうになった。

もしや、女神か――。

太古の女神の絵を見たことがある。出雲国には数多の神々がいた。女神といえばアマテラスやイザナミ、イナタヒメ、ヤカミヒメ……。

新熊野神社の祭神はイザナミノミコトだが、道理介はすでに気づいていた、尼子再興の祈禱をしているとなれば、スセリビメ以外にはありえない……と。

尼子にはスセリという姫がいた。尼子三兄弟の三男・興久の娘で、次男の国久に育てられ、長男の嫡子・晴久の側室となった女である。月山富田城が開城となる少し前に城を出て落ちのびたと聞いていたが、では、スセリ姫は、尼子を救うために天から遣わされたスセリビメの化身だったのか。

「いやいや、それでは道理にあわぬ」

道理介は頭で理解できるものしか信じない。四書五経は学んだが、物語の類は手にも取らなかった。漢詩のたしなみはあるものの、和歌は苦手。古事記や日本書紀となると問題外で……つまり神話はひととおり知っていても関知せずを通してきた。

だから、これだけならスセリを尼子の守護神として崇め、その御子を――大嫌いな新宮党の血筋であり、その中でも敵対していた誠久を父にもつ――男子を、尼子再興戦の旗頭に据えることには断固として反対したはずだ。

けれど昂る胸を鎮めようとしたそのとき、次なる奇跡を目の当たりにした。

「おお、八咫烏さま、わらわにお姿をお示しください。あなたさまの力をお与えください」

スセリは両手を高く掲げた。するとどうだろう、祭壇のうしろの床のあたりが明るくなった。火が点(とも)されたのか。と、壁に黒い影がうきあがった。次第に形がはっきりしてくる。

「うわわッ。なんだこれはッ」

道理介は、身をひそめていることも忘れて、大声で叫んだ。

翼をひろげた三本足の鳥——巨大なその影はまごうことなき八咫烏である。

「しッ。霊鳥の御前じゃ。静かに」

スセリに押し殺した声で注意されるまでもなく、道理介は雷に打たれたかのように膝をつき、ぺたりと平伏していた。

第二章　決　起

一

山肌にへばりついていた残雪もあらかた解け、籬の沈丁花の蕾が紅紫の花を開きはじめたころ、スセリはイナタをつれて東福寺の龍吟庵を訪ねた。

京の都、東山の南の山麓に広大な寺領をもつ東福寺は、鎌倉時代の中期に九条道家が建立した臨済宗の寺である。本尊は人の背丈の十倍はあるという釈迦如来像。寺はたびかさなる大火で焼け落ち、室町幕府が再建したものの応仁の乱が勃発、山名軍の乱入で塔頭の大半が焼失してしまった。しかも細川軍の陣となり、京極軍に什宝を奪われるという災難にもみまわれた。それでも法堂や方丈などが焼けのこり、今では開山の聖一国師の年忌をとりおこなうまでにもちなおしている。

「母のことなど、覚えてはおるまいのう」

スセリは榑縁に出て、かなたに見える方丈のこけら葺の屋根を眺めつつ嘆息した。

息子の孫四郎が寺へ送られたのは五歳のときだった。それまで養育してくれていた小川重遠につれられて、月山富田城へ別れの挨拶にやってきたとき、スセリはわが子の利発さ愛らしさに感きわまり、生涯忘れることのないようその面影を胸に刻みつけた。けれど、孫四郎のほうはあの幼さである、母のことなどどれほど記憶にとどめていようか。

　月山富田城下の新宮谷で息子を産んだとき、スセリは恐ろしい地獄が目前に迫っているとは思いもしなかった。尼子の当主である晴久が、よもや叔父と従弟の命を奪い、数々の戦功をかさねていた新宮党を壊滅させるとは、いったいだれが考えたか。

「風が冷とうございます。こちらへ」

　イナタに声をかけられて、スセリははじめて指先がふるえていることに気づいた。

「思いだしておったのじゃ、昔のことを。あれは十一月朔日、寒い夜じゃった」

「お忘れくださいと申し上げたとて、ご無理にございましょう。なれど今さら嘆いてもせんなきこと、お辛いだけにございますよ」

「それゆえにこそ、何度でも思いだすのじゃ。胸が張り裂け、血の涙があふれれば、それだけわらわは強うなる。二度と欺かれたりはせぬ。情にも溺れぬ。怖いものはなにもない」

　悲劇が起こったのは十五年前だった。スセリは新宮谷の屋敷で稚児に寄りそい、うたた寝をしていた。と、そのとき門のあたりが騒がしくなった。何事かと出て行った乳母は蒼ざめた顔で駆け戻り、わななくくちびるで驚愕の事実を告げた。

　その夜、養父で舅の国久と夫で従兄の誠久は登城していた。帰り道で闇討ちをかけられ息絶えたという。それからは大騒ぎだった。着の身着のまま落ちのびようとする者もいれば、屋敷に立てこもって応戦しようと息巻く者もいた。攻め手の兵の中に鹿介(しかのすけ)がいたのは不幸中の幸いだった。「小川さまにおたのみしてござる。早う、さ、こちらへ」と鹿介は自ら稚児を抱き、スセリと乳母をうながして、重遠の屋敷へ逃してくれた。孫四郎が乳飲み子であり、誠久の息子としては五男だったため、匿(かくま)われていると知れてもしばらくは捨ておかれた。が、スセリは生きた心地がしなかった。このままではいつ引きだされて首を刎(は)ねられるか。

周囲の反対を押しきって月山富田城へ談判におもむいた。憎き敵ではあったが晴久は亡き夫の従兄、スセリにとっても従兄である。しかも晴久の正室は、このときはすでに病死していたものの国久の娘で、スセリが姉のように慕っていた、これも従姉だった。

「お屋形さま。あなたさまのことが恐ろしゅうないか、とおたずねか。なにゆえ恐れるのじゃ。幼き日、よう遊んだ従兄妹ではないか」

スセリは晴久の妻の一人となり、城へ迎えられた。おかげで孫四郎は命を拾い、晴久の後見を得て寺へ預けられることになった。それはよいとして、スセリがわが子に会ったのは別れの日の一度きり、以後も修行の妨げにならぬようにと文(ふみ)のやりとりさえできなかった。

「名ばかりの母じゃ。さぞや困惑しておろう。わらわを見て、がっかりするやもしれぬ」

「さようなことはございません。あまりにお若い母さまゆえ、驚かれはしましょうが」

「還俗はいやだ、と申したら？」

「そのことなれば、すでに承諾されたとうかごうております」

もちろん、旗頭のあてもなしに兵をつのるわけにはいかない。鹿介や源太兵衛が孫四郎とひそかに会って口説いていたことは、スセリも聞いていた。ただし再興戦のことはまだ伏せているという。東福寺は室町幕府の庇護をうけている。本来は、毛利の身方でも尼子の身方でもないはずだが、現住職は毛利と懇意だという噂も聞こえていた。用心第一である。

「姫さまも、こたびのことは決して……」

「わかっておる。由緒ある尼子の名だけでも遺したい。孫四郎どの還俗のあかつきには、但馬山名家にて仕官の話がついている……さようにいえばよいのじゃな」

「はい。還俗さえ済めば、あとはこちらの思うがままにございます」

女二人は目くばせを交わしあう。山名との密約は、先祖が山名の家臣だったという道理介が仲間に加わったことで、一気に進展した。

かつては全国の六分の一にあたる十一カ国の領土を有し「六分一殿」と称されるほど強大な勢力を誇った山名一族も、応仁の乱以後は衰退の一途をたどっている。因幡や但馬の守護である山名氏は、国人の反抗に頭を悩ませる一方、迫りくる毛利の脅威にもさらされていた。

開戦となれば、周囲の脅威を取りのぞいておかなければならない。九州の大友や東の山名との同盟は不可欠だった。鹿介と源太兵衛、それに秋上三郎左衛門が但馬へ出かけ、山名家の家老と毛利撃退の策を練っていることも、スセリは承知している。

いよいよ決起の「秋」がきた――。

丹田に力をこめたとき、寺領のどこかでカァカァと烏が啼いた。と、その声に呼応するかのように、ひそやかな足音が聞こえた。

「半円にござりまする。はいってもよろしゅうござりましょうか」

半円は孫四郎の僧名か、それとも東福寺の聖一国師の元の名である円爾からくる半人前の呼称かもしれない。ともあれ亡き夫に似た声がわが子のものであることは聞きちがえようがなかった。

「おはいりなされ」

スセリは動揺を隠そうと、かたくるしい口調で応じた。

ふすまが開いて、僧形の若者がはいってきた。孫四郎は十七である。が、面長で鼻筋のとおった顔は年齢より大人びて、亡父の誠久よりその従兄の晴久に似ているようだった。むろん尼子を背負って立つには、粛清された父より尼子の先代に似ているほうが好ましい。兵の士気もあがろうというものだ。

孫四郎は、それだけは母ゆずりのくっきりとした目でスセリを見つめていた。

「孫四郎どの。これまで、よう耐えてこられましたね。母としてなにもしてやれなんだこと、どうか許しておくれ」

「いえ、わたくしは耐えてなど……。幼きころは修行が辛いとよう泣きましたが、寺にばかりおりましたので世の中のことには疎(うと)いまま、郷国(きょうこく)がどれほどの悲運にみまわれたかさえ存じませず……」

　申しわけございませんと頭を下げるわが子を見て、スセリはこみあげてきたものを呑(の)みこんだ。くわしい話が聞けないので、孫四郎は孫四郎で胸を痛めていたにちがいない。会ってみて、もしわが子が旗頭の器(うつわ)でなかったら——経典しか頭にない堅物だったり、虫も殺せないほどの気弱な若者だったら——いかにすべきかと案じていた。が、その心配はなさそうだ。

「尼子には、もはやそなたしかおりません。尼子の再興はそなたの肩にかかっています」

「但馬国の山名さまがご家臣の列に加えてくださるとうかがいました。母上、わたくしにつとまりましょうか。このわたくしが、武士になれましょうや」

　スセリはちらりとイナタを見た。イナタはうなずく。

「母がついております。鹿介や源太兵衛もついておる。心配は無用じゃ」

再び烏の声が聞こえた。聞こえたような気がした。もしかしたら、空耳だったかもしれない。

スセリは一瞬、胸に鋭い痛みを感じた。

自分は、怨念と共に生きてきた。父が祖父・経久に討たれた事実を教えられたとき、養父と夫が晴久に成敗されたとき、身内を粛清してまで生きのびてきた尼子が毛利という縁もゆかりもない侵入者に領地を奪われ壊滅させられたとき……そうした悲劇のたびに燃えあがる炎を呑みこみ、生きのびる算段をこうじた。行き場のない怨念が胸の底につもってしまったのはそのせいだろう。

けれど孫四郎はちがう。これまで御仏と共に生きてきた。清廉潔白な心身を怨念の修羅に引きずりこんでよいものか。還俗とは、わが子を紅蓮の焰に投じることである。

それはスセリの母としての心配だった。が、次の瞬間にはもう、尼子の頭領となった女の顔に戻っている。

「還俗のことはすでにお許しを得ておる。ひと月もすれば鹿介が迎えに参るはずじゃ」

スセリはかたい口調で答えた。

「母上は?」

「わ、わらわは……わらわも、共に行く」

「ああ、よかったッ」

孫四郎は笑みをこぼした。すると大人びた顔が子供に戻ったように見えた。稚児だった孫四郎の寝顔をあきもせず眺めていたあのころ……仏門にはいると決まって、別れの挨拶に訪ねてきたあの日、矢も楯もたまらず抱きしめた体のなんと幼気だったことか。目の前にいるのは、あの、わが子である。

「孫四郎どの……」

「母上。還俗をしたら、出雲国の話を聞かせてください。ぜひとも行ってみとうございます、母上と暮らした月山富田の城下へ」

感情は見せないつもりだった。それなのに、自分でも驚いたことに、スセリは返事より先にわが子を抱きしめていた。

二

都へは海路がいちばん、漁船なら伝手を頼ってもぐりこめそうだったが、井筒と大力介はやはり陸路を行くことにした。石見銀山は毛利の手中にあり、となれば温泉津の湊も毛利方が目を光らせているとみたほうがよい。

「急がばまわれというわけで。ま、ゆるゆると参ろうではござらぬか」

もっとも出雲国は今や毛利の支配下にある。街道でゆるゆるなどしていれば、いつ災難にみまわれるか。毛利の本拠地の安芸国を通るのも剣呑。二人は杵築大社で大願成就を祈願した上で、宍道湖の北岸をまわって安来へ出た。このあたりは勝手知ったる尼子の古巣だ。

伯耆へ出るまでは用心の上にも用心を重ね、昼は隠れて月星を頼りに夜道を歩くという強行軍がつづいた。国人には顔見知りが何人もいたが、各々がどの程度、毛利に忠誠をつくす気でいるか、尼子をどう思っているか、これぱかりは判断ができない。

伯耆へはいってようやく人心地がついた。そこからは因幡、但馬、丹波、さらに京の都のある山城へ。とはいえ、どこに敵の耳目があるか。怪しまれないためにも、厄介な騒動に巻きこまれないためにも、二人は申しあわせたとおり、神楽巫女の一座という体裁を保つことにした。どんなに荒んだ土地でも、民は神仏への畏怖を失ってはいない。

大力介は葛籠を背負い、首から太鼓をかけていた。辻や橋のたもとで、蛇腹に見立てた布をたらした張り子の面をかぶり太鼓を叩く。井筒はきらびやかな領巾をまとって唄い踊る。鉢屋衆のお家芸である神楽は行く先々で評判を呼んで、あとをついてくる者や、家へ招いて舞を所望する者も数知れず。都の天子さまの御前で踊ることになっている、などとでたらめをいうと、純朴な鄙の人々はそれだけでありがたがって、お布施や食べ物を恵んでくれた。

「太鼓がサマになってきたな。将軍さまにもお見せしたいものだ」

「うむ。おれも楽しゅうなってきた。戦が済んだらまたやってもよいのう。夫婦神楽で旅をするというのはいかがにござろうか」

「ごめんだね。夫婦神楽なんてまっぴらだ」

こんな調子だから遅々として進まない。おまけに季節は冬。雪に閉ざされて何日も足止めをくらったり、正体不明の軍勢を見かけて遠まわりを余儀なくされたり、長旅のあいだには山賊に出くわして大力介が本来の力を発揮、大立ちまわりを演ずる一場もあり、女をさらおうとした狼藉者どもを井筒自身がいともあっさり片づける一幕もあって……都へたどりついたときは梅花が香る季節になっていた。

「これが都か。蛆虫のように人がわいてくる」

「昨年は浅井や織田の軍勢があふれておったが……今は退散したようにござるの。してみると戦にはならなんだか。三好のやつらも尻尾を巻いて逃げだしたのであろうよ」

「都で戦？　まさか。皆、愉しそうではないか。あ、いい匂い、なんだ。笛の音か」

「井筒どの。都見物をしているときではござらぬぞ」

「わかっておるわ。われは本城の姫。大力介。鹿介どののお屋敷へ案内してくれ」

「鹿介さまには屋敷がござらぬ。われらが参るは伏見の隠れ処にて」

「伏見……どこだ。遠いのか」

「さほどの道のりではござらぬ」

二人はあわただしく腹ごしらえをして、伏見へ急ぐことにした。ところが――。

人けのない道を歩いていたときだ。黒頭巾に黒装束の男が七、八人、どこからともなくあらわれ、二人をとりかこんだ。すさまじい殺気を感じて、井筒と大力介は息を呑む。

三

雨の音か、と、スセリは耳を澄ませた。

そうではない。

「イナタ。イナタッ」

半身を起こして、ふすま越しに声をかけた。

「おもてに人がいる。それも、一人や二人ではなさそうじゃ」

ふすまが開いた。

「しッ。ご用心を」

二人は身を寄せて声をひそめる。

「われらを見張っておるらしい」

「妙にございますね。何者でしょうか」

「毛利の間者(かんじゃ)に勘づかれたのやもしれぬ」

この住まいは都の豪商の別荘内にあり、豪商も近隣の人々も二人の素性を知らない。武家の奥方が侍女と隠れ住んでいると思っているのか、それ以上たずねはしないし、たとえ尼子の縁者だと打ち明けたところで、諸国から戦の噂がひっきりなしに聞こえてくる昨今、遠い出雲で二年余り前に滅亡した一族の名など、だれも覚えてはいないはずだ。

それでも二人は、細心の注意をはらっていた。新熊野（いまくまの）神社への参拝にかこつけて鹿介や道理介と密会したこと、伏見の鼠介（ねずみのすけ）の隠れ処を訪ねたこと、東福寺へわが子に会いに行ったこと、そのいずれもだれかにあとをつけられたような気配はなかった。

むろん鹿介をはじめとする尼子の遺臣がここへ訪ねてきたこともない。報せ（しら）があれば、商人のいでたちをした鼠介が呉服や小間物のはいった箱荷を背負ってやってくる。

「鼠介ッ」

「鼠介が尼子の忍びだと気づかれたのなら、おもてにいるのは世木（せぎ）忍者かと……」

二人は顔を見合わせた。

世木忍者は毛利方、鼠介の宿敵だ。

鼠介の住まいが毛利の忍びに嗅ぎつけられるようなことになったら一大事である。あの隠れ処は尼子再興軍の本陣のようなもの、尼子残党がなにを企て（くわだ）ているか、同志の居所や名前まで芋づる式に知られかねない。

「そなたのいうとおり、世木忍者にまちがいあるまい。なれど、伏見の隠れ処で尼子が密談をしていることまでは知らぬはず。知っているならわらわを見張る意味がない。おそらくこの近辺で鼠介を見かけたのじゃ。ここで待っていれば尼子のだれぞがあらわれるのではないかと考えているのだろう」

「尼子の動きを探るために鼠介やわたくしたちを泳がせている、ということですね」

「襲うてこぬのはそれゆえじゃ」

スセリの命を奪うことが目的なら、とうに攻撃をしかけているはずだ。そしていとも容易く目的を遂げていたにちがいない。

「なれば姫さま、新熊野神社へ参拝に行くのもおやめになられませんと……。鹿介さまの御身まで危のうなりましょう」

「参拝をやめてはかえって怪しまれる。例のところへ文を忍ばせておけばよい」

祭壇に祀られた木片の下に書付けを隠して連絡を取りあう……それがスセリと鹿介のあいだで交わした取り決めである。

「では、明日にも早速……」

「それより、鼠介があやつらに気づいておればよいが……。鹿介がわらわの文を読めば、即刻鼠介に報せよう。だが、それまで待っていては手遅れになるやもしれぬ」

「といって、伏見へ報せに行くのも使いをたてるのさえ危のうございます」

「されど……事は急を要する。なんぞ手だてがないものか」

二人は思案した。ややあって、スセリがきっぱりと顔を上げた。

「潮時じゃ」

「もしや、ここから出て行くおつもりにございますか」

「遅かれ早かれわれらは出雲へ帰るのじゃ」

「さようにはございますが……どうやって見張りの目をごまかすのですか。行くあては？　伏見に逃げこめぬとなればいずこへ……」

どのみち出て行くことになっている。が、それは準備がととのい、尼子再興軍の面々がうちそろって出雲へ出陣するときだ。

「行くあては……ない。が、わらわはここを出る。ただし見張りの目をごまかすのも、どこぞへ逃げこむのもいやじゃ」

「さようなことを仰(おお)せになられましても、行くあてがのうては……」

「いや。たった今、思いついた。明日は新熊野へ参拝して、八咫烏(やたがらす)さまに文を託す。それから留守居に挨拶をして、堂々とここを出る。聖護院(しょうごいん)へ行き、道澄(どうちょう)さまにおすがりするのじゃ」

「道澄さま？　あ、毛利と尼子の和睦の仲介役をつとめられた御坊さまにございますね」

「和睦というても、尼子に降伏を勧めただけのこと。おかげで開城せざるをえなくなったと、わらわは怨んでいた。だが鹿介によれば、もう籠城はもちこたえられぬところまできておったそうな。やむなく開城となった際、義久さまや城兵の命乞いをしてくださったのも道澄さまだったとか。あのとき徹底抗戦をせなんだからこそ、今がある。そう思えば、まさに道澄さまはわれら尼子の救い主……」

「毛利と通じておるやもしれません」

「よいではないか。窮鳥ふところに入れば猟師も殺さず。行くあてがのうなった……と有り体に申せば、義久さまの延命にさえ尽力くださったお方、女二人、だまって匿うてくださるにちがいない」

スセリが聖護院を思いついたのには、もうひとつ理由があった。聖護院は帝の御子が代々、入門する門跡寺院であると同時に、熊野三山の修験者を束ねる修験道の中心寺院であったからだ。新熊野神社に日参して尼子再興を祈願してきた——つまり、出雲の神々を身方につけることが戦の勝敗をにぎる鍵だと信じているスセリには、心の拠り所ともいえる。

「道澄さまがどこぞへ匿うてくだされば、世木忍者も手を出せまい。そこからなら鼠介のもとへ報せをやれる」

「姫さまは……」といいかけて、イナタはまじまじとスセリの顔を眺めた。「わたくしの母は、いまわの際で姫さまの御身を案じ、わたくしを日御碕神社より呼びよせ、自分にかわって姫さまをお守りするように、と遺言いたしました。なれど姫さまは日々お強うなられて今や別人のよう、まるでイザナミノミコトがのりうつったかのようにございます」

「わらわには神々がついていてくださるといったはずじゃ。さぁ、朝まで寝ておこう。なにがあるにせよ、寝不足で動けぬような失態だけはせぬように」

「毛利の忍びにおもてをうろつかれては、わたくし、眠れそうにありません」

「ご苦労なことに寝ずの番をしてくれておるのじゃ。そう思えば安眠できよう」

スセリは床に身を横たえた。血の気の失せたイナタをよそに、早くも寝息をたてている。

四

「何奴ッ。何用じゃ」

「われらを襲うたとて儲けにはならぬぞ」

井筒と大力介は身構えた。井筒はふところから引きだした小太刀の柄を、大力介は杖に見せかけた長槍の柄をにぎりしめている。

黒頭巾に黒装束の男たちは声を発するかわりにじわじわと輪をせばめてきた。毛利配下の忍びだとしたら、尼子の動きを察知したための妨害かもしれない。もしそうなら隠れ処も知られていると見たほうがよい。だからこそ伏見へつづく道で待ち伏せをしていたのだろう。

二人は網にかかった。鹿介に大男の家来がいることは毛利方にも知られている。

「盗人ではないようだ。おれを大力介と知っての挨拶なれば、やむをえぬ、相手になってやるか」

「望むところだ。長旅で腕が鈍（なま）っておったゆえちょうどよいわ」

二人は目くばせを交わしあう。背中あわせになったのは四方からの攻撃にそなえるためだ。が、息をつく間もなく左右から長剣に斬りこまれた。井筒は素早く身をかわし、大力介は長槍でなぎはらう。体勢をたてなおす前に数人がいっせいに襲いかかってきた。

「ここは一人で十分だ。逃げよッ」

大力介は井筒にむかって叫んだ。井筒は聞こえないふりをした。大上段から斬りかかってきた敵の腕をとらえ、ふところにとびこんで小太刀を突きだしたものの……容易にしとめられる相手ではなかった。地を蹴って小動物のような身軽さで宙にういたと思うや、一回転して井筒の腕をねじあげ、小太刀を奪おうとする。

井筒も鍛え抜いた脚力で敵の腹を蹴り上げ、巧みに逃れて小太刀を構えなおした。井筒をただの女とみて大半が大力介にかかりきっていたのは幸いだった。井筒はかろうじて矢継ぎ早の攻撃をかわした。が、なぎはらおうが叩きのめそうがわき出てくる敵には、大力介も辟易（へきえき）しているようだ。

「うッ」

「どうしたッ」

「なんでもない。いいから行けッ」

「うるさいッ。指図はうけぬ」

山賊か、敵兵であっても——尋常な武士なら——これほど手こずりはしなかったろう。戦いが長引けば危うい。ところがそのとき、足音と人声、荷車の音が聞こえてきた。あッと思ったときにはもう、黒装束の一団は消えている。

「怪我（けが）はないか」

井筒は大力介に駆けよった。

「肩をやられたのか。血がにじんでいる」

「それより見つかると厄介だ、隠れよう」

数十人の行列らしい。あれこれ詮索されるのはなんとしても避けたい。

二人は道端の藪陰（やぶかげ）へ飛びこんだ。と、黒い石のようなものにつまずいて、井筒は前のめりに膝をつく。それが石でないと知るや悲鳴をあげそうになった。大力介の肉厚の手で口をふさがれ、熊のような体で地面に押しつけられなければ、目の前を通りすぎる一行の数十人の好奇の目にさらされていたにちがいない。

じっとしているのは苦痛だった。たちこめる血臭とぬめりとした感触に、井筒は必死で吐き気をこらえる。死体なら見慣れていた。自ら手を下したこともあったが、今、抱きあうような位置にころがっているこの死体は——。

「深手を負って逃げ遅れたか」

「だとしても、止めをさしたのは、われらではござらぬぞ」

死体が血にまみれているのは小太刀か槍による傷だとしても、絶命したのは眉間に深々と突き刺さった卍剣のせいだろう。逃げられぬとみた仲間に手裏剣で口封じをされたようだ。

「やはり毛利の間者か。しかしなぜ……」

「油断をしていた。命を奪うつもりなら、こやつとおなじように一撃で仕留められたはずだ」

「命を奪うのが目的ではなかったと？　ではなにが……」

「尼子の企みを暴こうとしたのだろう」

もしそうなら、やはり伏見の隠れ処は知られているとみたほうがよい。毛利の忍びが動いているのは、尼子残党の不穏な気配を察知して、毛利が警戒を強めている証だった。

「こうしてはおれぬぞ」

大力介は眉をひそめた。鹿介はもとより鼠介と猫女、隠れ処に集まっていた尼子残党の安否が気になっているのだろう。

ここへくる道で井筒も、これから自分の仲間になる面々について教えられていた。ざわめく胸を鎮めながら、大力介の切り裂かれた傷口を神楽の領巾でしばって血止めをしてやる。

伏見が近づくにつれて、二人の口は重くなった。不吉な予感がしている。井筒は動悸を鎮めて大力介の横顔を盗み見た。大力介のこめかみにも青い血の筋がうきあがっている。

御香宮神社の裏手へまわりこむや、大力介は仁王立ちになった。茫然とあたりを見まわす。

「ない。家が失せた……」

たしかに、なにもなかった。小家が建っていたはずのところは空き地で、よく見れば焼け焦げた木片がころがり、灰のようなものが風に吹きよせられてそこここにつもっている。

「焼いたか、焼かれたか」

「焼いた？」

「鼠介は忍びだ。痕跡は消し去る」

ということは、毛利の動きに気づいて逃げだす前に自ら火を点けたのか。

「われらを襲ったのは、鼠介に逃げられて焦ったゆえにござろう。だったら鼠介も皆も無事だ」

「なれどわれらもお手上げじゃ。これではいずこへ逃げたかわからぬ」

「いいや。猫女は呪術師、痕跡はのこさずとも、手掛かりはのこしてゆくはず」

そうはいっても、石ころと木片と灰……他にはなにもない。二人は石や木片をもちあげて調べたが、それらしき印は見つからなかった。

「埋めてある、ということも……」

いかに小家でも隅から隅まで掘りかえすわけにはいかない。そんなことをすれば近隣の民に怪しまれてしまうし、毛利の忍びが再びあらわれる心配もあった。

「なにか、あるはずだが……」

大力介はしきりに首をひねっている。

「スセリ姫さまが参拝しておられた新熊野神社の祭壇には、ここにころがっておるような木片が祀られておったそうでの、焼け焦げたその裏に八咫烏が彫られておったとやら……」

「八咫烏……三本足の……あッ」

井筒は突然、喜色をうかべた。大力介の腕を引っ張って、自分のとなりに立たせる。

「傷がッ、イ、タタタ、なんにござるか」

「よう見よ。ここに大木があった。木は燃えて無うなったが、焼け焦げた根っこが三本。その左右に大石がおかれている。まるで羽をひろげた八咫烏のようではないか」

「お、そういえば……」

大力介は大木の焼け跡に跳びついた。這いつくばって指をひろげる。

「八咫烏の〈咫〉は親指と中指をひろげた長さにござる。八回ひろげた先が嘴、いや、目か」

「おう、そうかッ、どけ。そなたの手は常人の手にあらず」

井筒が八回指を動かしながら這っていった先は灰の山だった。灰を押しのけ、二人で小石や木片を使って地面を掘る。

「あったッ。木札だッ。なにか書いてある」

二人は木札に額を寄せた。

五

洛北の岩倉に春風荘と呼ばれる山荘がある。表向きは但馬出身の豪商の別荘だが、実際には山名氏の隠れ処のひとつだ。

花は満つ雪はなごりの木陰だに
　ついにむなしき春風ぞ吹く

かつて乱を起こした山名満幸が誅殺されて乱が鎮圧された際、首級のかたわらの桜木の枝に結んであった歌から命名されたとやら。

春風の吹く宵、この山荘に数十の尼子残党がつどっていた。板敷の広間から広縁、さらに庭まで、好き勝手に座を占めているようで、よく見れば中老衆は中老衆、御手廻衆は御手廻衆と旧役職ごとに小さな一団をつくっている。それとは別に、七、八人が広間の中央の一段高い台に居並んでいた。

道理介もこの台座にいる。高揚のあまり上気した頬、歓喜のまなざし、一抹の不安をとりまぜた顔で一同を睥睨していた。

次々に主を乗りかえるのがあたりまえで、乗りかえるどころか騙し裏切り暗殺さえいとわずに這いあがるのが下克上の昨今である。

ところが、この場につどっている者たちはどうか。とうに滅亡した旧主・尼子のために立ち上がろうとしている。九死に一生を得て永らえた命を――おとなしくしていれば天寿を全うできるかもしれない命を――擲ってまで強敵の毛利に挑もうというのだ。かくいう自分も……。

これこそ義、義こそは道理――。

片手で尖った顎を撫でまわし、その指で左の眉のあたり、あるべきはずの眉毛のかわりに鎮座して気むずかしげな顔をよりいっそうとっつきにくく見せている傷痕をなぞる。毛利元就を暗殺しようとしてしくじったときに心ならずも刻みつけられた名誉の傷痕である。

「それにしてもかような日が来ようとはのう、思いもせなんだわ」

道理介は感きわまったように、となりで立膝をしている立原源太兵衛に話しかけた。

秋上三郎左衛門と共に各地にちらばっている尼子残党の勧誘にまわっていた源太兵衛は、鹿介に成果のほどを報せるため、京へ戻ってきたばかりだ。

「貴殿が馳せ参じてくれたとなれば、なおいっそう同士もふえよう。三郎左衛門にも早う報せてやりたいものだ」

「なに、拙者なんぞ、家来もろくにおらぬ身、今さら役に立つとも思えぬが……」

「いいや、貴殿のおかげで士気が高まる。それに孫四郎さまは戦をご存じない。ぜひとも後見役をつとめていただきたい」

道理介はおだてられ、心もち背を反らせた。小鼻をふくらませて満足そうに太い息を吐く。

あの日、鼠介から尼子再興の企てを報されなければ、先祖ゆかりの山名家へ仕官していたかもしれない。旧知の仲である山名家の家老がいつでも来いと誘ってくれていたし、道理介自身もこのまま刀を錆びつかせる気にはなれなかった。が、敗将となった尼子義久が安芸国長田の円明寺に幽閉されていることが、主替えをする決意をにぶらせていた。自害でもさせられたのならともかく、存命している主を見捨ててよいものか——。

この期に及んでもなお、道理介は忠義と礼節に固執していた。義久に会おうと円明寺へ忍びこんだ旧臣が見張りに見つかり斬殺されたという話も耳にしていたが、道理介は、義久に許しをもらわなければ主替えはできない、なんとか会えぬものかと思案中だった。

そんなとき訪ねてきたのが鼠介だ。鼠介の言葉に従い、新熊野神社へ鹿介に会いに行った道理介が目にしたものは、まさに驚くべき降霊の光景だった。

「スセリ姫さまはいずこにおられるのだ」

「聖護院の道澄さまが某所へお匿いくださっておられるそうな」

「聖護院ッ。毛利に筒抜けではないか」

「いや、その心配はなかろう。むしろ、毛利の動きを封じるには好都合かと」

「そは尤もなれど……ふむ、道理やもしれぬ」

「姫さまなればご安泰。そもそも並のお方ではあられぬゆえ。あのお方こそ尼子再興のために黄泉国より遣わされた女神……」

「存じてござる。姫さまが八咫烏の霊を招くところを、この目でしかと拝見つかまつった」

「ほう、それはうらやましい。されば貴殿も霊力がおありなのやもしれぬ。姫さまと貴殿には通じあうところがあるに相違ない」

「まさかさような……いや、うむ、そうか……そうやもしれぬのう」

道理介は目じりを下げ、顔を赤らめた。四十をすぎた今日まで、こんなふうにだれか一人の——それも女の——ことを想って胸をときめかせた経験が一度でもあったか。しかもスセリは忌むべき新宮党にかかわる女だった。

道理介はむろん、新宮谷にいたスセリも、晴久の妻の一人となって月山富田城にいたスセリも見たことがあった。遠目にもその美貌は際立っていたが、女の顔を間近で見るのは無作法とわきまえていたから、あの新熊野神社の小殿で会ったときがほとんどはじめてだったといってよい。吸いこまれそうなまなざしでじっと見つめられ、透きとおるような声で「力を貸してくれますね」とたずねられたとき、道理介は一も二もなくうなずいていた。

養父と前夫が新宮党だったからといって責められようか。それは不幸な生い立ちの為せるわざで、スセリ自身の罪ではない。むしろスセリは尼子の申し子なのだから……。鹿介の説明を聞くまでもなく、道理介は自分の心といち早く折りあいをつけていた。

ああ、麗しきスセリビメよ——。

われ知らず陶酔の表情をうかべていたときだ。居並んでいる者たちの中から怒声が聞こえた。道理介と源太兵衛は首をのばして声のしたほうを見る。

生死介と庵介が今しもつかみあわんばかりににらみあっていた。前回の集まりでひんしゅくを買ったのでさすがに今日は素面のはずだが、生死介の喧嘩っ早さは酒のせいだけではないらしい。一方の庵介も古武士然とした父親に頭を抑えられているせいで日ごろから鬱憤をためこんでいるのか、僻みっぽく、なんにつけても自分と他人を比べるところがあった。

おそらく生死介が考えもなしにいったことが気に障って庵介がつっかかり、喧嘩をしたくてうずうずしていた生死介が待ってましたとばかりとびついたのだろう。

「おい、やめぬか。皆が見ておるぞ」

「内輪揉めをしておるときではなかろう」

早苗介と苅介が両側から声をかけた。が、生死介と庵介はなおのこと肩を怒らせる。

そのときだった。「馬鹿者ッ」と、源太兵衛が怒鳴りつけた。

「喧嘩はご法度。守れぬなら出て行け」

本来ならこれは鹿介の役目だが、めったに声を荒らげることのない源太兵衛の一喝がかえって骨身にしみたようだ。生死介と庵介は身をちぢめる。

ちょうどそこへ、鹿介、大力介、井筒の三人がはいってきた。

鹿介は侍烏帽子に直垂姿、髭もきれいにあたっている。堂々たる体軀と炯々としたまなざしは、いつもながら絵草子から抜けだしたような男ぶりである。

大力介と井筒は、まだ旅装束のままだった。長旅の途上、黒装束の一団に襲われ、なんとかやりすごして伏見の隠れ処へ駆けつけた。そこで、予想もしなかった光景を目にした。井筒の機転もあって木札を見つけ、そこに描かれた地図を頼りにようやくここまでたどりついたのだ。疲れは隠せぬものの、それでも髪を頭頂でしばり、切れ長の目をみひらいて畏れげもなく男たちを見まわしている井筒は、好奇心いっぱいの少年のようだ。

三人に気づくや、座は水を打ったように静まりかえった。鹿介は一段高い座の真ん中に席を占め、大力介と井筒は両端に加わる。

「皆々、大儀」

鹿介は朗々たる声で一同をねぎらった。

「長々と待たせたが、いよいよ秋が参った。これより出陣の準備にとりかかる。各々、指示に従うて行動してもらいたい」

鹿介はまず毛利の情勢を伝えた。毛利元就は孫の輝元と長門長府の本営にあって、大友との戦仕度に余念がない。大戦は夏か秋か。こちらは但馬国にて軍勢をととのえ、湊で待機する。機を見て海路、出雲へむかい、千酌湾の美保関のあたりから上陸する。

「この山荘もしかり、山名家がわれらにご助勢くださる。これは、ここにおる尤道理介どのの尽力があったればこそ……」

鹿介は道理介をもちあげた。

「いやいや、山名はかっての戦で尼子に大恩がござる。手前の力など屁のようなもの」

謙遜しながらも道理介は得意満面である。

どちらも事実だが、山名が尼子の再興に助勢する気になった第一の理由は、昇り龍のごとき毛利に但馬へ攻めこまれてはたまらぬという切実な危機感にさいなまれてのことだろう。

「ともあれ、前門に大友、後門に山名、いかに毛利とて思うようには動けぬはずだ。われらは月山富田城を一気に奪う」

うおーッといっせいに雄叫びがあがった。

座が静まるのを待って、鹿介はこれからの動きについて綿密な指示を与えた。源太兵衛の総指揮の下、庵介、苅介、早苗介らは毛利方に察知されぬよう万全の注意をはらいながら、三々五々、但馬国へ兵を集結させる。

「但馬では秋上三郎左衛門どのが待っている。山名家のご家老、垣屋さまもお力をお貸しくださる」

再びうおーッと歓声がわいた。

「道理介どのはここに待機して、兵庫介兄弟ともどもスセリ姫さま孫四郎さま母子の身辺警護と還俗の仕度にかかってもらいたい。生死介は都の事情にくわしいゆえ手伝うてくれ。鼠介もおるゆえ、いざとなったらこの隠れ処へおつれいたすのじゃ」

「承知ッ」

道理介が身を乗りだし、ひときわ大音声で答えたのはいうまでもない。

おぬしは？　頭領は？　鹿介さまは？　あちこちからいくつもの声が飛んできた。

「おれは大三島神社へ大太刀を献納に行く」

瀬戸内海賊衆の信仰篤い大三島神社は、戦勝祈願にも霊験あらたかといわれている。

「他にも、行かねばならぬわけがある。海路をとるとなれば水軍の助けが必須。海賊の頭領に会うて話をつけてくる」

尼子には水軍がなかった。海から出雲へ進軍するためだけでなく、毛利方の水軍と戦うことになったときのためにも身方につけておきたい。鹿介は当初からこの問題に頭を悩ませてきた。

これについても、救いの手を差しのべてくれたのは山名家だった。家老の垣屋が奈佐水軍の頭領に紹介状を認めてくれたのである。

ただし、まだ話はついていない。相手は海賊だからどれほど礼金をふっかけられるか。金で動くということは、武家の配下になって自由を奪われるのを嫌う証だから、大名家ですらない尼子の身方になってくれといったところで果たして首を縦にふるかどうか。

鼻であしらわれるのが関の山だろう。

それでも、まったく希(のぞ)みがないわけではなかった。奈佐水軍は毛利や小早川(こばやかわ)の水軍に何度(いくど)となく痛い目にあわされている。毛利方への怨みは半端ではないらしい。

「京へ戻り次第、孫四郎さま還俗の儀をとりおこなう。孫四郎さまは山名へ仕官する話になっておるゆえ、手勢を引きつれて但馬へむかう段について、支障はない」

鹿介の話にうなずきながらも、道理介は片方しかない眉をひくつかせた。

「よもや大三島神社へ、鹿介どのお一人で行かれるわけではあるまいの」

おれも行く、つれて行ってくれと、ひとしきり声があがった。鹿介は首を横にふる。

「垣屋さまの話では、奈佐水軍の頭領は偏屈な若者だそうでの、血気に逸(はや)る強者(つわもの)どもが一団となって乗りこめば、警戒もされようし、頑(かたく)なになって扱いにくうなるやもしれぬ。それゆえ、こたびは少人数で行くことにした」

鹿介はそこで左右の端に目をやった。

「おれの家来の大力介。それに女介(めのすけ)だ」

皆はいっせいに井筒を見る。座がざわついたのは井筒が少年のように見えたからか。そんな小僧っこで役に立つのか、女みてえだなぁ……などと、そこここからささやき声がもれた。

「まだ紹介しておらなんだか。これなる女介は本城常光(ほんじょうつねみつ)さまのご息女、井筒姫さまだ」

一瞬、座はしんとなった。だれもが驚きのあまり声を失っている。

鹿介はつづけた。

「皆も存じておるように、毛利は本城さまを調略したあげく、騙し討ちにした。姫さまは命ながらえ、吉川に養われておられたが、毛利への怨念やまず、報復せんがために吉川と手を切って、われらに同心くださった。呼び名は女介だ。文句のある者はこの場より去れ」

井筒も鹿介の言葉に呼応するようにきりりと目を上げた。臆するふうもなく一同を見渡してから、膝に両手をおいて軽く頭を下げる。

「皆の者、よろしゅうたのむぞ。女だからとて遠慮はいらぬ。戦場では存分に使うてくれ」

男たちは、魅入られたように井筒、いや、女介を見つめていた。本城家の悲劇はここにいるだれもの胸に癒えない傷を刻んだ。ことに一度は毛利へ寝返り、または寝返ろうとした者たちにとって、他人事ではなかった。女介へ哀悼の意を表すると同時に、毛利への烈しい憤怒への共感と、女だてらに馳せ参じた心意気に感動して、胸を熱くしている。

道理介も思わず、膝においたこぶしをにぎりしめていた。左右を見れば武骨一辺倒の兵庫介のへの字にまげたくちびるの端が小刻みにふるえている。庵介や生死介でさえ、よけいな口をはさむ気力を失っているようだ。

「されば皆々、いざ、力をあわせ、出雲を奪いかえそうぞ」

男でも惚れ惚れするような精悍な貌に決意の色をみなぎらせて鹿介が片腕を突きあげると、おうッと勇ましい返事と共に、数十のこぶしが天を突いた。すべりだしは上々である。

「道理介どの……」

帰り際に呼び止められた道理介は、自分から鹿介の肩に手をおいていた。

「どの、はやめてくれ。もはや身内、道理介で十分にござるよ」

「おぬしは新宮党を嫌っていたはず。それをよう……」

「姫さまは新宮党の養女である前に尼子のお血筋、神々の申し子でもあられる。そのお子にお仕えするのだ。なんの不服があろうか」

「ようういうてくれた。おぬしは山中のおれも疎んじておったようだが……」

「いや。それはちがう。おぬしの先祖が荒法師を闇討ちにした件なれば、はるか昔のことだ。それに闇討ちなら、わしとて引けを取らぬ」

毛利に降るふりをして元就の寝首を掻こうとした豪胆な男は、呵々と笑って、悠然とその場をあとにした。

六

ああわとした春陽につつまれて、女たちが笑いさざめいている。悲運の半生ではほとんど声をたてて笑ったことのなかったスセリまでが、袖を口にあてて笑いをこらえていた。

「ほんでウチの人いうたら、屋根からころげ落ちたあげく肥溜(こえだ)めにドボン……」

猫女が巨体をゆすって思いだし笑いをするたびに甜瓜(まくわうり)のような乳房がゆさゆされる。この日、スセリとイナタが隠れ住む寓居(ぐうきょ)に、猫女が来ていた。

道澄に助けを求めた二人の送りこまれた先は鴨川(かもがわ)の東岸、聖護院の森の奥にある尼僧院だった。かつてはこのあたり一帯に御堂が建ち並んでいたというが、度重なる大火で焼けて、伽藍(がらん)は今、烏丸今出川(からすまいまでがわ)に再建されている。藁葺(わらぶき)の庵(いおり)がぽつぽつとあるだけなので、寺院というより尼の里といった趣である。ここでは、どこからともなく集まってきた女たちが、ささやかな畑を耕したり竹を編んだりしながら、最澄にはじまる天台宗の教えを学んでいた。

スセリとイナタも庵のひとつを与えられた。近隣の農家の娘で十四だというナギが毎日二人の世話に来てくれる。女ばかりの里ということもあったが、鼠介では毛利の間者に見つかる恐れがあるので、今は猫女が鹿介との取りつぎ役をつとめていた。

「猫女、今日は十分に笑うた。それより、早う見せておくれ」

スセリに催促されて、猫女は担いできた葛籠を開いた。中から取りだしたのはひと目で上物とわかる色とりどりの布地である。

孫四郎の還俗の儀が間近に迫っていた。鎧や兜はスセリの手にはおえないが、直垂や十徳などの装束は母が見立ててやりたい。それに但馬へ出立するとなれば、自分たちも旅仕度が必要だった。何千という尼子軍の旗頭となる息子と女頭領たる母の装いとなれば、無理をしてでも豪奢な装束をあつらえなければならない。頭領が粗末ないでたちでは、戦備えもろくにできないほど困窮しているとみなされて愛想をつかされるか、よほどの吝嗇と疑われ、いずれにしても兵は及び腰になるにちがいない。

「辻が花染か。なんと美しい……これも、これも、これもじゃ。こちらは孫四郎どのに……」

「いくさ……いえ、山名の一家臣になるのに、それでは贅沢がすぎましょう」

戦場といおうとしたのか、布の山をうっとりと眺めているナギに気づいて、イナタはあわてていいなおした。小娘のナギを警戒しているわけではないが、もし「豪奢な装束を山ほどあつらえていた」などと噂がひろまれば、それが呼び水となって毛利方が尼子の動きに目をむけ、忍びを送ってくるかもしれない。

「わかっておる。猫女。これで孫四郎の鎧直垂を。こちらはわらわの打掛じゃ。小袖はこれとこれだけでよい。イナタ、そなたも選べ」

ひとしきり布地選びが終わると、猫女はイナタに目くばせをした。イナタはナギに白湯の仕度を申しつけ、それとなく遠ざける。

猫女は表情をあらためた。

「鹿介さまは、大三島神社へ行かれるんだとサ。太刀を奉納して戦勝祈願をなさるそうだよ」

「大三島神社ッ。瀬戸内は村上水軍の本拠地ではないか。村上水軍といえば毛利の……」

「それやったら心配はいらん。豪商に伝手があるそうだし。堺で奈佐水軍の頭領に会うて、話をつけてから大三島へ行くと……」

「奈佐水軍……いずこの水軍じゃ」

「そもそもは隠岐水軍の片割れ、毛利に敗れたとき但馬へ逃げこみ、山名家の庇護をうけた」

毛利への怨みに燃えているのは尼子と同様、おまけに但馬から出雲へかけての海域なら知らぬことはないという。

「供は？　源太兵衛か、道理介か」

「女介」

「女介？　たしか本城の姫……なにゆえ女子をつれて行くのじゃ。他にはだれが？」

「大力介」

「たった三人で大三島神社へ出かけたのか」

スセリは色をなした。

猫女は左右を見てナギが戻っていないことをたしかめた上で、説明を加えた。

「毛利に騙されて身内を成敗された本城の姫なら、水軍を身方に引き入れる役にうってつけ。ウチの人の話じゃ、そのために供をさせることにしたらしい」

スセリはうなずいた。女介には水軍の頭領を調略してもらわなければならない。

「女介はいくつじゃ」

「二十前後かと……」

「さように若いのか。姿かたちは？」

「女介と大力介は長旅をして都へついたばかり。その日に大三島行きを命じられたそうで、こちらへ挨拶する暇がないと……」

猫女がいいかけたとき、ナギが湯呑をのせた盆を運んできた。白湯とは名ばかり、にごり酒である。猫女は酒に目がない。

「おやまぁ、ここで酒が呑めるとはねえ」

「ナギが家からこっそりもってきたのじゃ」

「家でつくったものだそうですよ、ねえ」

「へえ。お口にあうとええんやけど」

女たちは酒を呑み、再びあたりさわりのない四方山話(よもやまばなし)をはじめた。

どれほど談笑していたか。強い酒に酔ったのかもしれない。しゃべっている猫女の口がどんどん大きくなって、体を折り曲げて笑っているイナタをあわや吸いこみそうだ。猫女の乳房が四つにも八つにも見えて、スセリは火照(ほて)った頰に手をあてた。と、そこで目をしばたたく。

手のひらに黒い影のようなものがうき出ていた。羽をひろげた三本足の烏、そう八咫烏だ。息を呑んで手のひらを凝視するスセリを、座敷の片隅でナギがけげんな顔で見つめている。

七

鹿介、女介、大力介の三人は船で淀川(よどがわ)を下った。第一の目的地は堺だ。鹿介は豪商の屋敷で山名家に大恩があるという海賊の頭領(かしら)と会い、交渉がまとまれば共に大三島神社へおもむいて戦勝祈願をすることにしていた。

三千四千の兵が海を渡るとなれば、なんとしても水軍の助けが必要だ。しかも鹿介は、尼子の戦力として再興軍に水軍を迎えたいと願っていた。奈佐水軍が身方につくかつかないかは、戦の勝敗にもかかわってくる。

「なにゆえ堺で会うのか」

「行けばわかる」

堺は現在、大名家の支配下にはないという。商人たちは自分たちで決まりをつくり、助けあって治安を保っていた。だから堺にいるあいだは、敵身方の別なく安全に商いができる。つまり、毛利も山名もない。

「さようなところがあるのか。信じられぬ」

女介は目を丸くした。湊があり船があり商いがさかんで豪商がひしめいているなら、だれもが自分の領地にしたいと思うはずだ。攻められたとき、どうやって防衛するのか。

「昨年、三好衆を都から追いだした織田が、堺の商人たちに破格の軍資金を出せと命じたそうでの、豪商たちは相談の上、要求に応じた」

戦乱の世が鎮まれば、堺も勝ち抜いた為政者の庇護下にはいることになる。鹿介によれば、武器を調達して財を蓄えながら、豪商たちは目下、情勢を見きわめているところだとか。

「織田はさように強いのか」

「浅井、朝倉、上杉、武田……群雄がひしめいておるゆえまだなんともいえぬが……たしかに織田軍の威勢は群を抜いている」

「西は、毛利か」

「うむ。しかし毛利は長うない。われら尼子が取ってかわる」

鹿介は自信満々だった。尼子は毛利に完膚なきまでに叩きのめされた。月山富田城が開城となり、尼子の当主が安芸国へ流される光景を目の当たりにしたはずなのに、この自信はどこからくるのか。

山中鹿介——ふしぎな男だ。

女介は鹿介に会うのをなにより愉しみにしていた。まるで生き神にまみえるがごとく、胸をときめかせ、その日を待ち望んできた。

期待が大きすぎたせいか、巨体で容貌魁偉な大力介を見慣れていたからか、はじめて会ったときは肩透かしをくわされたような気がした。大柄で頑健、眼光鋭く、好男子なのはよいとして、鹿介には上に立つ者がもつべき非情さ——敵を斬り捨てても平然としているような——が欠けているように見えたからだ。それがなければ有象無象を束ねられない。

けれど共に旅をしてみて、女介は自分の思いちがいに気づいた。鹿介がこれだけの尼子残党を集められたのは、力で圧するのではなく風貌や知力、それに器の大きさ——人々を虜にしてしまう明るさと無私無欲な生き方——によるものだった。

「頭領。訊いてもよいか」

「なんなりと。だが、おれは頭領ではないぞ。頭領はスセリ姫さま孫四郎さま母子だ。おれのことは鹿介と呼べ」

「なれば大将と呼ぼう。われが訊きたいのも姫さまのことだ。姫さまとはどのようなお方か」

挨拶もしないまま、あわただしく出てきてしまった。たとえ名ばかりの女頭領だとしても、鹿介ほどの男が臣下の礼をつくしているのだ、それなりの力があるにちがいない。

「道理介の話では、姫さまは神々の申し子で八咫烏と話をしておられたとか」

「いかにも。ただしここだけの話だが、八咫烏の一件は道理介を身方に引き入れるために鼠介が細工をした。だがあのとき、おれは物陰で見ていた。姫さまが道理介のほうへ体の向きを変えて片手を上げたとき、手のひらに、八咫烏の影がうき出ていた」

「姫さまの手のひらに……八咫烏が……」

女介はごくりと唾を呑んだ。そんな奇怪な話は聞いたことがない。

鹿介は真顔でつづけた。

「道理介は頭をたれておったゆえ見ておらぬ。姫さまも気づいてはおらなんだはず。影はたちどころに消えてしまったが、夢ではない、あれは、たしかに、八咫烏だった」

炙りだしさながら、スセリの手のひらに八咫烏がうかびあがったということは――。

「姫さまこそ毛利の大蛇(オロチ)を退治して尼子を勝利に導くお方だ。われらはもはや勝ったも同然」

鹿介は断言した。双眸(そうぼう)には一点の翳(かげ)りもない。

尼子再興軍には、神がかりの女頭領と非凡で人好きのする大将、鹿介、源太兵衛という軍師や三郎左衛門のような調略の策士、加えて個性豊かな勇士たちがいた。

「あとは、水軍のみ」

鹿介の言葉に、女介もうなずく。

堺は、女介がこれまで見たどこともちがっていた。三方を堀にかこまれ、西方は大坂湾の海に面している。大小の船が係留されているのは各地の湊と変わらないが、ここには家紋をひけらかせて歩く武士たちの姿はなかった。雑多な人々がつどい、物があふれ、どこもかしこも活気に満ちている。

「ひゃ、これはなんだ？」

外観はどこにでもある屋敷だが、中へはいれば食卓に椅子、絨毯(じゅうたん)、燭台(しょくだい)、硝子(がらす)の器……異国の品々が所狭しとおかれていた。

「この屋敷の主、今井さまは堺きっての豪商での、船はむろん、倉も数えきれぬ」

今井宗久(そうきゅう)は立身出世を志して若き日、堺へやってきた。商いはむろん茶まで学び、薬種問屋から身を起こして南蛮貿易や武器の売り買いで肥え太り、今や堺きっての豪商である。とてつもない財力を誇っているという。

その夜、女介は久々に神楽巫女に扮した。市で買った宝玉やきらびやかな布で飾り立て、宴の席で神楽舞を披露した。大力介の太鼓にあわせて唄い舞う。無数の蠟燭が妖しい光をまきちらす中、女介のしなやかな舞いは居並ぶ男たちの視線を釘付けにした。

「お見事お見事」

余興が終わるや、宗久は満面の笑みで女介を手招いた。五十がらみの恰幅のよい男である。茶人としても知られているだけあって、表情にも仕草にも品がある。

「さぁさぁ一献。これは異国の酒、なかなかの美酒にござりますぞ。ええと……」

「われらが同志、女介にござる」

「同志?　するとこちらも尼子の……」

宗久が目をしばたたいたとき、聞きなれぬ男の声がした。

「神楽巫女の手まで借りるとはナ。尼子も地に堕ちたのう」

声の主は浅黒い顔の、切れ長の目をした若者である。髪は茶筅髷、いでたちは小袖の上に陣羽織のようなものをまとっている。ふてぶてしい態度からしてこれが海賊の頭領だろう。

女介は若者をにらみつけた。

「今、なんというた？」

「女介。やめよ」

鹿介は女介を制して、若者に頭を下げた。

「ほんの座興、お気に障ったのであればお許しあれ」

詫びはしたが、一歩も退かぬ構えである。

そのあとは女介と大力介も宴につらなって、宗久心づくしの酒肴に舌鼓を打った。

若者は、やはり海賊の頭領、奈佐日本介だった。とうとう最後まで、日本介は女介のほうを見ようとはしなかった。アマテラスではないが神楽舞で籠絡、本城家の悲話で海賊の心をつかむ……女介の目論見ははずれたものの、鹿介は言葉巧みに日本介を懐柔、出雲への渡海に水軍の手を借りるところまではとりあえず確約を取りつけた。

が、女介の胸はおさまらない。

無礼な若造め、許せぬ――。

八

夜更けを待って、女介は日本介の寝所へ忍びこんだ。

腰の高さほどの台にしつらえられた寝床で、奈佐日本介は寝息をたてていた。さほど酔ったようには見えなかったが、呑みなれない異国の酒が利いてきたのだろう。そういう女介も動悸が速まり、顔が火照っている。

座敷の隅に燭台がひとつあるきりなので、薄暗くてぼんやりとしか見えない。が、日本介の寝顔は少年のようで、どう見ても海賊の頭領とは思えなかった。

無礼な態度に一矢報いてやるつもりだった。われの色香に逆らえるものか、翻弄してやろう……と挑む気持ちもあった。それなのに寝顔を見ているうちに、昂(たかぶ)りが鎮まってきた。

女介は、するりと寝衣を脱いで台にのぼった。日本介のとなりに身を横たえる。うとうとしてしまったのは寝心地がよかったからだ。夜具に焚(た)きしめられているのか、甘やかな香がかすかにただよって、なおのこと眠気を誘われる。

突然、頰を張られて目を開けた。

「イタッ、なにをするッ」

「おぬしこそ、ここでなにをしておるッ」

日本介は酔ってなどいなかった。女介におおいかぶさり、両手で女介の両の手首を押さえつけた。見かけとは裏腹に馬鹿力で、あがいても女介の力では撥(は)ねのけられない。

「鹿介に命じられたか、骨抜きにせよと。それとも、寝首を搔け、と……」

日本介の目は怒りに燃えていた。

「ちがう。大将はなにも知らぬ」

「だったらなぜ、ここにいるのだ」

「おまえに教えてやるためだ」

「なにを？」

訊きかえしたとき、日本介の手の力がわずかだがゆるんだ。女介は機会を逃さなかった。身を起こし、日本介の腕に咬みつく。

「うッ、イタタ……貴様ッ」

日本介は逆上して女介の首を絞めあげようとした。おかげで女介は手が自由になった。渾身の力で日本介を突き飛ばして、台から跳びおりた。床に脱ぎ捨てた寝衣を拾いあげ、裸の体にまきつける。

「これでわかったろう」

台の反対側で、尻餅をついたまま、あっけにとられたような顔でこちらを眺めている日本介に、女介は勝ち誇った目をむけた。

「われは神楽を舞うためにここへ来たわけではない。われは強い。われは尼子の戦士だ。毛利元就の首は、この手で掻っ切る」

いうだけいって、女介は出て行こうとした。寝床の中であれ外であれ、日本介が自分に一目おく気になってくれさえすれば、それでよい。長居は無用だ。

日本介のほうは、まだ納得しかねているようだった。「待てッ」と叫ぶ。

「おぬしは何者だ？」

「われは、毛利に命を奪われた本城常光の忘れ形見」

女介は身をひるがえした。


翌朝、鹿介一行に日本介を加えた四人は、堺の湊から今井家所有の船に乗りこんだ。出陣の時が迫っているので、のんびり親交を温めている暇はない。女介と日本介も昨夜のことはなかったような顔をしている。

船は船首の水押が上へ長く突きだし、帆柱に麻の帆をかけたベザイ——のちに巨大な木綿の帆をつけ、廻船として活躍する弁財船——である。荒天には弱いものの大量の荷物を運べるので、瀬戸内海での航行には適している。陽光きらめく水面を船はすべるように進む。

淡路島、小豆島を横目で見て一路西へ、無事大三島東岸へ到着した。参詣には西岸の入江へはいるほうが近いと聞いていたが、あえて人けのない場所に船をつける。

三島明神は戦いの神ともいわれる。全国の大山祇神社の総本社が鎮座するこの島は、古より御島と呼ばれて人々の信仰を集めてきた。鷲ヶ頭山の西麓には檜皮葺の本殿のほか、楠林のそこここに諸殿が建ち並んで、神の島ならではの荘厳な気配がたちこめていた。

四人は船を入江で待たせ、大三島神社へむかった。本殿に詣でて合戦での勝利を祈願、鹿介が大太刀を奉納する。

「これで準備はととのうた。いよいよ出陣だ」

鹿介は本殿に背をむけるや、こぶしを天に突きあげた。

「奈佐どの。よろしゅうたのむぞ」

「承知。日本介が引きうけた以上、おぬしら全員、出雲へ上陸させてやる。まかせてくれ」

日本介も力強く応じる。ここへ来る船中でも二人は手筈(てはず)を話しあっていた。堺へ戻ったら日本介はひと足先に但馬へ帰って、鹿介たちが孫四郎の還俗の儀を済ませて但馬へ行くまでのあいだに船の手配をしておくという。

「すべてが上々にござるのう。やはり天は尼子の身方、ということだ」

大力介は女介に無邪気な笑顔をむけた。

ところが――。

入江へ戻り、鹿介につづいて船に乗りこもうとした日本介は、眉をうごめかせて足を止めた。

「妙だぞ」

日本介は船の縁に立って四人を迎え入れようとしている水夫たちの足下を見ている。腹掛の上から筒袖の布子を裾短に着て荒縄でしばり、股引に脚絆といういでたちは、たしかに今井家の水夫だが、甲掛け草鞋がくるぶしまでの革沓に変わっていた。兜に甲冑、膝当をつけて武器を手にすれば水軍の兵である。

四人がいない間に水夫がすりかわったとしたら……。甲掛け草鞋の着脱は手間がかかる、それで足ごしらえはそのままだとしたら……。

女介がはっと息を呑んだときにはもう、鹿介は船から降りようとしていた。だが船に気をとられていた女介と大力介は一瞬、警戒を怠った。どこに身をひそめていたのか、四方から雄叫びと共に駆けてきた甲冑の一団に無数の長槍を突きだされ、二人は抜刀する間もなく動きを封じられてしまった。

「畜生め、謀られたか」

大力介はウオーッと吠え、長槍を撥ねのけようとした。が、いかに大力でも、十数本の長槍でがんじがらめにされては為すすべもない。

二人が捕らわれたと気づいて、鹿介と日本介も抜刀したものの棒立ちになっている。と、そのとき、船から兜に甲冑姿の男が降りてきた。

「さてと、乗船していただこうか」

「嵐丸。謀ったなッ」

日本介は歯ぎしりをする。

「逃げろッ。われらのことは捨ておけッ」

女介がすかさず大声を張りあげると、大力介も負けずに叫んだ。

「小事を捨てて大事をとるのだ。早うッ」

腕っぷしの強さでは引けをとらない鹿介と日本介の二人なら、逃げおおせたかもしれない。大三島神社の近辺まで逃れれば、神官も参詣人もいる。海賊といえども大衆の面前で神域を汚すような暴挙はできない。

日本介は、鹿介を見ていた。

尼子再興の夢は目前である。都でも但馬でも多くの残党が合戦の秋を待っている。はるか出雲でも。女介と大力介の命を救うためにそのすべてをくつがえし、皆を落胆させてよいものか。

「大将ッ、われらを捨てて逃げよッ」

「ほほう。逃げればこの場でこやつらをめった突きにするぞ」

「大将ッ。行けッ。たのむから行ってくれ」

女介は懇願した。叶うなら、駆けて行って鹿介の背中を押したいくらいだ。

鹿介は女介と大力介を一瞥、それから日本介を見た。さらにその目を嵐丸にむける。

「よかろう。乗船する。手荒な真似はするな」

嵐丸はうなずいた。女介は失望の呻きをもらす。長刀を捨てる前に、鹿介は今一度、嵐丸に目をむけ、日本介を顎で指し示した。

「この者は道案内だ。放してやってくれ」

「ハハハ、そうはゆかぬわ。こやつを逃がさばいずれか一人、命をもらう。おれが嘘をいわぬのは存じておるはず、のう、日本介」

「ふん。こたびはおれの負けだ。煮るなり焼くなり好きにしやがれ」

「相変わらず威勢だけはよいの。ま、あわてることはない。毛利にはおぬしがいちばんの土産ゆえ」

日本介は武器を捨てた。海賊同士、嵐丸とは旧知の仲らしい。それにしても、部下を見捨てられない鹿介の気持ち――女介にいわせれば無用の温情――はわかるとして、尼子と縁もゆかりもない日本介が、なぜ女介や大力介のために自身の命を危険にさらす気になったのか。女介はふしぎでならない。

「奈佐どの……すまぬ」

鹿介が詫びると、日本介は肩をすくめた。

「へ、おいらの性分なんでね」

二人がそろって乗船すると、女介、大力介を威嚇していた長槍は引っこみ、それぞれ左右の一本をのこすだけとなった。その槍で追いたてられて二人も船に乗りこむ。

「こやつらを船底にころがしておけ」

嵐丸は手下どもに命じた。

温泉津からはるばる旅をして、ようやく都へたどりついた。毛利との合戦にのぞむ日はすぐそこまで来ている。それなのに、あと一歩のところで捕らわれ、生死の淵に立たされようとは……なんという不運かと女介は天を呪う。

まこと八咫烏をあやつる女神の化身なれば、スセリ姫さま、どうか、お助けくださいーー。

女介は一心に祈った。

九

鹿介一行が瀬戸内で囚われの身になっているころ、兵庫介は東洞院通七条を下った傾城町にある傾城屋の小座敷にいた。

尼子再興のために集まった勇士たちの中で、兵庫介ほど剛毅な男はいない。忠義一途の堅物という意味なら道理介も負けてはいないが、こちらは年配のゆえもあるのか偏屈で理屈っぽく、行動を起こすまでに時がかかる。

兵庫介は猪突猛進型だった。考えるより先に突っ走る。いずれ劣らず堅物の三兄弟の中でも見かけまで猪に似た兵庫介はかちんかちんの石頭だから、当然ながら、傾城町に足をふみいれたことなど生来一度もなかった。

今だって、来たくて来たわけではない。貧乏ゆすりが止まらないのも、にじみ出る汗をしきりにぬぐっているのも、場違いなところへ来てしまったという気後れのせいである。

「生死介め。まったく、あの阿呆めが……」

なぜ断らなかったのか。

断れなかった。泣きつかれて、つい男気を出してしまった。もっとも生死介にしても、道理介は端から論外、鼠介では猫女にひねりつぶされる恐れがあるし、他は皆、但馬へ出立してしまったのだから、兵庫介に頼るしかなかったのだろう。

女がはいってきた。

兵庫介の背中に冷や汗が流れる。

「お待たせぇ。今日は人が足らんさかい、あっちゃこっちゃ掛けもちで……すんまへんなぁ」

鼻にかかった声ですりよられて、またもや、汗が背すじを伝い落ちた。

「おまえが、き、黄揚羽、か」

「へえ。おや、顔も知らんでうちを呼んでくれはったんどすか」

「い、いや。その、これにはわけが……」

「わけなんかええわ。さ、早よ、しまひょ」

黄揚羽は兵庫介の着物を脱がせようとする。跳びのきざまに尻餅をつき、兵庫介はぶざまに両手を泳がせた。

「待て。おれは話が……」

「次があるさかい、話なんかしてる間は……」

「いいからッ、こ、これを」

兵庫介はふところから布包みを取りだして、黄揚羽の手に押しつけた。いぶかりながらも包みを開いた黄揚羽は、ひゃーと素っ頓狂な声をあげる。

「銭やないの。それも、こんなにぎょうさん」

やっと兵庫介の話を聞く気になったようだ。黄揚羽は神妙な顔をむけてきた。

兵庫介も居住まいをあらためる。

「生死介は存じておろうの」

「生死介？　さあ……どないなお人どす」

特徴を話してやるとようやく思いだしたようで、あいつか……と眉をひそめる。

生死介からは惚れあっていると聞かされていた。自分が逢いに行ってやれないので泣き暮らしているだろう、とも。首をかしげたものの問いつめている暇はない。

「生死介は遠方へ行くことになった。たぶん京へは帰れんだろう。それで、一度きりでよい、おまえに逢いたいそうだ。といってここは出入り禁止。逢いに来てくれれば、なけなしの軍資金から餞別を贈りたいといっておる」

「銭を、また、くれはるの？」

「そうだ」

「けど、うちはこっから出られしまへん」

「稲荷へは詣でるだろう」

「へえ、お稲荷はんには毎朝」

「そこで神隠しにあう。心配は無用。一刻もしたら、おなじ場所で、気を失ったまま倒れているところを発見される」

仕事に穴をあけさえしなければ、傾城屋の主もうるさく詮索はしないはずだ。

黄揚羽は承諾した。

「うち、あんたはんみたいなお人が好みやわ」

帰ろうとする兵庫介を引き止め、床へ引きこもうとしたのは戯れか。狼狽する兵庫介の手をとって乳房にふれさせたり、裸の四肢をからめてきたり、あわや兵庫介もわれを忘れかけたが……ほうほうのていで逃げ帰った。生死介に知られたら、あとが面倒である。

「兄者。どこへ行っておったのだ？」

「なんだか、よき香りがするな。白粉（おしろい）？　まさか……ハハハ、兄者にかぎって」

弟たちにからかわれ、兵庫介は不機嫌な顔でのこりの一日をすごした。やるべきことはやった。次は鼠介の出番だ。百戦錬磨の忍びなら、女一人、神隠しにあったように見せるくらいはお手のものだろう。

そのあとどうなったか、兵庫介は生死介にたずねなかった。なにもいってこないのは首尾よく終えた証拠だと思いこんでいた。生死介と黄揚羽は今生の別れを済ませ、二人は――少なくとも生死介は、未練を断ちきって合戦にのぞむのだ、と。

だから後日、但馬へむかう行列の中に黄揚羽の姿を見つけたときは、文字どおりひっくりかえりそうになった。

黄揚羽は侍女のいでたちをして、スセリの輿（こし）のかたわらを歩いていた。兵庫介と目があうやしなをつくり流し目を送ってくる。兵庫介の背中は、またもや冷や汗にまみれた。

十

女介は荒縄で手足を縛られ、猿轡（さるぐつわ）まで咬まされて船底にころがされていた。どこへつれて行かれるのか。日本介なら知っているかもしれないが、これでは話もできない。

せめてもう少し楽な姿勢になれないものか。そう思ったのは日本介もおなじだったようで、見張りの姿が見えなくなるや、芋虫さながら、もぞもぞと体を動かしはじめた。じたばたしたって無駄だ。手も足も使えないんだから——。

女介には日本介の涙ぐましい努力が滑稽に見えた。ところが日本介はいっこうにあきらめない。それどころか女介と目があうと、いたずらを思いついた小童のように目くばせをした。

荷箱に近づこうとしているようだ。船底には帰路、今井家と取引のある瀬戸内の大名や豪商へ売り捌くことになっている品々のはいった木箱がつみあげられている。

はじめは女介同様、けげんな顔で眺めていた鹿介と大力介も、日本介の奇妙な動きに今や眸をこらしていた。日本介は荷箱のそばへたどりつくや、両足をもちあげて箱の側面にドンとぶつけた。まずは一回、一拍おいて今度は二回、一拍おいて次は四回。

するとどうだろう。トントントンと箱の中から叩きかえす音が聞こえてきた。一番下の箱に人がいるようだ。

女介は合点した。そもそも海賊の頭領が、敵方の村上水軍の庭ともいえる瀬戸内へ、手下もつれずにやってくるのは無謀のきわみ。武器を捨ててあっさり乗船したのは、あらかじめ船に仕掛けがほどこしてあったからだろう。

三人が目をみはっていると、箱の一カ所が隠し扉のように開き、人の手が出てきた。

片手に小刀をもっている。筒袖の布子を着た手は日本介の足を縛っている荒縄を断ち切り、つづいて手の縄を解いた。

「頭領。因島かどこかへつれてかれるんじゃねえかとひやひやしましたぜ」

日本介は猿轡をはずして深々と息をつく。

「他のやつらは？」

「大三島に。いえ、殺られちゃいやせんよ。今井さまを敵にまわす阿呆はおりやせん」

大三島で下船させられた水夫たちの中に日本介の手下がひそんでいたなら、今ごろは頭領を救いだす算段をしているにちがいない。

「よこせ」

手下は長刀と甲冑、兜、最後に麻袋を箱の外へ押しだした。日本介は身づくろいをして麻袋をかかえ、長刀をつかむ。

「あとはたのんだぞ」

「へい。おまかせを」

隠し扉が閉まった。箱はなんの変哲もない荷箱に戻る。

箱の内と外との奇妙なやりとりをあっけにとられて眺めていた三人は、日本介が出て行こうとするのを見て狼狽した。まさか、自分たちを見捨てようというのか。喉の奥で呻いてけんめいに体をばたつかせ、抗議の意をあらわす。

日本介は声を殺して笑った。

「おいてきゃしねえよ。すぐに出番がくらぁ」

それからはめまぐるしい展開となった。日本介が出て行くや、近場で爆音が聞こえた。嵐丸の手下どもが血相を変えて飛んでくる。日本介がいないことに気づくや大騒ぎになった。鹿介たち三人が疑いの目をむけられなかったのは、縛りあげられたままだったおかげだ。

猿轡が解かれた。

「野郎はどこだッ」

手妻（てづま）のように縄を解いて出て行ったと異口同音に答える。手下どもはもう三人には見むきもしないで、日本介を捜しにとびだしていった。

「さてと。おれたちも加勢に行くか」

荷箱から手下が這い出てきた。海風にさらされて肉を削ぎ落とされた体はさながら骸骨のよう、しかも煮しめたような肌をしている。

手下は三人の縛め（いまし）を解いてまわり、各々に甲冑と武器を配った。男の説明によると、日本介は狼煙（のろし）を上げて仲間に報せ、嵐丸一党から船を奪いかえす算段だという。

「仲間って……どこに仲間がいるのだ」

「船さ。遠くに見えたろう」

海賊には海賊の戦い方があるらしい。

「おれたちも加勢するぞ。大力介……」

「おう。やつら、ひとまとめにして海へ放りこんでやりますぜ」

鹿介と大力介が嬉々としていうのを聞けば、女介もじっとしてはいられない。

「われもこの時を待っていた。大将、女と思うな、よおく見ておけ」

四人は慎重に足音を忍ばせて船底から出て行く。甲板では日本介が十数人の敵にかこまれていた。とはいえ、立ち往生しているわけではない。斬りこまれそうになるたびに麻袋から取りだした火薬を投げつけるので、嵐丸の手下たちのほうが往生している。

「かかれーッ」

鹿介の号令で四人が躍り出ると人の輪がくずれ、驚きうろたえて大混乱に陥った。動揺をついて女介も熟練した小太刀の腕を披露する。さほど広くもない船上では小太刀のほうに分があるようで、敵の油断をついて体ごと突っこみ、突き斃したのは一人ではなかった。ただし刃こぼれも早い。横づけされた船から奈佐水軍の一団が乗り移ってこなければ、勝敗は五分五分だったかもしれない。

「ううぬ。このままで済むと思うなよ」

嵐丸が憤怒の形相で海へ飛びこんだときにはもう、その手下のことごとくが――息のある者もない者も――海にただよっていた。

今井家のベザイは奈佐水軍の護衛船と共に、何事もなかったかのように瀬戸内の湊をめぐって堺へ帰港した。

「おれがまちがっていた。女介。おぬしは立派な勇士だ。出雲で共に戦おう」

下船する際、日本介は女介のところへやって来てそういった。「出雲で共に戦おう」とは、尼子再興軍に加わる気になったということか。もしそうなら、女介は首尾よく役目を果たしたことになる。安堵の息をつく一方で、女介は人知れず舌打ちをした。

出航前夜、日本介の寝所へ忍びこんだあのとき、咬みついたり突きとばしたりするかわりにもうひとつの才を発揮していたら、日本介が自分を見るまなざしは今とちがっていたかもしれない……。

われは尼子の戦士だ、未練は無用──。

自らにいい聞かせる。

十一

スセリは手のひらを眺めていた。

白く、なめらかで、柔らかい。もう一方の手でこすっているとほんのりと紅色に染まってくるものの、もとより刻まれている濃淡の線以外に模様がうき出てくることはない。

あれは、酔眼が勝手に描いて見せた幻だったのか。あの八咫烏は……。

「いや、あれは現じゃ」

思わずつぶやいている。

「なにが現にございますか」

運針の手を休めて、イナタが訊いてきた。

「なんでもない。考えておっただけじゃ」

「なにを考えておられたのでございますか」

「昔のことを……わらわが生まれるより以前の出来事を」

出雲国塩冶、滔々と流れる斐伊川のほとりに建つ父の城、杵築大社や日御碕神社に守られ、神々と共にあった国……まだ見ぬ彼の地への憧憬が日々強くなってゆくのは、八咫烏が自分をどこかへ誘おうとしているのだろうか。

「そなたの母が生きておるあいだに、もっと訊いておくのじゃった。父上はなにゆえ乱など起こされたのか、どこでどうご自害あそばされたのか、わらわは父上のことをなにも知らぬ」

「わたくしも日御碕神社へ預けられておりましたゆえ、昔のことはなにも……」

「なれど、父上はわらわにスセリビメという名を授けられた」

「はい。乳母子のわたくしをイナタと名づけよとわが母に仰せられたのも、姫さまのお父上だと聞いております」

父は、自分の娘が尼子を背負って立つこと、それには神々の加護が必須だということを予知していたのではないか。そう思えてならない。

「出雲国には黄泉へ通じる洞があるとか」

「わたくしも神社にいたころ、さよう耳にいたしました。あそこだここだというだけで場所はわかりませんでしたが……」

「いつか八咫烏が導いてくれるやもしれぬ」

スセリが手のひらに視線を戻したとき、おもてで足音が聞こえた。つづいて人声。ナギが応対している。しばらくするとナギが書状を持ってきた。

「猫女さまのお使いがこれを」

中をたしかめると、道理介の筆跡だった。鹿介一行が無事に帰還したこと、「ついては、いよいよ孫四郎さまの還俗の儀がとりおこなわれる。スセリ姫さまも山名家の山荘へうつられたし」と記されていた。

手渡された文に目をとおすや、イナタも感きわまった顔になる。

「待ちに待った秋が参りましたね」

「いよいよじゃ。もう引きかえせぬぞ」

イナタはナギに退出するよう命じた。が、スセリは呼び止め、ナギに膝をむけた。

「東福寺にいるわが息子が還俗して山名の家臣となる話は、そなたも存じておるの」

「存じております」

「わらわが息子ともども但馬へ行くことも」

「へえ、うかがいました」

「急な話ゆえ、皆に挨拶をしている暇はない。おまえから話しておいておくれ」

明日にも出立するというと、ナギは目をみはった。いきなり床に両手をつく。

「お願いにございます。お供させてはもらえませんか」

スセリはびっくりした。

「おまえには親兄弟がいる。さようなことを、勝手に決めてはならぬ」

「親の許しをもらいます。どこへ行こうと引き止めたりはせえしまへん」

スセリとイナタは顔を見合わせる。今度は、イナタが身を乗りだした。

「われらは但馬へ行くのですよ。そこからもっと遠いところへ行くことも、あるやもしれません。都へは二度と戻れないでしょう」

ナギはひるまなかった。小娘とは思えないほどきっぱりとした目で二人を見比べる。

「いずこへかてお供します。させてくだはれ。このとおり……」

平伏するナギを眺め、スセリは思案した。

女介は女ではなく勇士の一人とみたほうがよさそうだし、猫女は呪術師だからこれも侍女役はつとまらない。イナタだけでは装束を縫うにも手が足りない。戦仕度には女の手が欠かせない。

そこで、スセリは道理介と相談の上、すでに二人、侍女を召し抱えることにしていた。事情が事情ゆえにだれでもよいというわけにはいかない。再興軍の勇士たちの身内でだれかいないかとつのったところ、苅介の妻女と生死介の妹が同行を申し出た。苅介の妻はともあれ、生死介に妹がいるという話は初耳だったが、どのみち但馬の湊から出雲へ出陣する際には召し放つことになる。そう思って、スセリはこの件を道理介に託した。

二人に比べれば、ナギは気心が知れている。働き者だし、よけいなことはしゃべらない。まだ小娘だから毛利とのかかわりもないはずで、その点も安心である。

「おまえの親が手放してもよいというなら、願うてもなき話、侍女にしてやろう」

スセリがいうと、ナギはぱっと眸を輝かせた。うれし涙をこらえるように洟(はな)をすすり、何度も頭を下げる。

スセリはナギを早々に家へ帰した。明日は出立、となれば、家族に別れを告げたり旅仕度をしたり、為すべきことはいくらでもある。

「イナタ。行くぞ」

「はい。お供いたします」

二人は鈍色(にびいろ)の袈裟(けさ)を身にまとい、尼頭巾をかぶって、護身用の仕込み杖を手に庵を出た。そもそも毛利方の忍びらしき男たちに見張られていると気づいて、聖護院の森の奥にあるこの尼の里へ逃げこんだのだ。以来、一歩も外へ出なかった。明日は大事な日、外出はひかえるべきだろう。

　わかってはいたが、これだけはなんとしてもしておく必要があった。二度と京へは戻れそうにない。となれば、新熊野神社へだけは参拝しておきたい。

「よもやかようなことになろうとは……昨年の今ごろは夢にさえ見なんだものを」

「思いもよらぬことが起こるのが現世。いえ、これからはもっと驚くことが起こりましょう。姫さま、お覚悟なされませ」

「それでこそ、生きてきた甲斐があるというものじゃ。なにが起ころうとイナタ、わらわは、畏れぬ。だれのいいなりにもならぬ」

　鴨川の東方、東大路通を南へ下る。東山の麓を通って八坂を越え、五条のあたりまで来ると鳥辺野の煙が見えた。火葬の白い煙が仲春の空にとけてゆく。彼岸と此岸の境といわれる六条の辻をすぎ、智積院を越えてしばらく歩けば新熊野神社だ。

　この神社で、自分は新たな命を与えられたのだとスセリは思った。与えてくれたのは鹿介。鹿介を導いたのは八咫烏――応仁の乱のあと、寂れたままになっていた小殿に、ご神体のかわりとして祀られた木片、その木片に彫られていた鳥――である。

「姫さま。わたくしは見張りを」

イナタをその場にのこして、スセリは小殿へ。観音開きの戸を押しあけ、薄暗く埃っぽい内部へ足をふみいれる。板壁の隙間から一条の光が射しこんでいた。祭壇の上の朽ちかけた木片とそのまわりだけを明るく照らしている。

スセリは手をあわせた。長々と祈ったあと、惜別をこめて木片を撫でた。

そこで、おや、と首をかしげる。木片をもちあげ、ためつすがめつしてみたが、彫られていたはずの八咫烏が消えていた。木片は、ただの朽ち木だ。

「まさか……奇怪な……」

目をみはったとたん、木片がすべり落ちた。ふたつに割れて木粉が舞いあがる。

スセリは凍りついた。ご神木を落としてしまったせいではない。

両手のひらに、八咫烏の影がうき出ていた。

十二

永禄十二年春、昨年末に還俗が決まって以来この日を待ちわびていた孫四郎は、還俗の儀を済ませて尼子勝久となった。

勝久の「久」は経久・晴久・義久と代々うけつがれてきた尼子の通字、「勝」にはむろん、再興戦必勝の願いがこめられている。

初顔見せのその日、勝久は広間にしつらえた台の上に、スセリと並んで座った。四ツ目結(ゆい)の家紋をほどこした紫紺練緯(しこんねりぬき)の直垂が勝久の肌の白さを引きたて、若々しさと同時に生まれながらの気品をきわだたせている。だが勝久自身はそれが不満のようで、昨年、還俗が決まってから生やしはじめたふぞろいの口髭に付け髭までおぎない、剛毅な面構えに見せようと苦心していた。ふぞろいといえば、侍烏帽子の下から覗(のぞ)く髪もまだ短すぎて、はねないように蜜蠟でかためている。

髭も烏帽子も十七歳の若者の初々しさは隠せない。もっとも居並ぶ家臣たちにはその新鮮さが好意的に迎えられたようだ。皆、尼子一族の血で血を洗う抗争には辟易していたから、そうした過去とはかかわりのないところで成長した勝久に新しい風を感じているのだろう。鹿介が勝久に白羽の矢を立てたのは、実に正鵠(せいこく)を射た判断だったのだ。

その一方で、丸顔と面長のちがいはあるものの勝久の目鼻だちが先々代の晴久に似ているという事実は、これもまたスセリが予想したとおり、家臣たちの勝久への信頼を高める一助になったようだ。

これ以上の旗頭はどこにもおらぬ――。

スセリは目を細めた。

物心もつかないうちに父を誅(ころ)されたわが子を不憫(ふびん)と思い、産んだことを後悔した日々もあったが、今なら尼子のために自分は最善のことをしたのだと思える。おそらく稚児(ややこ)

の顔を見る前に世を去った自分の父も、今ごろは黄泉国でおなじことを思っているのではないか。

尼子の血を引く塩冶興久――自らをスサノオノミコトになぞらえ、斐伊川という大蛇に挑んで治水に尽力した父を、スセリは今ほど身近に感じたことはない。

勝久は、尼子の家臣に返り咲いた者たち一人一人から祝辞をうけていた。台座の下のむかって右手に、たった今、口上を述べたばかりの鹿介が、ひときわ凜々しい姿で座を占めている。

祝辞を済ませた道理介は、興奮さめやらぬ面持ちで右側の一番手についた。ちらりとスセリを盗み見て、火にふれたように目を伏せる。つづいて兵庫介と生死介が祝辞を述べて左右につらなった。兵庫介の弟二人と大力介もあとにつづく。最後は女介である。

「これなる女介は、瀬戸内にて、見事な働きをいたしました。共々に海賊を打ち負かしてござりまする」

鹿介がいうと座がわいた。勝久も女介に好奇に満ちた目をむける。

「海賊と戦うたか」

「われはただ、大将の御命に従うただけにございます」

女介は遠慮がちに答えた。男たちとおなじ素襖小袴を身につけている。が、髪は茶筅髷でも侍髷でもなく、頭頂でひとつに結んで長く垂らしていた。長旅をしてきた肌こそ

く美貌である。スセリの透きとおるような肌には及ばないものの、猛者ぞろいの中ではひときわ目を引

鹿介は、大三島神社参詣の際の嵐丸一党との、顛末を語った。

「さすれば、奈佐水軍がわれらに身方する話、首尾よういったのだな」

「は。毛利は、調略されて身方に加わった本城常光さまにどう報いたか。死をもって報いた。しかして尼子は、自らを裏切って敵方に奔った本城の姫を快く迎え入れた。そればかりか、毛利のまわし者と疑ってしかるべきところ、大三島神社参詣に伴い、なんの腹蔵もなく尼子の戦士として遇した。さほどに手下を大切にする尼子であれば自分も共に戦いたいと、奈佐水軍の頭領日本介は申してござりまする」

「なるほど。さすがは鹿介、ようやった。尼子の温情、尼子の結束が喧伝されれば、これからも馳せ参じる者が増えよう」

勝久は満足げにうなずく。

鹿介の深謀遠慮はもとより、還俗したての若者の堂々たるうけ答えも見事、その場のだれもが賛嘆のまなざしを送る。

スセリも例外ではなかった。わが子は生まれながらにして当主の器だったか。それもこれも鹿介のおかげだ。鹿介がついていてくれるならこの先も安泰、尼子は必ず息を吹きかえすにちがいない。

それにしても——と、スセリは女介をまじまじと観察した。この少年のような、そのくせ色香の匂いたつ女が、勇士の一人として、鹿介や大力介と互角に敵と戦ったとは信じがたい。けれどそれが事実なら、今後いかようにも使い途がありそうだ。手なずけておいたほうがよいとスセリは思った。

「女介。そなたを迎えて、尼子の士気が高まった。礼をいう。ついてはどうじゃ鹿介、女介に殿の側近として小姓衆を束ねてもろうては？」

鹿介は即座に同意した。

「それは妙案。されば女介には側近として、道理介には守役として、共に殿の身辺警護にあたってもらうとしよう。両人、励んでくれ」

鹿介に命じられて、女介と道理介は喜色をうかべた。尼子はこれより出陣である。側近だの守役だの小姓だのと役職にしばられている場合ではなかったが、それでも当主の身辺につき従い、身のまわりの世話をする役は不可欠だ。

勝久は尼子再興軍の総大将、鹿介は家老にして大将、今この場にはいないが立原源太兵衛は軍師、あとの者たちは——ひと足先に源太兵衛ともども但馬へむかった早苗介、苅介、庵介もふくめて——各々が武将としてそれぞれ組頭とその配下の足軽衆を統括することになる。勇士たちは旗本で、軍議にも加われば、先陣後陣もつとめる精鋭ぞろいだ。

スセリは今一度、一同を見渡した。頬だけでなく体の芯が燃えたっているのは、合戦が待ち遠しくてならないからだ。

「毛利の動きは？」

鹿介にたずねる。

「大友からの報せでは、いまだ、にらみあいがつづいている模様にて……」

「はさみ撃ちにするつもりなれば、一刻も猶予はならぬぞ」

「承知。明朝には出立いたしまする」

「但馬には？」

「鼠介を、ひと足先に」

スセリと鹿介のやりとりは、女頭領と大将のものだ。そこには私的な感情などいっさいはさまれていなかった。だからその場にいた者たちはだれ一人、二人の関係には気づかなかったはずである。

数刻後、スセリは鹿介に抱かれていた。

十三

闇の中を子鹿が駈けている。

ひょろりと長く、頼りなくさえ見えた四本の脚が力強く地を蹴って、まるで飛翔しているかのようだ。子鹿はあわてていた。一刻の猶予もならない。つぶらな眸には悲愴な色がうかんでいる。

イヌマキの林で脚を止め、鼻と耳をひくつかせながら、子鹿は四方を見まわした。森閑としている。月星も見えない。ときおり葉をざわめかせて風が流れてゆくばかり。と、そのときだ。鋭く風を切る音がして、空から黒装束の男が降ってきた。

「出陣か」

ナギはうなずいた。もう子鹿ではない。一瞬にして娘の姿に変身している。

「数は？」

「知りません」但馬へ行ってみなければ、わかりません」

「着いたら報せろ。「旗頭の名、陣容、武器、出雲への進路、すべてだ」

男はついと手をのばしてナギの顎をつかみ、うわむけた顔に酷薄な視線を這わせた。

「おまえの首をひねるのはわけもない。目玉をくりぬき臓物を掻きだしてやってもよいのだ、おまえの父親が人間どもにされたように。憎き尼子、山中鹿介にいずれしてやるように」

ナギは視線をそらさなかった。怯えは隠しようもなかったが、たとえ喉を掻っ切られたとしても、息絶える寸前まで男の目をにらみつけてやるつもりだ。

「行け。だが覚えておけ。おまえが逃げる場所は、この世にはないと」

男は立ち去ろうとしている。

「待ってッ。お母さんは？　弟や妹は？」

「今のところ、生きている」

いい終わる前に、男の姿は消えていた。

ナギはしばらく呆けたようにその場にたたずんでいた。むろん、呆けたわけではない。なぜ、こんなことになってしまったのか、と考えている。戦だ。あの大乱のせいだ。武士がやって来て、共に戦おうとけしかけた。ひとつが終わるとまたひとつ……。もういい、いやだといった父は、次の朝、無残な骸になっていた。

うちかて、いやや。いややけど——。

他にどうすることができようか。

ナギはイヌマキの葉をちぎって口に入れた。青々とした長細い葉は肉厚で硬い。嚙み切るのは難儀だが、懲りずに嚙んでいるとかすかな甘みが口中にひろがる。

イヌマキの別名は椰という。新熊野神社はかつて「椰の宮」とも呼ばれていた。応仁の乱で都が焼け野原になるまで、ナギの仲間も神社の周辺で平和に暮らしていたのだ。

さぁ、そろそろ戻らなければ——。

しょせん、あのスセリとイナタ主従も愚かな人間で、合戦をしたがっている。戦は殺しあい、悪の極みだ。だったら、なにをしようが後ろめたさを感じることはない。

子鹿は、後ろ脚をふみしめ、ビュンと地面を蹴った。

十四

「おられぬ？　いずこへおいでじゃ」

「ええと、ご所用がおありだそうで……」

「では、ここで待たせてもらおう」

「かような夜半に女子(おなご)が……」

「われは女子にあらず。同志じゃ」

「それは……しかし、いつお戻りになられるか、わからぬぞ」

「なればいずこにおいでか教えてくれ。われが行ってみる」

「いや、密談をされておられる由、それはやめたほうが……」

鹿介の座敷の手前で女介と大力介が押し問答をしていた。会えないといわれると、かえって会いたくなるもので――。

「明朝の出立前に訊いておきたいことがあるのじゃ。総大将に粗相があってはならぬゆえ……」

いいかけて、女介は首をすくめた。

「それなら姫さまにおたずねしよう。ちょうどよい。姫さまにはまだ挨拶をしておらなんだ。さっきはお心のこもったお言葉をかけてくださったが、内心は礼儀知らずと眉をひそめておられるやもしれぬ」

女介はきびすを返して、スセリの今宵（こよい）の宿である離れへむかおうとした。大力介に腕をつかまれて引き戻される。

「なんだ？　目通りを願うてはならぬのか」

「いや、そうではないが……夜分に押しかけてはご機嫌をそこねられるやもしれぬぞ。それにお疲れとうかごうたゆえ……」

「ひとつ、たずねるだけだ。他ならぬ殿のお仕度のことなれば、お許しくださるはず」

「いやいや、されば明朝に……」

「明朝では間に合わぬ。ともあれ行くだけ行ってみる。放せッ」

女介は大力介の手をふりきって、離れへ急いだ。ところが離れへつづく庭で、またもや手燭（てしょく）をかかげた女に呼び止められた。

「姫さまはお寝（やす）みにございます」

イナタである。

「あれは、姫さまのお声ではないのか」

中身は聞きとれないが、たしかに離れから、途切れ途切れの女の声がもれていた。

「姫さまはお寝み前にご祈禱をなさいます。明日はご出立ゆえ、ことさら念入りに」

目を泳がせはしたものの、なんとたのんでも、イナタはスセリにとりついではくれなかった。

「でしたらこういたしましょう。わたくしが折を見てうかごうておきます。今宵のうちに女介さまにお伝えいたします」

それでよしとするしかなさそうだ。女介は、勝久の武芸の腕前についてまことのところを教えてほしいとたのんだ。おもてむきの見栄ではなく、実際の腕を知っておかなければ、道中で敵に襲われたとき素早い対処ができない。

「返事をたのむ。きっとだぞ」

やむなく退散することにした。

来た道ではなく反対方向に足をむけたのは、考えがあってのことではない。さほど広くもない山荘では、どちらを通っても大差はない。おや、と、手燭をかざした。

木立の陰に、だれかうずくまっている。はじかれたように跳び上がり、疾風のごとく駆け去った。はじめは子供かと思った。が、腰のあたりまである髪が扇のようになびいたところを見ると、童女ではなく娘。白い寝衣を着ていたから、この界隈の百姓の娘ではなく侍女の一人にちがいない。

あの娘、姫さまの様子を探っていた——。

何者だろう……と首をかしげた。侍女の中に、いや、どこに敵がひそんでいるか、油断はできない。女介はくちびるを噛みしめた。

スセリは、女介が訪ねてきたことも、ナギが自分の様子を探っていたことも知らなかった。鹿介に抱かれるたびに忘我の淵へ落ちこみ、居場所さえわからなくなってしまう。周囲の音など聞こえない。

「なにかつぶやいていた。祈禱のようにも聞こえた。覚えているか」

汗ばんだ首すじから胸元のふたつの隆起にくちびるを這わせながら鹿介はたずねた。

スセリは身をふるわせ、首を横にふる。

「言葉があふれてくるのじゃ。なれど妙なことに、自分でもなにをいうたかわからぬ」

「何度かおなじ言葉をいうたぞ。人の名か」

「そなたの名じゃ」

「いやちがう。かんど……地名、そうか、神門寺(かんどじ)、寺の名やもしれぬ」

「神門寺？　知らぬの。知りたければ、今一度、いわせてみよ」

「望むところだ」

鹿介はまたもやスセリの上にのしかかった。道中でまぐわえないとなれば、この好機を逃せない。

一睡もしないで、二人は出陣の朝を迎えた。

第三章　上陸

一

スセリは八咫烏のように両腕をひろげていた。眼前には盛夏から晩夏へうつりかわろうとしている北海が、波こそおだやかながらも底知れぬ暗色をたたえて鎮座している。黒髪の先端を乱す風にはもう生暖かな夏の気配は感じられないものの、白い頬は上気していた。双眸に陽光が映っている。

「この海の先が出雲か。ああ、待ちきれぬ、再び出雲の地に立つ日が来ようとは……」

かなたを見すえたまま、スセリは鹿介に話しかけた。二人は奈佐日本介があやつる軍船の舳先で海を眺めている。

鹿介はスセリの横顔に視線をうつして、まぶしそうに目をしばたたいた。

「ここまで漕ぎつけることができたのは姫さまと、出雲の神々のおかげにて」

「他人行儀な。われらは一心同体じゃ」

「されば姫さま、共に月山富田城を……」

「むろんじゃ。富田城の天守でまぐわう。その日まで、わらわは姫さまではのうて、女頭領じゃ」

二人が燃える視線を交わしあったそのとき、背後で咳払いが聞こえた。

「大力介か。何用だ」

鹿介に訊かれて、大力介は人一倍大きな体をちぢめた。

京から但馬への道中も、但馬国守・山名氏の家老の垣屋播磨守の屋敷で戦仕度に追われていたときも、気の休まる暇がなかった。船上とはいえ、ようやく訪れた水入らずのひとときのじゃまをしたくないと、大力介は気をまわしているのだろう。そうはいっても、出陣した以上は安穏など望めない。

「あちらで道理介さまと源太兵衛さまがやりおうておられます」

「またか」

「隠岐のことじゃな」

出雲へ出陣するにあたり、隠岐島へ寄港して情勢を見きわめるか、隠岐島へは立ち寄らずに上陸してしまうか、ふたつの意見があった。

つまり、隠岐為清を身方とみなすか、敵とみなすか、という問題である。

これよりひと月ほど前のことになるが、尼子一族の遺児勝久を総大将にいただいた鹿介一行が但馬国へはいるや、戦の噂を聞きつけた尼子の旧臣が続々と集まってきた。毛利軍に領地を奪われ、諸国を流浪していた者たちである。

その数は手勢もいれて二百余。

早速、軍議が開かれ、秋上三郎左衛門と庵介の父子、苅介、鼠介が先陣として陸路、出雲へ旅立った。因幡、伯耆、出雲と同朋をつのりつつ、情勢を探るためである。

一方、日本介はこの間、軍船と漕ぎ手の調達に大わらわだった。二百余の軍兵を運ぶとなれば、安宅船の他、十や二十の関船や小早では足りない。他の者たちも各々、武器や兵糧、衣類など、必需品の仕度に追われた。出航は天候次第だ。といっても猫女の占いで吉と出なければ、晴天でも海が凪いでいても、出陣できない。

いよいよか、と空を見上げていたところへ、松田兵部丞という旧臣が飛びこんできた。なんと、隠岐島から廃船さながらの小舟で海を渡ってきたという。

兵部丞は、毛利に攻められて尼子が滅亡する前、宍道湖の北方にある白鹿城を守っていた。が、兵糧は尽き、援軍も来ない。やむなく降参したのち、隠岐島へ逃れた。

「隠岐為清は毛利の手先。信用ならぬ」

兵部丞は尼子残党の決起の噂を聞きつけて、命からがら逃亡してきたのだった。

「しかし隠岐為清どのなれば、早々と密書をとどけて参ったぞ。おもてむきは毛利へ恭順と見せ、機を見て尼子に寝返るとの約定だ」

隠岐為清を調略したのは、早くから人集めに動いていた秋上三郎左衛門である。すでにこのときは出雲へむけて出立してしまっていたが、三郎左衛門は隠岐為清を身方につけることこそ尼子に勝利をもたらす第一歩だと、かねてより主張していた。

「いずれの言い分が正しいか、比べるまでもあるまい。兵部丞を疑うは尤もな道理」

何事もまずは疑ってかからなければ気の済まない道理介である。道理介が兵部丞より三郎左衛門に肩入れをするのも無理はなかった。

兵部丞は七年前にも、戦わずして毛利に降伏している。尼子から毛利へ、毛利から尼子へ、さらに毛利、そしてこたびはまたもや尼子……振り子のように毛利と尼子を行ったり来たりする男の言葉など信じられようか。油断をするなと道理介は説いた。

にもかかわらず、軍師の源太兵衛は兵部丞の進言をうけいれた。鹿介も命がけで海を渡ってきた兵部丞を歓迎した。

隠岐島への寄港はなし、秘密裏に上陸――。

これが最終決定である。

「道理介め、往生際の悪いやつだ」

鹿介は舌打ちをした。初っ端から内輪揉めでは、これから先が思いやられる。

「やむをえぬ。今一度、話してみよう」

仲裁におもむこうとした鹿介を、スセリは止めた。

「ここは、わらわにまかせよ」

「道理介は手ごわいぞ」

「なんの、わけもないこと」

スセリは大力介と共に、船の艦尾へむかう。数十艘が隊列をなして進む中でも、総矢倉に楼閣のそびえる安宅船はまるで海にうかぶ城のようだ。尼子軍の約半分が乗船している。

「争い事はご法度じゃ」

スセリに叱られて、源太兵衛と道理介は気まずそうに顔を見合わせた。

「こやつがぐずぐずいうからだ」

「尼子の一大事、見すごせぬわ」

「お黙りなされ。総大将がお決めになられたことに異を唱えてはなりませぬ」

スセリがいうと、源太兵衛はそれみろとばかり小鼻をふくらませた。スセリは不服顔の道理介に目くばせをする。

「道理介。少々よいか」

人ばらいをして二人きりになるや、スセリは思わせぶりに道理介の目を見つめた。これだけで道理介はあわあわと狼狽している。

「そなただけに教えます。こたびのことは神のお告げ、八咫烏さまのお導きじゃ」

道理介はヒッと息を呑んだ。

「万にひとつ、隠岐に造反されれば、われらは出雲の地をふむことさえ叶わぬ。上陸後、真っ先に報せを送れば、隠岐の真意も測れよう」

手勢を引きつれて馳せ参じるかもしれない。あるいは毛利に通報して攻勢をかけてくるか。為清の出方を見る必要がある。

「しかし、兵部丞は……」

「掌中におるではないか。そうじゃ、兵部丞はそなたの預かりとしよう。ようよう見張り、不穏な動きがあれば煮るなり焼くなり好きにすればよい」

一任するといわれれば、道理介もふりあげたこぶしを下ろすしかなかった。

「承知つかまつった。尼子には出雲の神々がついておる。勝ったも同然」

先刻とは一変、喜色をうかべていう道理介にスセリは釘をさすのも忘れない。

「軽々しゅう口にしてはならぬぞ。神々は気まぐれにおわします。戦わずとて勝てる気になって皆が努力を怠れば、神々もわれらを見放されるやもしれぬ」

二

スセリが道理介と源太兵衛の口論を諫めているころ、同じ船上の別の一角でも、生死介と兵庫介がいい争いをしていた。もっとも、こちらは戦術にかかわる重大な意見の相違どころか、あまりにも卑俗な争いではあったが――。

争いの種は、黄揚羽である。

尼子再興軍が但馬の湊(みなと)から奈佐水軍の軍船に乗りこむ際、スセリとイナタ、女介(めのすけ)と猫女以外の女たちは召し放ちとなった。上陸後は即、戦がはじまるはずで、本営となる城を手に入れるまでは過酷な野戦である。女は足手まといになるだけだ。

スセリは、京および但馬で雇った侍女たちの労をねぎらい、当座の食い扶持(くぶち)を与えて、帰る場所のない者は垣屋播磨守に託すという配慮までしてやった。どうしてもつれていってくれと懇願したナギでさえ、船に乗せなかった。

ところが——。

「どういうことだッ。なにゆえ黄揚羽がおぬしの寝所におるのだ」

生死介は血色の悪い顔を赤黒く火照(ほて)らせて、にぎりしめた両手をふるわせた。今しも殴りかかろうとしている。一方の兵庫介は、棒立ちになったまま目を泳がせていた。降ってわいたような災難に動転しているのは明らかだ。

「し、知るものか。こっちこそ、訊きたいところだ」

「とぼけるなッ。おれの女に手を出しやがってただで済むと思うなよッ」

「おれが、手を出した、だと？　とんでもないわッ。おぬしと一緒にせんでくれ」

「ならなぜここにいる？」

「だから知らぬといっておるではないか」

生死介が兵庫介の襟元をつかんだ。兵庫介はその腕をねじあげようとする。

「ねえってば、いいかげんにしはったらどないやの。大の大人がみっともない」

取っ組みあいがはじまりそうになったので、ようやく仲裁する気になったのか。それまでわれ関せずといった顔で眺めていた黄揚羽がうんざりしたように口をはさんだ。

「もう船は動いてるんやし、いがみあったってしょうもおまへん。旅は道連れやないの」

黄揚羽があまりにあっけらかんとしているので、生死介と兵庫介もいささか拍子抜けをしたようだ。

「遊山の旅ではないのだぞ。われらは合戦におもむく。わかっておるのか」

「そもそもおまえはなぜ出雲へ行くのだ」

「なぜ？　そうやねえ……出雲がどこかは知りまへんけど、戦はうちの稼ぎ場やさかい。ぎょうさん稼いで、いつか自分の見世でももとう、思うてますのや」

「稼ぐ？　見世？　おれたちは死ぬか生きるかの戦をしに行くのだ、それを……」

「うちかて、死ぬか生きるかの商いをしに行くんやわ。体張るのは同じやおへんか」

「ま、そういわれれば……」

「とにかく、にらみおうてる暇があったら、頭冷やして考えてぇな」

黄揚羽がもしだれかに見つかって問いつめられ、二人のどちらかの名を出したとする。尼子の旧臣には石頭も多いから、女をつれてくるとはなんたることと非難囂々、叱責はまぬがれようもない。

それだけではなかった。

「うちは簀巻きにされて海へドボン。それでもええのんどすか」

流し目を送られて、二人は同時に「いやッ」と声を発した。気まずそうに顔を見合わせる。

「せやろ。せやさかい、あんさんら二人で、力あわせて、うちがめっからんよう、あんじょう出雲いうとこへたどりつくよう、助けておくれやす」

おたのみしますと上目づかいに見つめられて、二人は同時にうなずいている。

「ほな、うちは少し休ませてもらいまひょ。なんや、あんさんらの顔見てたら疲れてもうた」

黄揚羽は大あくびをした。

「せっかく忍びこんだんや、ここで寝かせてもらいまっさかい、ほな、お寝み」

夜具に這い入るや、狸寝入りかもしれないが早くも寝息をたてている。

「どうする？」

兵庫介は生死介に目をむけた。

生死介は心もち背筋をのばした。

「どうもこうもなかろう。惚れた男のあとを追いかけてきたのだ。海へ投げこまれるのを、指をくわえて見ているわけにもゆくまい」

「惚れた男のためとはひとことも……戦場で春をひさぐためだと……」

「それゆえ、おぬしは女一人、わがモノにできぬのだ。黄揚羽の切ない胸の内が読めぬとは朴念仁め」

「ちっとも切なくは見えなんだぞ。むしろ元気潑剌に見えたがな」

「阿呆めッ。未練がましい顔を見せれば、戦を前に男の気力が萎える。さよう案ずればこそ、気丈にふるもうておるのがわからぬか」

「うるさいねえッ」と、そのとき、黄揚羽の怒声が聞こえた。「眠れないから、あっち、行っとくれ」

二人は身をちぢめて、すごすごと兵庫介の寝所をあとにする。寝所といっても、船底のだだっ広い空間を荷箱でくぎっただけの代物だったが、水夫や足軽の雑魚寝に比べればはるかにましである。

「やむをえぬ。こうなったら、交代で見張りをするとしようぜ」

「おれはかかわらぬぞ、といいたきところなれど、ま、乗りかかった船ゆえ手伝うてやるか」

出雲へ上陸してしまえば、あとは黄揚羽も、どこへなりと好きに行けばよい。野戦の最中は黄揚羽のような遊女の出る幕はなさそうだが、本営が定まれば、どのみちいずこからともなく集まってくる。女たちのたくましさは軍兵も顔負けである。

「それにしても、黄揚羽のやつ、どうやって船に乗りこんだのか」

「うむ。人検めもしたし、荷もたしかめた。女子が忍びこむ隙などなかったはずだ」

「妙だのう。天から降ってきたとしか思えぬ。そうか、やはり、天女やもしれぬの」

「それとも海を泳いできたか。ハハハ、おれもおぬしの酔いがうつったようだ」

「酔うてなどおらんぞ。しかし、あのにごり酒は美味かったのう」

「なんというたか、餞別にくれた小娘は……」

「ええと……ナギとかいうたの。聖護院の近くに家があって、酒はそこでつくっておるとか。毛利退治が済んだら出雲へ呼びよせて、あの酒をつくらせようではないか」

少し前までいがみあっていたことも忘れて、二人は酒の話に興じている。その二人の足下からいくらも離れていない暗がりで、ナギは、じっと出番を待ちわびていた。

三

奈佐水軍の軍船は、艪の数七十挺、漕ぎ手は百余人といった中規模の安宅船を中心に、数十の関船や小早を従えて、凪いだ北海を出雲へむかっていた。今のところ天候は上々、敵船の姿も見えない。

といっても、いつどこから軍影があらわれるか。矢玉の攻撃にそなえて船は総矢倉、楯板の狭間からこちらも矢を射かけられるように工夫されている。いざ上陸となれば、槍や刀より先に弓矢が欠かせなかった。が、短期間にかき集めた武器には粗悪品もまじっている。

甲板に胡座をかいて早苗介と二人、鏃の点検をしながら、女介は目のすみで日本介の姿を追いかけていた。日本介は、風向きをたしかめて水夫たちに指示を与えたり、自らも水綱を張ったりと忙しく動きまわっている。船に関するかぎり、どんな小さな異変も見逃さぬぞといった気迫が、引きしまった顔を一段と引きしめ、女介の目にこれまでにも増して凜々しく好もしく映った。

「おい。女介。こいつを見よ」

早苗介の声でわれに返る。しみだらけの手が征矢の鏃を目の前に突きだしていた。

「なにをぼさっとしとるんじゃ」

「温泉津のことを考えていたのだ」

「ゆのつ？　ふん、温泉津か。銀山の湊だの」

「銀山を奪いかえすためには、湊を手中におさめねばならぬ。いかにすべきか、と」

早苗介はうなずいた。生真面目で一本気の早苗介は、良くも悪くも他人の心の裏を読んだりはしない。これほどごまかしやすい相手はいなかった。

「温泉津はともあれ、仕事を疎かにしてはならぬぞ。よう見よ。こいつは口巻が甘い。甘いとどうなるか、説明するまでもなかろう。見逃すなよ。念には念を入れるのだ」

女介は鏃に集中しようとした。口巻の巻き方がゆるければ、敵の体に突き刺さる前に落ちてしまう。早苗介がいうように柳葉の鏃には粗悪品が多々あった。よりわけて新たな口巻で巻きなおすのも二人の仕事だ。

眸をこらし、手を動かしながらも、女介は周囲の物音に聞き耳を立てていた。忙しない足音やとび交うかけ声は、自分が今、軍船の上にいて、尼子の残党と共に出雲を、銀山を奪いかえしに行くのだという高揚感をいやが上にも高めてくれる。

ふいに、近場で、喉をつまらせたような呻き声が聞こえた。早苗介の耳にはとどかなかったようだから空耳かもしれない。それでも気になって女介は腰を上げた。

「妙な声がした。見てくるよ」

声のしたほうには階段があって、総大将勝久の寝所につづいている。

階段に兵が倒れていた。道理介の手勢の一人で、勝久の身辺を警護している若党だ。

「どうしたッ。なにがあったッ」

女介は駆けよった。意識はないが息はある。介抱はあとまわしにして、女介は勝久の寝所へ飛んでいった。勝久の身になにかあったらと思うと生きた心地もしない。

「総大将ッ。大事はございませぬか」

衝立越しに叫ぶと、案に反して、勝久のおだやかな声が返ってきた。

「女介か。何用じゃ」

「怪しい者がはいりこんだのではないかと……お声を聞いて安堵しました」

「こちらは変わりない。今のうちに体を休めておこうと思うての、うとうとしておった」

「ご無礼をいたしました。どうぞごゆるりと」

女介は若党のところへ戻った。

若党はまだ尻餅をついたまま、視線を宙に彷徨わせている。女介は膝をつき、若党の頬を軽く二度三度平手で叩いた。

「なにがあったのだ」

「あ、はあ……子鹿が……」

「子鹿？　動物の鹿か。夢を見たのか。ここは船上だぞ」

「いや、夢ではござりませぬ。白い子鹿がすさまじい勢いで駈けてきて……後ろ脚で手前の鳩尾をどんと蹴りたてたのでござります」

女介は返す言葉を失っていた。船に生きた鹿がいるなどありえないし、万にひとつ鹿がいたとしても駈けて行く場所はない。この先は勝久の寝所で、鹿がはいりこめばいやでもわかるはずではないか。

とはいえ若党が気を失っていたのはたしかだった。なにか飛んできたのか、それともだれかに殴られたのか。あたりを見まわしたが、だれもいないし、なにも落ちていない。

「わかった。が、鹿のことは口にするな。われもおぬしの失態は見なかったことにしよう。今は合戦前の大事なときだ、よけいな話はしないほうがよい」


若党の話を信じる者はいないとしても、鹿という動物そのものに格別な思い入れを抱く者は大勢いた。とりわけ白い鹿は神聖な神の遣いとみなされている。隠岐島から駆けつけた兵部丞がかつて守っていたのは白鹿城で、尼子の滅亡と共にこの城がとり壊されてしまったことや、その兵部丞の進言で隠岐島への寄港が中止となり、そのためにひと騒動あったことや……なにやかやとごたついている最中でもあるだけに、鹿の話は剣呑である。


けげんな顔をしている男をその場にのこして、女介は仕事に戻った。早苗介がすかさず訊いてくる。

「なんぞあったか」

「いや、差しこみのようだ。薬を呑ませた」


ふむとうなずいて、早苗介はふっと手を止めた。昔を思いだそうとするかのように、虚空の一点をじっと見つめる。

「本城さまは、皆から慕われていた。勇敢で、誠実で、とりわけ晴久さまは目をかけておられた」

「父と知りあいか」

「初陣で手柄を立てたとき、たいそうお褒めくださっての。お手ずから盃を賜ったが、そのときわしは十ほどの子供だったゆえ酔っぱらって目をまわしてしもうた」

日焼けした顔に深いしわを刻んで、早苗介はくつくつ笑った。

「父は毛利に調略された。あのときは恩知らずと、さぞ蔑んだであろうの」

女介はくちびるをゆがめる。父のことでは尼子にうしろめたい思いがあった。だからこそ、毛利への報復だけでなく、尼子の再興にも命を捧げようと誓ったのだ。

早苗介は女介にいたわりの目をむけた。

「いいや、あれはやむをえぬ仕儀だった。山吹城は孤立して毛利方にかこまれていた。わしが本城さまでも調略されていたにちがいない」

「兵部丞どのへの風当たりも強い」

兵部丞は毛利に降伏して隠岐へ逃亡した。

「なぁに、道理介なれば、もとより兵部丞をやっかんでおったのよ。己をさしおいて尼子十傑と謳われておったゆえの」

兵部丞が白鹿城を失ったのは自分のせいだと早苗介はいった。

「どういうことだ」

「応援に駆けつけるつもりが、撃退された」

「くそ、毛利めッ」

「毛利は強敵だ。相手に不足はない」

さて終わったぞと膝を叩く。

「あのまま畑を耕して老いさらばえるかと半ばあきらめておったが……毛利と戦ができるとはのう。今ほど生きておってよかったと思うたことはない。生きておれば、いつか好機がやってくる。本城さまも、兵部丞も、それがようわかっておったのだろう」

一国一城の主（あるじ）になるより戦をしているほうが愉快だと、早苗介は顔をほころばせた。

「おーい。皆、集まってくれ」

艦首で日本介が呼んでいる。

四

ナギは総大将勝久の寝顔を見下ろしていた。

勝久は軽い寝息をたてている。

ここにあいつがいたら、「早う殺（や）れ」と急（せ）きたてるにちがいない。おまえの父親は人間どもになにをされたか、なぶり殺しにされて腸（はらわた）をえぐられたのだぞ、同じことをしてやれ……と。

むろん、そうしてやるつもりだ。いずれにしろ〈しない〉という選択肢はありえない。

それにしても、なんと安らかな寝顔かとナギは見惚(みと)れた。これから合戦におもむき、命のやりとりをしようという若者の顔とは思えない。若者……そう、色白の肌はしみひとつなくつやつやとして、内側から光に照らされているようだ。ため息が出るほど美しい。

思わず頬にふれようとして、ナギははっと手を引っこめた。ふれなくても指先が熱い。京から但馬へむかう道中も、但馬に滞在しているあいだも、スセリと勝久母子だけを注視してきた。スセリのほうは侍女だからそばにいて当然、勝久のほうはうるさ型の道理介や人一倍鋭敏な女介が張りついているので思うようには近づけなかった。

待ちに待った好機到来――。

喉を掻(か)っ切ってやろうか。頭をぶち割ってやろうか。あたりを見まわしたとき、勝久が寝言をいった。念仏のようにも聞こえる。

ナギは、勝久が還俗(げんぞく)してまだ一年に満たないことを思いだした。そう。勝久が御仏(みほとけ)に仕える身であったことを忘れていた。

ナギの一族は大昔、イヌマキの生い茂る今熊野(いまぐまの)で暮らしていた。イヌマキはナギともいう。後白河(ごしらかわ)上皇が鎮守社として新熊野(いまくまの)神社通称「梛(なぎ)の宮」を建立したころ、世はまだ平和だった。祭神のイザナミノミコトには千手観音の別名があり、ナギも毎朝イヌマキの葉を供えて参拝を欠かさなかった。ところがあの大戦。逃亡先の聖護院の森にあった熊野神社まで焼失してしまった。

あわてることはない、と、ナギは思いなおした。さすがのあいつも船上までは目がとどかないはずだし、上陸すれば戦が待っている。尼子はひとたまりもないだろう。自分が手を下さなくても、この若者は遠からず死ぬ。

ナギは一歩あとずさった。くるりときびすを返したそのときだ。

「どこへ行く」

勝久に呼び止められた。

ナギは棒立ちになる。

「おまえは母者の侍女。但馬で召し放ちになったはずだ。なにゆえここにおるのだ」

ナギはぱっと跳び上がって四肢を折り、その場に平伏した。

「荷の中に隠れておりました。出て来たら、どこがどこやらわからんようになってしもうて……」

「許可なく乗りこんだ、ということか」

「すんまへん。ごかんにんを。どうしてもお供しとうて……帰るとこがのうて……」

いいながら、丹田(たんでん)に力をこめる。やはり来るべき時が来たようだ。疾風のように宙を駈け、あやまたず喉仏を蹴り上げる。一発で仕留めるしかなさそうだ。覚悟を決め、身がまえたときだった。

「立派な心掛けだ」

勝久は笑顔になった。まるで後光が射したかのように周囲が明るくなる。

「尼子のために命を棄ててもよい、と申すか」

「へ、へえ、むろん……」

「愛いやつじゃ。気に入った」

ナギは目をしばたたいた。勝久がなにをいわんとしているのか、ナギには判断がつかない。それでも「来い」といわれて膝行すると、勝久は若者らしいぎこちなさでナギを抱きよせた。

「ふるえておるのか」

「いえ……」

「小さくて柔らかくて温かい。子供のころ、罠にかかった兎を助けてやったことがある。おまえのようによい匂いがした」

勝久は、今ではきれいに生えそろった髭をすりよせてきたが、それ以上、ナギの体にふれようとはしなかった。ナギがあまりに稚く見えたからか。物心ついてから十七になるまで寺で修行に励んでいた若者は、こういう場面には不慣れで、どうしたらよいかわからなかったのかもしれない。

ナギは解放された。が、出て行くことは相ならぬと止められた。

「案ずるな。余が母者に話してやる」

願ってもないなりゆきである。総大将の命であれば、だれもナギを咎められない。ナギは戦に同行して尼子の敗戦を見物できるし、万が一尼子が勝利するようなことになれば、そのときは自ら手を下して根絶やしにしてやればよい。役目を果たして、弟妹たちを助けだし、いつか故郷の今熊野へ帰る……。

「どうした？　不服か」

「いえ。よろしゅうおたのみ申します」

嬉々として答えてもよいところが、自分でもふしぎなことにうかない声だった。深入りをすると情がうつって、人間のように過ちを犯す。それだけは断じて肝に銘じなければならない。やはり早々に喉を掻っ切っておくべきだったか……。

ナギはくちびるをゆがめた。

「ナギを叱ってはならぬ。母上。どうか、つれていってやってはもらえませぬか」

勝久は鹿介たち家臣一同に命じ、スセリには頭を下げた。

「それにしても、ようもまぁ……。わかった。そこまでの覚悟があるなら同行させせよう」

スセリは承知した。ナギは出航前と同じように、スセリの侍女をつとめることになった。となれば、異を唱える者はいない。

ただし、だからといって、だれもなにも感じなかったわけではない。人けのない物陰で、女介と大力介は立ち話をしていた。

「あの小娘が、山荘で、女頭領の様子を探っておったというのか」

「顔を見たわけではないが、他には考えられぬ。それに、荷の中に隠れていたというのも怪しい」

大力介はうーむと顔をしかめた。

「同行したい一心だったのではないか。毛利の間者にしては幼すぎよう」

「さように思わせるところが狙いやもしれぬ。子鹿の一件もあることだし……」

「子鹿？」

話を聞くや、大力介は笑いだした。

「船の上を鹿が駈けまわる？　ナギが鹿の化身だというのか。ハハハ、こいつは愉快愉快」

女介はキッとにらみつけた。

「笑いたければ笑え。泣きをみても知らんぞ」

五

二十三夜の淡い月明かりの中を、船隊の黒い影が音もなく航行していた。

隠岐島はすでに右手の後方へ遠ざかりつつある。左手の前方には島根半島の先端に突き出た美保崎（みほのさき）が蜃気楼（しんきろう）のようにうかんでいた。美保湾へはいれば弓ヶ浜（ゆみがはま）へ上陸することもできるが、入口の美保関では毛利方が目を光らせているはずで、袋の鼠になりかねない。

船隊はそのまま西へ直進、半島北岸に連なる湾や入江をうかがいつつ、千酌湾（ちくみわん）の近海で停泊した。

「このあたりは帝（みかど）の御領じゃそうな。源太兵衛によれば毛利の目はとどかぬはずだと」

「では千酌湾のいずこかへ上陸することに？」

「鹿介は北浦がよかろうというておった」

スセリとイナタが話している。イナタのうしろには猫女とナギもひかえていた。

「北浦から月山富田城へむかうのですね」

「いや、上陸したとてこれっぽっちの軍勢では城までたどりつけまい。まずは援軍をつのる。そのためには近場の城か砦（とりで）を奪い、陣をかまえねばならぬ」

小さくても堅固な本陣さえあれば、人が集まってくる。秋上父子や苅介、鼠介も目下、勧誘に駆けまわっているはずだ。

「上陸と同時に戦がはじまるということでしょうか、城を奪うための……」

「さよう。女子(おなご)は足手まといになるゆえ、この船で待つことになろう」

船隊で乗りこむわけではない。安宅船は沖に停泊させたまま、関船や小早に分かれ、敵の目を盗んで上陸する。

女たちは安宅船にのこるようにと、スセリは鹿介からいわれていた。先陣が全滅したときは但馬へ引きかえすことができるからだ。なにがあっても生きのびてほしいといわれればうなずかざるをえなかった。が、実際のところは、戦の役に立たないからだろう。再興軍に君臨する女頭領であっても戦場では出る幕がない。口惜しいが、女介のようなわけにはいかない。

八咫烏となって黄泉(よみ)へ下り、八百万(やおよろず)の神々をしたがえて帰ってくる。それができれば戦うすべもあるやもしれぬ――。

スセリは、神々の先頭に立って号令をかける自分の姿を思い描いた。神々さえ身方につけることができれば毛利軍など塵芥(ちりあくた)同然。

思わず手のひらを見る。出雲への上陸が間近に迫ったこんなときこそ八咫烏の影がうきあがっているかと思ったが、手のひらは白くすべすべしたままだ。

「いずれにしても、明朝には出雲の地に立っていよう。イナタ。猫女。われらはようよう故郷の土がふめるのじゃ」

昂りを抑えきれずに上ずった声でいったときだ。艦首の方角でざわめきが聞こえた。と思うや大力介が高揚した顔で駆けこんできた。

「いよいよにござるぞ。鼠介が参上いたしましてござります」

「あれまあ……」

猫女が、真っ先に素っ頓狂な声をもらした。声はともあれ顔には安堵の色がうかんでいる。戦忍びを亭主にすれば、いつどこで死なれてもふしぎはないわけで、いちいち心配などしてはいられない。というのは表向き。内心は生きた心地もしなかったのだろう。

鼠介は闇夜の海を一人、小舟を漕いできたという。

「さすがは鼠介じゃ」

「ウチの人のことはええさかい、教えとくれ。上陸はできそうかえ」

「ちょうど今、軍議がはじまったところにて。おそらく今宵のうちには上陸かと……」

女たちは顔を見合わせた。

「総大将は船にのこるのか」

勝久は僧籍にあったから戦の経験がない。

「源太兵衛さまは、万が一のときのためにのこるべきだと仰せなれど、道理介さまがそれでは士気が落ちる、総大将が先陣を切ってこそ尼子の名が世にひろまると一歩も譲らず……」

「また、道理介か」

スセリは苦笑した。

「勝久はなんと……」

「のこるのはいやじゃ、断固行くと仰せにて」

スセリはうなずく。のこるといえば、やはりその程度の覚悟だったかと落胆したにちがいない。が、初陣の若者に奇襲の先陣は無謀きわまりない。母としては複雑な思いだ。

「して、いかがするのじゃ」

「この件は大将が決断してござりまする。まずは源太兵衛さまひきいる小早が先陣を切り、第二陣の関船に大将が総大将と乗りこまれることに……」

折衷案ではあるが、鹿介がそばについていてくれるなら心強い。

「われらは船にて迎えを待つのじゃな」

「日本介さまがお守りいたします」

「わかった。いつなりと出立できるよう、仕度をしておこう」

いつ合流できようか。その前に尼子再興軍は無事、出雲へ上陸できるのか。毛利の大軍に待ち伏せされて全滅、などということにならなければよいが……。

「仕度が済んだら猫女、願掛けをせよ。イナタ、それからナギも、わらわのそばを離れてはならぬぞ。皆で祈るのじゃ」

六

「忠山(ちゆうやま)の砦? 砦などござったかのう。登るに難儀な切り立った山だぞ」

道理介が首をかしげた。

「砦というほどご大層ではないが、毛利が櫓(やぐら)を建てた。頂(いただき)から月山富田城が見えるそうでの、狼煙(のろし)用に使っておるのだろう」

鹿介が応(こた)える。

忠山は千酌湾の北浦の南にある小高い山だ。山頂へつづく道が険しいため、尾根づたいに西の峠を越えて登ることになる。

「見張りがおったとしてもごくわずかだ。鼠介が偵察におもむいた際は、数人しかおらなんだとか。ここを奪えば、富田城のみならず周囲が一望できる」

今後、どう攻めるか、どこに本陣をおくか、忠山に仮城をおいて兵をつのりながら策を練るつもりだと、鹿介は一同に説明した。

「苅介、庵介が浜で出迎える。漁師のいでたちをしておるそうな。峠までの道にも伏兵を多数忍ばせておるそうなれど、万が一ということもある。合言葉は三日月。忘れるな」

立原源太兵衛があとをつづけた。

身方と思っても即断は禁物。「だれだ？」とたずねて「三日月」と応えた者以外は斬り捨てよと鹿介は厳命した。

「これより二手に分かれる。先陣の小早には生死介、兵庫介、早苗介。おぬしらは叔父貴の采配にしたごうてくれ。道理介、女介、それに兵部丞、大力介も。われらは総大将を奉じて関船でつづく」

「山頂にて月山富田城をのぞめば、士気はいっそう高まろう」

「おうッ」と一同は勇ましく呼応した。戦仕度をするために散ってゆく。生死介と兵庫介も駆け足で寝所へむかった。が、二人は寝所へはいる前に困惑顔を見合わせた。

「どうする？」

「どうするというても……小早に乗せるわけにもゆかぬしのう。おいてゆくしかなかろう」

「おとなしゅうしておればよいが」

「万が一、見つかったとて女子のことだ、命を奪われる心配はあるまい。われらはこれより合戦におもむく。どうせ皆、それどころではないのだ」

「しかし水夫どもに見つかれば、毛利の間者と疑われるやもしれぬぞ」

気の荒い海賊どもである。生死介は案じ顔だったが、兵庫介は笑いとばした。

「あやつなれば心配はいらぬ。水夫どもを相手にひと稼ぎするにちがいない」

「なにをぬかすッ、おれの女だぞッ」

「まぁまぁ、いざとなれば女頭領がお助けくださる」

黄揚羽も、生死介の心配を一蹴した。

「うちのことより自分のこと。首級のひとつも挙げてごらんな。城を褒美にもろうたら、うちかて惚れなおすかもしれまへん」

「惚れなおす？　今は惚れておらんのか」

「さぁ、どうでっしゃろ」

「よしッ。手柄を立てるぞ。おまえを城主の奥方にしてやる」

「へえへえ、お気張りやす。あてにせんと待ってまっさかい」

そうこうしているところへ、「おーい。急げーッ」と、源太兵衛の声が聞こえてきた。

生死介と兵庫介もあわてて仕度をする。四半刻のそのまた半分（十五分）もしないうちに、源太兵衛、生死介、兵庫介、早苗介とその配下の軍兵、鼠介を加えた一行は、各々少人数に分かれて小早へ乗りこんでいた。

小早の船隊が闇のかなたに消えるころには、関船の第二陣も身仕度をととのえて艦尾に集合している。一方、矢倉の狭間には日本介ひきいる奈佐水軍の水夫——海賊の手下ども——が一人ずつ張りついて、号令がかかれば即座に矢を放てるよう待機していた。

スセリも艦尾に出た。背筋をぴんと伸ばし、丹田に力をこめて、たった今、小早の船隊が遠ざかっていったかなたを見つめている。ともすれば鹿介やわが子勝久に吸いよせられそうになる視線を海へむけているのは、それが女頭領の矜持（きょうじ）、出陣の場で私情を見せてはならぬと心にいいきかせているからだ。

「母上。待っていてください。必ずや、わが城へお迎えいたします」

勝久がかたわらでいったときも、視線をあわせようとはしなかった。

「わらわのことはよい。そなたは総大将、月山富田城を奪いかえすことのみ考えよ」

「はいッ」

「尼子の血を絶やすな。死んではならぬぞ」

「心いたします」

鹿介もかたわらへやってきた。

「共に戦うてくれ。いずこにおっても」

「むろんじゃ」

他に交わす言葉はない。

一行が次々に関船に乗りこむ際、女介と日本介も短いながら言葉を交わした。

「こたびは助けてやれぬが、武運を祈る」

「助けはいらぬ。が、われが殺られたら仇を討ってくれ」

「承知。奈佐日本介も尼子の勇士だ」

女介につづいて、この場におよんでもまだ兵部丞から目を離そうとしない道理介と、船上では暴れ足りなくてうずうずしていたのか、まるで遊山に出かけるように愉しそうな大力介も関船に乗りこんだ。先陣から合図があれば即、上陸できるよう、近場で待機するためだ。

スセリは日本介と並んで第二陣の船隊を見送った。残暑の季節とはいえ、船上は冷涼として蒸し暑さは感じられない。それでもスセリの体は熱く燃えていた。日本介のこめかみにも汗の粒が光っている。

「尼子は水軍をもたなんだ。それは神々が尼子に与えたもうた地が出雲で、海は神の民のものとわきまえておったからじゃ。少なくとも父はさようにおられたそうな」

度重なる斐伊川の氾濫を鎮めて肥沃な土地に穂を実らせ、金銀や鉄という地の宝で豊かな国をつくる。毛利のように他国へ侵略して瀬戸内の海まで手中におさめようとするかわりに、塩冶の後継者となったスセリの父、興久は国づくりに精を出した。だからその出雲を取り戻すのは大義で、これからはじまる戦は神々の御心にかなうものなのだとスセリは思っている。

「そなたも毛利に痛めつけられたと聞いたが」

「尼子の時代は自由気ままにやっていたが、毛利になったら、親兄弟、一族郎党、みんな殺られて、おれだけが逃げのびた」

「生まれはいずこじゃ」

「隠岐島のちっぽけな漁村」

「幼いころからこのあたりを行き来しておったのなら、噂を耳にしておるはずじゃ。黄泉国へつづく洞の在処を知らぬか」

「黄泉国へつづく洞……」

日本介は面食らったようだった。当惑しながらも答える。

「噂はいくつか……しかし真偽のほどは……」

「こたびの戦、八百万の神々の助けが必要なのじゃ。毛利に勝つにはぜひとも」

八咫烏に憑依して自ら黄泉へ行くつもりだというと、日本介は驚いてスセリの顔を見た。

「八咫烏……」

「いかにも。わらわは新熊野神社にて霊力を授かった」

日本介はまだけげんな顔をしている。

「よい。そのことは自ずと知れよう」

スセリは手のひらを月光にかざした。

「やがて秋が来る。そうなったら、わらわをつれて行け。尼子が出雲を取り返した暁には、そなたを海の神に引きあわせ……」

最後までいわないうちに、「しッ、動くな」と日本介が耳元でささやいた。ふりむくと同時に、目にも留まらぬ速さで背後の矢倉の暗がりへ駆けこんでいる。

「イタタッ。なんや、いきなり……」

日本介が引きずりだしたのは黄揚羽だ。

「痛いってば。手荒な真似はせんといて」

「怪しい女め。なにをしておった？　女頭領を襲う気だったか」

「ま、まさかッ。とんでもおまへん。うちはなにもしてまへん。お姫はんにお願いがありますのや。せやさかいここで……」

驚きから覚めるや、さらなる驚きがスセリの声を奪っていた。女の裏返った声には聞き覚えがある。淡い月明かりの下に引きだされた顔も見覚えがあった。

「おまえは生死介の妹。なにゆえ、ここに……」

「こやつをご存じか」

「わらわの侍女じゃ。いや、但馬で身のまわりの世話をしておった女子じゃ。しかし召し放ったはず。これはどういうことじゃ」

　黄揚羽は痛そうに顔をしかめて、日本介の手から逃れようとした。

「逃げ場はない。放してやれ」

　もう一度、わけを話せと命じると、自由になった黄揚羽は船床に額をすりつけて詫びた。滔々とわけを述べる。

「生死介に、無理やり船に乗せられたというのか」

「へえ。いやや、いうたのに……ずうっと閉じこめられておましたんどす。だれにもいうたらあかんて。逃げようとしたら殴られて……」

　スセリと日本介は顔を見合わせた。

七

　無数の小早から次々に人が降りたち、北浦の浜辺の一角が黒い影で埋めつくされた。

　兵庫介は仁王立ちになって月山富田城がある南の方角の空を仰ぎ、早苗介は夢でないことをたしかめるかのようにうずくまって湿った砂地に両手を押しつける。

「行くぞ。つづけッ」

　源太兵衛の号令で動き出した先陣は、いくらも行かないうちに、水平に挙げた源太兵衛の腕で行軍を中断された。

先方から人影がふたつ近づいてくる。

「何者だッ」

「三日月」

「おう。苅介、庵介か」

「あの骸を見よ」

「毛利の手先だな」

「小競り合いになったゆえ、やむをえなんだ」

「やつら、海を見張っておったのだ」

「逃げたやつもおるのか」

「おらぬ、と思うが……」

すでに戦闘ははじまっていた。いつどこから敵が襲いかかってくるか。

「用心を怠るな」

源太兵衛の言葉に皆、緊張をみなぎらせる。骸を横目に、槍や弓をつかんで忠山へつづく道を歩きはじめた。

「総大将はどこだ」

兵庫介のとなりへやってきたのは庵介だ。

「近場に関船を待機させて、鼠介の報せを待っておられる」

「大将もいっしょか」

「うむ」

「大将も総大将もおらんでは話にならぬわ」

庵介はペッと唾を吐いた。

「源太兵衛さまがおられる」

「へん。秋上が立原の下につくとはの」

「なにをいうか。源太兵衛さまは大将の叔父上にして軍師なるぞ」

「鹿介も偉くなったものだ」

庵介は速足で立ち去ってしまった。

「まったく、ひねくれ者めが……」

兵庫介は舌打ちをする。

庵介の秋上家は神魂神社の社主で、立原家のほうは日御碕神社と縁が深い。どちらも尼子の旧臣として重用されてきた。庵介の父の三郎左衛門と鹿介の叔父の源太兵衛は手柄を競い、庵介と鹿介もまた好敵手である。

「どうした？　庵介がなんぞいうたか」

今度は生死介が話しかけてきた。

「なんでもない。それより……」と、兵庫介は目くばせをした。「殺気を感じる。しッ。あの岩陰にだれかおるようだ」

足場の悪い山道である。皆、足下に気をとられていた。庵介の背中をにらみつけたおかげで兵庫介は殺気に気づいた。敵がひそんでいるとしたら、総大将か大将が通りかかるのを待って躍り出て、襲いかかるつもりだろう。相討ち覚悟の襲撃である。つまりまともに挑みかかれば勝ち目はないとわかっているのだ。とすれば伏兵は一人、多くても二、三人か。

兵庫介と生死介は素知らぬ顔で歩を進めた。

「黄揚羽のやつ、どうしておるかのう」

「戦におもむくのだ。女のことなど忘れよ」

「そうはいかぬ。戦はなんのためにするのか。名か銭か、おれは、女のためだ」

おぬしは……と訊かれて、兵庫介は即座に答える。

「おれの生業（なりわい）だからだ。戦がのうては、われら武士は用無しになる」

わざと大声でそんな話をしたのは、むろん伏兵を油断させるためだった。二人はなにげなく前後になり、岩にいちばん近い場所まできたところで、一気に左右から雑木林へ駆けこんだ。はさみ撃ちは阿吽（あうん）の呼吸、敵を生け捕りにするか、万が一しくじっても息の根を止めるはずでいたのだが――。

「うわッ。なんだッ」

「何奴ッ、ま、待てッ」

二人は、同時にのけぞって両手を泳がせた。前後を歩いていた身方の軍兵が異変に気づいて駆けつけたときは両眼を押さえて呻いている。

「どうしたッ、なにがあったッ」

源太兵衛も駆けてきた。

「岩陰に敵がひそんでおりました。捕らえようとしたのですが目くらましを……」

「ようは見えませなんだが、岩を蹴りたてて逆さに宙へ飛んだような……」

目くらましに毒はふくまれていなかったようで、二人の目は潰されてはいなかった。が、取り逃がしたのが口惜しくて地団太をふむ。

「世木やもしれぬ。毛利の間者を取り逃がしたとなれば、われらもこれよりよほど覚悟してかからねばならぬぞ」

源太兵衛は眉間に深いしわを寄せた。

女介は関船の上から小舟が近づいてくるのを眺めていた。小早ではなく古ぼけた漁舟。ということは、漕いでいるのは鼠介。

どきりとした。

先陣の安否によってはこのまま引きかえさなければならない。もしそうならそれは初っ端からしくじったということで、半数の兵力が失われたことを意味する。

「鼠介ッ。おう、皆、無事かッ」

女介の顔がぱっと明るくなった。近場まで漕いできた鼠介は艪をおき、立ち上がって両手を大きくふりたてている。しかもぴょんぴょん跳びはねているのは作戦が成功した証(あかし)だろう。いくら小柄で敏捷(びんしょう)だとはいえ、舟から転落しそうな危うさである。

「よし。われらも上陸だ」

総大将の勝久がこぶしをにぎりしめた。鹿介は采配を掲げる。

「皆の者、いざ、出陣ッ」

鹿介の号令で関船は北浦へむかって一斉に漕ぎだした。関船も小早と同様、漕ぎ手は日本介配下の熟練した水夫たちである。

「女介。総大将から離れるな」

「承知。この命にかえても」

「道理介、少々よいか」

鹿介は道理介をともなって船尾へむかった。鼠介からくわしい状況を聞くためだろう。

女介は勝久に目をむけた。

勝久は闘志をみなぎらせ、見る見る近づいてくる陸地を凝視している。が、女介の視線に気づかないのか、ふところからなにかを取りだして、素早く口にふくんだ。

「それはなんにございますか」

目ざとく訊かれて、勝久は狼狽した。

「なんでもない」

「もしや、なにかの葉では……」

「なに、まじないじゃ。嚙めば心が鎮まる。さよう、いわれた」

これから初陣という若者である。意気軒昂に見えても内心はびくついているにちがいない。それがあたりまえで、たとえまじないであっても昂りを鎮めるものが必要なのだろう。

それはよいとして……念のため、だれから渡されたものか、知っておく必要があった。

「猫女どのにもろうたのでございますか。されば、母上さまか」

勝久は首を横にふった。

「だれにもろうたかお教えください」

「怪しい者ではない。が、いわぬと約束をしたゆえいえぬ」

「詮索をするつもりはございませんが、われは総大将をお守りするよう命じられております。お口になさるものはとりわけ……」

「わかったわかった。もう口にはせぬ」

「見せていただいてもようございますか」

「そなたが申したとおり、ただの葉っぱだ」

勝久はふところからもう一枚、緑の葉を取りだして、女介の手のひらにおいた。

「これは……イヌマキにございますね」

「熊野神社のゆかりだそうな。どうじゃ。咎めだてされるような代物ではなかろう」

女介もためしに噛んでみたが、硬くて青臭い本物の葉っぱだった。霊験があるとも思えないが、噛むことで心が落ち着くというなら咎める理由はない。

「差し出口をいたしました。どうぞお許しを」

女介は詫びた。

「いや。そのほうは役目を果たしたまで。かようなものを噛まずとも余は戦える。戦えぬようでは尼子の総大将にあらず」

勝久は片頬をゆがめて笑った。強がりが半分としても、若者らしい気負いは気持ちのよいものだ。

「尼子は勇猛で知られておりまする。いざ戦となれば……おや、大将がお戻りに」

鹿介と道理介が戻ってくるのを見て、女介はイヌマキの葉を自分のふところへ隠した。

鹿介はともあれ、道理介は女介以上に目ざとい。うるさく詮索するにちがいない。

鹿介と道理介は、やはり鼠介からくわしい状況を聞いていた。

「苅介や庵介の露払いもあって、上陸は無事、叶うた。先陣はすでに忠山の砦へむかっておるそうだ。ただし、山道には伏兵がひそんでおるようでの、世木らしき者も待ち伏せをしておったとか」

「うぬ、世木にはわれも煮え湯を飲まされた。出てきおったらわれが……」

「まぁ待て、女介、その前にひとつ策がある」

鹿介に目くばせをされて、道理介がその策を披露した。

「なんとッ。われが影武者に……」

「この役、おぬし以外にはつとまらぬ。十七の若者、それも僧籍にあった高貴なお人に化けるは、むくつけき男子（おのこ）にはできぬこと」

策とはこうだ。女介が勝久の装束を身にまとって、鹿介と先頭に立つ。一方、勝久は軍兵の一人に身をやつし、道理介と後方の列にまぎれこむ。これなら鹿介と勝久が襲撃されても、勝久の命は助かるかもしれない。

勝久ははじめ、首を縦にふらなかった。誇り高い若者である。この日を夢見て還俗したのだ。

「なぁに、砦へはいるまでの辛抱でござります」

「毛利の狙いは総大将の首級、尼子の旗印が奪われては再興戦は終わってしまいますぞ」

「ここはわれにおまかせを。総大将にかわって世木を討ち果たしてみせまする」

三人に説き伏せられて、勝久も最後にはうなずかざるをえなかった。

女介と勝久はあわただしく装束を交換した。勝久は陣笠と粗末な陣羽織をまとい、顔を汚して正体がばれないよう扮装をする。

「着いたぞ。待て。われらが先だ」

女介は鹿介にうながされ、勝久と道理介より先に関船を降りた。

「おう、出雲ッ、帰ってきたぞ。われは……余は、今一度この地をわがものとする」

感極まって口にした言葉に、四方からも「総大将ッ」「帰ってきたぞ」「出雲は尼子のものだッ」……奪いかえせと呼応の声がつづく。目をきらめかせている若武者の正体を知る者も知らぬ者も、一様にその凜々しい姿に見惚れて歓喜の雄叫びをあげていた。

八

「まだか」

「はい。なにも……」

「なにをぐずぐずしておるのじゃ。さほど高い山でもあるまいに」

「切り立った崖にかこまれた難儀な山道だそうにございます。途中でじゃまだてする者があらわれるやもしれません」

「危難にみまわれれば、急報がとどくはずではないか」

スセリが苛立っているのは、忠山の頂から昇るはずの狼煙がいまだ見えないためだった。鼠介の報告どおり砦で見張る敵兵が数人なら、占拠するのは容易いはず。先陣も第二陣も北浦上陸に成功、忠山にむかったとの報せをとうにうけている。

イナタは今また日本介のもとへたしかめに行き、スセリの寝所へ戻ったところだった。

「姫さまは女頭領であらせられます。女頭領は泰然自若としていなければなりませぬ」

「さようなことは百も承知」

スセリが落ち着くのを待って、イナタはスセリのかたわらへ身を寄せた。スセリはナギに髪を梳かせたまま、イナタに話の先をうながす。

「くわしいことはまだわかりませんが、山道で毛利の間者に出くわしたそうにて」

「毛利の……世木忍者か」といったとたん、スセリはイタタと声をあげた。

「痛いではないか、気をつけよ」

「あ、お許しください。手がすべりました」

「もうよい。ナギ、猫女のところへ行って、革沓をみつくろうように、と」

「革、沓……」

「猫女はいくつも持っている。熊、狸、鹿……丈夫で、足が痛うならぬものを」

ナギは射貫くような目でスセリを見返した。が、それも一瞬、辞儀をして出て行く。

「小娘のくせに馬鹿力じゃ。わらわのうなじに櫛を突きたてた。赤うなっておるやもしれぬ」

イナタはスセリのうしろへまわって、豊かな黒髪をもちあげた。

「あッ、これは……」

「なんじゃ」

「うなじに、八咫烏が……」

猫女は艦尾にいた。一緒にいるのは黄揚羽だ。ぶあつい手で腕をつかまれてここまで引きずられてきた。逃れようとあがいても人並みはずれた大女は微動だにしない。

「放してぇな。うちがなにしたというんや」

猫女は顔を真っ赤にして激怒している。

「なにした、やて？　どっから出てきたんや。水夫となにしてたか、知らんとでも思うてるのか」

「知ってるんなら訊かんといて。うちはひと稼ぎしただけや。だれにも迷惑かけてへん。文句いわれる筋合いはおまへんえ」

猫女は地鳴りのように足をふみならした。

「今がどういうときかわかってるのか。こないなときに男をたらしこむやなんて……」

「たらしこんだんやない。銭くれる、いうさかい、ちょいと遊んでやっただけやわ」

「この淫売、海へ投げこんでやるッ」

ナギが割ってはいらなければ、黄揚羽は海にうかんでいたかもしれない。無邪気な顔をした娘があらわれては、喧嘩もそこまで。

「まったく、わけがわからんわ」

痣になった腕をこすりながらも、黄揚羽はナギに礼をのべた。遠ざかる黄揚羽の背中を、猫女が憎々し気ににらみつけている。

九

忠山の頂から勝利の狼煙が上がったのは永禄十二年六月二十四日の早暁だった。

「姫さま、狼煙がッ」

「おう、奪ったか忠山を」

奈佐水軍の安宅船の上で、スセリとイナタは手を取りあい、うなずきあった。尼子再興軍の出雲国奪還の第一歩はたしかに刻まれたのである。

「忠山は思いのほか手こずったようで……毛利方の国衆の抵抗が厄介だったとか」

大規模な戦闘こそなかったが、小競り合いは多々あったようだと日本介は説明を加える。

「なれど砦を奪うたのじゃ。いよいよ次は月山富田城。このぶんでは、まだ見ぬ故郷、塩冶の地に立つ日も近いやもしれぬ」

スセリの夢はふくらむ一方だ。が、日本介はそんな甘い話には耳も貸さなかった。

「忠山は、見晴らしはよいが本城を建てるほどの広さがない。敵にかこまれて火でもかけられれば、それこそひとたまりもありませぬ」

何千もの兵がつどえる本陣をもうけてからでなければ、毛利とは戦えない。

「さようなことはわかっておる。それよりいつまで船におるのじゃ。早う忠山へ行かねば……」

「いや。迎えがくるまではここにいていただきます。大将の仰せゆえ」

「鹿介ときたら……真っ先に迎えをよこしてもよさそうなものじゃ」

「大切な女頭領なればこそ、本城を定めた上でお迎えいたすつもりでおられるのでしょう」

日本介は出て行ってしまった。

「本城……いずこに定めるつもりか」

スセリは月山富田城の威風堂々たる姿を眼裏に思い描いた。

「イナタ。櫓の上に出てみよう。わらわも狼煙が見たい。尼子のものとなった忠山を……そうじゃ、八咫烏にも見せてやるのじゃ」

片手でさっと髪をかきあげる。もう一方の手の指で、スセリはうなじにふれてみた。自分では見えない。眸を凝らさなければおそらく余人の目にもただの虫刺されか引っ掻き傷に見えたはずだ。が、よくよく見れば八咫烏のかたちをしていた。刻印のようなそれは、今や消えるどころか力強く盛り上がって、なめらかな透きとおる肌を内から突き破りそうにも感じられる。

畏れるものか、わらわこそ神の遣い——。

翼のように黒髪をひるがえすや、イナタをしたがえて、スセリは足早に寝所をあとにした。

十

蜩や法師蟬の声をかき消すように、木を伐採する音や人の駆けまわる足音、大声で呼びかわす声などが聞こえている。忠山の頂では目下、砦を改築して、小体ながらも城らしき体裁をととのえるべく大わらわだった。

秋上三郎左衛門の勧誘が功を奏して、むろん尼子への思い入れがあったればこそではあるが、尼子の旧臣が続々と集まっている。出雲上陸からわずか数日にして、その数なんと千を超えていた。ひとまず軍兵は山麓で野営をさせるとしても、名だたる武将たちをもてなすための仮城は必須である。

女介と大力介はたった今、普請場を見てきたところだった。

「おぬしが温泉津へ迎えにきたとき、まさか、ここまで首尾よう進むとは思わなんだ」

女介は感嘆の面持ちで四方を見渡した。

毛利に尼子が挑む？　羽をもがれたツグミが大鷹（おおたか）に挑むようなものではないか。そう思っていたのに、ツグミは旧巣（ふるす）のひとつを奪いかえし、今や大軍となって出雲の空を席巻しようとしている……。

「おぬしのおかげだ」

「いいや、すべては大将、鹿介さまのご人徳のゆえ。スセリ姫さまをくどいて、これ以上ない旗頭を得られたのも鹿介さまなればこそ、山名家の垣屋さまをお身方につけて奈佐水軍を手足としたのも」

「それをいうなら、われに影武者をさせたのも先見の明であったな」

「ハハハ、怪我（けが）の功名にござるよ」

大力介につられて女介も苦笑した。

総大将の勝久が襲撃されることを想定して、北浦から忠山の砦までの山道、女介が影武者をつとめた。襲撃はなかった。一行は無事に砦へ到着した。だが、別の意味で、この策は大いに役立った。

途上、勝久の体に異変が起こった。なんの病かは知れないが、突然、足がもつれ、口もまわらなくなって苦しみだした。動転した道理介が、他にもちあわせがなかったので腹下しの丸薬を呑ませ、大力介が背負って山を登った。足軽の扮装をしていても実は総大将、置き去りにするわけにはいかない。

幸い山頂へ到着するころには回復していた。が、女介と入れ替わっていなかったらどうなっていたか。総大将が上陸早々、発作を起こしたなどと噂がひろまれば、士気が下がる。そんなひ弱な若者で大丈夫かと、せっかくの高揚した気分もしぼんでいたにちがいない。

「しかし、なぜあのようなことに……」

「張りつめておられたゆえ、お疲れが出たのだろう。寺の奥でお育ちになられたのだ」

「飲み水かなにかに中(あた)ったのやもしれぬ。そういえば、われも胸がむかむかしていた。正直なところ、もしや山道で世木に襲われても抗戦できたかどうか」

それでも勝久は翌朝、総大将の装束に戻って颯爽(さっそう)と一同の前に立ち、これまでの労をねぎらい、上陸の成功と忠山奪還を寿(ことほ)いだ。

「めでたしめでたし」

うれしそうにいう大力介を、女介はまじまじと見つめる。

「おぬしは、大力介、不安も落胆も味おうたことがないようだの。戦はまだはじまったばかりだ、これからが正念場だぞ」

「なぁに……牛尾さまに吉田さま、古志さまも馳せ参じてくださった。毛利に駆りだされていた三刀屋さまと米原さまも当方へ寝返る算段をしておられるそうな。それを聞いて、熊野さまや目賀田さままで、尼子のお身方をしてもよいと使者をよこされたと聞く」

「隠岐さまは……」

「むろん、駆けつけられよう」

となれば、身方はあっという間に三千余りにふくらむはずだ。この出雲で尼子の再興がいかに待たれていたか、それが明らかになった。これほど喜ばしいことはないと欣喜雀躍したいところだったが——。

「内輪揉めにならねばよいが……」

思わずつぶやくと、大力介は眉をひそめた。

「内輪揉めだと？　われらが敵は毛利だぞ」

「ああ。だが皆、恩賞が目当てだ」

京にいたころの出陣前でさえ、あれが欲しいこれが欲しいと催促する者たちがいた。

「恩賞など、出雲を奪いかえせば思いのままだ」

「そう上手くゆくかな」

「ゆくとも。まずはでっかい城を奪う。さすれば皆、尼子にひれ伏す」

二人は同時に南方のかなたに目をやった。

ここからだと豆粒ほどの大きさだが、月山富田城が見えた。あの城を奪いかえすためには、周囲の城を次々に落として、足場をかためていかなければならない。月山富田城へつづく道のりは険しい。

けれど、そうだ、温泉津で独り、いかにしたら一族の仇を討てるか思いあぐねていた自分が、今はこうして数多の軍兵と共に忠山の頂に立っている——。

女介は、忙し気に働いている人々に視線を戻した。

「大将はいずこの城を攻めるつもりか」

「羽倉か富田か末次か、新山という手もある」

「新山なら調略できるやもしれぬと道理介が話していた」

「新山を守るは多賀……そうか、多賀は一族のだれぞがこっちへ来ておったの」

「内輪揉めをする暇がないよう、大将に一日も早う城を落としてくれというておけ」

二人はなおも話しながら、仮城の一角にある急場しのぎの長屋へ帰って行った。

十一

尼子再興軍は三千近くまでふくれあがった。となればぐずぐずしてはいられない。忠山城がまだ完成を見ないうちに、本営とする城をかまえる必要に迫られた。

本営なら新山城――。

大方の意見は一致している。

新山城は忠山城の西南にあり、宍道湖の北東に位置していた。両者を結ぶ線のちょうど中間あたりにあって、北山山脈の尾根づたいに白鹿城とも隣り合っている。北の新山城が南の白鹿城を見下ろすようなかたちだ。

この周辺にはかつて尼子の支城が建ち並んでいた。毛利に与する吉川軍は、新山城を占拠した上で白鹿城を攻めた。城を守っていた松田兵部丞が隠岐島へ逃亡したあとは城を破却、新山城に多賀元信を入れている。

新山攻めが決まるや、道理介が飛んできた。なんとしても調略を試みるといって聞かない。

「勝算はあるのか」

「あるとも。継嗣の元龍どのとは、昔、毛利に降ったふりをしておった頃、よしみを通じた。互いに人となりは承知してござる」

道理介は鹿介に胸を張って答えた。廃城となった白鹿城跡に尼子と同心した旧臣たちの旗をずらりと立てて威嚇し、一方で、再興軍へ降った同族の多賀高信に取り継ぎをさせて、総大将の書状を新山城へとどける。道理介自らがこの役を買って出るという。

道理介の調略は功を奏した。多賀はあっけなく投降、新山城は戦わずして尼子の城となった。

「これより新山城を尼子の本営とする。月山富田城を尼子の旗で埋めつくし、出雲より毛利を一掃するまで、ここがわれらの居城だ。皆々、敵兵一人たりと城内へ入れてはならぬぞ」

鹿介は新山城に主だった武将たちを集めて檄を飛ばした。

新山は忠山より高さこそ多少低いが、階段状になっていて使い勝手がよい。頂上の一の床が本丸、その下の二の床が二の丸、さらに下の三の床が三の丸と、ほとんど普請をせずに、そのまま利用できた。登り口はいくつかあるものの、峻険なので大軍では攻められないし、尾根づたいに退却も可能だ。つまり難攻不落で、袋の鼠になる心配もない。

居城が定まったとなれば――。

「女頭領をお迎えいたそうと存ずるが……」

鹿介は源太兵衛に相談した。周囲の城を次々に奪い、月山富田城を奪還するにはどれほど時がかかるか。下手をすれば何年もかかるかもしれない。悲願が叶うまでスセリたちを日本介の船にあずけておくわけにはいかない。

源太兵衛も同意した。

「日本介にはこれより大いに働いてもらわねばならぬしのう」

奈佐水軍は但馬から因幡・伯耆・出雲、遠くは石見(いわみ)あたりまでの北海を稼ぎ場とする海賊である。再興軍が海沿いの城を落とす際には援軍として戦ってもらわなければならない。毛利の水軍が押しよせてきた場合に備えて、兵力を増強しておく必要もあった。なにより大事な役目は、膨大にふくれあがった再興軍の軍兵たちの口を干上がらせることのないよう、肝心の武器に加えて食料を調達することである。それには海路がいちばんだ。

さらにもうひとつ、役目があった。

戦は財力の豊かなほうが勝つ。

軍師の源太兵衛の頭には、石見銀山の奪還がある。女介の亡父、本城常光が守っていた山吹城をはじめとする銀山の周囲の城を奪いかえすことはもちろんだが、その前哨(ぜんしょう)戦(せん)として、日本介に金銀をつんだ船を襲わせる。水軍の働きは、今後の再興軍の勝敗の行方をにぎっているといっても過言ではない。

「されば迎えをやろう」

「承知。新山城なれば女頭領にも安心してお暮らしいただけよう。それに……」と、源太兵衛は膝を乗りだした。「いざ合戦となれば猫女の神通力も欠かせぬ」

新山城は幸い戦闘なしに奪うことができた。だが調略が成功するのはごくまれで、大半は力ずくで奪わなければならない。いつ、どの方角から攻めるか、神々におうかがいをたてることが勝利を導く決め手だ。戦には軍師と同じくらい呪術師の託宣が尊重される。

「いかにも」と、鹿介もうなずいた。「山城をかこんで大戦をすれば、当方も多大な損失をこうむる。焼き討ちや兵糧攻めで勝利すれば尼子の評判は地に堕ちる。となれば、奇襲か」

「奇襲こそ神のご加護がのうては……」

「われらには猫女と、それだけではない、神々の化身、女頭領がおられる。二人が新山にいてくれれば、皆、尼子は負けなしと思うだろう」

話はまとまった。あとは、北浦から新山城までの道の安全をどうやって確保するかだ。

忠山城と新山城、早くもふたつの城を奪った再興軍だが、周囲には毛利の息のかかった城が点在していた。物々しい軍勢を仕立てて迎えに行けば、予期せぬ戦が起こりかねない。

「女頭領がことは毛利に知られてはならぬ」

「月山富田城から京へ落ちのびる際は、鼠介が道案内をした」

「よし。こたびも鼠介にまかせよう」

鹿介は早速、鼠介を呼び、大任を命じた。女介と大力介には本丸御殿に女たちを迎える仕度をするよう命じる。となればむろん、秘密厳守とはいかない。

源太兵衛とも策を練った上で、鼠介が急ぎ出立しようとしたときだった。

「おい、待て、待ってくれ」

生死介に呼び止められた。

「急いでござります。戻ってからに」

ふりきろうとする鼠介の行く手をふさいで、生死介は足下へ這いつくばった。両手をあわせて拝む顔はひどく窶(やつ)れている。

「ふむ、女子(おなご)のことか」

「たのむ。一緒につれてきてくれ」

「それは女頭領のお考えひとつ……」

「海賊船においてはおけぬ」

海に投げこまれる心配以上に、水夫のだれかに心変わりをされるのを恐れているのか。

「合戦の最中にござりますぞ。女子にうつつをぬかしておるときではござりませぬ」

「百も承知だ。戦が済むまで黄揚羽には手を出さぬ。約束するゆえ、このとおり……」

鼠介はやれやれとため息をついた。

十二

スセリたち一行を乗せた関船が千酌湾(ちくみわん)の北浦に到着したのは、七月一日、新月の夜だった。北浦といっても、先に再興軍が上陸した地点とはちがって、西はずれの岩陰の砂地である。

砂に足がふれたとたん、スセリの身内に歓喜が突きあげた。新熊野神社の小殿で鹿介とまぐわったときのような、えもいわれぬ高揚感。

「ああ、とうとう帰ってきましたね」

イナタも感きわまったようにつぶやいた。

「きっとこの日が来るってことはわかってたよ、ねえ、おまえさま」

猫女は勝ち誇ったように鼠介を見る。だが、鼠介の目は、たった今、船から降りた黄揚羽にむけられていた。

猫女は最後まで黄揚羽の同行に異を唱えた。船へおいて行こうという話も出たのだが、自分が留守のあいだに荒稼ぎをされては困るからと日本介に突っぱねられて、結局はつれて行くことになったのだ。

軍議に参加することになった日本介のほか、護衛のために二人の手下が同行している。

「おまえさまッ」

猫女が鼠介をにらんだ。

「お、おめえ、なんだ怖い顔で……」

「どこ見てるんや。まさか、おまえさままで淫売に気があるんじゃあるまいね」

「阿呆（あほ）いうなッ。戦場へつれて行けば生死介のためにならぬ。都へ帰したほうがよいのではないかと考えてただけだ」

「あれ、生死介の妹やなかったのかえ。水夫相手に稼ぐとは、とんだ妹があったもんだねえ」

「猫女。姫さまの御前ですよ」

イナタに叱られて猫女は肩をすくめる。

スセリは人の話など聞いていなかった。出雲へ帰ってきたこと——皆で力をあわせて毛利から月山富田城を奪いかえすのだということ以外は頭にない。

「鼠介、早う城へ案内せよ」

待ちきれなくなったスセリに急かされ、一行は新山城へむかって歩きはじめた。敵を警戒して、京から下ってきた商人一家を装っている。

いくらも行かないところで、棍棒を手にした男たちの一団に行く手をふさがれた。粗末な筒袖姿から見て農民や漁師たちだろう。

「何者や？　どこへ行く？」

「塩冶の縁者を訪ねるところにございます」

あらかじめ打ち合わせていたとおり、イナタが答えた。おかげで襲われはしなかったが、なおもあれこれ詮索された。あげく通行料を払えという。こんなところで騒ぎを起こしては厄介だという暗黙の了解があったために、日本介もしぶしぶながら従った。そうでなければ血の気の多い水軍の頭領と手下たちのこと、男どもを叩きのめし、それがもとで戦いがはじまっていたにちがいない。

「新山衆に出くわさんよう、早う行け」

ようやく解放された。

「新山衆？」

「何者か知らんが、すさまじい勢いで兵が集まっておるらしい。あちこちでまた戦がはじまる。かようなところでぐずぐずしておると巻きこまれるぞ」

古くからこの地へ住み着いている者たちには毛利も尼子もないようだ。長居は無用、一行は新山城へ急ぐ。

「おや、ナギはどこへ行ったんや」

足止めに気をとられていたせいか、猫女がいいだすまで、だれもナギがいないことに気づかなかった。名を呼び、近くを見てまわったが、ナギの姿はない。

「妙だな。さっきまでそこを歩いていたんだが」

「腹痛にでもなったか」

「おい、黄揚羽。おめえは気づかなかったか」

「なんでうちが気づくのや。うちは、革沓がないさかい、足が痛うて歩くだけで精一杯やわ」

ナギも足が痛くなって、道端で小休止をしているのではないか。だれもがそう思った。

「捜しておる暇はない。鼠介……」

「へい。皆さまを城へおつれしたあとで、もういっぺん捜しに参ります。今は先へ」

大事の前の小事、反対の声はあがらないまま一行は再び歩きはじめる。

ナギはそのころ、山道からはずれた山腹の雑木林の中にいた。膝下にころがっている三角の茶色いものを凝視している。枯れ葉ではない。もっと厚みがあるし、飛んできたときちらりと見えた裏側は、きれいな桜色をしていた。

「見覚えがあるはずだ」

頭から男の声が降ってきた。威圧的なその声は決まって高いところから聞こえてくる。

「時はいくらもあったのに、どういうことだ、尼子の若造はまだ生きているぞ」

「それよりこれは……この三角の……」

「心の臓をもってくることもできたのだぞ。耳ではなく……」

「耳ッ。もしや、お母はん、の……耳ッ」

「何度も警告した。生きのびたかったらおれの命に従え、と。今熊野へ帰りたいのだろう、だったらぐずぐずするのは……」

　ナギは片手のこぶしをのばして耳を引きよせた。首を曲げて鼻をつける。

「お母はんの……お母はんの……」

「うるさいッ」

　硬いものが鼻先をかすめた。男の足が耳を蹴り上げ、砂塵が舞いあがる。悲鳴をあげて耳を追いかけようとしたナギの首根っこを男はむんずとつかんだ。

「なぜ、さっさと始末をつけなんだのか、と、訊いている」

「う、うちを、き、気に、入ってくれはって……」

「気に入った？　若造がおまえを？」

　男は笑った。それが笑い声といえるかどうかは怪しかったが、陰気でくぐもった声がひとしきり闇夜をふるわせた。

「そいつは面白い。孕みでもしたら前代未聞だろうな。生まれてくるのは人か鹿か」

男はナギの体を突きとばした。地面へ倒れこんでから、ナギはようやく怒りの目を上げて黒装束の男を見た。ほんの一瞬、相討ち覚悟で挑んでみようかと思ったが、男が並みの人間ではないこと、そう、忍者で、見事な角と隆々とした体で今熊野に君臨していた群れの長たる牡鹿(おじか)を一撃で斃(たお)したことを思いだして断念する。

「長くは待てぬ。が、少しだけなら待ってやろう。幸いおまえは若造の母親をあやつれる」

「母親……あの、女頭領のことやったら、かかわりとうない。手のひらに妙なもんが……」

「手のひら? 手がどうしたと?」

「い、いえ……ただ……」

怖い。もしいつか見たものが新熊野神社の小殿にあったものとおなじなら、あの女はなにか特別な力をもっているかもしれない。

「お、よいことを思いついた」

男はもうナギの話など聞く気はないようだった。かわりにぐいと身を乗りだす。

「人間どもにとっては、親兄弟が殺しあうなど日常茶飯事。母が子を手にかけることもめずらしゅうない。さようなことになれば、だれもが思うはずだ、尼子は呪われている……と」

「母が、子を、手にかける……」

「そうだ。おれたちは何度となく尼子に煮え湯を飲まされた。妻子を手にかけ自害するまでに追いつめられたこともある。尼子を斃すのは毛利のためでもあるが、おれ自身のためでもあるのだ。殺れ。こいつを若造に……」

返事をする暇はなかった。イヌマキの葉になにかを混ぜた薬を押しつけられる。

ふたたび砂塵を巻きあげて、黒い影が宙に跳んだ。どこから来てどこへ帰って行くのか、男は自分がいるべき場所へ帰ったのか。

ナギは母親の耳を探した。這いまわってやっと見つけ、砂を払って頬ずりをする。と、そのとき頭上のかなたから男の声が落ちてきた。

「耳はもうひとつ……いや、弟や妹のちっこいのも数えればいくつになるか。探さなくても、欲しいだけもってきてやるぞ」

両手で耳をふさいで、ナギはうずくまる。

十三

忠山城の三倍ほどある新山城本丸の広間に、尼子再興軍の主たる武将たちが座していた。伏見の鼠介の小家につどった尼子旧臣はわずか六名、京の山荘で決起を誓ったときは数十名、出陣の際も総勢百名に満たなかった。それがどうか、但馬の湊を出航するときは二百余、忠山では一気にふくれあがって千、新山ではなんと三千を超える軍勢がひしめいている。となれば武将の顔ぶれも錚々たる者ばかりで……。

「これほど首尾よう事が運ぶとは思わなんだのう。見よ。月山富田城で籠城しておったときの顔がほとんどそっくりそろうておるぞ」

感無量の面持ちで、早苗介が兵庫介に話しかけた。兵庫介が答える前に生死介が口をはさむ。

「フン。いつまた寝返るか……信用ならぬ連中ほど偉そうにふんぞりかえっておるわ」

「黙れッ。喧嘩を売る気か」

「そうとも。昔は昔、これからの尼子は一枚岩となって皆が手をたずさえ……」

「シッ。大将だ」

ざわついていた広間がしんとなった。鹿介を先頭に立原源太兵衛、秋上三郎左衛門、道理介と日本介がはいってきて、上座にしつらえられた御簾の座の左右に腰を下ろした。むろん、この場を仕切るのは大将の鹿介である。

鹿介は目元をやわらげ、凜とした中にも親しみを感じさせる表情で一同を見渡した。それだけで殺伐とした空気が一変する。鹿介の生き生きとしたまなざしや颯爽たる容姿が人々の心を活気づかせるのは、いつものことである。

「まずは礼を申す。尼子は出雲の地に返り咲いた。早々に馳せ参じてもろうた皆々のおかげにござる。月山富田城に尼子の旗印を立てるまで力をあわせて戦うてくれ」

おうッと気合のこもった声が返ってきた。

鹿介はあらためて軍師の源太兵衛、山名家の後援を得るためにも新山城を調略するためにも尽力してくれた道理介、ひと足先に出雲へはいって兵力の増強に寄与した三郎左衛門、三人の功績を讃えた。つづいて日本介を紹介する。

「奈佐水軍の助けがあったればこそ、われらは出雲の地をふむことができた。水軍の後ろ盾なくして勝利は叶わぬ。遺恨を棄て、これなる日本介を、わが尼子軍の勇士の一人として迎えてもらいたい」

あえて遺恨といったのは、水軍といえば聞こえはいいがそもそもは海賊、北海沿岸に居城をもつ者はなにかしらの被害をこうむっていてもふしぎはないからだ。

とはいえ、戦乱の世である。昨日の敵は今日の身方で、過去にとらわれていては滅びゆくのみ。水軍の重要性は毛利と村上水軍の結びつきをみるまでもなく、だれもが承知している。

「毛利はわれらにとっても宿敵にござる。尼子のお身内に加えていただいたからには、われらも一丸となって戦う所存、なんなりとお申しつけくだされ」

日本介の心のこもった挨拶に、だれもが歓迎の意を示した。

鹿介は満足そうにうなずく。

「されば総大将の勝久さま、女頭領のスセリ姫さまよりお言葉を賜る。尼子の始祖であられる経久さまのお血を引くお二人を頭にいただき、われらが士気も百倍千倍、軍勢もふくれあがるに相違なし」

但馬から海路を共にした者たちはともあれ、上陸後につどった者たちの大半は総大将を間近で見ていない。ましてやスセリの姿を見た者はほとんどいなかった。その場にひれ伏しながらも皆、好奇心を抑えきれない様子だ。

鹿介が合図をすると、背後の御簾がするすると巻きあげられた。一段高くなった座に繧繝縁の畳が敷かれ、その上の円座にスセリと勝久の母子が座っていた。

「おもてを上げよ」

勝久の一声で皆、恐縮しつつ顔を上げた。

勝久は、紺地雲立涌金襴の鎧直垂に涼し気な紗の端袖をはおり、頭は冠下髻、黒々とした眉と髭のおかげで歳より大人びて見える。一方のスセリは、唐錦の赤地亀甲繋の打掛をまとっていた。豪奢な文様は門出の席にあわせたもの、艶やかな髪、色白の肌、きりりとした目鼻に、だれもが息を呑んで見惚れている。

「おう、尼子にかような若殿がおられたか」

「さすがは尼子の姫さま、お美しゅうござる」

「姫さまには出雲の神々も意のままとの噂だぞ」

「ありがたや。われらが勝利、疑いなし」

そこここから感嘆のつぶやきがもれた。両手をあわせて拝む者もいる。

「皆々、大儀。なおいっそう励んでくれ」

緊張の面持ちながらも、勝久は総大将の威厳をこめて一同に声をかけた。

「出雲はわれら尼子が神々より賜った地じゃ。皆々、力をあわせて奪いかえしておくれ。奪還が成ったあかつきには、皆の意に沿うよう、褒美を取らせよう。旧領は安堵、毛利の所領は切り取り次第」

スセリのその言葉に、座はいやが上にもわきたった。切り取り次第などといえば、手柄を競って内輪揉めが頻発する心配もあったが、その危険を考慮に入れてもなお、今の尼子は軍勢を増強することが急務である。三千や四千の兵力では、毛利攻略はおろか、月山富田城へ近づくことさえむずかしい。

尼子再興軍の武将たちの、出雲における初顔合わせは、かくしてつつがなく終わるはずだった。御簾が下ろされるまさにその寸前までは、だれもがそう信じていた。

ところが――。

「待てッ」と、スセリが突然、甲高い声で叫んだ。「だれじゃ。姿をあらわせッ」

一同は騒然となった。なぜなら毛利の間者がまぎれこんでいるのではないかと、皆が不安にかられたからだ。

「母上。怪しい者がおるのですか」

「ただちに捕らえまする、いずこに……」

勝久と鹿介が左右からたずねた。が、スセリは応えない。視線は広間につどう武将たちの背後、しかも虚空の一点にむけられていた。

なにかがおかしいと感じ、鹿介は御簾を下ろすよう命じた。と、同時にスセリがうつぶせに倒れた。驚いて抱き起こした鹿介も、意識を失っている母の顔を覗きこんだ勝久も、スセリの眉間にうきあがった赤いかたちを見るや息を呑む。

一方、御簾の外では、なんだなんだと騒ぐ人々を道理介や源太兵衛、三郎左衛門が鎮めていた。すでに庭や雑木林、山道にまで兵を出し、不審者がいないか探索を命じている。

「女頭領に神が憑依した。神は毛利の間者がまぎれこんでいると警告してくださったのじゃ」

神は尼子の身方――皆は道理介の説明にむしろ意を強くしたようだった。

一人だけ、説明を鵜呑みにしなかった者がいる。女介は茫然と宙を見つめていた。

――天翔る四肢、あれは……船上の鹿。

第四章　合　戦

一

永禄十二年七月、元就・輝元の毛利軍は長門長府に、吉川・小早川軍は奪取した筑前の立花城にあって、まだ身動きがとれずにいた。

「今をおいて他になし」

鹿介の檄に煽られて、尼子再興軍はすさまじい勢いで戦闘を開始した。

といっても、総力戦で挑むには危険が大きすぎる。噂を聞きつけて馳せ参じた軍兵はすでに四千にも五千にもふくれあがっていたが、毛利本軍との合戦を想定すれば、今はできるかぎり多くの兵を温存しておかなければならない。

「奇襲に徹すべし」

軍師の源太兵衛は策をこうじた。まずは百、二百の小規模な軍で夜討ちをかける。敵が動転している隙に、第二陣、第三陣と波状攻撃をしかけて消耗させる。

正体の見えない敵ほど恐ろしいものはない。

――新山衆は神出鬼没、いったいどれだけの兵がおるのか。

出雲の津々浦々まで評判がひろまれば、戦わずして尼子に投降する者がさらに増える。

まだまだ千や二千の兵は集まるはずだ。

新山城本丸の広間で武将たちの初顔合わせがあってから数日後、すっかりいつもの落ち着きを取り戻したスセリのもとへ、鹿介が戦況を報せにやってきた。

「亀田山に土居を築いた」

目を輝かせ、息をはずませている。

「亀田山というと……」

「かつての末次城よ。毛利は城を奪ったあと、息子の一人に与えた。が、この息子は椙杜家の養子に迎えられたそうでの、廃城同然になっておったゆえ、われらが奪いかえした」

毛利は九州で大友と戦の最中なので、出雲に点在する小さな城や砦までは手がまわらない。末次城があった亀田山は宍道湖の東岸にあり、陸海の交通の要衝だった。

「ここさえ押さえておけば、後顧の憂いのう、南へ進軍できる」

懸念材料のひとつだった隠岐為清も、遅ればせながら登城し、勝久に挨拶を済ませていた。もとより尼子支持を表明していたから驚くことではないものの、松田兵部丞ら不審顔だった者を後日に秋上三郎左衛門や道理介はそれみたことかといわんばかり。ともあれ、疑いは晴れたわけである。

隠岐為清が尼子に忠誠を誓ったとなれば北海沿岸は安泰だ。日本介の水軍も目を光らせている。しかも亀田山に土居を築いた。これで宍道湖や湖岸の道を通って攻めよせる敵も防ぐことができる。海路で運びこまれた武器や食料を再興軍の陣へとどけるためにも、重要な拠点となるはずだ。

「いよいよ月山富田城への地固めじゃな」

スセリも身をのりだした。

「さよう。亀田山につづいて宇波、山佐、布部を落とし、土塁を築く。富田城はわが庭のようなものゆえ、孤立させてしまえばいかようにも攻められる」

スセリも鹿介も、月山富田城の城下で成長した。花を摘み蝶を追いかけ、枝を長刀に見立ててふりまわしたり、山道を駆けあがり駆けおりて遊んだものだ。スセリにしてみれば、妻となり母となった場所でもあり、養父や夫の非業の死に泣いたところでもあった。

そう。スセリの全半生が月山富田城と共にあった、といってもよい。

「城を奪うたら、真っ先にわらわを呼べ」

「むろんにござる。姫さまあっての尼子、尼子あっての富田城……」

「わらわはなにをすればよいのじゃ。戦に勝利するため、わらわもなんぞ……」

「出雲の神々にご祈願を。すべては新熊野神社で出逢うたときにはじまってござる」

「祈るだけでは足りぬ。おう、そうじゃ」

スセリは鹿介の手首に手をかけた。そのままぐいと引きよせる。

「皆がつどっていたあのとき、わらわは邪気を感じた。正体は不明だが、天翔るものを見たのはたしかだ。胸が苦しゅうなって息が止まりかけた」

スセリは茫然自失して倒れこみ、一時は大騒ぎになった。

「そのことならもう心配はいらぬ。毛利の間者がはいりこまぬよう護衛の数をふやした。見張りにも怠りなきよう厳しゅう伝えた」

「いや。あれは忍びこんだのではない。ここにいる。この城の中に。わらわにはそれが感じられる」

スセリの烈しい目の色に、鹿介は一瞬ひるんだように見えた。が、すぐに探るような色をうかべる。

「隠岐為清のことをいっておるのか。もしそうなら……」

立ち聞きを警戒して声をひそめた。

スセリは首を横にふる。

「そこまではわからぬ。ただ、ここにはなにか禍々しいものがひそんでいるような……それを見つけて排除することがわらわの役目」

「わかった。だが、どうやって」

「それも、今はわからぬが……いざとなったら神々のお力にすがるしかあるまい」

そのためなら黄泉国へおもむいてもよいとスセリは考えていた。いつかそうなるだろう。日本介が黄泉へつづく入口を探しだしてくれたら、そのときこそきっと。

「わらわのことは案ずるな。それより……」

スセリは鹿介の目をじっと見つめ、つかんでいた手首に尖った爪を突きたてた。

「約束せよ、鹿介、たとえ首と胴が離れても、月山富田城を奪うて参ると」

鹿介もスセリの目を見返した。食いこんだ爪で血がにじんでも顔色ひとつ変えない。

「約束しよう。だが、そなたも約束してくれ。邪気の正体がわかったら報せる、と。そやつの首級を天守に掲げ、われらのまぐわいをたっぷりと見せつけてやろうぞ」

月山富田城でまぐわうと誓いをたてた以上、破るわけにはいかない。それでもいよいよ本戦にのぞむとあれば、双方とも昂る心を抑えがたかった。

スセリは、薄物を脱ぎ捨てて乳房をさらけだした。鹿介は、月光のように輝くふたつの隆起を握りしめて顔を近づける。乳房に鹿介の歯型が、出陣の置き土産としてくっきりと刻みこまれた。

二

尼子再興軍は亀田山に土居を築いたあと南進をつづけ、宇波、山佐、布部にも土塁を築いて月山富田城を包囲した。

富田城は毛利元就の息子の一人である元秋が城主となっている。城将は天野隆重で、古くからの安来の国人だ。金明山城主だったころから秋上家とはよしみがあった。

「天野隆重の使者が参った。城主を説き伏せて降伏したいというておる」

秋上三郎左衛門の息子、庵介は得意げに報告した。月山富田城にはわずか三百ほどの兵しかいないので、戦ったところで勝ち目はない。そこで降伏の覚悟を決め、秋上家に仲介をたのんできたという。

「ここはおれにまかせてくれ」

庵介は自ら兵をひきいて乗りこんで、開城を見とどけるつもりでいた。上手くゆけば大手柄である。新山城主を調略した道理介がふたこと目には手柄を自慢するので、手柄に逸る庵介の負けん気が首をもたげたのだろう。月山富田城を易々と奪いかえしたとなれば、手柄の大きさも新山城の比ではない。

「天野隆重、信用できようか」

鹿介はけげんな顔だった。

「さような美味い話があるとは思えぬが……」

「疑うておるのかッ」

庵介はまなじりをつりあげた。

「そうではないが……」

「三百の兵でなにができる？　あのときを思いだしてみろ。尼子も開城に追いこまれた」

たしかに尼子は降伏した。開城したとき、城内には三百の兵すらいなかった。

「落ちつけ。すぐにカッカするのは、おぬしの悪いところだぞ」

「へん。そう思うなら仲介役をさせろ」

「わかった。叔父貴に諮って……」

「大将はおまえだ、鹿介、いちいちうかがいをたてることはなかろう。ぐずぐずしておると先方の気が変わるやもしれぬぞ」

強引に押しきって、庵介は二千余りの軍勢をひきいて富田城へむかった。塩谷口から山道へはいる。とりあえずはじゃまだてする者もいないようで、庵介は自信満々である。

一方、生死介や兵庫介のひきいる後詰めの軍勢は菅谷口から山道へはいって、かつて山中御殿と呼ばれていた中腹の屋敷の近辺で報せを待つことにした。万が一、交渉が決裂したときの用心である。

月山富田城は出雲国東部の安来にある月山の山頂に築かれた平山城で、東は急峻な山塊が深い峡谷をつくって屏風のように行く手を阻んでいた。西は飯梨川が外濠の役割を果たしている。登り口は三カ所で、南の塩谷口と北の菅谷口、西の御子守口。いずれも防御の要である山中御殿で合流できるようになっていて、そこから山道は七曲りを経て、大手門より三の丸、二の丸、本丸へとつづいていた。

日中はまだ残暑が厳しい。重い甲冑のせいもあって、庵介からの報せを待つあいだ
に早くも生死介と兵庫介は汗だくになっていた。

「庵介め、上手いことやりやがって」

生死介は不満そうに鼻をならした。

「おれもやつは虫が好かぬが、こたびのことは褒めてやってもよかろう。まともに攻めれば、何年かかるか。三年前の毛利と同じ、右往左往させられるやもしれぬぞ。戦をせずに済むならそれにこしたことはない」

兵庫介はふっと、尼子が滅亡したあとに仕えていた松永弾正の顔を思いだしていた。逃げ上手で保身ばかり考えているように思われがちだが、あの男、もっと別のことを考えていたような気がする。

「フン。おぬしはいつからさような弱気になったのだ。戦うて、毛利を叩き潰すためにこそ、われらはここにおるのだ」

生死介にいわれて、兵庫介は表情を引きしめた。弾正がどうあれ己は己、忠誠心は微動だにしない。

「わかっておるわ。おれも尼子のためなれば、戦うて戦うて、戦い抜く覚悟だ」

兵庫介が額の汗をぬぐったときだった。前方がにわかに騒がしくなった。軍兵の一人がころげるように山道を駆けおりてくる。

「おーい、一大事だぞーッ。まんまとしてやられたッ」

秋上軍の兵が二人の前に膝をついた。悲愴な顔で息をあえがせている。

「早う申せッ」

「どうしたッ。なにがあった？」

「七曲りで……奇襲に、あい、申した」

生死介と兵庫介は顔を見合わせた。

「奇襲だと？　城兵が襲ってきたのか」

「畜生ッ、天野に謀られたか」

奇襲は尼子再興軍の得意技だ。それを富田城の城兵が使ってきたということは、はじめから天野は尼子軍をおびき出すつもりでいたのだろう。七曲りは狭い山道だから奇襲攻撃にはもってこい、四方から突然、矢を射かけられ、投石された上に鉄砲まで撃ちかけられたとなれば、反撃する暇もない。

「わが軍は総崩れにて……」

「よしッ。兵庫介、われらも行くぞッ」

「いいや。いたずらに兵を喪うだけだ。ここはいったん退くしかあるまい」

いいあっているあいだにも、秋上軍が敗走してきた。犠牲者も多数出たようで、逃げてきた者たちも足を引きずり、肩を支えあって、惨憺たる有様である。

庵介は無傷だった。が、その怒りたるや、すさまじかった。火を噴きそうなほど赤くむくれた顔で、ぎりぎりと歯ぎしりをしている。

「ううぬ、天野隆重め。八つ裂きにして禿鷹の餌にしてやるから覚えておけッ」

吠えたてる庵介の前では、生死介も余計な口をつつしむだけの分別をもちあわせていた。

退却を余儀なくされた再興軍は、布部で軍議を開いた。非難の言葉こそ口にしなかったが、立原源太兵衛は苛立ちを隠さなかった。

「月山富田城が難攻不落であることは、われらがいちばんようわかっておったはず。正面から挑むは愚の骨頂」

源太兵衛が立てた策は、やはり奇襲だった。城下に伏兵を忍ばせておき、夜陰に乗じて一気に崖をよじ登って富田城に奇襲をしかける。となれば、よほど地理に精通した兵を集めなければならない。

「大将……」

「承知。おれが采配をとる」

鹿介ほど富田城の周辺を熟知している者がいようか。鹿介なら道なき道でも登れる。

「敵に気取られぬよう潜伏するとなると……」

「城安寺だ」

「よし。おれも行こう」

今度は鹿介と源太兵衛が千余りの兵と共に城下の寺で奇襲の好機を探ることになった。

もちろん、その間、他の軍兵も手をこまねいてはいられない。総大将の勝久ひきいる尼子軍は熊谷広実の守る須佐高矢倉城を攻撃した。これは目くらましのためでもあった。尼子が全軍をあげて須佐高矢倉城にかかっていると思わせ、富田城の天野を油断させるためだ。

尼子再興軍はこの作戦に大いなる期待をかけていた。ところが――。

結果は惨敗だった。どこからもれたか、伏兵に感づいた天野ひきいる城兵は、奇襲される前に奇襲することで危難を逃れた。鉄砲や矢で寺を襲撃された尼子方は多数の死傷者を出し、鹿介と源太兵衛はほうほうのていで敗走せざるをえなかった。同時に須佐高矢倉城のほうも攻めあぐねて断念、尼子再興軍は本営の新山城へそろって引きかえすことになった。

悪いことは重なるもので、再興軍の勢いに乗じて石見で蜂起した尼子旧臣の福屋隆兼も敗戦。その報せは新山城への帰路、日本介の手下よりもたらされた。

姫さまはさぞや立腹されよう――。

鹿介は憔悴した顔で、重い足を引きずる。

このとき、鹿介一行はだれ一人、まだ新山城の異変を知らなかった。

三

話は半月以上前に遡る。月山富田城奪還の戦へおもむく尼子の主力軍を見送ったあと、スセリは新山城にのこっている者たちを呼び集めた。周囲の城や砦をほぼ身方におさめたとはいえ、いまだ毛利方だったり、態度を決めかねている城主もあって、油断はならない。守りの結束を固めるというのがおもてむきの理由だったが……。

スセリは、城内に怪しい者がひそんでいると確信していた。でなければ、なぜあのとき幻を見たのか。広間につどっていた人の群れの中からなにか異様なものがうきあがった、と思ったら恐ろしい速さで駈け去った。それも宙を蹴りたてて……。驚きのあまり正体を見きわめるどころではなかった。金縛りにあっているうちに、鳩尾に鉄拳を食らったような衝撃が走り、意識を失ってしまった。

あれは、いったいなんだったのか。

そう、尼子の再興をはばもうとする邪気がこの城内にいるだれかにとり憑いたのだろう。自分だけに見えたのは自分にその力があるからで、それはきっと新熊野神社の八咫烏が乗りうつったおかげだとスセリは考えていた。禍々しい邪気は八咫烏に正体を暴かれることを恐れて、逃げだしたにちがいない。

留守をまかされた秋上三郎左衛門をはじめ、足軽にいたるまで、スセリは一人のこらずつぶさに観察した。が、不審者を特定することはできなかった。

「猫女、鼠介、おまえたちはどうじゃ。怪しい者がいたら教えよ」

呪術師と戦忍びならスセリが見逃した細部に気づくのではないか。御簾の陰で二人にたずねてみたが、これも期待はずれだった。

「疑わしき者は一人も……」

「怪しい女なら、ほら、あっこや」

猫女が顎をしゃくった先に座っていたのは、黄揚羽だ。黄揚羽は自分が不審者あつかいをされているとは知るよしもなく、隠岐為清に身をすりよせていた。どんな機会も逃さず、だれが裕福か、だれが好色か、即座に判断して行動を起こすところは、さすが数多の男たちを相手に稼いできた傾城町の遊女の面目躍如である。

「いいかげんにせぬか。あの女は心配いらぬ。おめえは目の敵にしておるが、あれはなかなかの知恵者だぞ。戦忍びにしたいくらいだ」

「なんや、おまえさままで鼻の下のばして」

「およしなされッ」と、イナタが二人を叱りつけた。「それより、ナギはまだ見つからないのですか」

数日前、北浦に上陸して新山城へむかう途中で、侍女のナギが姿を消した。差しこみにでもなったか、足を痛めたか、どこかでうずくまっているのではないかと皆で捜したものの見つからない。先を急ぐ一行を城へ送りとどけたあと、鼠介が引きかえして今一度捜しまわったが徒労に終わった。

「愛らしい娘やったさかい、だれかにさらわれたんやないか。ねえ、おまえさま……」

「うむ。見知らぬ土地で、さぞや心細い思いをしておるにちがいない。かわいそうにのう」

ナギについては、スセリも胸を痛めていた。よほど気に入っていたのだろう、出陣前の勝久からも見つけだしてくれとたのまれていたので、鼠介だけでなく兵を出して探索させたが、手がかりはまだない。

「戦の最中じゃ。侍女にかかずらっているわけにもゆかぬが、近隣の者たちに伝えておく」

この日は三郎左衛門から、いくつかの報せがあった。旧臣の福屋隆兼が尼子のために石見奪還を画策していることや、宍道湖の西岸、高瀬や鳶ケ巣、平田などの城将が尼子に寝返る素振りを見せながらもいまだ旗色を定かにしていないこと、伯耆国末石城の神西元通とよしみを通じたことなどである。

「われらの堅固な守りがあったればこそ、主力軍は思う存分働けるのじゃ。ゆめゆめ、気をゆるめてはならぬぞ」

三郎左衛門の力強い言葉に、一同は気合いをこめてうなずいた。

それにしても、戦うべき敵が身近にいるのを感じながらその正体すらつかめないとは、なんとももどかしい。

「皆々、よいの、目を凝らし耳をそばだてて、怪しい者を見つけだすのじゃ」

スセリは心利いた者たちに命じた。

わらわも神々に祈ろう――。

そうこうしているうちに数日が経ち、主力軍の快進撃が伝えられるようになった。

「宇波と山佐に土塁を築いたそうにて」

「布部にも陣をもうけたそうにござります」

だれもが吉報に快哉を叫ぶ。

月山富田城攻めを目前にひかえて、猫女と鼠介も布部の陣へ出かけて行った。皆、来たるべき大戦の行方に固唾を呑んでいる。

そんな最中である、身辺への注意が多少散漫になったのもいたしかたなかった。

「おや、イナタはどこじゃ」

新山城本丸にしつらえた神殿の間から出て来たスセリは、けげんな顔で周囲を見まわした。いつもなら控えの間で待っているはずのイナタなのに、姿がない。

「イナタは暑がりゆえ……」

初秋とはいえ日中はまだ残暑が厳しい。控えの間は庭に面しているので陽光が射しこんでいた。戦城の庭では、雑然と生い茂る木立のそこここで法師蟬が啼きたてている。

「どこぞで涼んでおるのか」

だとしたら、すぐ戻ってくるだろうとスセリは思った。物憂げに雑木林を眺める。

イナタも自分も、もう若くはない。のんびりかまえている暇はなかった。尼子が出雲を奪還したら、イナタをともなって塩冶へ行くつもりでいた。そのあとは亡母ゆかりの日御碕神社を訪ね、黄泉国へつづく洞を探す……。

なにかに急かされているような――。

蟬の声が喧しい。スセリはおやと耳をそばだて眉をひそめた。雑木林からとぎれとぎれ、人の呻き声のようなものが聞こえている。女の声だ。もしや、イナタでは……。

人を呼ぶこともできた。が、スセリはそうはしなかった。

「イナタ、どこじゃ。いかがしたのじゃ」

素足のまま庭へ下りて、声のするほうへ足を進めた。

雑木林のイヌマキの木の下で、人がうつぶせに倒れていた。イナタではない。旅装束をした女で、長い髪がばらけて薄い背中をおおっている。細い手足が不自然に折れまがっているためか、まるで空から降ってきたように——地面へ叩きつけられたかのように——見えた。

「どうした？　どこぞ痛むのか」

スセリは駆けよる。まだほんの小娘のような体を助け起こそうとしたところで、あッと声をあげた。

「ナギ……おお、生きておったか」

髪をかきあげてやる。ナギは首をもちあげて切れ長の透きとおった目をむけてきた。が、氷のような双眸は、感情をどこかに落としてきたのか、人形の目のように動かない。

「いったいなにがあっ……」

いいかけて声を呑む。

刹那、ナギが跳んだ。鋼鉄のような踵がスセリの鳩尾を蹴り上げる。昏倒したスセリの上に、ナギはぴたりとおおいかぶさった。すると——。

どこにいるのか、男の声が落ちてきた。

「大蛇退治の際に娘を櫛に変えた秘伝の術で、うぬらの魂を入れ替える」

キエッと鳥が首を絞められたときのような声がして、一陣の疾風が砂塵を巻き上げた。

四

意気軒昂だった往路と比べ、帰路はなんというみじめさだろう。沈痛の面持ちで鉛のような足を引きずる一行の中で、女介もくちびるを嚙みしめていた。

敗け戦の口惜しさといったら――。

それでも、これは撤退のための退却ではなかった。叩きのめされる前にいったん兵を退き、再起にそなえるための、いわば戦略のひとつである。四分の一ほどの兵を喪いはしたが、まだまだ兵力は増強できるし、戦もしかけられる。

「小手調べをしたと思えばようござる」

大力介は相変わらず落胆とは無縁だった。神妙な顔をしながらも、女介の耳元で話しかけてきた声は明るい。

「ようものうのうとしておられるものだ。おぬしなら天が落ちてきても動じまい」

「なぁに、戦ははじまったばかりにござるよ。総大将も大将も無傷、われらはぴんぴんしてござる。勝負はこれからではないか」

「しかし、皆、意気消沈しておるぞ」

「おれがいいたいのはそのことよ。このまま新山城へ帰ったらどうなる？　噂はたちどころにひろまるぞ、尼子は敗けた、尼子は弱いと」

「たしかにおぬしのいうとおりだ。新山へむきかけた足が止まるやもしれぬ」

だれも弱い者には身方をしない。敗けるとわかっている戦に加勢する馬鹿はいない。

「来い」

女介は突然、隊列を抜けて駆けだした。

「おい、待て、どこへ行く」

大力介もあとを追いかける。

女介は鹿介の姿を捜した。敗軍の退却ではあっても二千は下らない大軍だから、大将のもとへ駆けつけるのも容易ではない。

鹿介は隊の中ほどで馬を進めていた。同じく馬上の立原源太兵衛と並んでいる。兜に飾った三日月の両端が左右に高々とそびえて、こんなときにもかかわらず威風堂々として見えた。

「大将ッ」

「おう、女介か。総大将になにか」

鹿介は驚いて馬を止めた。

「いえ、少々思いついたことが……」

「申してみよ」

女介は、新山城へはいる前に隊を止め、皆を休ませてほしいと進言した。

「城の手前で、か」

「皆々に休息をさせ、多少なりとも身づくろいをさせ、腹を満たさせ、気力も取り戻させてやるのです。となれば……」

「われら、ひと足先に近隣をまわり、酒をかき集めて参りまする」

大力介も口をそえた。

「酒……兵どもに酒盛りをさせよ、と？」

「さような……いや鹿介、大将、これは……」

「うむ。叔父貴……」

鹿介と源太兵衛は目をあわせる。

「なるほど。敗けるが勝ち、さよう心して潑剌と帰城すべし、というのじゃな」

「相わかった。皆に申し伝えよう」

女介と大力介はぱっと目を輝かせた。と、そのときだ。前方から波が寄せてくるように、ざわめきが近づいてきた。駈けてきた馬から降りたったのは、日本介の手下だ。すぐにそうとわかったのは、その手下がかつて瀬戸内で村上水軍の一党に船を乗っとられた際、皆の縛めを解いてくれたあの男だったからだ。

男は馬から降りて地面に膝をつくや、鹿介に書状を差しだした。

「もしや、水軍の頭領からか」

「へい。石見にて戦が……」

真っ先に「石見ッ」と叫んだのは、女介だ。そもそも亡父の仇である毛利に一矢報い、石見銀山を奪いかえすために尼子再興軍に加わっているのである。

鹿介は書状に目を通し、源太兵衛にも一読させた。それから女介に目をむける。

「福屋隆兼どのを存じておるか」

「むろんだ。福屋どのは松永弾正さまのもとにおられるのでは……」

「さよう。しかしわれら再興軍が出雲で兵を集めていると知り、石見で蜂起した」

「まことにございますか、福屋どのが……」

「少々早まったようだ。本明城を奪いかえそうと国人を集めて急襲したが敗戦、お身柄は日本介が保護しておるそうだ」

本明城も数多の城と同様、尼子・大内・毛利と、その時々で強者の傘下にはいりながら生きのびてきた。それが災いして福屋は行き場を失い、逃亡ののちは松永弾正のもとへ奔ったとの噂だったが、やはり、郷里で返り咲きたいとの思いを抱きつづけていたのだろう。

「さすれば福屋どのは……」

「わが軍に加勢したいと申し出ておるそうだ」

「そいつはありがたい。われも早う石見を、と気は逸れど、独りでは事を起こせぬ。石見を知り尽くしておられる福屋どのがお身方くだされば、早々に進められる」

声をはずませていう女介に、源太兵衛も大きくうなずいた。

「福屋どのにはなんとしても尼子軍に加わってもらわねばならぬ。その上で喧伝するのだ。尼子は石見銀山を手中におさめる。ゆえに軍資金はいくらでもある……と」

こたびの月山富田城攻めは二度とも天野に先を読まれ、大敗を喫した。この不名誉を打ち消すためにも、皆の目を石見へむけるのは好都合だろう。

「福屋どのを迎える。だが、それだけではまだ足りぬ。われらはこれより宍道湖西岸の諸将を身方につけ、いまだ帰趨を明らかにしておらぬ者たちを調略するため、本腰を入れる」

尼子が富田城のある南方だけでなく、西方へ勢力をひろげてゆけば、必ず毛利が反撃に出てくる。そこを突いて押しかえす、それが源太兵衛の次なる策だった。

鹿介も同意した。

「女介。おぬしは日本介のもとへ行き、福屋どのに会うてくれ。石見銀山奪還の策を練って、彼の地の情勢を探るのだ」

女介は喜色をうかべた。が、となるとひとつ、気になることがあった。

「総大将の御事は……」

「しばらく新山城にとどまっていただく。道理介がおるゆえ案ずるな」

「承知」

鹿介は大力介にも、女介と共に出立するよう命じた。

「亀田山にて皆に酒食をふるまおう。こたびはしくじったが、銀山の話をすれば皆、気力を取り戻すはずだ。われらは敗軍ではない。堂々と胸を張って帰城いたそうぞ」

鹿介は早速、総大将勝久に報せに行く。

女介と大力介は、他の勇士たちや鼠介の助けを借りて、近隣から酒や食べ物を集めた。亀田山の土居で篝火(かがりび)を焚(た)き、再起を誓う宴(うたげ)で英気を養う。たっぷり休息をとった翌朝、女介と大力介は日本介の手下と共に湖岸から船に乗りこんだ。あとの者たちは尼子の旗を風になびかせて新山城へ帰って行く。

一行は、秋上三郎左衛門はじめ留守居の者たちに迎えられた。そこには、女頭領のスセリと侍女のイナタ、黄揚羽もいた。ただしナギだけは、仮牢(かりろう)で鎖につながれている。

五

鹿介は新山城本丸の奥の間で、藺草(いぐさ)を編んだ敷物に額をすりつけていた。

「面目ない。許してくれ」

平伏する男を、スセリは冷めた目で見つめている。

今しがた大広間で皆に戦況を報告したときの鹿介は、潑剌とした表情に凛としたまなざし、出陣前とおなじ力強い声で、

「こたびは勝利のための退去なり」

と、宣言したものだ。大将の自信たっぷりな言葉はそこにつどった武将と配下の武士のすべてに伝染して、まるで凱旋軍を迎えるように座はわきかえった。これでよし、と安堵した鹿介もスセリにだけは胸の内をさらけだそうと決めていた。月山富田城の奪還をスセリがどんなに待ち望んでいたか……その期待に応えられなかったことがなにより不甲斐ない。

返事がないので、鹿介はスセリが自分に腹を立てて、失望しているのだと思った。

「姫さま。お腹立ちはごもっともなれど、まだ戦は終わったわけではござりませぬ。富田城はきっと奪うてみせまする。今しばらくお待ち願いたく……」

人ばらいをしているから二人きりだ。

鹿介は念のために左右を見まわした上で膝を進め、一変して契りあった男女ならではの遠慮のなさから手をにぎろうとした。

スセリはすっと引っこめる。

「許してはもらえぬようだの」

嘆息する鹿介に、スセリはわずかながら表情をやわらげた。

「さようなことはない。それよりこれからいかがするのじゃ。次なる手はあるのか」

「今一度、足固めをする。今なれば尼子に降る者も多かろう。一気に兵を集めて……」

「調略に応じそうな諸将とはいずこじゃ」

「米原、三沢、熊野、神西……いちばんはなんといっても、石見銀山の諸城を身方につけること。銀山を奪わんがため、女介を日本介のもとへ行かせた」

「女介を……」

「福屋隆兼が起こした反乱は時機尚早だが、新たな策を練って、次こそはなんとしても成功させねばならぬ。銀山の件、諸将を調略する件、それから……」

「他にもあるのか」

「月山富田城にも火種を撒いてきた。転んでもただでは起きぬのが尼子ゆえ」

「火種とはなんじゃ」

「それについては、今少し話が進展してから」

「ならぬ。今、いいなされ」

「姫さま、なにとぞ……」

鹿介が困惑顔になったときだ、騒々しい足音が近づいてきた。と、思うや、勝久と道理介がもつれあうように駆けこんできた。

「母上。どういうことにございますかッ」

「総大将ッ。お鎮まりあれッ」

鹿介は驚いて膝立ちになった。還俗するまで東福寺に預けられていた勝久である。礼儀作法をわきまえ、見かけだけでなく性情も柔和な若者が顔を真っ赤にして目をつりあげているので、よもや乱心か、と思ったのである。

「ともあれ、まずはお座りくだされ」

鹿介に諌められて、勝久はどかりと腰を落とした。肩を上下させて荒い息をついている。

「なにごとじゃ」

「申しわけございませぬ。総大将は……」

「道理介。総大将にたずねておる」

勝久はスセリにむけていた目で鹿介を一瞥、それからまたスセリに怒りの目をむけた。

「母上におたずねしとうて参上しました。なにゆえあの女子を牢へお入れになったのですか。あのような酷い目にあわせずとも……」

スセリは心底、驚いているようだった。

「ただの、侍女、ではないか」

「さようにはございますが、まだほんの、稚い娘にて……あれでは死んでしまいます」

「そう簡単に死ぬものか」

「だとしても母上、鎖をはずして牢から出してやってくだされ。朦朧(もうろう)としてなにもわからぬ様子ゆえ、逃げる心配はござりませぬ。見張りをつければ済むことにござります」

「会うたのか」

スセリは息を呑み、胸に手をあてた。その顔に、戸惑いの色がうかんでいる。

「申しわけございませぬ。拙者が目を離した隙に総大将はお一人で……」

額に汗をにじませて詫(わ)びる道理介に、鹿介はけげんな顔をむけた。

「いったいなんのことか、わかるように話してくれ」

道理介は、再興軍の出陣中に新山城で起こった出来事を話して聞かせた。イナタをはじめ留守居の者たちから聞き集めた話である。

「姫さまが襲われたとッ」

鹿介は驚いてスセリを見た。

「母上がご無事であられたのはなによりのよろこび。なれど母上は気を失っておられたと聞きました。その場にいたからといって、ナギが母上を襲うたとは思えませぬ。あのようなか弱い女子に、さようなことができましょうや」

「しかし、他にはだれもおらなんだそうにて、それゆえ確実なところがわかるまでは、と……」

「母上、なにとぞ……」

スセリはこくりと唾を呑みこんだ。

「ナギを……解き放つわけにはゆかぬ。わらわを襲うたのが、ナギではないだれかだとすればその者が今度はナギを襲うやもしれぬ。ナギの体が無うなってはわらわは……いや、危険はおかせぬ」

鎖ははずそう、と、スセリはいった。滋養のあるものを食べさせ、看護もさせよう。ただし見張りは倍にするとも。無実が判明したらそのときはナギを勝久に遣わす、好きにせよと付け加えたので、勝久はようやく怒りを鎮めた。

「ナギもきっと、そなたのそばにいたい、役に立ちたいと、心底では思うておりましょう」

再興軍の帰還を迎えてから、スセリははじめてはにかんだような笑みを見せた。

六

「おい、黄揚羽、そんなところでなにをしておるのだ。生死介が捜しておったぞ」

布をかけた平皿をかかえて本丸奥御殿から出て来た黄揚羽に、兵庫介は声をかけた。この先は武器や兵糧の倉があるだけだ。

黄揚羽はぱっと兵庫介にすりより、体をぶつけるようにして木立の陰へつれこんだ。

「うち、病人の看護を仰せつかったんや」

「男か女かッ」

思わず訊いてしまって、兵庫介は目を白黒させた。黄揚羽は生死介の女であって、自分とはなんのかかわりもない。それなのになぜ、そんなことを気にするのか。

黄揚羽は流し目をして見せた。

「女子も女子、ナギやわ。聞いておへんのどすか、ナギが女頭領を殺めようとした話……」

「そういえば、さような噂を聞いたの。しかしナギとはあの、まだほんの小娘だろう。どうやって殺めようとしたのだ。刃物でも隠しもっておったか」

力のない小娘ができることといえば、毒を盛るか、隙をねらい渾身の力で体当たりをして刃物で刺し殺すか。ところがその場へ駆けつけた者たちの話では、刃物はなかったという。

「まさか、殴り殺す気だったとはいわせぬぞ。いくらなんでも、馬鹿馬鹿しい……」

笑いとばそうとする兵庫介にはおかまいなく黄揚羽は大まじめな顔でつづけた。

「うちは、胸か腹でも蹴りつけて、気ぃ失ったとこをのしかかって、首を絞めあげようとしたんやないかと思うてます」

兵庫介はあんぐりと口をあけた。

「蹴る？　のしかかる？　首を絞める？」

「へえ。うちかて上手いもんやわ。たまに、そういう、面倒なことしたがる変わり者がおますのや。銭くれはるんやったらなんでもござれ」

それとこれとはちがうだろうと兵庫介は眉をひそめたが、口には出さなかった。それより、なぜ、確信をもってそんなことがいえるのか。その答えも黄揚羽は用意していた。

「ナギの足の裏やけど、石みたいに硬おすのやわ。体拭くときびっくりしてもうた」

あれなら鉄拳にも勝るはずだと黄揚羽は目くばせをする。首を絞めようとした証拠は、ナギの指の先が赤くなっていたからだとか。

「薄うなってきたようやけど、親指はまだ赤おす。それもなぁ……」

と、黄揚羽は忍び笑いをもらした。

「うちのとよう似たかたちに見えますのや」

「おまえと似たかたち……」

兵庫介は首をかしげる。

黄揚羽は思わせぶりにうなずいた。

「羽をひろげた……けど、あっちは鳥かもしれまへん。うちのは蝶やけど」

兵庫介がまだ理解に苦しんでいるようなので黄揚羽は平皿を兵庫介の手に押しつけた。

おもむろに着物の胸をくつろげようとする。

「ま、待てッ。かようなところでなにをする」

「うちのは墨の蝶、彫ってますのや。痛おしたえ。いややいうたんやけど、ぎょうさんくれはるんやったらしゃあないわ。ほんま、けったいな客ばかり」

「まったく、なんちゅう女子や」

やっとのことで逃げだした兵庫介は、腹を立てながらも、われ知らず黄揚羽の口調を真似ていた。なんだかんだいっても、鼻の下が少しのびていることに、自分では気づかない。

兵庫介も、用もなく奥御殿の裏手へやってきたわけではなかった。人と会うためだ。

「伯父上、こちらです」

所在なげにたたずんでいると女の声がした。地元からかき集めた下女とよく似た扮装をした娘が足早に歩みよる。

兵庫介の弟たちは再興軍に加わっていた。その娘の一人が、夫と共に一族のつなぎのような役目を果たしていた。というのは、弟たちの他にも妹の夫が、再興軍が目下調略を進めている熊野城主の家臣であったり、同じく調略中の高瀬城にも身内がいたりと出雲のあちこちにちらばっていて、親族内で動静を探りあう必要があったからだ。

「中井さまからのお文を預かって参りました」

「おう、ご苦労であった。中井善左衛門さまはなんぞ仰せられたか」

「叔母上のお話にはございますが、もうひと押しで、おそらく上手くゆくであろうと……」

「それは重畳。よきお返事をお待ち申し上げていると叔母上に伝えてくれ」

「承知いたしました」

熊野城も、時代の波に翻弄されてきた。毛利の出雲侵入にともない早々と降伏したものの、女介の父、本城常光が寝返ったにもかかわらず毛利に成敗されたことに憤り、再び尼子へ帰参している。これは大方の出雲の諸将がとった道であり、尼子滅亡後は毛利への帰順をよそおいつつ、尼子再興軍の快進撃の噂にひそかに胸を躍らせている。これこそが出雲の国人や諸将の偽らざる姿だった。

熊野城が身方に加わってくれれば、今度こそ月山富田城はわれらのもの――。

そうなれば兵庫介も鼻高々である。

男たちのいる本丸の表御殿のほうへ戻ってゆく兵庫介は、もう、黄揚羽が世話をしているといった囚人のことなど忘れていた。

七

宍道湖の水面がいぶし銀のようにきらめいている。湖上を渡る風は早や秋の涼風だ。

「昨年は珍道中だったたっけな」

女介は大力介に話しかけた。胸が高鳴っているのは、もうすぐ日本介に逢えるからだ。

「さよう。拙者は神楽舞が上手うなった。大蛇ならいつでも舞うてござるぞ」

温泉津から京へむかう道では、辻々で踊り、お大尽に招かれれば、二人、息のあった神楽舞を披露した。あのときはまさか、こんなに早く出雲へ帰ってこられるとは思わなかった。

「夢のようだといいたいが、あの月山富田城の大敗は痛かった」

「なぁに、そのうち内よりくずれる」

「どういうことだ」

「大将がいうてござった。富田城下の寺に潜んでおったときだが、住職の伝手で城兵の幾人かとよしみを通じたそうな。城内では不満がたまっておるそうゆえ、そのうち事を起こすのではないか……と」

「ふうん、そういうことか。われらも石見ではおなじことをせねばならぬ。銀山が内より火を噴き上げれば、毛利も手がつけられぬ」
女介の眼裏に、火山の爆発さながら、銀山が紅蓮の焔を噴き上げ、毛利軍が逃げまどう光景がうかんだ。むろん、実際にはありえないし、あっては困るが、幻の焔に等しいほど亡父の怒りは烈しいはずだ。調略しておいてその約束を反故にするなど、武士ではない。いや、人の道に悖る……。

女介の昂る思いとは裏腹に、大力介は「ひょ、あそこで魚を獲っておるぞ」とか、「お、舟で野菜を売っておる」などと、長閑に舟の旅を楽しんでいる。

女介は苦笑した。

「おぬしはよいの、悩んだことも心配したことも、生まれてこのかた、ないらしい」

「心配しようがしまいが死ぬときは死ぬ。それならいっそ、その間に美味いものを食い、したいことをしたほうがよい」

「なるほど、大将がおぬしをそばにおいておるわけがようわかった。美味そうに食っている顔を見れば、悩むのが馬鹿らしゅうなる」

「それはこっちもおなじ。大将が——鹿介さまご自身が——そういうお人なのだ」

西岸の船着場が見えてきた。といっても、にわか仕立てか、杭と板だけの船着場だ。

小早には漕ぎ手の他、女介と大力介、それに再興軍に福屋隆兼の敗戦を報せた日本介の手下が乗っていた。手下は周囲を見まわしヒューイと指笛を吹く。すると、ざわざわと岸辺の葦がゆれて、黒い頭が次々に覗いた。

「頭領。おつれいたしました」

「うむ。女介か。大力介も。ご苦労だった」

日本介は闇の海のような双眸で女介を見つめる。女介も焔を宿した眸で見返す。

「ぐずぐずしておると毛利方に見つかる。さぁ隠れ処へ案内しよう」

日本介の合図で、奈佐水軍の一行は船着場をあとにした。日本介と並んで歩きながら、女介は動悸が速まり頬が燃えるのを感じていた。

八

陰暦の八月半ばは秋たけなわ。新山城周辺の山々には紅葉もちらほら散見し、リンドウの紫に野菊の黄や白など、足下の彩りも目を愉しませてくれる。

とはいえ、尼子再興軍の勇士たちにとって、季節のうつろいは不安と焦りをかきたてるものでしかなかった。毛利がいつ尼子の動きに危機感を抱いて、反撃を開始してくるか。それまでに太刀打ちできるだけの体力をつけておかなければならない。

月山富田城の奪還に失敗して以来、鹿介や源太兵衛は兵力増強に腐心していた。毛利が富田城の援軍として尼子から毛利へ寝返った出雲の国人たちを送りこむという噂が聞こえていたので、再興軍も先手を打って調略しようと手を尽くしている。

「母子を質にしておるゆえ、ご案じなく」

高瀬城の城将は米原綱寛(よねはらつなひろ)だ。大友との密約もあるようで、尼子の誘いにのってきそうだと鼠介が報せてきた。

「おう、なればこちらも心配ござらぬ」

兵庫介が小躍りしたとおり、熊野城の熊野久忠(くまのひさただ)もあとにつづいた。

ただし、すべてが成功したわけではない。

鹿介が奥御殿で書状を認(したた)めていると、秋上三郎左衛門と庵介の父子が押しとどめようとする家来の腕をふりきってはいってきた。三郎左衛門は、軍師として重用されている源太兵衛とははじめからそりがあわない。庵介は庵介で鹿介への競争心を隠さない。

「どういうことか、説明してもらおう」

第一声から喧嘩腰(けんかごし)である。

「なんのことだ」

「おぬしの書状だ」

「書状？　書状がどうしたと……」

「ごまかすなッ。われらが苦心してまとめかけた話を、おぬしの一存でぶっ潰す気か」

「さっぱりわからぬが……」

三郎左衛門によると、毛利が富田城の援軍に差しむけようとした三沢為清と三刀屋久祐は、いずれも調略に応じて尼子再興軍に加わる気になっていた。ところが鹿介は書状で、助勢不要と断ってしまったという。

鹿介が三刀屋を拒絶した理由は、すでに尼子方についた熊野と三刀屋が宿敵であることや、三刀屋の一族の中から早苗介が身方に加わっていることから、三刀屋を迎えれば報奨の分配に不満が出る、というものだった。

それを聞いた三沢も腹を立てた。

「待て。さような書状は出しておらぬぞ」

鹿介はけげんな顔である。

「今さらいいわけなど聞きとうないわッ」

書状には鹿介の花押が押されていたといわれて、鹿介はめんくらった。

「ありえぬ。断じてありえぬ」

調略にかかわる書状は、万が一、毛利の間者の目に留まってはいけないからとスセリにいわれて、わざわざこの奥御殿で認めることにしていた。用心の上にも用心している。

「どういうことか調べてみるゆえ、しばし猶予をくれ」

なんとか怒りをなだめて帰したものの、鹿介は狐につままれたような心地だった。一兵でもほしいこのときに、だれが助勢を断ったりするものか。だいいち、見てもいない書状にどうしたら返事が書けるというのだろう。

鹿介は頭をかかえた。ごく身近な人間が三沢や三刀屋の書状を横取りして偽の返書を認め、鹿介の花押を押したとしか考えられない。それはだれか。心当たりはまったくなかった。

鹿介はスセリに相談した。城内に怪しい者がまぎれこんでいるといっていたからだ。

「おまかせください。わらわが八百万(やおよろず)の神々におうかがいをたててみましょう」

スセリは神殿の間へこもることになった。

九

「すんまへんではわかりません。いいたいことがあるなら、はっきりおっしゃい」

イナタは少しばかり苛ついていた。

不服そうに口を尖らせている黄揚羽のせいではない。スセリのせいだ。

スセリは昔から勝気で大胆不敵だった。こうと思ったことは決してまげないし、独断で行動することもしょっちゅうである。それでも——たとえあとからでも——乳姉妹のイナタには、なんでも話してくれた。二人は実の姉妹以上に親密だったのだ。鹿介があらわれるまでは。

いや、それはちがう。鹿介のせいではない。なぜなら、スセリが自分に対してよそよそしい態度をとるようになったのは、再興軍が月山富田城攻めから帰還してからのことなのだから。どことはいえないが、どこかが変わってしまった。わからないからもどかしい。もどかしいから苛々する。

「いえないなら、お行き」

「うちは女頭領に会いとおすのやわ」

「姫さまは神殿におこもりになっておられる、といったでしょう」

そのこともイナタは気に入らなかった。これまでなら、なぜおこもりをするのか、話してくれたはずなのに。

「いつになったら出ていらっしゃるか、わからぬのです。伝言があるなら伝えてあげましょう」

黄揚羽は思案しているようだった。しばらくして「ほな、いいまひょ」と両手を揉みあわせる。

「うちとおんなしようなもんが、だんだんくっきりしてきましたんやわ」

イナタは目をしばたたいた。

「なんですって？　順序だてて話しなされ」

「順序、いうたかて……ええと……親指が赤うて、うちのんは墨やけど……鳥の羽みたいで、あ、うちのんは蝶やけど……ほんで首を絞めたんやないかて……いや、鳥の首やのうて……」

イナタはますますわけがわからなくなってきた。黄揚羽はなにがいいたいのか。

「だれの、親指が、赤いのですか」

「ナギ」

「鳥の羽というのは……」

「せやから、その、赤いかたちがそないに見えるのやわ。うちのは蝶の……」

「おまえのことはいいからナギの話を」

「へえ。せやからナギの指に赤い痣ができてもうて、それが烏そっくりで……」

「烏？　鳥のかたちをした痣ですか」

イナタははっと目をみはった。

「もしや、羽をひろげた三本足の……」

「へえ」

「八咫烏ですね」

「八咫烏？　見たことおまへんけど、それも、カァカァ啼くやつどすか」

イナタはひとつ、深呼吸をした。

「ナギの容態は？」

ります」

「目ぇは開いて、飲んだり食べたりもできはるんやけど、まだ歩くのんはでけしまへん。声も出ぇへんのに、なんやいいたいことがぎょうさんあるみたいで、変な声、出してはります」

「もうよい、行きましょうッ」

イナタはやにわに腰を上げた。これ以上、黄揚羽と話していてもはじまらない。

「わたくしがナギに会うてみます」

黄揚羽はぎょっとしたようだった。

「それはあきまへん。女頭領から、だれにも会わせたらあかん、いわれてまっさかい」

「いいから、いらっしゃいッ」

イナタは黄揚羽を無理やり引きたてた。「せやさかい、いややといったんやわ……」などとぶつくさいいながらも、黄揚羽はイナタに従う。

ナギは疲れはてたような顔で眠っていた。青白い顔は蠟のごとく、眼窩がくぼみ、頬はこけ、痛々しいほど窶れている。捕らわれてからかなりのあいだ意識がなく、物も口にしなかったというから、これはいたしかたない。イナタが気になったのは、目のまわりの涙の跡だった。

「よほど辛い思いをしているのですね」

黄揚羽はイナタの言葉に反論した。

「うちはちゃんとお世話してます。女頭領からいわれたとおりに日に何度も体を拭いて、滋養のあるもんを食べさせて……」

「おまえを責めているわけではありませんよ。でもほら、泣いていたようです」

「あれま、うちの前で泣いたことはいっぺんもあらしまへん。わけのわからんこと、しゃべるだけで。ほんま、気丈な女子(おなご)やと思うてましたんやけど」

「先の尖った簪(かんざし)とか、薬草のようなものとか、なにか身につけてはいませんでしたか」

凶器はもっていなかったと聞いている。

「へえ。長細い葉っぱと、あ、他にも妙なもんがふところにはいっておました」

「妙なもの……」

「干からびた動物の耳みたいな……いややぁ気味わるッ。そうや、魔除(まよ)けの護符かもしれへんわ」

黄揚羽はスセリにそれを見せた。捨てるつもりが、スセリがもっていってしまったという。

イナタは今一度、ナギの寝顔を凝視した。

この娘はいったい何者だろう――。

「親指を……」

黄揚羽がナギの片手を取り、手のひらを上にして親指をイナタの鼻先にもってゆく。

イナタは息を呑んだ。

ナギの親指の腹には、そう、スセリの手のひらやうなじにうきあがっていたのとおなじ、烏の痣がうかんでいた。両翼をひろげた三本足のあの八咫烏だ。

「けったいな烏やねえ。足が三本やなんて」

一緒に覗きこんだ黄揚羽の無遠慮な笑い声が眠りを覚ましたのか、ナギが目をあけた。

「ナギ、ナギ、聞こえますか」

イナタが顔を近づける。と、そのときだ、ナギの双眸がきらめいた。懸命に身を起こそうとする。

イナタが抱きあげてやると、ナギはイナタの耳に口を寄せた。ところが——。

今度こそナギがまともな言葉をしゃべるのではないかと興味津々、耳をそばだてていた黄揚羽の期待は裏切られた。なぜなら外でがやがやと人声がしたと思うや、五、六人はいようか、兵たちが乱入してきたからだ。

「なにごとですか」

イナタはナギを庇うように両手をひろげた。

すると、兵の一人がその腕をつかんだ。

「用があるのはおまえだ」

「無礼な真似はおよしなさい。わたくしは女頭領の側仕えですよ」

「そんなことはわかっておるわ。おまえを引っ捕らえよと命を下したのは女頭領だ」

イナタは目をみはった。なにがなにやらわからない。真っ白になった頭をふって気力をかき集め、兵の長らしき男をにらみつけた。

「わたくしが、いったい、なにをしたというのですか」

「毛利と通じた」

「なんですってッ」

「くわしいことは大将に訊くんだな。女頭領はその場で斬り捨てよと命じられたが、大将はお止めになられた。裏切り者めッ。おまえは拷問され、処刑される」

腰をぬかしている黄揚羽と、両手をふりまわしてなにかしきりに訴えようとしているナギをのこして、イナタは小突かれたり追いたてられたりしながら仮牢の倉からつれだされてしまった。

十

女介と大力介は宍道湖西岸の畔の隠れ処――どこにでもあるような農家――に一泊して疲れを癒やしたあと、さらに西へ移動して、日御碕神社や杵築大社へ行く道の途中にある鰐淵寺へはいった。

この寺は鹿介が幼いころ寄宿していた尼子ゆかりの寺で、尼子が栄えていた時代には西出雲における拠点のひとつになっていた。峻険な山道を分け入ってようやくたどりついたのは荘厳な寺である。

日本介は、この寺に福屋隆兼を匿っていた。

福屋は赤ら顔をした小太りの男で、揉烏帽子に鉢巻、鎧直垂に脛当といういでたちだった。甲冑をつければすぐにも戦におもむける恰好である。が、敗戦の将は尾羽うちからして、丸めた背中のおかげでおさまりきらなくなった腹がうらめしげにだぶついている。

「福屋さま。これなる女介は、山吹城主であられた本城常光さまの娘御にござる」

日本介が女介を引きあわせると、福屋はなつかしそうに目をしばたたき、感きわまって洟をすすりあげた。

「おうおう、ようご無事で……。覚えておられぬやもしれぬが、お小さきころに会うてござる。本城さまがお目に入れても痛うないほど可愛がっておられた姫さまゆえ……」

「われも父から聞いています。父は福屋さまをだれより頼りにしていました」

その姫が尼子再興軍の戦士になったと聞いてようやく迷いが吹っ切れたようだ。

「早まって兵を挙げ、この体たらく。どんな顔で新山城へ参上できようか。この上は頭を丸めたほうがよいのでは……と迷うておったが、姫さまのお顔を拝見して心が定まった。新山衆ともども、もうひと働きして本城さまのお怨み、晴らしてみせましょうぞ」

やはり女介の効力は絶大だった。

日本介は苦笑する。

「おれがなんといっても信用していただけぬ。しょせんは海賊、上手いことをいって金銀を横取りする気だと思っておったらしい。ま、それも当たらずといえども遠からずだが……」

福屋は新山城へおもむき、再興軍に身を投じるという。だがその前に、女介は福屋から聞いておきたいことがあった。

女介が温泉津をあとにしたのは一年近く前だが、そのころでさえ銀山を取り巻く状況は女介が山吹城にいたころとは激変していた。さらにまためまぐるしく変化しているはずだ。

三人は地図をひろげて、石見銀山攻略の策を話しあった。福屋の近況報告はもとより女介の記憶と日本介が把握している湊の状況を突きあわせれば、自ずととるべき道が見えてくる。

「されば、大将にお伝えしておこう」

福屋は新山城で、兵をととのえて待機する。女介と日本介は火付け役をつとめて、銀山とその周辺で反毛利の一味に蜂起をうながす。時をあわせて一気に攻める策略だ。

福屋を送りだした女介と日本介は、銀山奪還の成功を祈って酒をくみかわした。当然ながら尼子の勇士、同胞としての盃（さかずき）である。

十一

「イナタはどこだッ。イナタになにをした？」

源太兵衛につめよられて、鹿介は腹の底からため息をついた。このところ毎日のようにだれかが怒鳴りこんでくる。これでは合戦がはじまる前に、再興軍は内部から崩壊しかねない。

「落ち着いてくれ。捕らえたのはわけあってのことだ。だが、まだ生きている」

「生きている、だとッ。イナタは女頭領の乳姉妹だぞ。日御碕神社とも縁が深い。毛利と通じるはずがなかろう」

「おれもそう思う。だがイナタの持ち物の中から三刀屋の書状が出てきた。動かぬ証拠だ」

源太兵衛は鹿介の襟元をつかんだ。

「まちがいだッ。だれかに嵌（は）められたのだッ。でなければさようなことが……」

「わ、わかった。わかったから放してくれ」

源太兵衛は手を放した。鹿介は首をさすりながら荒い息をつく。

「いちばんお辛いのは姫さまだろう。見てはおれぬほどに苦しんでおられる。しかし秋上父子をなだめるためにも、今はこうするよりないのだ。わかってくれ」

源太兵衛はくちびるをゆがめた。

「イナタを嵌めたのはあやつらかもしれぬぞ。おれとイナタが親しいのを知っている。おれを困らせたいのだ」

「万にひとつ、そうだとしてもなにもいうな。とりわけ今は千載一遇の好機だ。われらの撒いた種が実れば、だれもが快哉を叫ぶ。内輪揉めなど消えてなくなる」

「そう上手くゆくかの……」といいながらも、源太兵衛も身を乗りだしている。

「動きがあったのか」

「馬木彦右衛門が城安寺へ詣でたそうだ」

「おう、いよいよだのッ」

「河本弥兵衛が参拝したらわれらも出陣する。そうなれば叔父貴、軍師の出番だ」

「承知した。富田城攻めには一兵たりとも欠かせぬ。腹は立つが、あやつらは命知らずだ」

「うむ。先の失敗を取り戻すためにも、庵介は死にものぐるいで働くにちがいない」

二人は目をあわせてうなずいた。

前回は急襲をかける前に急襲されて大敗を喫したが、富田城下の城安寺へ潜伏していたのは徒労ではなかった。寺を経由して報せがとどく手筈になっている。馬木や河本が城内で反乱を起こすやいなや、再興軍も呼応して攻めこむと決めていた。

「こたびはぬかりなかろうの。事前にもれれば先の二の舞だぞ」

源太兵衛はまだ不安そうだ。

「心配無用。このことは叔父貴とおれしか知らぬ。皆には出陣間際に伝えるつもりだ」

「そうか。なら安心だ。ひとつ約束だが、月山富田城を奪いかえしたらイナタをおれによこせ。いいな。おれが自分で問いただす」

「わかった。まずは富田城だ」

大将と軍師の面談は終わった。すべての厄介事は月山富田城の奪還で霧消するだろうと、鹿介は信じて疑わなかった。

十二

女介は、要害山を見上げていた。頂には城郭と本丸御殿の瓦屋根、さらに三重の天守閣が見える。生まれ育った、なつかしい山吹城である。

「見よ。父上の城だ」

「昔、天守に上ったことがござる。北海も出雲の山々も、安芸国まで見渡せる。それは見事な景色にござった」

大力介もまぶしそうに目をしばたたく。

「われはいつも山を駆けまわっていた。女子のくせにと母上は眉をひそめたが、父上は、戦になれば男も女もないといって、どこへでもつれて行ってくれた。だからやっぱり、神楽舞を舞うているより戦のほうがあっているのだ」

「いや、神楽舞も似合うておったぞ。叶うことなら、また二人で遊行の旅をしたいものだ」

「戦のない日が来たら……そんな日が来るとは思えぬが……もし、万にひとつやって来たら、それも、よいかもしれんな」

要害山は、南北に走る山脈の南に屹立していた。南東にそびえているのが仙ノ山、すなわち銀山で、ここには銀を掘るための坑道の入口――間歩口――が無数にできている。

山吹城の城下町は要害山の山麓の南側にひろがっていて、休役所を中心に煙硝倉や銀を納める倉、下屋敷、寺社や市場なども建ち並んでいた。山師や職人、人夫などが暮らす鉱山町は、仙ノ山から要害山北麓にかけての銀山谷につらなっている。

女介と大力介がいるのは、そのどちらでもなかった。要害山の西の麓の雑木林の中にいる。こちらは急勾配の谷間で人家はほとんどない。

二人は葛袴に脛当、小袖の上に袖無羽織を着て、髪は頭頂でひとつに結んでいた。女介は小太刀、大力介は杖に仕込んだ槍。これなら人目につかない……はずだが、城下町では顔見知りの商人や役人に出くわす心配がある。

女介は西麓から東へまわりこんで、鉱山町へ出るつもりでいた。鉱山町も安全とはいえないが、仙ノ山へ行くには鉱山町の坂道を登って行かなければならない。

目指す場所は、仙ノ山の天池寺。

「天池寺とはさように力があるのか」

大力介の質問に、女介はうなずく。

「ある。銀山として知られる以前、このあたりは修験の霊場だったのだ。だから今も、無事に銀を掘ることができるのは神仏のご加護のおかげとだれもが思うておる。銀山で働く者たちはどこのだれよりも信心深い」

女介は父につれられて天池寺へよく詣でた。ここには仙人のような老僧がいて、天真爛漫な姫をたいそう気に入り、様々な知識を伝授してくれた。もし老僧が身方になってくれるなら百人力だ。が、いかんせん老齢なので、まずは鉱山町で聞きあわせて健在かどうか、寺の現状を探りださなければならない。いきなり訪ねて毛利の拠点のひとつになっていたら、それこそ火に入る虫である。

「どこに耳目があるかわからぬ、用心しろよ」

「されば、堺の今井宗久さまに雇われて西国の見聞に参った、と……承知承知」

ところが鉱山町へ足をふみいれるや、女介は表情をこわばらせた。このざわめきはなんだろう。異様な雰囲気は……。辻々で兵が追いたて、男たちが忙しげに駆けまわっている。

これは見慣れた光景だ。

そう、合戦がはじまる前の――。

十三

八月下旬、新山城の再興軍に出陣命令が下った。月山富田城攻めだ。

「今度こそ、奪還まちがいなし」

鹿介は力強くこぶしをふりあげた。

城内には尼子に同心する伏兵がいる。ひそかに反乱を起こす手筈をととのえていた。反乱に乗じて一気に攻めこめば、内と外から難なく敵をくずせる……源太兵衛の説明に再興軍はわきたった。

ところが、勇んで進軍したものの、いくらも行かないうちに引きかえさざるをえなくなった。急報がとどいたためだ。反乱があっけなく鎮圧されてしまったという。

「どういうことだッ」

総大将の勝久はむろん、鹿介や源太兵衛、勇士たち、足軽までが血相を変えた。

「二の丸の城将、野村士悦が讒訴、一味は捕らえられたそうにござります。野村は前々から反乱があることを知っていたようで……」

「馬木や河本は……」

「即刻、斬首されたそうにござります」

またもや先を越された。再興軍は今回も城攻めを決行することなく退却を余儀なくされた。

「おのれ、毛利めッ」

それにしても、なぜ事前に察知されたのか。

勇士たちは、帰還するや広間に額を集めて、侃々諤々と意見を交わしあった。

馬木や河本の手下のだれかからもれたと考えるのがふつうだろう。ところがこの場で、道理介がいわでものことをいいだした。

「女頭領は、内通者がこの城中にいると仰せられた。神々のお告げだそうな」

道理介はスセリが神々の使者、八咫烏の化身だと信じこんでいる。

「そこで、こたびも祈禱を願うた。が、女頭領は、それはできぬと……。前回のことがよほどこたえておられるご様子で、自分のせいであのようなことになってしもうたとさめざめとお泣きになられた」

前回のことというのは、イナタを捕らえるにいたった神々のお告げのことである。

座は騒然とした。

「そういえば、あの侍女と親しいお方がおったのう」

「いやいや、イナタは嵌められたのだ。この場におるだれかに……」

「皆もよう考えよ。こたびの作戦を事前に知っていたのはだれか……」

「われを疑うかッ。ううぬ、許さぬぞ」

日ごろから角を突きあわせている秋上父子と源太兵衛はもとより、こうなるとだれもが疑心暗鬼になってくる。

「いいかげんにしろッ」

鹿介は怒りを爆発させてその場を鎮めた。

もしこのまま解散していたら、城内の空気はとげとげしいものになって、再興軍は仲間割れから分裂、消滅していたかもしれない。

ところが運よく、出陣要請がとどいた。石見銀山周辺を探索中の女介と日本介からだ。福屋隆兼がここぞとばかり進み出た。

「毛利方が攻めて参ると？　どういうことか、くわしゅう話してくれ」

福屋は勝久に一礼して説明をする。

「このところ高瀬城、熊野城、伯耆の末石城と次々に尼子へ寝返った。富田城でも尼子の反乱が起こりかけた。毛利は疑心暗鬼に陥っておるらしい。毛利に疑われれば本城常光さまと同様の目にあいかねない。しかも女介や日本介が銀山衆を焚きつけようとしている。そこで、銀山の守備方である服部（はっとり）、河村、二宮（にのみや）、それに小田といった諸将が相談の上、出雲へ討って出ることにした。毛利に忠誠心を見せつけようというのだろう」

今はまだ銀山周辺に結集しているが、途上の三沢や三刀屋など毛利方の諸将を巻きこんで新山城へ攻め上がってこようものなら、大軍勢となって防ぎきれなくなる。

「手をこまねいてはおられぬの」

鹿介は勝久を見た。

源太兵衛は勇士たちの顔を見る。秋上父子も緊急事態とあっては源太兵衛への敵意を引っこめざるをえなかった。巨大な敵をいかに撃退するか、今はそれだけに心をとらわれている。

「われらも討って出よう」

一刻も早く叩き潰さなければならない。となれば、ただちに出陣して、できるかぎり遠方で合戦をしたほうがよい。

源太兵衛の提言に皆も同意した。

「よいか、皆々、疑心暗鬼は毛利にまかせておけ。われら尼子は心をひとつにして戦う。

一糸の乱れもあってはならぬ。忘れるな。それこそが、尼子ぞ」

鹿介はすくりと立ち上がり、鹿介ならではの凜としたまなざし、清廉な口調で宣言した。

「おうッ」と呼応した一同の眸にも消えかけていた輝きが戻っている。

あやうさの中でかろうじて保たれることになった一体感が薄れることのないよう、鹿介と源太兵衛は目くばせを交わしあった。

再興軍は即刻、出陣の仕度に取りかかる。

スセリは、干からびた耳を見つめていた。

こんなに急に出陣の命が下ったのでは、手の打ちようがない。自分にはどうすることもできなかったといういいわけが、果たして通用するかどうか。

ああ、どうしたら——。

打掛(うちかけ)を脱ぎ捨てる。

だれもいないのをよいことに、奥御殿の居間を歩きまわった。ときおり立ち止まっては足の裏で床板を蹴る。両のこぶしで宙を掻(か)く。全身に陽射(ひざ)しを浴びて野を駆ける爽快感を思いだそうとしてぐんと四肢をのばしてみたものの、豪奢(ごうしゃ)な小袖が体にまつわりついてうっとうしい。

なにをしても、自由は許されない。監視され、あやつられている。

空しくなってやめた。

冷静に考えよう。どうすればこの難局を打破できるか。

人間の命を奪うことに、逡巡はなかった。戦場ではだれでもすることだ。手柄のために先を競って首級を挙げる。一片の悔いもひと粒の涙もなく嬉々として同類を葬る。人間とはそういうものだ。真似してやればよい。ただイナタに関しては責めるべき点がひとつもなかった。いつも柔和でやさしい女だ。敵意を感じたことは一度もない。イナタではなく、あの頭の悪い黄揚羽か、威圧的な大女の猫女だったらよかったのに……。

スセリは顔をしかめた。

けれど、罪のない者や弱い者が犠牲になるのが戦である。戦のたびに家ごと丸焼きにされるのはだれか。凌辱され絞殺され捨てられるのはだれか。いつも矢面に立たされ、あっけなく命を絶たれ、十把一絡げに骸を穴に放りこまれるのはだれか。甲冑に身を固めて馬上で高笑いをしている輩でないことはたしかだ。

宿命ははじめから決まっている。だから、悩むのは時間の無駄ではないか。

スセリは心を決めた。

打掛をはおり、脇息にもたれかかる。

控えの間に声をかけて、道理介と秋上三郎左衛門を呼んでくるよう命じた。

鹿介、源太兵衛、兵庫介、庵介、早苗介、苅介(かりのすけ)ら勇士たちは、宍道湖の西——進軍途上の高瀬城——の城主である米原綱寛や西出雲の地理に詳しい福屋隆兼らの先導で、今朝、出陣したばかりだ。この遠征には総大将の勝久は加わっていない。道理介も留守番だ。

スセリは二人に命じた。

「神々のお告げじゃ。イナタを処刑せよ」

さすがに二人は目をみはった。道理介はなにかいおうとしたものの思いとどまる。

「毛利に通じれば男子(おのこ)ならずともこうなる、との見せしめじゃ。磔(はりつけ)にするがよい。骸は烏に食わせよ」

スセリは最後のひとことを、あたりまえのこととして口にした。なぜならどんな生き物でも、死ねば他の生き物の糧となる。そうなることでこの世はまわっているのだから。

十四

鹿介ひきいる尼子再興軍は、宍道湖の北岸を進軍して米原綱寛の高瀬城へはいった。その数はおよそ二千。隠岐為清も七百ほどの兵をひきいて駆けつけることになっており、その他、高瀬城には米原の兵も五百余りいる。

一方、戦忍びの鼠介とその手下が探ってきたところによると、毛利方は高瀬城から二里近く南西に位置する戸倉城にあって、軍勢の数は約三千。第一陣が今しも攻め上がってくるところだとか。

「第一陣の大将はだれだ」

「服部にござります。他にも河村や二宮といった銀山衆が多数集結しておりまする」

むかうところ敵なし、となれば、われもわれもとこの機に乗じて手柄を立てようとする。出羽や坂といった武将がひきいる第二陣も別の道から進軍してくることになっているらしい。

「よし。われらは第一陣を迎え撃つ。第二陣は隠岐どのにおまかせしよう」

米原には、どちらにも加勢できるよう高瀬城での待機を命じた。

「日本介からも、女介ともども加勢つかまつるとの報せがとどいておりまする」

「いや。日本介には湊から動くなと伝えよ。万にひとつ、われらの大敗ともなれば新山が危うい。総大将と女頭領のお命だけはなんとしてもお守りせねばならぬ」

水軍を保有しているのは海戦のためだけではない。敗走の足としても必須だった。スセリと勝久母子あってこその尼子再興軍である。

「いざ、参るぞ。毛利め、一兵残らず叩き潰してくれるわ」

鹿介の主力軍は即刻、出陣した。少しでも遠方で合戦を……と人馬を駆ける。服部左兵衛ら銀山衆の軍勢と遭遇したのは斐伊川へ出る手前の原手だった。

「ひるむなッ。かかれーッ」

毛利方は、こんなに早く再興軍の攻撃がはじまるとは予想していなかった。忠心を疑われぬよう進軍をして見せただけ、とりあえずは高瀬城のひとつも落としておけばよかろうと軽く考えていたようだ。戸倉、平田、三刀屋など毛利方の城が点在している界隈ということで、油断もあったにちがいない。

再興軍は意気込みがちがった。生きるか死ぬか、いや、いったん死んだ尼子が己のものであった領土を奪いかえそうというのだ。地獄の底から這いあがった者たちに失うものはない。猛攻につぐ猛攻で毛利方の第一陣を蹴散らすのに、さほどの時はかからなかった。

「第二陣も大崩れにて出羽は戦死、坂らは退却して第三陣に合流した由にございまする」

鼠介たちはここでもいち早く戦況を報せた。毛利方の第三陣の大将は安芸国佐東銀山城から駆けつけた小田助右衛門で、第一第二陣の敗退を知って頭に血を昇らせ、急ごしらえの軍勢で攻め上ってきた。

「米原軍に報せを。総攻撃をかけるぞ」

ここで手をゆるめるわけにはいかない。大勝の勢いにのって毛利軍を壊滅させる――

速攻は鹿介と軍師の源太兵衛の得意技である。

再興軍は一丸となって、第三陣に突撃した。とりわけ兵庫介の働きはめざましかった。勝ち目がないと悟っても奮戦をやめない小田にむかって名乗りをあげ、一騎打ちを挑んで見事首級を挙げている。大将の戦死によって毛利方は総崩れとなり、生きのこったわずか三百ほどの兵は南方の赤穴(あかな)城めざして落ちていった。

月山富田城での手痛い敗戦から二月足らず、尼子再興軍は、ここにはじめて、大規模な合戦での記念すべき勝利をおさめたのだった。戸倉城へはいった面々は意気軒昂である。

「一気に石見へ攻めこめば勝利まちがいなし」

「さよう。今なれば銀山も奪いかえせよう」

「よし。女介をこれへ」

日本介にいち早く銀山衆の不穏な動きを報せたのは女介だった。日本介が新山城へ急報を送り、おかげでこの大勝となった。女介と日本介は大将首をとった兵庫介同様、功労者である。

第三陣との戦に加わっていた女介は、ただちに鹿介と源太兵衛のもとへ参上した。

「こたびの戦での果敢な働き、聞いておるぞ。ご苦労であった」

鹿介にねぎらいの言葉をかけられても、女介はうれしそうな顔をしなかった。

「服部や河村の首級をわが手で挙げられなんだこと、口惜しゅうございます」

銀山衆は女介の亡父の後釜に座った仇である。第一陣との戦に間にあわなかったことが、女介には返す返すも悔やまれる。

鹿介は口元をほころばせた。

「手柄なら、銀山を奪いかえすまでとっておけ。それより女介、教えてくれ。仙ノ山にはどれほどの人がいるのだ。長はいかような男か。山吹城の城下はどんな様子だったか」

女介は、大力介と二人、戦仕度でざわついているのをよいことに城下や銀山谷を歩きまわっている。そのときの見聞をつぶさに伝えた。

「勝ち目はあると思うか」

「今すぐなら、ありましょう」

「毛利の援軍が来るまでに、ということだな」

「はい。こたびの合戦の大敗を知れば、毛利は真っ先に銀山へ援軍を送るはずにございます。そうなってからでは手に余るか、と」

「相わかった。ただちに軍議をはじめよう。おぬしも加われ」

鹿介は鼠介を高瀬城へやり、急ぎ隠岐為清と米原綱寛を呼んでくるよう命じた。原手での合戦のあと、主力軍は空き城も同然になった戸倉城へはいったが、隠岐と米原の両軍は高瀬城へ引きかえし、そこで下知を待っている。

女介が進言したように、もしこのとき、勝利の余波を駆って一気に攻めていれば、再興軍が銀山を掌握することもまんざら画餅ではなかったかもしれない。

ところが、予期せぬ事態が出来した。

「なにッ、帰っただと?」

鹿介と源太兵衛は顔を見合わせた。隠岐為清が勝手に引きあげてしまったというのだ。

「勝手ではござりませぬ。米原さまの話では、新山から急ぎ帰るようにと報せがとどいたとか」

鹿介は大将だが、新山城にいる勝久は総大将である。総大将の命令なら、速やかに従うのは当然だ。

いったいなにがあったのか——。

もしやスセリの身になにかあったのではないか……。鹿介も案じ顔になっている。

しかも、それだけではなかった。鼠介は鹿介あてにとどいたという至急の書状を持参していた。大山寺経悟院の衆徒からの援軍要請の書状である。

大山寺は伯耆国にある天台宗の古刹で、毛利方に与していた。が、その中の経悟院だけは尼子とよしみを通じている。伯耆国の中でも出雲国に近い西方の城からは尼子に寝返ろうとするところが出はじめていて、先だっては神西元通の末石城が尼子に帰順したばかりだった。

書状によれば毛利方の岩倉城が攻め落とされたとのことで、次は尾高城、この好機を逃すまじ、共に攻めようと衆徒は誘いをかけていた。

「いかがしたものか……」

鹿介は頭を抱えた。銀山奪還におもむくか、伯耆国へ出陣するか。西と東の正反対、しかもどちらも急を要する。

軍議の結果、伯耆への出陣が決まったのは、いったん新山城で態勢をととのえて、隠岐軍や新山にのこしてきた軍勢も結集させて戦うことができると判断したからである。勝利したとはいえ、原手の合戦では身方の兵も多数、喪っている。なにより毛利から見て遠方の伯耆と、後ろに毛利本隊がひかえる石見では、勝利の確率に大きな差があった。

もうひとつ、つけ加えれば、大将の鹿介と軍師の源太兵衛の二人が新山城へ帰りたがっていたこともある。鹿介はスセリにいち早く勝利を報せてよろこぶ顔が見たかったし、源太兵衛はイナタの安否が気にかかっていた。二人ともむろんおくびにも出さなかった。いや、自分でさえ認めようとはしなかったが、この想いがまったくの無関係だったとはいいがたい。

「かくなる上は、一刻も早う新山城へ」

再興軍は鳥が飛び立つような勢いで戸倉城をあとにした。城にのこったのは女介と大力介、それに日本介の手下や石見界隈で女介がかき集めた兵がおよそ百数十。

「臆病なやつらめッ。この機に銀山を奪わずしてなんとするッ」

女介は怒りを抑えられなかった。

「あれほど反対したのに、聞く耳を持たぬとは……あきれてものもいえぬわ」

「まぁまぁ、伯耆を奪れば兵力も倍増する。銀山はそれからでも遅くはなかろう」

「生ぬるいことをッ。ここまで出張ったのはなんのためだ。合戦の勝利が泡と消えてしもうたわ」

女介は大力介をにらみつける。怒り心頭といった顔で城の奥へ駆けこんでしまった。

十五

黄揚羽は文字どおり腰をぬかした。番兵たちの話を耳にしたとたん——不自然な恰好で盗み聞きをしていたせいもあったが——驚きのあまり力が抜けて、地べたに尻餅をついてしまったのである。

それにしてもまぁ、仰天するようなことばかり、次から次へと起こるものだ。都の傾城屋にいたころも奇態な客の要請にびっくりすることはままあったが、最後にやることはおなじ、馴れてしまえばどうということもなかった。

せやけどここでは——。

「どないしたらええんやろ……」

鼻の頭にシワを寄せて考える。放っておくわけにはいかない。それだけはわかっていた。だれかに相談しなければ。でも、だれに……。

真っ先に兵庫介の顔がうかんだ。この際、生死介でもかまわない。だが二人はいない。鼠介もいない。大半の男たちは出陣してしまった。総大将はのこっている。直訴したいところだが道理介が張りついていた。会わせてもらえるとは思えない。

「あの堅物、苦手やわ。当たり前やね、道理と女郎が相いれるはずもなし」

となれば、他にこの難局を切り抜ける力がありそうな者は……。

一人いる。黄揚羽は腹の底からため息をついた。苦手という意味では、道理介とおっつかっつである。それでもこちらは女。しかもイナタとは懇意だった。

「しゃあないなぁ。ま、とって食われはせんやろし……」

番兵に見つからぬよう、そろりと起き上がって、忍び足でその場をあとにする。

猫女は、三の丸の片隅の——鬼門封じにはそこしかないといいはったのだとか——小(こ)体(てい)な家の前庭で、亀の甲羅を干していた。家が小さいぶん大女ぶりがきわだっていて、黄揚羽は声をかけるまでに三度も深呼吸をしなければならなかった。

案の定、猫女は嫌悪をあらわにした。

「あっちへお行き」

「うちかてそうしとおすのやけどな、しかたがおまへん。話がおますのや」

「聞く耳はないね。行っとくれ」

「イナタはんが死なはってもええんどすか」

猫女は首をかしげた。そもそもイナタが囚われていることも知らなかったようで、それならなにがなにやらわからないのも当然である。

「イナタはんは処刑されはるんやて。磔にされて鳥の餌にされる、いうてました」

次の瞬間、黄揚羽はまたもや尻餅をついていた。今度は猫女になぎ倒されたかたちで、ぶあつい手で両肩をぐいと地面に押しつけられた。顔の真上に猫女の大きな顔がある。

「イナタがどうしたってッ」

「せ、せや、さかい、鳥の餌に……」

「だれがそないなこといったんだえ」

「番兵どもが……」

「番兵だってッ」

「牢にはいってはるんやわ。ほんでもって、ナギが騒ぎだして……ナギの目の前で捕まったからなんやけど……うちも気になったさかい、様子を見に行ったら、じきに処刑される、いうてはりましたんや。ほんで鳥の……」

「なんで牢に入れられたんや」

「ほな、はじめから話すさかい、うちの上からおりてもらえまへんやろか」

猫女が巨体を除けたので、黄揚羽はようやく息をつくことができた。「肩がはずれたみたいやわ」などと不平をいいながらも身を起こし、猫女の前に膝をそろえる。

黄揚羽は精一杯、説明した。が、順序立てて語ることが大の苦手なので、猫女が理解するまでにはしばらく時がかかった。

「イナタが、毛利と、通じただって」

「へえ」

「スセリ姫さまがさように仰せられたと……」

「へえ」

「で、姫さまが、イナタを処刑するよう命じられたのか」

「へえへえ、そうどす」

ハッハッハッと猫女は大口をあけて笑った。

黄揚羽は食われるのではないかとぞっとして身をちぢめる。

「お天道様が西から昇ったって、そんなことはないね。姫さまとイナタは乳姉妹、一心同体のようなものやもの」

「せやけどほんまやわ。イナタはんがナギのとこへ行ったのが気に入らなかったんや。

ひゃ、せやったらうちも烏の餌にされるかもしれん。うちの胸のは烏やないのに……烏なんか嫌いやわ、三本足の烏なんか気味わるうて……」

「おだまりッ。もういっぺん訊くよ。秋上さま、道理介さまが処刑役を命じられたんやね」

猫女はもう真顔になっていた。黄揚羽は不服そうに口を突きだしたままうなずく。

「にわかには信じがたいけど……魔がさしたってこともある。だれぞに術をかけられたってことも、ないとはいえない……」

「術？　あ、ほんなら干からびた耳……」

「おだまりってばッ。とにかくイナタを見捨てるわけにはいかないよ。処刑なんてもってのほかだ。ああ、ウチの人がいてくれたらねえ」

「へえ。ご亭主はんならうちを神隠しに……」

「その口に亀をつめこんだろか。待てよ。神隠し……亀隠しや。その手があったッ」

どんな手かたずねようとしたものの、黄揚羽はあけかけた口をとじた。わざわざ報せてやったのに、なんと無礼な女か。今度猫を見つけたら蹴とばしてやる……そう思うことで胸を鎮める。

十六

隠岐為清は怒り狂っていた。

原手合戦で毛利方の第二陣を蹴散らしたのはだれか。自分である。それなのになぜ、不当なあつかいをうけなければならぬのか。

合戦で大勝したあと、為清は弟清実（きよざね）の小隊を尼子の主力軍に同行させて、自らは高瀬城へ引きかえした。戸倉城は手狭だと聞いていたので、高瀬城で兵を休ませ、武器も調達して、次なる戦にそなえようと考えたのだ。

ほどなく銀山奪還の合戦がはじまる。むろん馳せ参じるつもりだった。

ところが、新山城の総大将からただちに帰還せよとの書状がとどいた。なにかあったのか。米原ではなく自分に命が下ったということは、それだけ信頼されている証（あかし）だろう。

為清は即刻、手勢をひきいて新山城へむかった。満願寺（まんがんじ）のあたりまで来たときだ。秋上三郎左衛門の家来の一人が馬を駈けてきた。蒼（あお）ざめた顔で息をあえがせている。

「待たれぃ。新山城へ行ってはならぬ」

三郎左衛門は昔からのなじみで、為清が毛利から尼子へ寝返ることにしたのも三郎左衛門の仲立ちによるものだった。家来の顔にも見覚えがある。

「なにごとだ」

「城へ入れば……いや、大手門をくぐる前に、お命を喪うことになろう」

「なんだと？　どういうことだッ」

家来によれば、鹿介や源太兵衛の意をうけた刺客が待ちかまえているという。大方の武将は出陣中で、城にいるのは為清びいきの三郎左衛門と道理介だ。となれば為清が暗殺されても、二人は疑われない。十中八九、毛利方の忍びの仕業とみなされるはずで、為清の暗殺をめぐって内輪揉めになる心配はなかった。

「総大将もそのことを……」

最後までいう前に、為清はくちびるをゆがめる。総大将に呼びかえされた。たずねるまでもない。すべてを了承した上で、為清の軍のみを帰還させたのである。

「しかし……なにゆえだ。このおれが、なにをしたというのか」

「原手の戦で毛利方の武将の命を助け、赤穴へ落ちのびる算段をしてやった。あらかじめ話ができていたからだと讒訴した者がおる」

「だれがさような……」いいかけて為清ははっと息を呑んだ。「弟かッ」

「ここに女頭領の書状がござる。総大将にかわって、大将にあてたものだ」

たしかにスセリの筆跡で、勝久の花押がそえてあった。目を通すや、為清の顔から血が引いてゆく。

スセリは総大将は了解したと書いていた。裏切り者を葬った暁には清実に隠岐島を安堵する……と。

「ううぬ。謀られたかッ」

「ともあれ新山へ帰ってはならぬ」

「しかし、隠岐島へ逃げ帰るのはなんとしても無念。弟とて指をくわえてはおるまい。尼子の威を借りて攻めてくるに相違ない」

「いかにも。さればこそ先手必勝、わが殿が耳よりな話をお伝えせよと」

秋上家の家来に耳打ちをされて、為清は一も二もなくうなずいた。双眸には復讐(ふくしゅう)の焔が燃えたぎっている。

青天の霹靂(へきれき)のごとき災難に心を奪われていた為清は、過ちを犯した。顔見知りというだけで家来の素性をたしかめもせず、その話を鵜呑(うの)みにしてしまったことである。

為清は、新山城へは帰還しなかった。進路を美保関(みほのせき)へ変更した。

十七

猫女は総大将勝久の御前で平伏していた。

一段高くなった御座所のかたわらにはいつものように道理介がひかえている。ときおりちらちらと勝久の様子をうかがっているのは、なにか心配事でもあるのか。

勝久は憔悴しているようだった。膝においた手の指が小刻みにふるえている。総大将なのに今回の戦でおいてけぼりをくらったことに苛立っているのか。それとも他に気にかかることがあるのか。

「苦しゅうない、申してみよ」

その勝久にうながされて、猫女は亀甲占いの卦について話した。

「不吉な卦が出た、と申すか」

道理介は困惑顔になる。

「へえ。恐ろしい卦にございます」

猫女は勝久の許可を得て、亀の甲羅をのせた盆を運びこませた。運んできたのは黄揚羽だ。神妙な顔で勝久の膝元へおく。

「ご覧くだされ。ほれ、みっつともおなじところに似たような亀裂が……」

亀甲占いは、亀の甲羅を燃やし、そのあとにできた亀裂の形で先の運を占う。

「よう、わからぬが……」

「この亀裂は異変が迫りつつある報せ、無数の傷は城内に不穏な気配がたちこめている証にございます。そしてここと ここ、こちらにも……いずれの亀甲にも似たような穴がふたつできております。囚われておる者が二人、このひとつが亀裂とまじわっておることから……」

猫女は思わせぶりに亀甲を取りあげた。と、亀裂の部分からまっぷたつに裂けて、片割れがぽろりと落ちた。

「一人は近々死ぬる宿命、しかもその死は尼子にも大いなる禍をもたらしましょう」

あとのふたつの亀甲も同様に割れ落ちた。

勝久と道理介はぎょっとする。

「ナギが死ぬ、と申すかッ」

勝久が叫ぶや、道理介はすかさず、

「ナギではございませぬ。死ぬのはイナタッ」

とっさに出てしまった名前に、道理介は狼狽した。勝久はいぶかしげに道理介を見る。

「イナタがどうしたと？」

「あ、いや、その、女頭領の御命にて……」

「イナタはんは牢に入れられておます。磔にされて、鳥の餌にされるんやて」

道理介が口ごもっているのをよいことに、黄揚羽が訴えた。勝久は目をみはる。

「イナタが牢に……なにゆえだ」

「それはその……毛利と通じた科にて……」

「ほんなん、嘘やわ。イナタはんにかぎって」

「しかし女頭領のご祈禱では……」

「まちがい、いうこともおます。どっちにしたかて烏の餌は酷おすえ。うちは子供のころ烏に突つかれたさかい知ってまっけど……」

勝久は片手を上げて、ムキになっていいつのる黄揚羽を鎮めた。

「母上が……イナタを……処刑せよと仰せられたのか」

とうてい信じがたいといった顔である。

猫女は膝を進めた。

「なにがあったかは存じませんが、今は合戦の最中、こんなときに城内を血で汚せば、尼子は大敗、この新山にも禍がおよぶは必定。皆々がお戻りになられるまでは、波風を立てぬことが肝要かと」

勝久はうなずいた。が、道理介はまだどっちつかずの顔である。

「女頭領がなんと仰せられるか……神々のお告げなれば逆らうわけにもゆかぬしのう」

猫女は太い首をまわし、威圧感にみちた目で道理介の顔を見すえた。

「神々には、皆が帰るまでお待ちいただく」

「しかし、どうやって処刑を先のばしに……」

「イナタは、亀隠しに、あう」

「首尾はどうじゃ」

スセリは声をひそめた。

「万全にござります。隠岐為清は怒り心頭、手勢をひきいて美保関へむかいました」

旅から帰ったばかりと見える三十がらみの武士も小声で答える。新山城本丸の奥御殿。武士は榑縁（くれえん）のすぐ下の地面に片膝をつき、スセリはその縁に身を乗りだしている。

「餌に食いついたのじゃな」

「はい。おそらく隠岐島へは戻らず、美保関に本陣をすえて挙兵する算段かと……」

美保関は再興軍が出雲へ上陸後はじめて占拠した忠山（ちゆうやま）の東方の突き出た半島にある。隠岐島への渡海の拠点としても、出雲で産出された鉄を諸国へ送りだす湊としても栄えてきた。一時は毛利方が支配していたが、為清の弟で、今は尼子に恭順を誓っている清実の支配下にある。清実は再興軍と行動を共にしているから目下は不在、弟の留守に兄が挙兵しようというのだ。

「大将は泡を食って平定におもむく。そもそも隠岐為清には懐疑的な者らもおるゆえ、尼子は仲間割れでガタガタになるにちがいない」

「ご指示どおり、その旨、月山富田城の天野さまにも急報いたしました」

「ご苦労。秋上三郎左衛門にはくれぐれも悟られぬようにの」

「ぬかりはござりませぬ。ご安心を」

武士を見送るや、スセリは伸びをした。

再興軍が原手の合戦で大勝利をおさめたと聞いたときは落胆したものだ。このまま勢いをかって銀山を奪い、巨大な力となって月山富田城を奪還することになれば、自分たちはどうなるのか。皆殺しにされてしまうかもしれない。母や弟妹、一族の顔がまぶたにうかぶ。

焦燥にかられていたとき、伯耆国大山寺の経悟院の衆徒から飛脚がきた。そこには毛利方の岩倉城が攻め落とされたと書かれていた。

スセリはただちに筆を取った。こうしたときのために手なずけていた秋上家の家来を呼びだして、高瀬城へ使いをたのむ。あとは隠岐為清の怒りに火を点けさえすれば、目論見は成功したも同然。

もっともスセリには、他にも頭を悩ませることがあった。イナタの一件は早晩片づくとして、勝久の処遇である。

今は千載一遇の好機だ。再興軍が帰ってくる前にカタをつけなければならない。わかっているのに、できない。したくない。

しょせん人間ではないか、なにをためらっているのか——。

自分にいいきかせていたときだ、あわただしい足音が近づいてきた。

「女頭領ッ。異変が出来いたしましたッ」

番兵の一人が駆けこんできた。

「異変？　なにごとじゃ」

「牢に囚われておった女が……」

「逃げたかッ。イナタが逃げたと申すか。なればすぐにも追っ手を……」

「いえ。逃げたのではござりませぬ。亀に、姿を変えましてござります」

「カメ……甲羅のあるあの、亀か」

スセリは目をみはった。あまりに突拍子もない話に、しばらくはなんの考えもうかばない。

番兵によると、処刑の場に引きたてるために牢内へ入ったところがイナタの姿はなく、かわりに亀が一匹いたという。

「馬鹿なッ。イナタは逃げたのじゃ。逃がした者が亀をおいていったにちがいない」

「いいえ、しかと見張っておりました」

「といって、イナタが亀になるなど……」

いいかけてスセリは口をつぐんだ。鹿が人になるなら、人が亀になってもおかしくはない。

「亀がイナタだという証があるのか」

「甲羅に渦巻き模様がござります。どう見ても大蛇（オロチ）としか見えませせぬ」

「大蛇……」

「女は大蛇と因縁があるそうで……」

それについては道理介が皆に教えたという。

スセリがその名をスサノオノミコトの娘のスセリビメからもらったように、イナタもスサノオの妻のイナタヒメにちなんで名づけられた。イナタヒメは大蛇に食われそうになっていたところを櫛に変身させられることでスサノオに助けられている。イナタヒメがクシイナタヒメともいわれるゆえんだ。

道理介は大まじめな顔で、甲羅に大蛇が印されているのならイナタに相違なしと断言した。いずれにしても、亀は亀甲占いに用いる神聖な生き物だから、疎かにはできない。

スセリは半信半疑だった。が、イナタが自分の身代わりに亀をおいて逃げたのなら戻ってくることはないだろう。それなら放っておけばよい。始末したければ、したい者が勝手にすればよいのだから。

もし亀になったというのが事実だとしたら——。

「逃がさぬよう檻に入れておくのじゃ。厳重に錠をかけて」

亀に口なし。不要になったら檻ごと焼き殺してしまおう。

「早うゆけ。亀から目を離すな」

スセリは番兵を急き立てた。

亀隠しの謎解き。手順はいとも簡単。

道理介が三郎左衛門以下、秋上家の家来たちと牢とは離れた座敷で処刑の手順を打ち合わせているあいだに、黄揚羽は堂々と牢へ入った。仕置き場に引きだされるときくらいはスセリの乳姉妹らしく……道理介の温情だと番兵には説明し、亀と番兵の装束を忍ばせた打掛をかかげもっている。

黄揚羽は、すぐに血相を変えて牢から飛びだし、イナタがいない、急いで道理介に報せてくれと叫んだ。番兵が急報を告げに駆けだすや、番兵に化けたイナタが牢からあらわれ、物陰に隠れていた猫女の先導で逃亡した。人々が駆けつけたときは、亀と打掛のまわりで、黄揚羽がおろおろしていた……という次第。

猫女はひとまずイナタを家へつれ帰った。

「猫女どの……」

「礼ならあの淫売にいっとくれ。人間だれも、なにかしら使い途があるとわかったよ」

真に迫った演技で番兵を動転させ、その場から追いはらってしまった黄揚羽の手腕に、二人は舌を巻いている。

「それより、ここは危ない。いったんどこかへ身を隠して、ウチの人が帰ったら日御碕神社へ帰ってはどうだえ。源太兵衛さまもそれがいちばんとおっしゃるはずだ」

猫女はそう勧めたが、イナタは首を縦にふらなかった。

「姫さまをお助けしなければ……わたくしだけが逃げだすわけにはいきません」

猫女は首をかしげる。

「女頭領なら、おまえさんを処刑せよと命じた張本人じゃないかえ」

「いいえ。あれはナギです」

イナタのひとことに、猫女は目をしばたたいた。まさか……と笑いとばそうとしたものの、イナタの真剣な目を見て顔をひきつらせる。

「まことです。ナギが姫さまに憑依したのです」

「け、けど……だったら、本物の姫さまはどこへ行っちまったんだえ」

イナタは深呼吸をした。

「ナギの、体の中に」

十八

鹿介は寝床を輾転としていた。寝床といっても携帯した莚と幔幕で急ごしらえをしただけの簡素なもの、いでたちも、すわ戦となったとき鎧兜をつけて太刀を手に取るだけで済むよう、戦仕度のままである。とはいえ、寝苦しいのは、寝床や装束のせいではなかった。

この日、隠岐為清が美保関で挙兵したという急報がとどいた。伯耆国の大山寺経悟院からの要請に応じて援軍に駆けつけるべく新山城への帰還の途についていた尼子再興軍はそれどころではなくなった。

「為清はわれらが新山から陸路で鎮圧にくると思っているにちがいない」

軍師の源太兵衛は、為清の裏をかいて新山城へは帰らず、宍道湖の南岸を通って伯耆国の末石城へ直行、そこで態勢をととのえて船で海から美保関を攻撃する策を提案した。美保関の対岸は伯耆の米子(よなご)で、末石城とも近い。

「名案だ。が、敵に感づかれぬよう、新山へも軍を送ったほうがよいぞ」

鹿介は兵庫介にその役を命じた。新山城へ帰還、事の次第をたしかめた上で兵をととのえ、先陣のあとを追いかけることになる。

今回も再興軍の動きは迅速だった。二手に分かれて、鹿介ひきいる先陣は伯耆へ急いだ。

それはよいとして――。

為清が反乱を起こした理由が、どう考えてもわからない。大半の者たちは、為清ははじめから尼子へ寝返るつもりなどなく、毛利と通じたまま自分たちを欺いていたのだろう――つまり出雲へ上陸する際に隠岐島へ寄港しなかったのは正解だった――と、考えていらしい。

鹿介は、そうは思わなかった。むろん上陸の際には、危うきに近寄らず、警戒して隠岐島を避けたのは事実だが、その後、実際に会って話をした為清は、血の気が多く思いこみの激しい男ではあるものの、信頼に足る、と鹿介は直観した。だからこそ、原手合戦でも第二陣との戦をまかせたのである。

「悪霊にとり憑かれたとしか思えませぬ」

兄の謀反を知らされた清実も、狐につままれたような顔だった。

ありえぬ、断じてありえぬ——。

鹿介の目はますます冴えてくる。

総大将に呼ばれて新山城へ帰る途中で突然、為清は行く先を変え、美保関へむかった。なにがあったのか。そもそも勝久は、なんのために為清を帰還させようとしたのだろう。考えられることは、大山寺経悟院の衆徒に援軍を急かされ、とりあえず近場にいた為清を呼びつけた、ということだ。だがそれだけでは、為清の気が変わった理由にはならない。

こんなときスセリがいてくれたら……鹿介は冴え冴えと美しい女の顔を思いうかべた。軍略に口をはさむわけでも、軍師に勝る妙案を教えるわけでもなかったが、かたわらに寄りそい、尼子の誇りと威厳にみちた眸、何事にもゆるがないあの目で見つめてくれるだけで鹿介の迷いは消え、勝利が確信できたものだ。新熊野神社でまぐわったときの高揚、そのあと深く静かにわきあがってきた勇気――。

「スセリ姫よ、われに力を与えたまえ」

鹿介は祈った。

十九

兵庫介兄弟とその手勢が新山城へ帰り着いたとき、城内は騒然としていた。隠岐為清が美保関で反乱を起こしたとの報は新山城へもとどいているはずで、だれもが驚き動転しているのは当然である。

しかも一大事が出来したこのときに、総大将勝久が急病で倒れてしまった。上を下への大騒ぎになるのは無理もない。さらに城兵の話ではもうひとつ、騒動の因(もと)があるという。

「カメ？　亀だと？　いいかげんにしてくれ。さような話を聞いておる暇はないわッ」

道理介が勝久につきっきりだというので、兵庫介は秋上三郎左衛門と話をすることにした。

三郎左衛門はスセリと密談中だった。

「為清が謀反を起こしたわけだと？　知るはずがなかろう。こっちが訊きたいくらいだ」

だれになんといわれようと、これまで為清を疑わなかった三郎左衛門である。面目を潰されて怒り心頭といった顔。

「しかし為清は総大将に呼ばれたと……」

「ありえぬわッ。だれもあやつを呼び戻したりしておらぬ」

ではいったいだれが……兵庫介が首をかしげると、スセリがおもむろに口をひらいた。

「自作自演ではないのか」

はじめから尼子に反旗をひるがえす機会をうかがっていたのかもしれない。そういわれれば兵庫介もそんな気がしてきた。

「他の者たちはどうしたのじゃ」

むろん、それを説明するために戻ったのだ。兵庫介は先陣が伯耆へむかったと教えた。

「まぁ、船で、美保関へ……」

「為清め、よもや海路とは思うまい。背後から急襲すれば小軍でも勝ち目がござる」

「数は、いかほどじゃ」

「二百五十。われらも兵を集めてただちにあとを追いかけまする」

「総大将は病じゃ」

「というて、援軍に行かぬわけには……」

「この城はだれが守るのか」

たしかに、再興軍が敗ければ為清軍が一気に新山へ攻めてくるかもしれない。困惑顔になった兵庫介を見て、三郎左衛門が断を下した。

「城はわれらが守る。おぬしは行け。そうだ、松田兵部丞をつれて行け。為清相手なら鬼神のごとき働きをするはずだ。道理介にはわしから話しておく」

「兵部丞の手勢はいかほど……」

またもやスセリがたずねた。

「四、五十はおるはずだ。皆で百五、六十……ちと少ないが、兵庫介と兵部丞が二人そろえばむかうところ敵なし」

「なれば二人は陸路のほうがよいのではないか」

「はさみ撃ちか。それもたしかに……」

「戦術についてはわれらにおまかせを」

「おう。行け。一刻も無駄にするなッ」

兵庫介は本丸御殿を飛びだした。兵部丞に急を告げようと駆けだしたとたん、行く手をはばまれる。

「だ、だれかと思えば……」

とっさに頬がゆるみかけて、兵庫介はあわてて表情を引きしめた。

「出陣だ。じゃまをするな」

黄揚羽は除けるどころか両手をひろげた。

「帰るの、首を長うして待ってたんどすえ。うちの話、聞いてもらいとおすのや」

「さような暇はない。どけッ」

「そないなこと、いわんと……大事な話やさかい、聞いてもらわな困ります。ね、ちょっとだけでもええさかい……」

流し目をされて、兵庫介は目を泳がせる。

「なんだ。いうてみよ」

「へえ。イナタはんが亀にならはった話どす。あれ、上手いことといえた」

兵庫介は一変、眉をひそめた。

「また亀か。亀なら戦のあとにしてくれ」

「せやけど、この亀が大変なんやわ。亀は大蛇(オロチ)の渦巻きやけど、ナギの親指は烏で、うちのは……やなかった、イナタはんが亀隠しになったんは烏に食べられそうになったからで、なんで食べられそうになったかいうと姫さまが磔に……ちゃうちゃう、猫女はんが磔に……ああん、もう、わけがわからんわ」

兵庫介は目をぱちくりさせ、首を横にふる。

「わからんのはこっちだッ」

力ずくで黄揚羽を押しのけた。

「ああ、ねえ、待ってえな。今度こそ、ちゃんと話すさかい、ねえ、ねえってば……」

兵庫介は追いすがる黄揚羽をふりはらう。今は、女に気をとられている場合ではなかった。尼子再興軍存亡の危機が迫っているのだから。

二十

末石城の神西元通は親の代からの尼子の家臣だった。尼子滅亡後は毛利に恭順を誓ったものの、再興軍の動きに耳目をそばだて、ひそかに同心の文(ふみ)を送っていた。鹿介とは旧友でもあったから、鹿介一行を諸手(もろて)をあげて迎えたのはいうまでもない。

鹿介ら先陣は末石城で戦仕度をととのえ、米子の湊で船を調達した。日本介の水軍に報せを送って到着まで待つ余裕がなかったためだ。先手必勝は再興軍の信条である。

先陣はおよそ二百五十、船は関船(せきぶね)に小早や漁船までくわえてもわずか八艘(そう)。小規模な船団は太陽が西に沈みかけた申(さる)の刻(午後三〜五時)、夕陽にきらめく大海原へ出航した。

「無駄な戦はするな。雑兵の首を奪(と)ってはならぬ。大功を立てることにのみ心をくだけ」

船上で鹿介は軍兵たちに檄を飛ばした。とりわけ夜襲では、規律の順守が勝敗を左右する。

二刻（四時間）余りで美保関に到着、一行は夜陰に乗じて三々五々上陸した。為清軍の本隊は三、四百と思われるが、美保関で挙兵したということは隠岐島からも援軍をつのっているにちがいない。となれば、倍近くにふくれあがっているかもしれない。

雑兵にかまうなと厳命したのは、効率的に戦わなければとても勝ち目はないとわかっていたからだ。

それでも、計画どおり背後を突くことができたなら、再興軍が勝利をおさめる可能性は大だった。ところがなぜか、為清軍は再興軍の奇襲を察知していた。再興軍の倍はあろうかと思われる大軍が、待ちかまえていたように襲いかかってきたからたまらない。

「な、なんだこれはッ」

「逃げよッ。身を隠せッ。むだ死にするなッ」

叫ぶ間もなく矢を射かけられ、長槍をくりだされて、目の前で次々に仲間が死んでゆく。

鹿介も敵兵にかこまれ、中でもいちばんの大兵の槍に仕留められそうになった。かろうじて太刀で応戦する。

「おぬしは中畑ッ。なにゆえの裏切りかッ」

原手で共に戦った兵だから、むろん互いに顔は知っている。

「それはこっちがいうことだ。おぬしの魂胆は知れておるわ」

「魂胆……」

「総大将に訊いてみよ。でなければ女頭領に」

いいあっている暇はなかった。四方から長槍が突きだされようとしている。寸暇をついて、鹿介は闇に身を投じた。山麓の雑木林へ駆けこみ、余人の追従を許さない敏速な足で山を登る。山中へ逃げこまれては、為清軍も容易には近づけなかった。夜が明けるのを待つしかない。

「鹿介。怪我はないか」

「おう、叔父貴。生きておられたか」

軍師と大将も、生死の際までくれば自然に叔父と甥に戻っている。

「しかしわからぬ。為清はなぜ翻意したのか」

「今は忘れよ。落ちのびて態勢を立てなおす。そのことのみ、考えよ」

「だが叔父貴、聖返しのあたりにも、為清軍が陣をかまえておると聞いたぞ」

美保関は岬の先端にある。為清がこの本陣とは別に岬の入口をふさいでいるとしたら、鹿介たちは袋の鼠になってしまう。

「いや、まだ希(のぞ)みはある。援軍が駆けつければ形勢が変わる。むろん、別の陣に足止めをされずに済めば、ということだが……」

「兵庫介がどこから進軍してくるか、すべてはそこにかかっておるというわけか」

陸路で進軍しようとして岬の手前で戦闘になれば、敗色は濃い。鹿介たち先陣も追いつめられてしまう。けれど、もし海路であれば、合流して今一度、為清軍の本陣と対戦できる。勝利の可能性も見えてくるはずだ。

「兵庫介の陣に猫女がおればのう」

「天運にまかせようぞ」

天は、尼子再興軍に身方した。

兵庫介と兵部丞がひきいる後陣は、陸路の危難を鑑みて、先陣同様、海路から美保関へ上陸した。

「おう、ありがたや」

山中にひそんでいた先陣の生きのこりが集結、後陣と合流して怒濤(どとう)のごとく為清の本陣に襲いかかった。あとは残党狩りのみと勝利を確信していた為清軍の兵たちは驚きあわて、必死に抗戦したもののすでに形勢は一変。敗戦を悟った為清が船で隠岐島へ逃亡してしまったので、聖返しのあたりで陣立てをしていた者たちは置き去りにされてしまった。

「一人のこらず捕らえよ。ただし手出しはならぬ」

鹿介は生け捕りにするよう命じた。その数は約四百。となれば牢に入れるのも困難だ。囚人の群れは美保湾の湾内にある島のひとつ、大根島へひとまず送りこまれた。

後日談になるが、新山城へ凱旋したのち軍議を経て、鹿介は為清に生け捕りの兵たちの処分について相談をもちかけた。秋上三郎左衛門を隠岐島へ行かせたのは、できうるかぎり穏便に後始末をつけたかったからである。

為清は申し出を呑んだ。為清の切腹とひきかえに、四百の囚人は解放された。隠岐島は弟の清実の領有するところとなった。

月山富田城奪還戦の大敗から一転、尼子再興軍は原手合戦と美保関合戦で相次ぐ勝利をおさめた。が、失ったものも大きかった。なにより鹿介がこたえたのは、隠岐為清の謀反で聞こえてきた再興軍内部での不協和音である。

それは、鹿介の足下にも、ひたひたと忍びよろうとしていた。

「大将。少々よろしいか」

隠岐島で為清の切腹を見とどけた三郎左衛門は、人ばらいをした上で、為清から聞いた事の経緯を語った。しかも留守のあいだに、秋上家の家来が何者かに斬殺されていたという。

「口封じだと……」

「いかにも。その者はたしかに家臣なれど、為清に会うていたこと、われらは寝耳に水にござった。おそらく総大将も女頭領もご存じなきところで、毛利の忍びが策を弄したやに思われまする。為清も犠牲者の一人かと……」

「わかった。が、これ以上の詮索は人心を動揺させるのみ。この件、口外無用に」

一進一退、病と闘っている勝久にも、今はだまっていたほうがよさそうである。波風を立てぬこと。敵と戦う前に仲間割れで自滅するようなことだけは、あってはならない。

まずは、足下を固める――。

鹿介は方針を転換した。

第五章　浮　沈

一

永禄十二年十月初旬。美保関（みほのせき）合戦で尼子再興軍が辛くも勝利してからひと月の余。山の木々が色づいて、新山（しんやま）城も晩秋から初冬へ衣替えをしようとしている。

スセリは、本丸奥御殿の居室で、手中の火を見つめていた。

かたわらに手炙（てあぶ）りがおかれている。スセリが見つめているのは、その手炙りから懐剣の刃の先に引っかけた布切れにうつした火だ。

「今熊野（いまぐまの）は焼けた。都のあちこちが焼けた。仲間も焼け死んだ。おまえたちの戦（いくさ）のせいだ」

スセリは布切れをかわらけに近づけた。

平たい器には亀が一匹。

「姫さまッ。なにをなさるッ」

駆けこんできた鹿介（しかのすけ）がスセリの手首をつかんだ。懐剣を取りあげ、燃えさかる布切れを手炙りの中へふり落とす。

「火でも出したら一大事」

スセリは放心した目で鹿介の目を見返した。

「火傷をされなんだか」

「火傷……いえ、わらわは亀を……いや、亀甲占いを、しようと思うたのじゃ」

「この亀は生きている。占いなれば、猫女に命じればよろしゅうござる」

うなずいたスセリの顔色がすぐれないことに気づいたのか、鹿介は眉間にシワを寄せた。

「なにを占うおつもりか」

「戦が、起こったわけを、知りとうて……」

鹿介はスセリの手に懐剣をにぎらせた。

「隠岐為清のことなれば、手前も口惜しゅうてならぬ。しかし、たとえそそのかされたにせよ、あやつも謀反を起こすだけのわだかまりを抱えておったのは事実。あの戦、遅かれ早かれ起こっていたはず」

「そそのかされた……」

「ご安心召され。そそのかした輩はすでに成敗してござる。実は、毛利の間者が秋上の家来になりすましておったそうにて」

秘密はもれるもの。そのことならスセリも耳にしていた。惨殺された骸の噂を聞いたとき、スセリは安堵すると同時に背筋を凍らせた。なぜなら真相を知っているからだ。

これは単なる口封じではない。無用になればおまえもこうなるぞ、というあの男の警告にちがいない。

「お顔の色が悪うござるぞ。反乱を鎮圧して束の間の平穏が戻った今、総大将につづき女頭領までが病に罹ったとあっては、皆が動転しよう」

勝久はいまだ原因不明の病に苦しんでいた。頭痛に吐き気、めまいといった症状がひんぱんに起こる。スセリは朝夕の祈禱を欠かさなかった。もっとも祈禱はかたちばかり、他の者たちには原因不明でも、スセリにはわかっていた。道理介に託しているイヌマキの煎じ薬――。

「わらわは病ではない。今後のことを案じておるだけじゃ」

スセリは懐剣をしまい、鹿介の膝に手をおいた。いかにすれば鹿介から口外無用の戦略を聞きだすことができるか、そのコツについても、ようやく学びつつある。

「これからどうするのじゃ。ふたたび月山富田城を攻めるのか」

鹿介はたおやかな手を愛しげに撫でた。スセリはくすぐったいのをがまんして、喉の奥をならしてみせる。

「そなたを落胆させとうないが、富田城攻めは時期尚早。これ以上の内輪揉めが起こらぬよう足下を固めることが先決にござる」

「どうやって」

「寺社を身方につける。商人や百姓も」

「寺社……」

「毛利が取りあげた領地を返してやるのだ。安堵状を出して特権を与える。とりわけ杵築大社は守護不入にしてやるつもりだ。大社や日御碕神社や鰐淵寺、塩冶や伯耆の八幡宮も……まだまだあるぞ。出雲・伯耆の寺社がこぞって尼子の身方となれば、毛利は手も足も出るまい」

「まことに、さようなことができるのか」

「軍師の源太兵衛に妙案があるそうな」

「妙案？　どんな妙案じゃ」

「叔父貴がそのうち話すだろう」

スセリは手を引っこめようとしてやめた。

「守護不入とは寺社の土地を奪いあう者がいなくなる、つまり寺社はもう戦場にならぬということか。焼かれずに済むのか」

「かつて尼子の治世はそうだった。尼子は神主たちに慕われていた。寺社だけではないぞ。商人や百姓の安寧をいちばんに考えていたのだ。民人が豊かな暮らしをすることこそが国を富ませ強くするとわかっていたからだ。そのために戦を避けようとした」

「戦を、避ける……」

スセリはわが耳を疑った。武将の口からそんな言葉が出るなんて……武士は、人間は、戦の申し子ではなかったか。

鹿介は濁りのない目をむけてきた。

「姫さまも存じておられよう。内乱はあった。いや、内乱つづきだった。だが、尼子は他国の領地を奪おうとしたことはない。攻められて、やむなく戦をしただけで……」

スセリは目をしばたたく。颯爽とした美貌と大らかな気性、人たらしの鹿介の言葉をそのまま信じたわけではなかったが――。

鹿介に抱きよせられても、もう跳びのきはしなかった。髪をかきあげられ、うなじにくちびるを押しつけられても、体を固くしただけで逃げようとはしない。

鹿介の胸は故郷の土の匂いがした。ぬくもりにつつまれて、スセリは幼いころの幸福な日々を思いだしている。

二

立原源太兵衛は猫女の家に来ていた。

美保関合戦のあと、人目を忍んで何度か訪れている。が、この家にイナタが匿われていると教えられるまでは、その姿が見られぬことにどれほど狼狽し、どれほど胸を痛めたか。とりわけ亀を見せられて「これがイナタだ」といわれたときの、脳天に鉄槌（てっつい）を食らったような驚愕（きょうがく）ときたら……。

この日は、イナタにたのみ事があってやって来た。源太兵衛の使者として日御碕神社から杵築大社、鰐淵寺など西出雲の寺社をまわってほしいというものだ。

日御碕神社に預けられて成長したイナタは寺社に顔が利く。原手（はらて）合戦で勝利したとはいえ、いまだ毛利方の城が点在している西出雲へ源太兵衛がのこのこ出かけて行けば、毛利の網にからめとられかねない。その点、女のイナタなら役目を全うできそうだ。

むろん、源太兵衛の心づもりはそれだけではなかった。一日も早くイナタを安全なところへ逃がしたい、その一心である。

イナタは頑固だった。

「わたくしに大社へ行けと？　いいえ、猫女どのにも申しました、姫さまのおそばを離れるわけには参りません」

「このおれがたのんでも、か」

「源太兵衛さまのお役に立つなら、この命を喪（うしの）うても悔いはありません。なれど、姫さまが、あのように苦しんでおられる今は……」

「けどねえ、だからこそ、行ったほうがいいんじゃないかえ」

それまでだまって聞いていた猫女が、ここぞとばかり口をはさんだ。

「姫さまのために行っておあげよ」

「姫さまのために……」

「姫さまは……いや、ナギになる前の姫さまは、わが子の……総大将の……ま、どっちでもいいやね、とにかく勝久さまのことばかり心配されていた。その勝久さまが病に苦しんでおられる。それを知ってどんなに悲しんでおられるか。けど、寺社をめぐって寄進をして、大社で八百万の神々に願を掛ければ回復するかもしれないよ」

イナタははっと目をみはった。

「八百万の神々……そういえば姫さまは、黄泉国へつづく洞を探すと仰せでした」

八咫烏の道案内で黄泉国へ行く。そこで八百万の神々を身方につけることができれば、尼子は必勝、願いは叶うとスセリはイナタに話したという。夢物語のような話だが、イナタは大真面目だった。

「姫さまのお体には八咫烏の影がうきあがってくることがあります。ですからその話も、なにかが姫さまのお口を借りていわしめたのではないでしょうか」

「尼子が再興するために、八百万の神々を身方につける……」

「はい。そのためには姫さまご自身が黄泉国へ行かなければなりません。となれば——洞を探しだして姫さまをおつれするのがわたくしの役目。その前に大社へ詣でて総大将の快癒を祈願いたします」

正直なところ、ナギだの姫さまだの、源太兵衛はイナタや猫女の話が皆目わからなかった。それでも、目的が達成されただけで「よし」とする気になっている。

「イナタ、行ってくれるかッ」

「よかったよかった。ねえ、おまえさま」

猫女が首をまわして話しかけたので、源太兵衛ははじめて猫女の巨体の陰にちぢこまっている鼠介(ねずみのすけ)に気づいた。

「おう、鼠介、護衛役をつとめてくれぬか」

「そりゃむろん、ねえ、おまえさま……」

「うるさいッ、おめえはだまってろ」

鼠介は精一杯の威厳をとりつくろって女房の後ろから進み出た。源太兵衛に両手をつく。

「ご安心のほどを。イナタさまは、この鼠介が命を懸けてお守りいたします」

「たのんだぞ。イナタも、よいの」

イナタはうなずいた。ただしひとつだけ、出かける前にナギと二人で会わせてくれという。

「ナギに……何用か」

「今はまだ、訊(き)かないでくださいまし」

「わかった。道理介にたのんでみよう」

源太兵衛が答えると、猫女も苦笑した。

「見張りのことなら黄揚羽がなんとかしてくれるさ。道理介さまの目を盗んで男たちをたぶらかし、しこたま稼ぎまくってるようだから」


ナギは、二の丸御殿にもうけられた座敷牢に幽閉されている。当初入れられていた捕虜を放りこんでおくような汚れ放題の牢とちがって、ここでは清潔な夜具や着物が用意されていた。まともな食事も供される。むろん、体を束縛する鎖はない。

とはいえ、囚人は囚人だった。厳重な見張りがいて、面会は禁じられている。話をすることができるのは、身のまわりの世話をする黄揚羽だけだ。もっともナギはまだ言葉がしゃべれないし、文字を書くこともできないので、意思の疎通はままならない。

合戦が一段落したあと、鹿介はナギを逃してやろうと考えた。毛利の手先だとしてもほんの小娘、ふたたび害を及ぼすとは思えない。だが毛利の内通者らしき秋上家の家来が惨殺されたと聞いて考えを改めた。ナギの身におなじことが起こるのではないかと案じたからだ。

もとよりスセリも、ナギを城から出すことには反対だった。もし勝久が病でなければ別の進展があったかもしれないが、目下のところは、囚われの身のままである。

イナタは、ナギを見るなり駆けよって、そのか細い体を抱きしめた。ナギが実はスセリではないかと気づいて飛んできたあのときは、話をする間もなく捕縛されてしまった。あれからずっとこの機会を待ち望んでいたのだ。

「姫さま。スセリ姫さまにございますね。イナタにはわかります。ああ、どんなにお辛いか」

ナギはイナタに抱かれて泣いた。黄揚羽には涙を見せなかったというから、気丈な姫も苦楽を共にしてきたイナタの前では、感情を抑えきれなかったのだろう。

「姫さま。わたくしは尼子のため、総大将の御病快癒のために杵築大社へ参ります。むろん姫さまが元のお姿に戻れますよう、そのことをいちばんに、八百万の神々におたのみいたします」

今ここで騒ぎたてて、スセリがナギでナギがスセリだと訴えたところでだれが信じようか。黄揚羽や猫女はともあれ、唯一事情を打ち明けた道理介でさえ半信半疑なのである。

「きっとなにかお告げがあるはず。それまで、今しばらく、ご辛抱ください」

イナタがいうと、ナギはやにわに身を離し、胸元をくつろげた。親指の腹にあった八咫烏のかわりに、乳房のあいだが薄ぼんやりと赤らんでいる。それは見ているうちにも炙り出しのように鮮やかになった。手のひらに、うなじに、親指に、そして今やナギの胸元から八咫烏は飛びたとうとしているかのようだ。

「承知いたしました。大社の神々にうかごうて黄泉国へつづく洞を探して参ります」

それまではここがいちばん安全。息災で待っていてくださいねと今一度抱きしめて、イナタは座敷牢をあとにした。


ちょうどこのとき、座敷牢の裏手の竹藪では黄揚羽と生死介がにらみあっていた。二人の足下で、生死介に殴られた見張りが伸びている。

「とやこういわれる筋合いはおまへん」

黄揚羽は小袖の前をかきあわせ、細帯を腹の前できゅっと結んだ。

「おまえをつれてきてやったのはおれだぞ」

生死介は酒臭い息を吐きかけた。黄揚羽はわざとらしく顔をそむける。

「うちは妹やったんやないの。女房でもないのに、うるそういわんといて」

「だれも妹なんぞと思うてはおらぬわ」

そういったところで、生死介は真顔になった。

「前々から訊こうと思うておったのだ。兵庫介とはどういう関係だ?」

黄揚羽はふんと鼻をならした。

「どうって……別にどうもあらしまへん」

「兵庫介を追いまわしていると噂を聞いたぞ」

「あれまぁ、そうどすか」

「火のないところに煙は立たぬ」

「ほんなら、そうかもしれまへんなぁ」

「なんだとッ。やはりおぬしらは……」

あのなぁ……と黄揚羽は、刀の柄にかけた生死介の手をぽんぽんと叩(たた)いた。

「カッカしなさんな。うちが兵庫はんに一目おいておますのはな、兵庫はんが手柄立てはったからや。兵庫はんは城持ちにかてならはるかもしれん。なんたって城持ちやわ。悔しかったら、おまえさまも手柄立ててみ」

黄揚羽が歩きだしたので、生死介もあわててあとを追いかける。

「お、おい。待て。手を貸してくれ」

意識を取り戻した見張りが起き上がることもできずに助けを求める声を、黄揚羽も生死介も右から左へ聞き流した。

三

水平線の上方が帯状に染まっている。紅(くれない)がかった橙色(だいだいいろ)の空を背景に黒い島影がひとつ。頂に鳥居と祠があるだけの経島のまわりを、みゃうみゃうと啼きたてながら海猫が飛び交う。

「子供のころ、こうしてよう夕陽が沈むところを眺めたものです」

イナタは感慨をこめてつぶやいた。

足下の御前浜から白袈裟に垂纓冠をかぶった神主を乗せた小舟が一艘、漕ぎだした。かつては経島に日御碕神社があったというが、内陸へ移された今では、祭祀をおこなうときにのみ、神主が渡ってゆくという。

「イナタどのはこの日御碕から、われは仙ノ山から、おなじ海を眺めて大きゅうなったのか」

女介も夕暮れの海を見つめている。

「あのころは、よもや尼子がのうなるとは思いもしませんでした」

「われもだ。尼子はアマテラスオオミカミ、そう聞かされて育ったゆえ、尼子がのうなればこの世は闇になってしまうと案じたものだ」

二人は日御碕神社で落ちあった。女介は日本介や大力介と西出雲にいたため、美保関合戦には出陣しなかった。イナタから隠岐為清の謀反のくわしいいきさつを聞き、為清が秋上家の家来に騙されたという話に驚いた。だが、イナタが毛利への内通を疑われて囚われていたという話にはもっと驚いた。

尼子の家中で、いったいなにが起こっているのか——。

もし、スセリとナギが入れ替わったことや、イナタが亀になってしまったと皆が信じこんでいることまで聞かされていたら、女介の頭は混乱してしまい、こうして夕焼けの海を長閑に眺めてなどいられなかったにちがいない。

「それで、杵築大社の調略は首尾よう進んでおるのか」

「はい。毛利の干渉に辟易していたようで、国造への出入船を千家と北島のみにかぎると約束してやっただけで大喜び……万が一合戦となればお身方いたすとの密約を……」

大社を司る国造家は、千家氏と北島氏が交替でつとめている。

「それは吉報。大社がお身方くだされば、他の寺社もあとへつづく。百人力だな」

「これで大役を果たせます」

もちろん、これから近辺の寺社をまわって、各々の言質をとらなければならない。が、他にもイナタには為すべき仕事があった。

「なんとしても、見つけなければなりません」

「なにを探しておるのだ」

「洞です、黄泉国へつづく……」

突拍子もない答えに女介は目をしばたたく。

「黄泉国へつづく洞……まことにさようなものがあるのか」

「あると聞いております。見たという者は存じませんが……」

この界隈の人々は、海岸線に沿って北へ行った十六島湾のどこかにあると信じていた。ただ黄泉国へ行けば此岸へは帰れないので、正確な場所を教えられる者はいない。

――探そうなんて思うんじゃないよ。

幼いころ、イナタは母からいわれたという。

「だったら、なぜ探すのだ」

「姫さまの御為です」

「スセリ姫さまの……」

「たっての願いにて」

「そういえば思いだした。日本介も洞を探していた。姫さまにたのまれた、と」

戦に敗れたとき逃げこむための避難所を探しているのだと女介は思っていた。まさか、黄泉国へ行くための洞だとは――。

「洞を見つけたら、姫さまは黄泉国へ行かれるおつもりか。尼子を再興しようというこのときに、死んでしまっては意味がなかろう」

「姫さまが黄泉国へ行かれるのは神々をお身方につけるためです。姫さまの御身には八咫烏が宿っておられる。八咫烏は黄泉国への道案内、姫さまは死にはいたしません」

なるほど……と女介は腕を組んで思案した。

「洞のことなれば日本介にまかせよ」

「そうは参りません。そのためもあって、わたくしは参ったのですから」

「洞を見つけても、イナタどのが帰れのうなったら、場所はわからずじまいだぞ」

「それは日本介さまとておなじこと」

「いや、日本介は海賊、海の民には海の神がついている。特別な力を授かっておられるにちがいない。さればこそ、あんなふうに畏れげものう洞を探しておったのだ」

「なれど、急を要しております」

なにゆえかと訊かれ、イナタは口ごもった。

女介は、案じていたとおり、新山城内でなにか異変が起こりつつあるのだと察知した。

「案ずるな。日本介は本庄浦に船を集めたのち、新山へ武器や兵糧を運びこむ。洞の場所も、必ずつきとめて報せる」

新山で会おうといわれて、今度はイナタもうなずいた。まだ寺社の調略がのこっている。いずれにしても、女の足で洞探しをするより日本介にまかせたほうが確実だろう。

「日本介さまに、なにとぞ……」

「承知。尼子再興にはスセリビメさまのお力が欠かせぬ。洞を見つけて、姫さまに出雲の神々を呼び集めていただく」

二人の女は目をあわせた。

残光はまたたく間に消えて、経島はもう闇の底に沈んでいる。

四

この年、永禄十二年の秋から冬にかけて、尼子再興軍を取り巻く情勢は大きく変わろうとしていた。

再興軍は原手と美保関で勝利をおさめたものの、肝心の月山富田城奪還にはほど遠く、しかも身内のほころびが目につくようになった。危機感を覚えた鹿介は、方針を転換して足場固めに重きをおくことにした。寺社の調略もそのひとつだ。が、一方で、次々に気を揉むような出来事が耳にはいってきた。

「やはり、信長が動いたか……」

織田信長は配下の木下藤吉郎（きのしたとうきちろう）に但馬（たじま）と播磨（はりま）の諸城を攻略させた。幸い出雲への出兵はなかったが、これが毛利元就（もうりもとなり）の依頼によるものだと知って鹿介は背筋を凍らせた。

京にひそんでいたころ、信長の噂をよく耳にしたものだ。堺で今井宗久（そうきゅう）に会ったときも、信長の評判が話題になった。常人にあらず。敵にまわせば恐ろしい。鹿介は信長に得体の知れない脅威を感じていた。なればこそ、一日も早く毛利を出雲から撤退させる必要がある。

そんなとき九州の大友宗麟から報せがきた。大友軍が北九州で毛利方の吉川・小早川軍とにらみあい、毛利軍を長府に釘付けにしているおかげで、尼子再興軍は出雲への上陸が叶ったのである。鹿介にとって大友は盟友ともいえる。

その大友の報せによると、今は亡き大内義隆の従兄弟が山口へ打って出るという。後方支援をたのむというものだった。大内といえば、かつては石見銀山をめぐる攻防で尼子と戦った宿敵である。けれど敵の敵は身方、毛利を攻めるとあれば、むろん尼子としても尽力を惜しむつもりはない。

尼子と大友は煙硝など送って、大いに大内の善戦を期待したのだが――。

毛利は北九州の立花城にあった吉川・小早川軍を呼び戻して、大内征伐にあたらせた。大内軍はあっけなく敗れた。大将は周防富海の茶臼山で自刃して果て、大友と尼子の野望は潰えた。しかも、この戦がもたらしたものは、それだけではなかった。

毛利は西へむけていた目を東へむけた。大友にかまけているあいだに、いつしか尼子が出雲へ舞い戻り、富田城奪還を謀っていたからだ。

――ううぬ、こうしてはおれぬ。

討つべきは、尼子勝久。

毛利軍が長府の本陣を撤退して吉田郡山城へはいったのは、十一月の下旬だった。

鹿介はまだ知らない。雪の季節に敵が動くことはないだろうと考えていた。が、だからといって安心していたわけではない。

じわじわと迫りくる大戦の予感に、鹿介の胸はざわめいていた。

五

「まことかッ。まことに存じておるのかッ」

日本介は思わず大声をあげていた。

十六島湾の海岸をしらみつぶしに探索したが黄泉国へつづく洞は見つからない。といって、いつまでもここでぐずぐずしてはいられなかった。一刻も早く本庄へ戻り、奈佐水軍の本拠地たる体裁をととのえた上で新山城へ馳せ参じなければならない。

女介から洞を探してくれとたのまれたときは、すぐにも見つかると楽観していた。なぜなら、スセリにたのまれてすでにいくつかそれらしき洞を探しあてていたからだ。

ところがどうしたことか。いざ上陸してみると、洞に見えたものがただの岩面の亀裂だったり、あったはずの洞が消えていたり、人がはいりこめるような洞はひとつもない。

おかしい、こんなはずでは――。

焦燥にかられて地団太をふんでいるところへ見知らぬ男が訪ねてきた。

小柄だが鋼のような硬さを感じさせる男である。そのくせ身のこなしはしなやかで、敏捷そうだ。日焼けした顔や手足は漁師のそれを思わせるが、目つきや顔つきは朴訥な地元の漁師とはちがっている。不敵、冷酷、傲慢、それでいてなにもかも知りつくした余裕すらうかがえる表情……。年齢は不詳。若くも見えるし、年老いても見える。太古から生きているようにも。筒袖に裁着袴、手甲脚絆に頭巾といったいでたちもまた、男の生業を特定する助けにはならない。

つまり、すべてが謎めいている。その上、この男は臆するでもなく手柄をいいたてるでもなく、ただ淡々と、こうもちかけた。

「黄泉国へ通じる洞をお探しなら、ご案内いたしやしょう」

船上は騒然とした。この男がいつ、どうやって船に乗りこんだか、それさえ定かではないのだ。

「何者だ？　名乗れッ」

「ここは海の上だぞ。どこから参った？　さてはどこぞに隠れておったか」

「なにゆえ洞を探しておるとわかったのだ」

「謀っておるのではあるまいの」

隙間なく取りかこまれ、四方から詰問されても、男は平然としていた。

「皆、下がれ」

日本介は人ばらいをして、男と二人きりになった。見れば見るほど奇怪な風貌だ。

「名も素性も明かす気はなかろう。訊かぬゆえ、なんと呼べばよいか教えてくれ」

「なれば、ムササビ、と」

「ムササビ？　なるほど。飛んで参ったか」

日本介は笑った。突然、この男の正体がわかったような気がしたからだ。乱波、素波、戦忍び……なんにせよ、恐ろしい術をあやつる危険きわまりない男だろう。

「毛利か」

「なんとでも思え。洞の在処を知りとうないなら帰る」

「待て。見返りはなんだ？」

「さようなものはいらぬ」

「それでは理屈に合わぬ」

「理屈など知ったことか。黄泉国へ行きたがる阿呆に道を教えてやるのがおれの仕事だ」

日本介は思案した。

ムササビは毛利の間者で、水軍の頭領たる自分を黄泉国へ送り、尼子を壊滅させようとしているのかもしれない。だがそれなら、そんなにまわりくどいことをしなくても、暗殺の機会を待てばよい。ここまではいりこむことができたのだ。しかも今は二人きり。この場で戦いを挑むほうが手っ取り早い。

ムササビは、なにかを見きわめようとしているのではないか。尼子方の水軍の頭領がなぜ洞を探しているのか。黄泉国へ行ってどうしようというのか。そもそも、黄泉国になにがあるのか、それを知るためにあえて手を組もうともちかけてきたのでは……。

「よし。案内してもらおう」

日本介が答えると、ムササビはうなずいた。

当然ながら、日本介の手下たちは反対した。どうしても行くなら自分も一緒に……と皆が申し出たものの、日本介は許さなかった。

「われもつれて行け」

「女介。おぬしにはまだやることがある。おれが帰らぬときはあとをたのむぞ」

日本介は大力介に護衛役を命じた。

「よ、よ、黄泉国へ、お供をいたすので、ございますか」

「おぬしは洞の外で待っていればよい。おれも黄泉国までは行かぬ。探している洞だとわかればそれでよいのだ。在処さえわかれば」

「承知、つかまつりました」

二人はムササビと共に船を降りた。幾多の荒海を乗り越えてきた水夫(かこ)が漕ぐ小早に乗り換えて、十六島湾の西方の岩場に上陸する。

「ここは猪目(いのめ)だ」

「猪目……何度も来たが洞などなかったぞ」

「ヘッ、見ぬ者には見えぬ。おぬしの目が洞だったのだ」

日本介は苦笑した。ムササビに逆らったところで益はない。どういう術を使ったにしろ、目の前に黒い洞がぽっかりと口をあけているのは事実なのだから。

「ついて来い」

日本介は蒼(あお)ざめた顔でたたずんでいる大力介をあとにのこし、ムササビにつづいて洞の中へ足をふみいれた。洞は、獲物を呑みこむ寸前の大蛇(オロチ)の口のようだ。高さは人の背丈の倍ほど、二人が並んで歩けるだけの広さがあった。内部はゆるやかな坂になっていて、岩の割れ目からもれるのか、かすかな光があたりを照らしている。

中へはいったとたん、日本介は冷気に身をふるわせた。冷気というより悪寒だ。なんともいえない威圧感に押しつぶされそうになる。

数歩も行かないうちにつまずいた。そこここに枯れ枝のようなものがころがっている。

「骨だ。多くは鹿の」

微光が途絶えて、日本介はうっかり岩壁にぶちあたりそうになった。

「この大岩こそ道返之大神(ちかえしのおおかみ)、この先が黄泉比良坂(よもつひらさか)だ」

ムササビはおもむろにしゃがみこみ、火打石を取りだして摺(す)りあわせた。火花が散る。

「うわッ、こいつは……」

岩壁いっぱいに八咫烏がうきあがった。日本介の目の前に三本の鳥の足がある。真ん中の足は、よく見ると漆黒の裂け目になっていた。

六

はじめは闇だった。

何日も何日も暝(くら)い洞の中をただよっていた。自分がだれで、ここはどこか、なにをしているのかもわからないまま月日がすぎた。

そしてある日、イナタがやって来た。それがイナタだということはすぐにわかった。イナタヒメは大蛇(オロチ)に食われるところをわが父、スサノオノミコトに救い出されて妻となった。それは神話……。現世では、わが侍女にして乳姉妹、同胞でもある。

イナタの涙を見て、すべてが氷解した。自分は何者か。この身になにが起こったのか。われを忘れていたのは、牢に閉じこめられたからばかりではなく、身丈にあわない着物を着せられた者のように体と心がぎくしゃくして身のおきどころがなかったせいだということも。

今はこの上なく冷静である。ナギは、自分がスセリであったときに体験した事々を思いだしていた。新熊野(いまくまの)神社で鹿介とまぐわった。東福寺(とうふくじ)で生き別れになっていた勝久と再会した。聖護院の森の隠れ処から洛北の岩倉へ、但馬で兵をととのえ、奈佐水軍の船で出雲を目指し、北浦から上陸して忠山、さらには新山城へ。

ようもここまで来られたものじゃ――。

尼子再興軍の働きを称賛する一方で、いまだ月山富田城の奪還が成らないことに焦りと苛立ちを感じている。

わらわの命などどうなってもよい。尼子が今一度、この地に君臨できるなら――。

「なにか、いわはりましたか」

女の目がふしぎそうにこちらを見ている。

ナギは首を横にふった。

「せやけど妙やねえ。あんたの烏、濃くなったり薄うなったり、あっちゃこっちゃ、まるで生きてるみたいやわ」

食べ物を運び、湯あみや着替え、髪まで梳いてくれるこの女が黄揚羽であることも、ナギはもうわかっていた。礼儀知らずで突拍子もないことをいいだすのには閉口するが、気立てのよい女である。

「うちのはなぁ、濃くも薄うもならしまへん。墨入れたときは痛かったわぁ。いややいうたんやけど、そうでもせな、うちが忘れてまうんやないかて。ほんま、うちは男はんの名も顔も覚えられしまへん」

黄揚羽はけろけろと笑った。

「ほんでも倉持ちやったし、きれえなべべ買うてくれはったし……それがどうや、行かんでもええ戦に行ってもうて、はい、お陀仏」

ナギは目を閉じて、髪を梳かれるままにまかせていた。聞くともなく聞いている。

「うちは男運が悪いんどす。惚れた男はんはみいんな戦で死んでまう」

黄揚羽は紐でナギの髪をきゅっと結んだ。

「だれにもいわんといてや。ここだけの話やけど、戦で手柄立てろいうてけしかけてまっけどな、毛利は二万も三万もおますのやて。多久和城なんて遠いとこ、わざわざ死にに行くようなもんやわ」

ナギははっと目を開けた。黄揚羽の手首をつかみ、じっと目を見る。

「へえ。そうどす。戦どす。毛利は吉田の郡山城いうとこにいてますのやて。雪解けを待って富田城へ進軍するらしゅおす。指くわえて見てるわけにはいかしまへん。途中で止めなあかんさかい、多久和城へ援軍を送って待ち伏せしやはることになったんどす」

毛利は九州で大友征伐に明け暮れているとばかり思っていた。吉田に集結したということはいよいよ尼子に目をむけたことになる。毛利軍が総力をあげて突き進んできたとしたら、今の尼子再興軍に勝ち目があろうか。

ナギは手首をにぎる手に力をこめた。もっとくわしく知りたいとその目は懇願している。

「へえ。毛利は元就いう大将が高齢やさかいに、輝元やらいう、まだ二十歳にもならん若造が総大将をつとめはるそうやわ」

こうした戦の話は皆、兵庫介から聞いたのだと、黄揚羽は柄にもなく頬を染めた。そのくせ口から出た言葉は相変わらず辛辣である。

「まったく困ったもんやわ。あの石頭ときたら戦、戦てそればかり。多久和へ行かせてもらえんのは庵介はんのせいやと不満たらたら。ほんでもって、生死介はんまで怒りだして……」

二人は庵介に喧嘩をふっかけたという。

秋上家は隠岐為清の謀反に家来がかかわっていたことでうしろめたい思いをしていた。それもあって、こたびは名誉挽回、庵介が率先して多久和城へおもむくことになった。兵庫介や生死介は軍師の立原源太兵衛と近く、秋上三郎左衛門・庵介父子からは敬遠されている。庵介が二人のかわりに、総大将勝久の看病に専心していた道理介を名指ししたのは、道理介が三郎左衛門と懇意だからでもあった。

つまり、目には見えないものの、尼子再興軍の内部では秋上派と立原派の対立が明確になりつつある。今回の多久和城の守備は、秋上派がその任を担うことになった、というわけだ。

「どのみち毛利とは大戦になるんや。死に場所ならいくらもある。せやさかい今のうちに極楽みせてあげまひょ、いうてまんのやけど、あの朴念仁ときたら……」

ナギはもう聞いていなかった。

毛利との大戦が近づいている。それなのにこんなところで気を揉んでいるとは不甲斐ない。一刻も早くスセリに戻って、出雲の神々に援軍を請い願わなければ……。

イナタ、早う洞を見つけておくれ——。

ナギは両手をあわせた。

七

「道理介にも同行を願いたく」

庵介の要請に、鹿介があっさり「よかろう」と同意したのは、道理介の肩にのしかかっていた勝久の看病という重責が、多少なりとも軽減されたためだった。

女介が帰ってきた。

ということはもちろん、大力介もすでに新山城に戻っている。そして、黄泉国へつづく洞へはいったきり出てこないのではないかと皆を心配させた日本介も、年の瀬には新山城で鹿介や源太兵衛と軍議を済ませ、今は本庄浦の新たな本拠地で新年を迎えようとしていた。

ただし、イナタはいない。もっともここではいまだ亀になったと思いこんでいる者が大半なので、イナタの帰りが遅れていても話題にはならない。

立原源太兵衛には、鼠介からのイナタの動向を報せる密書がとどいていた。それによると、西出雲の寺社を調略する任務は無事果たしたものの、大雪にはばまれてまだ帰路につけずにいるという。毛利の進軍を雪解け後になるだろうと予想したのも、鼠介の報せがあったからだ。

雪は、早晩解ける。毛利は月山富田城へむけて進軍するはずだ。富田城を起点に尼子方の諸城を落とし、出雲から一掃する。三年前の悪夢がふたたび再現されるということも……。

年が明けて永禄十三年。

女介は、本庄浦から新山城へ、武器や兵糧を運びこむ作業の指揮をとっていた。

「おぬし、なかなか手際がよいのう」

早苗介（さなえのすけ）が目を細めた。

「あたりまえだ。これだけ運べばいやでも上手（うま）くなる」

「いよいよ大戦か」

「ああ。こたびこそ、目にもの見せてやる」

作業が一段落したので、二人は倉の手前の石段に並んで腰をかけた。

「総大将の看病はよいのか」

「それが、このところ、お顔の色もよいし食欲もおありでの、快方にむかっておられる」

女介はいいながら首をかしげた。道理介が出陣したとたんに勝久の容態が快方へむかった。これは単なる偶然だろうか。

むろん道理介の勝久への忠誠は疑うべくもなかった。それがわかっているから、不用意なことを口にするわけにはいかない。

早苗介はうなずいた。

「薬が効きはじめたのであろうよ」

「薬……」

「道理介は手ずから薬を呑ませておった。女頭領からさずけられた貴重な薬だそうな」

すぐには効き目が出ないで徐々に効いてくる薬、というのもあるかもしれないが……。

女介は首をかしげた。

「それとも、うむ、ご祈禱が功を奏したか」

スセリは祈禱の間にこもりきっていることが多いと聞いている。

女介は一瞬ためらったものの、早苗介にたずねてみることにした。尼子滅亡後は畑を耕し、再興軍の噂を耳にするや一族郎党が毛利方であるにもかかわらず独りで鍬を捨てて駆けつけたという早苗介に、女介は信頼を寄せている。

「黄泉国へつづく洞の話を聞いておらぬか」

早苗介は目をしばたたいた。

「聞いたことはある」

「もし、在処がわかったとしたら、おぬしはどうする？」

「そいつは……いや、戦は黄泉ととなりあわせ、遅かれ早かれ行くことになる。在処なんぞあわてて知ることもあるまい」

「しかし黄泉国には八百万の神々がおられる。女頭領は神々を身方につけるために黄泉へ下るお覚悟」

「ふむ。さすがはスセリビメさまだの」

「なれど……どうも妙なのだ」

「妙？」

「日本介が洞の話をしたのにおわかりにならぬようで、けげんな顔をしておられたとか」

まるで人が変わってしまったようだったと、日本介はいっていた。スセリになにがあったのか。女介は困惑するばかりだ。

「われは長々と留守にしていた。早苗介。ここであったことを教えてくれ」

尼子の再興だけに命を懸け、噂話や悪口、足の引っ張りあいといった俗事には無関心な早苗介である。女介が質問する相手としてはふさわしくなかったかもしれない。

それでも早苗介は、ナギとイナタがたてつづけに牢へ入れられたことや、イナタが亀になった話など、ひととおり語った。

「内憂外患とはこのことだな」

女介はため息をつく。

早苗介は日焼けによるシワをくしゃくしゃにして、愉快そうに笑った。

「人がいるところに内憂あり。人が行くところに外患あり。それがいやなら畑を耕せ」

八

輝元を総大将とする毛利軍は、尼子再興軍の予想を裏切って、正月の六日には早くも出陣の途についた。大雪などものともせず、吉田郡山城からまずは赤穴(あかな)へ進軍した。

雲南三刀屋の多久和城は、赤穴から宍道湖へ抜ける道程にある。先の原手合戦のあと、城将の多久和大和守(やまとのかみ)が尼子に下り、尼子方の武将が占拠していたもので、援軍として昨年のうちに庵介や道理介も駆けつけている。

とはいえ尼子の兵力は千にも満たなかった。片や毛利軍は、一万数千とも二万数千とも聞こえている。まごうかたなき大軍がまさに怒濤のごとく押しよせようというのだ。

「も、もう来おったかッ」

「なんとッ、全軍で攻めて参ったと？」

驚きあわてたのは庵介や道理介たち助っ人だけではなかった。真っ先に多久和大和守その人が数百の家来をつれて逃げだした。

これには日ごろから冷静沈着を旨とする道理介も動転した。

「ま、待てッ。城を捨てる気かッ」

「われら、尼子も毛利も嫌気がさしたわ。城はおぬしらにくれてやる」

「それでは道理があわんだろう。待て、待ってくれ。おぬしらはそれでも武士かッ」

わめきちらす道理介の肩を、庵介が叩いた。

「捨てておけ。それよりわれらも城に火をかけて退散しよう」

道理介は目をむいた。

「城に火、というたか。退散だと？　阿呆め、それこそ道理に……」

「道理が通じるのは生きておればこそ。死なば道理もへったくれもない」

「しかし……」

「頭を冷やして考えてみろ。われらの死に場所は、このちっぽけな多久和城か。さにあらず。月山富田城、さもなくば新山城ぞ」

「それは、まぁ、そうだが……」

「決戦には一兵でも多いほうがよい。無駄死にはならぬ」

ここは庵介のいうとおりだろう。道理介は自らの道理を引っこめ、庵介の道理に従うことにした。二人は早速、手勢を集め、城に火をかけて逃走。

このわずかの差が生死を分けた。

泡を食って飛びだしていった多久和大和守の軍勢は、城の近くまで迫っていた毛利の先陣に見つかってしまった。

「おーい。城を捨てて逃げたぞーッ」

たちどころに行く手をふさがれ、次々に押しよせる軍勢にかこまれて逃げ場を失う。多久和軍は一人のこらずその場で討ちとられた。

一方、援軍として城を守っていた尼子軍は、多久和軍が空(むな)しい応戦をしているあいだに辛くも落ちのびることができた。はからずも、命を惜しんで城を捨てた多久和軍のおかげで命拾いをしたのである。

九死に一生を得て、新山城へ逃げ帰った面々だったが——。

「ヘッ、どいつもこいつも、足軽どもまで、おれを嘲笑(あざわら)ってやがる」

もとより僻(ひが)みっぽい庵介は、ますますあつかいにくくなった。

「なにをいう、だれも嘲笑ってなどおらぬぞ。おぬしらにはこれからも大いに働いてもらわねばならぬ。よう帰ってくれた」

鹿介のねんごろな言葉に、道理介は頭をたれていただけだったが、庵介は挑むようなまなざしを返してきた。

「へん。肚(はら)の中ではどうだかな」

「おぬしはよくよく……ま、よい。行け」

なにをいっても無駄だと鹿介は匙(さじ)を投げた。

一方、道理介には自信挽回の奥の手が用意されていた。道理介は総大将勝久に笑顔で迎えられた。

勝久は病がすっかり癒えたようで、顔色もよく溌剌(はつらつ)としている。

「道理介、そなたのおかげでようなった」

今やわが子のごとく愛(いつく)しんでいる勝久に礼をいわれて、道理介は愁眉を開いた。

「そなたがおらねば総大将はつとまらぬ。これからもよろしゅうたのむぞ」

勝久のひとことで道理介が天にも昇る心地になったのは、いうまでもない。

九

「なんとしてもはばむのだ。毛利の援軍を月山富田城へ入れてはならぬ」

鹿介が全軍の武将たちを集めて出陣の号令をかけたのは、多久和城の落城に勢いづいた毛利軍が掛合氷之上、禅定寺、阿用、福富と諸城を落として富田城へ迫りつつあるとの報せがとどいたためである。

早晩、こうなることは予想していた。

「布部へ陣を敷く」

布部山は月山富田城の南方、毛利軍が富田城へおもむく際の通り道にある。しかもこの山は北と東が急峻な断崖で、天然の要害になっていた。敵を迎え撃つには最適である。

二月中旬、尼子再興軍の七千近い軍勢は布部をめざして進軍を開始した。大将の鹿介、軍師の源太兵衛、大力介、早苗介、多久和城の前哨戦で敗走した口惜しさをぶつけようと勇み立つ庵介と道理介、掛合氷之上と禅定寺の両城を奪われて怒り心頭の苅介、こたびこそ手柄を立てんと意気に燃える生死介と兵庫介、さらには松田兵部丞や隠岐清実、米原や牛尾、熊野といった尼子方の城主も加わっている。

総大将の勝久は女介、日本介と共に新山城にのこって戦況を見守ることになった。

「総大将が出陣せずしてなんとするッ」

勝久は間際までいいつのった。が、鹿介は首を縦にふらなかった。再興軍の本陣は新山城、ゆえに総大将は本陣にあるべきだ。たしかに敵軍の総大将の毛利元就も郡山城にのこっていて、今回の進軍には加わっていない。

尼子の血脈を絶やしてはならぬ――。

それが鹿介の終始変わらぬ信念だった。戦の勝敗はどうあれ、それだけは必須。でなければ決起の意味がない。尼子あっての出雲であり、勝久あっての尼子である。

「待ちに待った毛利との戦だ。われらは勝つ。が、勝敗は時の運でもある。万が一のときは、総大将と女頭領をたのむぞ」

鹿介は女介と日本介に後事を託した。

そんなわけで、新山城では勝久のそばを片時も離れようとしない女介と、立場はちがえど焦燥を深めるナギとスセリ、戦の勝敗より兵庫介の安否を気づかう黄揚羽、不吉な予兆に胸をざわめかせながらイナタと鼠介の帰りを待ちわびる猫女といった女たちが、固唾を呑んで戦の行方を見守ることになった。

布部で、毛利を撃退できるのか。

決戦のその秋（とき）は刻々と迫っている。

尼子再興軍は二手に分かれ、布部城の北方、山の東西の上り口にそれぞれ陣を張った。東の中山口では、前方に兵庫介の弟たちなど千、後方に兵庫介や庵介ら千七百。西の水谷口では、前方に苅介ら二千、後方に鹿介や源太兵衛ら千五百。その他、遊軍や伏兵には道理介や早苗介が息をひそめている。

毛利軍はすでにこのとき、布部とは目と鼻の先の比田まで進軍していた。両軍が激突したのは二月十四日の未明である。

尼子方は地理に明るい。毛利軍は思わぬところから攻撃をしかけられたり、伏兵の出現に右往左往したり……東西いずれでも再興軍が勝利をおさめるかに見えた。

ところが、いくら討ち敗かしても敵軍の数は減らない。それもそのはず、中山口へ押しよせた輝元ひきいる毛利軍は七千近く、水谷口を攻める毛利方の吉川・小早川軍も似たような数だ。つまり、再興軍は倍以上の軍勢と戦わなければならない。

いつしか尼子方は劣勢に転じていた。百、二百と死者の数がふえてゆく。

「ううぬ。もはやこれまでか」

「なにをいうッ。退却すれば終わりだ。希みが絶たれる」

「落ち着け、鹿介、われらがここで全滅すれば新山城はどうなる？」

「それは……」

「総大将が生きておられるかぎり希みはある」

ここは源太兵衛の進言に従うほかなかった。毛利の援軍が月山富田城にはいれば、奪還はほぼ不可能だ。が、それでも新山城をはじめとする尼子の諸城は健在だった。勝久もスセリも生きている。

「者ども、退却だ。退け退けーッ」

毛利は新山へも攻めてくるはずだ。来るべき合戦のためには、一兵たりとも喪いたくない。

「命を惜しめ。無駄死にはするなよ」

再興軍の残党は尼子の末次城、さらにはその先の新山城を目指して、北西の山佐口から大挙して退却をはじめた。

兵庫介は東の中山口の、それも後陣にいた。山佐口からはいちばん遠いところに陣取っていたので退却に手間取った。が、しんがりになってしまったのはそのせいだけではなかった。

おなじ陣に熊野城主の熊野久忠がいた。退却の途上、水谷口で毛利軍とぶつかり、奮闘の末一時は敵を撃退する勇猛ぶりを見せつけた。

兵庫介の妹の一人がこの熊野の重臣のもとへ嫁いでいる。尼子再興軍が勝久を総大将として出雲へ上陸した際、熊野に調略をしかけ、尼子方に引き入れたのは兵庫介だった。

兵庫介は妹の娘、つまり姪の夫の中井善左衛門が十日ほど前に毛利方へ寝返った話を聞いていた。剛直な男だけに、そのことに対するうしろめたさもあった。水谷口での激戦では熊野と共に戦った。しかも手勢の大半を先に退却させて、熊野城で籠城するといいはる熊野とぎりぎりまで行動を共にした。

熊野城は山佐口から新山城へ退却する道とおなじ方角にある。

「おぬしも城へはいれ。追っ手に殺（や）られるぞ」

「いや、おれの戦場は新山城だ」

兵庫介は大手門で熊野と別れた。

少数の手勢と新山へ急いでいたときである。毛利方の軍勢が追い討ちをかけてきた。激しい斬り合いになる。

兵庫介は深手を負った。が、少人数の兵庫介たちを雑魚と思ったか、道端で呻（うめ）いている兵はいずれも似たような恰好（かっこう）なので敵身方の区別がつかなかったこともあったようで、先を急ぐ毛利軍は兵庫介を黙殺した。わらわらと駆け去ってゆく敵兵たちを見送って、兵庫介が小さく息をついたときだ。通りすぎようとした敵兵の一人が兵庫介に気づき、すーっと近寄ってきた。姪婿の中井である。

兵庫介は安堵のあまり親しげな笑みをうかべた。もっとも激痛でゆがめた顔が笑みに見えたかどうかはわからない。

「このとおり、おれは手負いじゃ」

自嘲気味にいう。

中井は返事をしなかった。おもむろに太刀の柄をつかみ、引き抜いた。

兵庫介は心底、驚いた。知らん顔をして通りすぎればよい。これまで何度となく文をやりとりし、酒をくみかわした身内なのだから。

しかし、この期に及んでは、なにをいっても無駄だろう。切羽つまった刹那に妙な話だが、兵庫介はこのとき松永弾正の顔を思いだしていた。どんなに好条件を提示されても兵庫介は応じない。雲をつかむような話にのって尼子再興軍に加わると打ち明けたときの顔である。

弾正はあきれながらも「止めても無駄か」とつぶやくと、鎧と太刀を下賜してくれた。

「くれぐれも、後悔したもうな」

それが、弾正の餞の言葉だった。

兵庫介はふっと笑みをこぼした。それからおもむろに痛む体を励まして、うずくまったまま首を差しだした。

中井が太刀をふり上げる。

一瞬にして、兵庫介の思考は途絶えた。

十

「総大将は軍議の最中にございます。母上さまといえどもご遠慮願いたく……」

女介は両手をついた。

今は大戦の只中である。いつなにが起こるかわからないこのときに、よけいな波風は立てたくない。猫女がイナタから聞いたというナギとスセリの入れ替わりの話を鵜呑みにしたわけではなかったが、女介はナギにもとより違和感を覚えていた。スセリにもナギにも警戒を怠るまいと身構えている。

スセリは生まれながらの尼子の姫だ。鹿介でさえ意のままにはあやつれないと聞いていたから、女介に勝久との面会をはばまれて腹を立てるにちがいないと女介は思った。が、予想に反して、スセリは叱りつけもしなければ、苛立ちをぶつけもしなかった。ただ当惑している。

「わらわは……勝久どののために薬を……」

「病はもうようなられました」

「なれど、今しばらくは……これはその、滋養のための薬ゆえ……」

「さすればわれがお預かりいたします」

女介は両手を差しのべた。スセリは女介の手のひらをちらりと見ただけだ。

「もうよい。たのまぬ」

立ち去ろうとしたとき、奥の間から勝久の声が聞こえた。

「母上か。おはいりくだされ」

女介は舌打ちをした。一方、スセリは勝ち誇ったように女介を一瞥して、総大将の御座所へはいる。しぶしぶながらあとにつづいた女介は、スセリの斜めうしろ、御座所のかたすみに腰をおろした。

勝久は一人だ。むろん軍議などしていない。

「どうなされた母上、さぁ、近うへ……」

スセリは勝久の眼前まで膝を進めた。

「ほれ、ご覧くだされ。このとおり、ようなりましてござります」

「よ、よかったこと。母も安堵しました」

「母上は、御自ら看病をしてくださると何度も仰せられたそうにござりますね。あの堅物の道理介に止められたとか」

原因不明の病だったために、スセリはわが子の看病ができなかった。総大将と女頭領、尼子の旗印である二人が共倒れになってしまえば、再興軍の存在意義がなくなってしまう。道理介だけでなく鹿介も源太兵衛も、万が一の場合の心配をしたのだ。

「なれどお心づくしの御薬は、ありがたく服用させていただきました。こうして全快したのもひとえに母上のおかげにて……あらためて御礼申し上げまする」

勝久は頭を下げた。

スセリはうろたえている。

「さようなことは……あたりまえのことをしただけじゃ。礼など無用です」

居心地が悪そうなスセリを見て、女介はまたもや違和感を覚えた。スセリらしくない。

猫女の話が頭にあるのでなおのこと別人のように感じてしまうのか。

勝久はなにも感じないようだった。というより、勝久の頭は別のことでいっぱいになっているらしい。おもむろに身をのりだした。

「母上。御礼ついでにもうひとつ、お願いしたきことがござります」

御礼ついで……などというのは方便、スセリを御座所へ招き入れた本当の理由は他にある。

勝久はひとつ、咳払いをした。

「ナギのことです」

スセリはぎくりとしたようだった。背中が硬直するのを女介は見た。

「ナギが、どうか、しましたか」

声もうわずっている。

「あの稚い娘を牢から出してやりたいのです。母上に逆らうつもりはありません。母上が正しいことはわかっています。けれど、ナギのことだけは……もし、ナギが母上を痛めつけようとしたというなら、それは、そうせねばならぬわけがあったのでしょう。

あの娘の眸（ひとみ）は澄み切っています。悪いことなどできるはずがない。わたしはそう信じています。この命に懸けてもナギを救いだしてやりたいのです」

幼くして寺へ送られ、世俗とはいっさいかかわることなく成長した勝久である。この若者のいったいどこに、これほどのほとばしるような熱情がひそんでいたのか。

女介もあっけにとられたが、スセリはもっとびっくりしているようだった。二人の女は声もなく勝久を見つめる。

「母上。どうか、勝久たっての願い、なにとぞお訊きとどけくだされ」

勝久が両手をついたときだった。

城内がにわかに騒がしくなった。

「総大将ッ。いずこにおられますッ」

物見が血相を変えて駆けこんできた。

「なにごとじゃ。もしや、戦の……」

女介がいい切らぬうちに物見が叫んだ。

「末次城の方角から続々と兵が戻って参ります。尾羽うちからしたありさまにて……」

そこへ、数人の家来が駆けてきた。

「布部にて毛利と激戦も、これ空しく」

「わが軍は敗退したもよう」

「総大将、いかがいたしましょうや」

もちろん残党から話を聞かなければ、戦場の状況はわからない。が、大将や軍師が生きのびているかどうかも不明の今、城兵の指揮をとる者は総大将の勝久しかいない。

「大手門を開けよッ。負傷者を運びこめッ。傷の手当てを……」

「女たちを集めまする。水を汲ませ握り飯も。総大将はただちに出陣のお仕度を。毛利が攻めて参るやもしれませぬ」

ナギの話はお預けになった。それどころではない。城内は上を下への大騒ぎである。

そうこうしているうちにも敗残兵たちが次々に帰ってきた。軍としての体裁を保っている一行もあれば、三々五々、足を引きずり血を流して、ほうほうの体で帰ってくる者たちもいる。

「おう、大将はご無事だぞッ」

「源太兵衛さまもお戻りじゃ」

「苅介さまは手傷を負われてござる。おい、手を貸せ、広間へお運びいたそうぞ」

広間にも並べきらず、足軽や雑兵は庭に敷いた筵の上で手当てをうける。気力をふりしぼってここまでたどりついたものの、安堵と同時に息が絶えてしまった者たちもいて、死臭や血の臭いが次第に濃くなってゆく。

猫女も黄揚羽も傷の手当てに追われた。黄揚羽は兵庫介の姿がないかと眸を凝らしている。

生死介が帰ってきたのは、戦死者以外のあらかたが戻ってきたあとだった。大手門をくぐるなり、生死介は地べたにうずくまる。

黄揚羽はいち早くその姿を見つけ、駆けよって抱きおこした。

「兵庫はんはどこやッ」

生死介は放心したような目で黄揚羽の顔を見返した。

「あの阿呆が……兵庫介は……」

それ以上は涙で声にならない。

十一

いややいややいややいややいややいやや……。

黄揚羽は、生まれてはじめて、男のために心から泣いた。涙と共に脳天を突き破らんばかりの怒りがこみあげる。

敵陣へのりこんで、兵庫はんの首級(しるし)を奪いかえしてやる――。

駆けだそうとした黄揚羽の腕を、生死介がつかんだ。が、あえなく突きとばされる。

黄揚羽を抱き止めたのは、たまたまその光景を眺めていた猫女だった。

「放してぇな。どうしようと勝手やろ」

「そうはいかん。おまえさんも今は尼子のはしくれや。勝手なまねはさせられん」

「なんでやの。うちなんか、死のうが生きようが、あんたらに関係ないやおまへんか」

猫女は黄揚羽をうとんじていた。いなくなればよいと思っていたはずだ。

猫女は黄揚羽を放さなかった。

「このわからずやの大馬鹿者がッ。身内を死なせるわけにはいかんのや」

「身内……」

「おまえさんが死ねば兵庫介さまが悲しむ。成仏できんようになったらどうするつもりや」

「けど……せやけど……あぁうちは……」

黄揚羽は猫女の胸にすがって号泣した。その胸は大きくて温かくて力強くて、底なしの悲しみを多少なりともやわらげてくれた。涙が涸れ果てたあと、やっと気力が戻ってくる。

「決めた。うちは戦う。尼子の身内やさかい」

兵庫介のためにできることはそれしかないと黄揚羽は思った。それにしても、数知れない男たちに体を売ってきた自分が、武骨で風采のあがらない、自分に関心をもってもくれない、しかも一度も寝たことのない兵庫介の戦死になぜこれほど動揺するのか、悲嘆にくれるのか。黄揚羽自身もわからない。

もちろん兵庫介の戦死に打ちのめされているのは生死介や黄揚羽だけではなかった。兵庫介の弟たちをはじめ、荊介、早苗介、大力介、道理介、源太兵衛、女介……だれよりも、鹿介の嘆きは深い。

「松永弾正さまのもとにおれば、今ごろは出世も叶うたろうに……」

肩を落とす鹿介を道理介は諭した。

「われらは、自ら望んで仲間に加わったのだ。死ぬるは覚悟の上。兵庫介も願うてもない死に場所を得て、大満足しておるに相違ない」

いずれにしても、悲しみにひたっている暇はなかった。いつ毛利が攻めてくるか。

「よいか皆々、毛利など恐るるに足らず。出雲はわれらが故国だ。力をあわせて撃退してくれようぞ」

軍兵たちに檄(げき)を飛ばし、日本介の尽力を得て武器や兵糧を運びこむ。籠城の準備だけでなく打って出る際の手順や、いざというときの脱出方法など入念にたしかめ、軍議を重ねた。

だが毛利の勢いは止まらなかった。

月山富田城へはいった毛利輝元は、元就の五男の元秋(もとあき)を城主として、城将の天野(あまの)と城を守らせ、これを足がかりに周囲の諸城を次々に落としてゆくという戦術に出た。

布部山合戦から半月もしないうちに末次城が、翌三月には今は亡き兵庫介が案じたとおり熊野城が襲撃された。四月になって、牛尾弾正忠が立てこもる牛尾城が攻撃されて城主以下百六十名余りが城を枕に討死すると、それが呼び水となったか、毛利軍の攻撃をうけた諸城が次々に開城、毛利に降った。熊野城、末次城、さらに清水寺城、高佐城、平田城とつづく。

これだけ足下がゆらげば、尼子を見かぎって毛利へ寝返る者が出るのは当然である。鹿介も覚悟はできていた。とはいえ――。

五月、新山城に衝撃が走った。

十二

城内はごったがえしている。近く大戦があるというのでだれもが浮足立っていた。負傷した雑兵にでも化ければ、間者が一人、奥御殿へ忍びこむのもさほどむずかしいことではない。

枕辺にまだ生暖かい子鹿の耳がころがっているのを見つけたとき、スセリは悲鳴をあげそうになった。耳のうしろには血文字で密会場所が記されていた。以前も呼びだされたことのある山腹の雑木林にある祠で、もしナギのままならひと蹴りで駆けて行ける場所である。

スセリは用心深く被衣で顔を隠し、雑木林へ急いだ。少しでも遅れようものなら鉄拳をみまわれ、腹の物を吐きだす羽目になる。

時が時だけに見咎める者はいなかった。そのことにほっとしながらも、今すぐ戦が起こって密会が反故になればよい、とも思った。

あいつは恐ろしい。顔を見ただけで、相手の心を読んでしまう。総大将の勝久が自分の前でいった言葉にどれほど心を動かされたか。ついほだされてしまいそうになるこの胸の内をも、一瞬にして見抜いてしまうにちがいない。そもそも薬の量を勝手に減らして勝久の命を助けた事実を、なんと弁明すればよいのか。

ああ……と、スセリは呻いた。今熊野へ帰りたい。平穏だった昔に戻って、家族皆で暮らしたい。そのためには、一刻も早く役目を終えてナギに戻らなければ……。

物思いにふけって注意を怠ったせいだろう。

「おや、姫さまではござりませんか」

旅装束に身をつつんだ鼠介がすれちがいざま声をかけてきて、スセリは仰天した。足音も息づかいも、かすかな気配すら聞きとれなかったのは、鼠介が戦忍びだからだろう。

戦場を駆けめぐっていたのか、そういえばこのところ姿を見ていない。

「鼠介か。ここで……なにをしておるのじゃ」

平静を装ってたずねる。

「旅から帰ったところにて。姫さまこそ、なにゆえお独りでかようなところにおられるので？」

「この先の祠は霊験あらたかと聞いた。戦勝祈願じゃ。効きめがのうなるゆえ、だれにもいうてはならぬぞ。行け」

「へい。お気をつけて」

鼠介を見送って、再び歩を進めた。まだ驚きが冷めやらず、心の臓が飛びだしそうだ。

スセリはふっと思った、

毛利の間者と尼子の戦忍び……双方が戦ったらどちらが勝つか。鼠介が勝ったら、自分もこの難役から解放されて、家族のもとへ帰してもらえるかもしれない。尼子は無意味な戦をしないといっていた。他人の土地は奪わないし、都を焼きつくしたりもしないと聞いている。

いや、信じるものか。人間は嘘をつく。いつも餓えていて、満ち足りることがない。

今はなにも考えないことだと、スセリは足を速めた。戦は非情な者が勝つ。早く決着をつけて、都へ帰らなければ……。

祠の前まできて頭上を見上げる。

「遅いッ」

声と同時に黒い影が落ちてきた。

スセリは腹を蹴り上げられてのけぞり、次の瞬間には腹ばいになって嘔吐していた。顔を蹴らないのは顔相が変わらないようにとの用心だろう。手足も痛めつけられたことがない。

「役立たずめがッ。おまえには愛想が尽きた」

黒装束の男は今一度蹴りつけようとしてハタとやめ、じっとスセリを見つめた。まだ使い途があるかどうか、考えているらしい。

「報せておくことがある」

スセリは居住まいを正した。挑むような目で男を見返す。

「いずれ、遠からず、尼子は消えてなくなる」

そのことなら今さら教えられるまでもなかった。毛利とは力の差がありすぎる。しかも離反する者がひっきりなしとなった今、どうやってこの劣勢をくつがえすのか。本物のスセリが唱えていたという、出雲の神々に出陣を願うしか打開する手立てはなさそうだ。スセリはその話を日本介から聞いていた。

「黄泉国は猪目にある。十六島湾だ」

なにもいわなかったのに、男はスセリの心の動きを読みとったようである。いや、はじめからそのために呼びだしたのかもしれない。

「行け。黄泉へ」

死ねというのか。利用するだけして、不要になったから黄泉へ送ろうというのか。怒りに目が眩みそうになって、スセリははじめて声を発した。

「殺るなら殺れ」

ただし独りでは死なない。この命と引き換えに、こいつの命も奪ってやる——。

スセリは身構えた。

すると男は喉の奥から奇妙な声をもらした。おそらく嗤い声だろう。

「おまえの命を奪うくらいいつでもできるわ。黄泉へ行くのは、神々を動かし軍団をよみがえらせるためだ。それが済んだら、おまえは今熊野へ帰って未来永劫、聖なる神の鹿となる」

「なんのことかさっぱり……」

「よし。教えてやろう。おれの祖先は、スサノオノミコトが大蛇退治をしたころより西出雲の斐伊川流域に住んでいた。勇猛な熊谷団として塩冶一族に仕え、斐伊川の治水でも大いに働いた。が、尼子にとってかわられ、軍団も黄泉へ追いやられた。しかし今、スセリは黄泉国から援軍を呼びよせようとしている」

「そんなこと……できるものか」

「スセリは塩冶のスサノオと日御碕神社の巫女の姫だそうな。黄泉国へも行けると聞いた」

「われはナギだ。スセリではない」

「そう。そこが問題だ。黄泉へ行っても、ナギのままで神々を動かせるかどうか」

「だったら、二人一緒に黄泉へ行けと……」

「やってみてはどうだ？　でなければ二人そろって城と命運を共にすることになるぞ」

男は風を切って宙へ跳んだ。まるでムササビのように。

「待て。まことにナギの体に戻してくれるのだな」

「人間より鹿がいいとは……。いいとも、お安い御用だ」

癇（かん）に障る嗤い声がスセリの耳に突き刺さった。

十三

「なんだとッ。もういっぺんいってみろ」

鹿介の顔から血の気が引いてゆく。

源太兵衛の顔も紙のように白い。

「秋上父子が離反した」

「やはりッ。いや、冗談だろ」

「冗談にあらず。悪夢にもあらず。聞きまちがいであればどんなによいか……」

秋上家は神魂神社の神職をつとめる由緒ある家柄で、尼子の先々代、晴久の時代からの古参の臣として、数々の軍功を立ててきた。尼子滅亡後は京に上って、尼子再興軍の決起に尽力している。

父の三郎左衛門は、軍師の立原源太兵衛と並ぶ両雄として、早くから出雲とその周辺の国々をめぐり、諸将の調略にあたっていた。息子の庵介は鹿介の幼なじみで、僻みっぽく喧嘩をふっかけることもままあれど、伏見での密儀にも真っ先に加わり、尼子の勇士の一人としてここまで大いに働いてきた。身内も身内、秋上父子はまさに尼子再興軍の主力といってよい。

その父子が、毛利に降ったというのだ。これが驚かずにいられれようか。

鹿介は荒い息を吐いた。しばし瞑目して乱れた胸を鎮めようとする。

「理由を聞いたか」

三郎左衛門はこれまで、表立って文句をいったことがない。庵介のほうは反対に、顔をあわせれば文句ばかりいっていた。手柄を立てたのに褒美が少ないとか、自分を無視してなんでも事が進むとか、鹿介ばかりが威張っているとか……要するに鹿介に対して競争意識丸出しだったが、だからといって再興軍に愛想を尽かしているようには見えなかった。

「隠岐為清のことか」

せっかく調略したのに、はじめのうち鹿介と源太兵衛は信用しなかった。そのことで三郎左衛門は機嫌をそこねていたようだ。もとより、源太兵衛と三郎左衛門は相性がよくない。

のちに隠岐為清は尼子に迎えられ、事は丸くおさまったかにみえた。が、結局は謀反を企て美保関合戦となっている。これは秋上家の家臣の一人に騙されたことがきっかけで、このときは父子とも肩身の狭い思いをした。

「多久和城でのこともある」

毛利の大軍に怖気(おじけ)づいて、庵介は城を捨てて逃げてしまった。やむないことだとわかっていたのでだれも責めはしなかったが、それでなくてもひねくれ者の庵介のこと、居心地の悪さを感じていたにちがいない。

「しかし、だからといって……」

「うむ。戦の最中だ、和気あいあいとゆかぬことくらい、わかっておったはずではないか」

「信じられぬ。庵介がついていながら……」

毛利との大戦にそなえて、三郎左衛門は息子に先立って美保湾にある居城の森山(もりやま)城へ帰った。この時点では戦仕度をするつもりでいたらしい。

源太兵衛がしらべあげた話によると、そこへ毛利の武将である野村士悦が吉川元春の書状をとどけてきた。領地の安堵を約束する調略である。ちょうどこの数日前には秋上家と旧なじみの清水寺の大宝坊宗信も毛利に降っていて、こちらからも離反の勧めがあったようだ。三郎左衛門は庵介の帰還を待って、尼子の総大将勝久あてに離反の旨を伝えてきた。

「鹿介。口惜しさ腹立たしさはようわかる。おれとておなじだ。だが、われらが動揺を見せればどうなる？　皆が不安になる。ますます離反する者が増えよう」

「わかっている。わかってはいるが叔父貴……これはあまりに……」

鹿介は涙声になっていた。離反に怒る、というだけではない。長い歳月、共に戦ってきた仲間である。あの伏見の、鼠介の家で目を輝かせて決起を誓いあった……岩倉の隠れ処で共に出陣の朝を迎えた……但馬、船上、忠山、そしてこの新山城……月山富田城を奪還できずに敗退すること二度、それでも原手や美保関の合戦では一緒に戦い、勝利をおさめた。

「庵介は……大切な友だった」

源太兵衛は鹿介の肩に両手をおいた。その目にも涙があふれている。

「鹿介よ、こらえよ。これも戦だ。武器を取って戦うより、信頼した友に裏切られるほうがずっと苦しい。辛い戦だ。しかし耐えねばならぬ。われらが耐えねば、総大将はどうなる？　女頭領も悲しもう」

勝久やスセリの前で涙を見せてはいけない。恨み言をいうのもつつしまなければ……。

鹿介はようやくうなずいた。

スセリ姫さま、泣き言をいうてしもうたこと、お許しくだされ。鹿介はまだ、希みを捨ててはおりませぬぞ――。

表情を引きしめる。

「これからどうするか教えてくれ」

源太兵衛は苦渋の色をうかべた。

「森山城を、攻撃せねばなるまい」

「庵介と戦う……か」

「辛い戦だが、いたしかたない」

「そうだな。軍師の仰せに従おう」

二人は赤く腫れあがった目をあわせる。

「して叔父貴、いかに戦うのだ」

「それよ。われらが水軍の出番だ」

十四

夏がそこまで来ている。

女介と大力介は、汗まみれになって下葉崎城へつづく道を急いでいた。

下葉崎城は、尼子の水軍となった奈佐水軍の本拠地で、新山城の北東、美保湾の入江の本庄浦にある。海路で運びこまれた武器や兵糧を新山城へ送るために女介も何度となく行き来しているが、尼子古参の家臣だった秋上父子が毛利へ寝返った今は、この道も安全ではなくなった。秋上家は本庄浦の北方、おなじ美保湾沿いの森山城を居城としている。となれば、いずこから伏兵が襲ってくるか。

美保湾は、今や西と南を敵にかこまれた尼子の生命線だった。毛利に湾一帯を制圧されては新山城は兵糧すらとどこおってしまう。

「森山城を落とせ」

つい先日まで身方だった秋上家の居城を攻撃するのは、命を下した鹿介はもとより再興軍の面々にしても腰が退ける。

「戦とは、酷いものだな……。庵介を好いてはおらなんだが、よもや、敵になろうとは……」

女介は嘆息まじりにつぶやいた。

「いつかかようなことになるのではないかと案じていた。庵介がことは身から出た錆、さよう思い切るしかないの」

「われも、庵介を責められぬ」

「毛利に寝返ったことなれば、再興軍に加わっておる者の大半が同様。錆と申したは、あやつの僻みっぽい人柄のことにござる」

大力介のいうとおり、尼子滅亡後も生きのびている者たちは多かれ少なかれ、いったんは毛利に恭順していたわけで、それを裏切り者と切り捨てては再興軍は成り立たない。とはいえ、亡父の悲惨な末路を見てきた女介には、秋上父子の苦渋が痛いほどわかった。

「それにしても、幼なじみの大将と庵介が戦場で相まみえるのだぞ。庵介は大将の首を落とせるか。大将は庵介に止めを刺せるか、大力介」

「いざとなったら、おそらく……」

大力介は左右を見まわした。

「実は、お二人は決別の盃を交わしてござる」

「なんだってッ。大将は離反の書状に驚き怒り涙されたのではないのか」

「秋上の父、三郎左衛門はひと足先に居所へ帰っていた。庵介には多少の迷いがあったようで……再三呼ばれ、いよいよ新山城を出る際、大将のもとへ挨拶に参ったそうで、二人で一献かたむけたと聞いている」

庵介は涙ながらに暇乞いをした。すると鹿介は「侍は渡りものゆえ恨みはすまい」と、盃を取らせたという。

「明日は戦で散ろうとも古のよしみを忘れることはあるまじと、お二人は手を取りおうて、むせび泣きをされたそうな」

「そうか……そうだったのか」

庵介の離反を知って容認したとは、鹿介は口が裂けてもいえない。実際、決別状を手にするまでは万にひとつ、庵介が父を説得して、この話は消えてなくなるかもしれないと、鹿介は淡い期待を抱いていたらしい。

「大将の苦悶はわれらの苦悶、大力介、泣き言をいって悪かった。こうなった以上、もう迷わぬ。われは猛然と戦うぞ」

「たのもしき言葉。日本介どのも今ごろは丹後・但馬の船に声をかけて、決戦の仕度をととのえておられよう」

「ぐずぐずしてはおれぬの。われらも急ごう」

「それにしても、女介どのとは、いつもこうしてどこかへ急いでおるような……」

「われらは旅の道連れ、それが宿命じゃ」

二人の行く手に陽光にきらめく美保湾が見えてきた。

日本介はいつになく苛ついていた。

秋上家の森山城を攻めることがどうにも割り切れず、それで苛ついているのかと女介は思ったが、そうではなかった。「来い」というなり女介の腕をつかみ、物陰へ引きこんで声をひそめる。

「どうも妙なのだ」

「妙、とは？」

「はっきりとはわからぬ。どこがどうというのでもないのだが……なにかがおかしい」

奈佐水軍は固い結束を誇っていた。ところが近ごろ、白々とした空気を感じることがあるという。

「それなら新山もおなじだ。毎日のように逃亡する者がいる。が、皆を動揺させぬよう、大将は見て見ぬふりをしている」

探しだして制裁を加えれば、ますます人心が離れる。道理介からは「それゆえなめられるのだ」などと文句をいわれているようだが、女介はその温情こそ、尼子の尼子らしいところだと思っていた。美味（うま）いことを並べ立てて調略しておきながら不要となれば切り捨てる毛利とは器がちがう。無惨にも命を絶たれた父の無念が、女介の胸には刻まれていた。

「おれも事を荒立てとうはない。だがこたびのように丹後や但馬の援軍と共に戦うとなると、内輪揉めをしておっては示しがつかぬ」

日本介は女介に異変に気づいたら教えてくれとたのんだ。今でこそ尼子の水軍だが、そもそもは北海の海賊である。尼子への忠誠心を問われれば心もとない。

「わかった。大力介にも話しておく」

女介はその場を離れようとした。

日本介はなおも呼び止めた。

「おぬしは尼子と命運を共にする気か」

女介は迷わずうなずいた。

「あたりまえだ。おぬしこそ、いざとなったら、尼子を見限るつもりではないか」

「訊いてみただけだ。おぬしが最後まで戦うというなら、女介、おれも戦う」

「日本介……」

「おれたちは一蓮托生（いちれんたくしょう）だ」

下葉崎城は小高い山の上にある。城というより砦（とりで）といったほうがよい。塀にも壁にもいたるところに狭間（はざま）がもうけられていて、武器庫のほかには物見や狼煙台（のろしだい）などが建ち並ぶ、戦闘用として築かれた城だ。

主軍の兵士、すなわち水夫たちが陸に上がっているときの住まいや、船の修理に携わる者たちが暮らす小屋は山麓に点在していた。水夫の大半は船上暮らしだから、その数は少ない。

女介と大力介は小屋のひとつで旅装を解き、早速、軍議に加わることにした。戦仕度がととのえば狼煙を上げ、新山城へ報せる。

小屋の入口で足を止めた。

「大力介、あれを見よ」

となりの小屋の裏庭で、頬かぶりをした男が鉄砲の手入れをしていた。数人の水夫がまわりをかこんでいるのは、手入れの手順を学んでいるのか。

大力介も目をしばたたいた。

「猪目へ案内してくれた男か。たしかムササビといったの。しかし、なぜここに……」

「あとを追うてきたのだろう。日本介に黄泉国の在処を教えたのは、水軍へ加わる手蔓がほしかったのやもしれぬ」

「尼子の水軍へ馳せ参じたと？　褒美が目当てなれば毛利軍にとりいるほうがよほどマシではないか」

「口をつつしめ。尼子はまだ敗けてはおらぬ」

女介ににらまれて大力介は肩をすくめる。

二人は小屋へはいった。

ムササビは手を止め、ついと目を上げて二人が消えた小屋の戸口を見た。ぞくりとするような冷たい目の色に、気づいた者はいない。

十五

猫女はイナタを、手を取らんばかりに迎え入れた。鼠介はイナタを山麓に隠して、ひと足先に新山城へ帰っている。あらかじめ報せをうけていたので、長旅の疲れを癒やすための寝床も、気力を取り戻すための食事も用意万端、猫女は今か今かと待ちかねていたのだ。

「それにしても、難儀をしたんだねえ」

「ええ。雪が解けたと思ったらあちこちで戦がはじまって、どうにも身動きがとれなかったのです」

イナタは日御碕神社にいた。そこから新山城までの道は、毛利軍の出雲進攻の道と重なる。うかうかと出立できなかったのだ。

むろん鼠介は戦忍びの本領を発揮して、この間も四方を駆けまわっていた。イナタは鼠介の口からこれまでの戦況を教えられた。

「兵庫介さまが壮絶なご最期を遂げられたとうかがいました。総大将も大将も、さぞやご無念でしたでしょう」

イナタは目頭を押さえた。個人的なつきあいはなかったが、兵庫介は再興軍の決起以前から仲間に加わっていた勇士の一人だ。寡黙にして沈着、剛毅にして朴訥なこの男を心より信頼していた。

「布部山で毛利を食い止めてさえいればねえ、末次城も熊野城も高佐城だって安泰だったろうに、ねえ、おまえさま……」

「済んだことをぐちゃぐちゃいったってはじまらねえや。森山を落とす、今はそれだけだ」

「そりゃァそうだけど森山城は手強いよ。だって秋上はこっちの手の内を知りつくしてるんだから」

「だから海から攻めるんじゃねえか。秋上軍は右往左往するにちげえねえ」

「待ってッ。なぜ森山城を……」

秋上父子が毛利へ寝返ったと聞くや、イナタは眉を曇らせる。

「それで日本介さまは合戦の準備にお忙しいのですね。では、女介さまも……」

早急に日本介と会って、黄泉国の話を聞きたいと願っていた。だがこれでは、とてもそんな余裕はなさそうだ。

「ナギは、姫さまは、ご無事でしょうね」

「ナギなら黄揚羽が至れり尽くせり、片時もそばを離れずに世話をしてるよ」

猫女はくつくつと笑った。

「だれでもどこかしら取り柄があるもんだ」

イナタは安堵の息をつく。

「女頭領……いえ、本物のナギは、まだスセリ姫さまになりすましているのですか」

「さぁ、どうかねえ。別に変わったことはないようだけど。ねえ、おまえさま、相変わらず、祈禱の間にこもっておられるって……」

猫女がいい終わらないうちに、鼠介が身を乗りだした。

「おめえは黙ってろぃ。女頭領といやぁ、ついさっき、そこの雑木林でばったりお会いしたっけな」

「姫さまが、お独りで雑木林に……」

「へい。妙だと思ったんで、こっそりあとをつけたんでさ。すると地べたに這いつくばって、怪しげな男と話を……」

這いつくばっていたのは、男から打ち身を食らったためらしい。鼠介は止めにはいろうとしたものの、あたりにそれをはばかる切迫した気配がただよっていたため、しばらく様子を見ることにした。ところが男はいくらもしないうちに姿を消してしまった。

「あれはおそらく……世木忍者」

まさかッ、なんですってッと、猫女とイナタは顔を見合わせた。

「おまえさまは、姫さまが毛利の間者とひそかに会ってたっていうのかい」

「猫女どの、これでわかりましたでしょ。毛利は尼子の内情を探るためにナギを送りこんだ。そして機をとらえ、姫さまに憑依させた……」

今度は猫女と鼠介が目をあわせた。これまでは半信半疑だった。だが、今は……。

「もしそうなら、このまんまにしとくわけにゃいかないよ、ねえ、おまえさま」

「そんなこたぁわかってら。しかしこれは……こいつばかりはどうしたものか……」

イナタの話をどうやって皆に信じさせればよいのか。話の中身はもとより、イナタ自身が今は毛利の手先だと疑われているのである。

「姫さまを、ナギを、助けだして、黄泉国へおつれするしかありません。姫さまは出雲の神々の申し子、さすればきっと八百万の神々がお力を貸してくださいましょう。なれど……」

合戦を目前にした今は、黄泉国の在処を知る日本介も女介も新山城にはいない。

「その前に、なんとしてもこの戦、勝利してもらわねばなりません」

イナタがこぶしをにぎりしめると、猫女と鼠介も気合いをこめてうなずいた。

「おまえさまもこんなとこで油を売ってる暇はないよ」
「うるさいッ。いわれなくたって駆けつけら。おれさまがいなくて戦ができるか」

美保湾北岸の沖に、数十の船影が忽然とうかびあがった。停泊中の船から小早へ、夜陰に乗じて次々に兵が乗りうつる。ひそかに上陸した軍勢は一気に森山城を攻撃、驚きあわてている秋上軍に陸路から進軍した再興軍も加わって猛攻、城はあえなく——。

落ちるはずだった。

が、目論見ははずれた。森山城は海からの攻撃を予見していた。そればかりではない。まるで尼子の水軍の中に内通者がいて逐一報せが送られていたかのように、軍兵の数から武器の数や種類、策略のすべてを、秋上方は戦闘前に察知していた。

しかも、新山城から出陣した再興軍は森山城までたどりつけなかった。なぜなら水軍の砦である下葉崎城の南方に位置する毛利方の羽倉城の軍勢が、下葉崎城から上がった狼煙を見て動きだし、再興軍の行く手をはばんだのである。再興軍はおびきよせられるかたちでやむなく羽倉城へ進軍したものの、結局、城は落とせず、ほうほうのていで新山城へ逃げ帰ることになってしまった。

森山城攻めでも尼子方は苦戦した。あてにしていた陸路からの援軍が来ないのでは備えの固い城を攻めきれない。そもそも丹後や但馬からの援軍にとっては他人事だから、形勢不利となればあっさり退散してしまう。それを見て奈佐水軍の兵たちにも動揺が走った。

尼子再興軍の大将、鹿介に心酔した日本介の一存で戦に駆りだされたものの、もとより尼子への思い入れはない。もとは海賊、さっさと見切りをつけて逃亡する者が出たのは無理もなかった。この脱落者どもが尼子水軍の名のもとに大挙して宇龍浦を襲い、あろうことか、日御碕神社を破壊して宝物を奪ったことが判明したのは合戦が終わってしばらく経ってからで、イナタがせっかく身方につけた西出雲の寺社の尼子への心証がくつがえることになる。

「女介。怪我はないか」

「われのことより日本介、尼子はどうなる？」

二人は、茫然と立ちつくすばかりだった。

十六

真夏の太陽が照りつけている。

じりじりと灼かれて焦燥に息をあえがせているのは、総大将勝久や大将の鹿介、源太兵衛や道理介ら勇士たちばかりではなかった。牢の中のナギや、いつもなら周囲の喧噪などどこ吹く風の黄揚羽、雑兵のそのまた下僕といった者たちまでが戦々恐々としている。

毛利が迫っているからだ。

羽倉、末次、熊野など月山富田城へつづく南方一帯の諸城は、今や毛利一色になってしまった。秋上父子が調略されて北東の森山城が毛利方となったため、美保湾一帯も――奈佐水軍の下葉崎城だけはまだかろうじてのこっているものの――大方は毛利に制圧されている。

では北西はどうか、というと、ここでも毛利方の勝間（かつま）城が尼子を威圧していた。

このままでは袋の鼠になってしまう。勝間城を落として北海へ出る道を確保すれば、いざというとき隠岐島へ退去することも可能だ。

「勝間を攻めるぞ」

総大将勝久と道理介を新山城の守りとして、大将の鹿介は源太兵衛、苅介、早苗介、生死介らと共に出陣した。森山城での合戦に敗れて多数の兵を喪った奈佐水軍は、本庄浦の下葉崎城へ逃げ戻って水軍立て直しの最中だから、この戦には加わっていない。

女介と大力介も下葉崎城にいた。戦死者はともあれ、逃亡者が多数出たことに動揺を隠せない日本介を、女介は独りにしておきたくなかった。というより、そばを離れたくない。奈佐水軍が尼子に与（くみ）したのはもちろん日本介が鹿介の人柄に惚れこんだからだが、あのとき日本介の心を開かせる役割の何分の一かは自分が果たしたと女介は自負していた。それはつまり、日本介とその水軍に対して多少であれ自分も責任を負っている、ということではないか。

「女介。勝間はどうなっておる？」

「まだ報せがない。今朝方には総攻撃をしかけているはずだが……」

日本介と女介がそんな言葉を交わしたのは、六月三日の朝のうちだった。

「手こずっておるのやもしれんな」

「城を落とせば狼煙が上がるはずだ」

「大力介が偵察に出た」

「よし。われらも援軍に駆けつけられるよう、船の仕度をしておこう」

兵も武器も足りないが、いざとなれば手をこまねいてはいられない。入江へむかおうとする日本介を、女介は呼び止めた。

「こんなときだが、ひとつ、訊いてもよいか」

女介はムササビの行方を訊(たず)ねた。森山城攻めに加わっていたはずだが、姿が見えない。

日本介は顔をしかめた。

「戦の最中に水夫を焚(た)きつけ、船を奪って逃げた。尼子を装い、どこぞで悪行を働いておるやも」

「やはりそうだったか。あやつ、毛利のまわし者だったのやもしれぬ」

「となると、猪目の洞窟も……」

「なんぞ企(たくら)んでおるにちがいない」

地団太を踏んだところでもう遅い。

太陽が西へかたむくころになって、偵察に出ていた大力介が帰ってきた。泥まみれなのは崖からころがり落ちたか。敵兵と一戦まじえたようで、片腕は血まみれ、足を引きずっている。

「しっかりしろッ。すぐに手当てをしてやる」

女介は大力介に跳びついて着替えをさせ、傷の手当てをしてやった。

大力介は力なく目を閉じたまま、幼児(おさなご)のようにされるがままになっている。それでも重い口を開いて語ったところによれば、尼子再興軍はこたびも大敗、新山城へ逃げ帰ったそうで、途中まで見とどけた大力介は、下葉崎城に報せるために隊を離れたとたん、残党狩りの追っ手に襲われたという。

「皆は無事か。大将は、源太兵衛さまは、無事新山へ帰りつけそうか」

大力介はうなずいた。が、傷の痛みだけとは思えぬ悲痛な呻き声がその口からもれる。女介へむけた目がうるんでいた。

「大力介ッ、なにがあった?　教えてくれ」

「早苗介が討死した」

「なんだってッ」

「長槍をつかんで、猛然と飛びだしていった。で、鉄砲の弾が命中した。ばたりと倒れ、それきりだったそうだ」

女介は絶句した。自らが鉄砲の弾に射抜かれたような衝撃だった。

早苗介が、死んだ——。

尼子滅亡後、畑を耕していたという早苗介は大の戦好きだった。むろん毛利を憎んでいたこともあろうし、尼子に思い入れもあったはずだが、敵が憎くて戦うというより、鍬をもって畑を耕すのとおなじように槍や刀をもって戦うことが愉しくてたまらないように見えた。一族が毛利に寝返った中で、たった一人、嬉々として尼子再興軍に加わっていたのは、再興軍の戦い方が性にあっていたからだろう。

「早苗介は……いつも悠然としていた」

仲間内の争い事には無関心で、人の悪口をいうでもなく、世を恨むでもなく、ときにはその場にいたことさえ忘れられてしまうほど目立たぬ男だったが、今思えば、それだけに個性派ぞろいの勇士たちの要となっていたような気がする。女介は早苗介の、日焼けのシワで実際の年齢より老けて見える顔、その顔をくしゃくしゃにして笑うさまと、宍道湖の水面のように澄んだ眸を思いだしていた。

「戦なら当然だ。だれが死んでもおかしくはない。わかってはいるが……」

気がつけば日本介が後ろに立っていた。

「女介。早苗介は黄泉国にいる。今ごろは畑を耕しているにちがいない」

女介はうなずこうとして首を左右にふりたてた。こみあげた涙をはらいのけ、勢いよく立ち上がる。

「いや、早苗介のことだ、長槍の手入れをしてるさ。次なる戦にそなえて。われもこうしてはおれぬ。大力介、おぬしはしばらく養生しろ」

女介は日本介をうながして、もう歩きだしていた。目線の先では、水夫たちが弾矢をあびた船の修理をしている。

十七

道理介は両手をつき頭を垂れていた。父とも頼る男の悄然とした姿を見て、勝久の顔もたちどころに曇る。

「敗れたか」

「敗走中にござります。まもなく一陣が到着する頃合いかと……」

「大将は？」

「ご無事。源太兵衛どのも無傷の由」

「討たれし者は？」

「神代（くましろ）左馬助（さまのすけ）、高田（たかた）惣十郎（そうじゅうろう）、上野（うえの）源助（げんすけ）、三刀屋（みとや）蔵人（くろうど）……」

「早苗介も、か」

勝久はしばし瞑目した。

早苗介は毛利方についた一族をはばかって、三刀屋蔵人が鹿介につけてもらった名である。

「新山城は孤立無援になったわけだ」

「いえ、米原どのの高瀬（たかせ）城、古志（こし）どのの戸倉城はいまだ奮闘してございます」

「たったの、三城か……」

「さにはございますが、これで終わったわけではありませぬ。大将はまだ勝間をあきらめてはおらぬご様子とか。勝間、羽倉、末次……周囲の城を奇襲にてくずさばまだ活路が……」

「奇襲……」

「奇襲、夜襲は尼子の得意技にて」

勝久は道理介を退出させた。

独りになって考える。京の東福寺での安泰な暮らしを捨てて尼子再興軍の総大将になったことを、悔やむ気持ちはなかった。自分の出自を知り、母と再会して仲間と戦った……勝敗がどうあれ、充実した日々だったと胸を張っていえる。狭い世界で昨日も今日も明日も代わり映えのしない毎日を過ごすより、いちかばちか戦うことを選んだのはまちがいではなかった。おそらく母も今、おなじことを思っているはずだ。母は生粋の尼子の姫、尼子は決してあきらめない。

母を想ったところで勝久は、母とおなじように、いや、それ以上に自分の心を占めている女の顔を思いだした。女というには幼すぎるが、愛しさが日々増してゆく……。

ナギ——。

戦が一段落したら、母にたのみこんで牢から出してやり、自分の侍女にしようと考えていた。だが、戦は終わらない。新山城は孤立した。毛利の攻撃をうける日もそう遠くはないだろう。もしそうなっても自分や母は動じない。覚悟はできている。

しかしナギは……。尼子となんのかかわりもないあの娘まで犠牲にしてよいものか。勝久は仏門に身をおき、修行をつんできた。弱き者稚き者を助けることは自分のつとめである。

こうしてはおれぬ——。

そろそろ再興軍の軍勢が逃げ帰ってくるころだ。となればまた戦況報告や軍議に時を費やされる。勝久は短刀を腰に差して立ち上がった。

「どちらへおいでで？」

「外の風にあたって少し考えたい。だれにも、いうてはならぬぞ」

番兵に口止めをして本丸の御座所を出る。幸いなことに兵の大半は出陣中だ。敗退の報に城内はざわついている。ナギが囚われている武器庫のひとつまで見咎められずに行くのは容易だった。さて、見張りをどうやって追い払うか。

策を弄するのはやめた。

「あ、総大将さまッ」

「おまえの身内も出陣しておったの。安否が気になっておるのではないか。迎えに行ってやれ」

総大将の許しを得て、番兵は大手門めざして駆けだす。

勝久はふるえる指で閂（かんぬき）を引き抜き、重い扉を開いて、武器のかわりに囚人のいる武器庫の中へ足をふみいれた。

「ナギッ。無事かッ」

ナギは薄暗い武器庫の奥で、壁に背をもたれ足を投げだして座っていた。いかにもか細く、今しも消えてしまいそうだ。

勝久は駆けよってかき抱いた。

ナギは驚きのあまり息を呑んでいたが、勝久が頬をすりよせると当惑したように逃れようとした。勝久は身を離し、両手をにぎる。

「ナギ。よいか、よう聞け。この城は今や孤立無援だ。毛利に攻められ、焼き討ちにあうやもしれぬ。だがおまえだけは助けてやりたい」

ここから出してやる、安全な場所へ逃げよと勝久がいうと、ナギはじっと勝久の目を見返した。激しく首を横にふる。

「おまえは尼子ではない。われらと命運を共にせずともよいのだ。生きのびよ」

勝久はナギを立たせて戸口を指さし「行け」と命じたが、ナギは動こうとしない。どころか、勝久の腕をぎゅっとつかんだ。

「余も、別れとうない。晴れておまえをそばにおける日を心待ちにしておったのだ。しかし、今となっては……おまえがいずこかで生きていてくれると思うだけで、余は救われる」

勝久の熱意にほだされたか。これ以上、困らせてはならぬと思いなおしたか。いや、自分の為すべきことを悟ったのだろう。囚われの身では勝久も尼子も救えないが、自由の身になればできることがある……と。

ナギはキッと顎を上げた。それから勝久にむかって深々と辞儀をする。

「おう、わかってくれたか。さればこれを持って行け。それからこれも……」

ナギの手に短刀をにぎらせ、あわせて扇子と飾り帯、手のひらにのるほどの金色の仏像を与えた。

「あわてたゆえ、かようなものしか思いつかなんだが……いずれも高価なものじゃ。当座の食い扶持にはなろう」

二人はおもてへ出た。大手門の方角でざわめきが聞こえている。

「今なら見つからずに済む。山を下りよ」

ナギは今一度、黒々とした眸で勝久を見た。ついと顔をそむけ、長い髪をひるがえしてぱっと駆けだす。長い月日、囚われていた女とは思えぬ敏捷さで雑木林のむこうへ消えた。

「まるで子鹿……」

勝久は放心したようにつぶやいている。

敗戦軍を迎える城内は落胆と悲嘆、一種異様な昂りのまじりあった喧噪につつまれていた。

今しかない――。スセリは好機を逃さなかった。ナギをつれて逃げる。その体を損なうことなく。体がなければスセリは元のナギに戻れないし、都で待つ母や弟妹のもとへ帰れない。

ナギは八咫烏の助けを借りて黄泉国へ誘ってくれるにちがいない。黄泉国で八百万の神々に会えたら……。神々はきっと二人の体を元へ戻してくれるはずだ。

そうなったらもう、あの男のいうなりにはなるまいと、スセリはひそかに決めていた。あの男——戦を好む人間ども——の罪を暴き、神々に訴えてやるのだ。天罰が下るように。自分たちをあやつり、蹂躙して、神のようにふるまうことが、二度とできないように。

スセリは奥御殿を抜けだした。被衣をかぶり忍び足でナギが囚われている武器庫へむかう。

今だ——と、イナタは思った。敗残兵でごったがえしている最中なら、女の顔などしげしげと眺める者はいない。それでなくてもイナタは女頭領の侍女だったから、再興軍の中でも名のある者たちにしか顔を知られていなかった。立原源太兵衛の身内とでも名乗れば、番兵は詰問もせずに本丸へ入れてくれるはずである。

ナギを助けださなければならない。ここにいては危うい。毛利が攻めてくるかもしれない。それだけではなかった。日本介と女介から黄泉国の在処を聞きだして、ナギ——実はスセリ姫——をつれて行かなければならない。

時は急を告げていた。尼子再興軍には一刻の猶予もなくなっている。

イナタは被衣をかぶり、本丸へ急ぐ。

さらにもう一人、ナギのもとへ行こうとしている女がいた。黄揚羽である。兵庫介の死で悲嘆にくれている今はまだ敗残兵に色目を使う気にもなれない。鼻歌を歌う余裕もなく、神妙な顔で、夕餉(ゆうげ)をのせた盆をかかげて本丸奥御殿の裏手へまわりこんだ。

第六章　奮　戦

一

秋もたけなわ。新山城をとりまく雑木には早くも薄紅葉がちらほらとまじって、根元には黄や白の野菊が咲き群れていた。もっとも、城の人々の関心は花ではなく実、棗や山椒の実を薬用にするのはもとより、猿や熊が好むという猿梨の実まで集めている。いざというときの食料の足しにするためだ。

尼子再興軍は苦戦を強いられていた。

「一年前を思いだしてみよ。月山富田城の奪還こそ叶わなんだが、諸将が次々にわが軍に帰参した。原手でも美保関でも勝利をおさめた」

鹿介がいえば、源太兵衛もつづける。

「北浦へ上陸したとき、われらになにがあったか。城もなく援軍もなかった。しかし、あきらめなんだ。命を惜しまず奇襲をかけて尼子の力を出雲に知らしめた……」

今がふんばりどころだと二人は説いた。まだ希みはある。今こそ結束して、この劣勢をくつがえそうではないか……と。

総大将勝久もこたびばかりは悠然とかまえてはいられなかった。甲冑で身を固め、凛々しく勇ましく、城内の兵を激励してまわった。

「尼子はひとつ、毛利打倒のために励もうぞ」

肩を叩かれた雑兵は目を輝かせ、老兵は手をにぎられて感涙にむせぶ。

鹿介と源太兵衛は再び夜襲をかけることにした。各々少人数の精鋭を引きつれ、源太兵衛は勝間城を、鹿介は羽倉城を一度ならず急襲したものの、いずれの城も守りが堅く、攻め落とすことはできなかった。尾羽うちからして城へ帰るたびに城兵は動揺し、士気も減退する。

——毛利が大戦の仕度をはじめたぞ。

噂が聞こえてきたのは八月の下旬だ。

——いや、とうに出陣したらしい。こちらへむかっておるそうな。

そんな噂も聞こえている。だれの顔も焦燥の色が濃い。

鹿介は鼠介を呼び、毛利の情勢を探らせた。

「去る十七日に鳶ケ巣の本陣から出陣した模様にて。東進をつづけておりまする」

郡山城に待機していた毛利の主力軍が新山城を攻めるとなれば、月山富田城からも援軍が駆けつけるはずだ。手柄を見せつけようと西出雲の諸城からもこぞって軍兵が馳せ参じる。周囲を敵にかこまれ、尼子軍は籠城を余儀なくされる。道という道を閉ざされ、水軍からの兵糧がとどこおれば、いつまでもちこたえられるか。

「されど、ここで動けば敵の思う壺(つぼ)」

「へい。ここぞとばかり襲いかかって参りましょう。海へ出るにも勝間と羽倉が目を光らせておりましょうし……」

「かようなときのためにこそ、水軍を待機させておったのだが……」

「森山(もりやま)城攻めの痛手が大きゅうございました。目下は船の修理もさることながら、兵の増強に躍起になっておるそうにて……」

　どのみち湊(みなと)へ行かなければ船には乗れない。

　鹿介は考えこんでいたものの、「近う」と鼠介をうながした。双眸(そうぼう)に悲愴(ひそう)な決意がうかんでいる。

「籠城するにせよ、打って出るにせよ、毛利には屈しない。叔父貴とておなじ。だが総大将と女頭領は……お二人にはなんとしても生きのびていただかねばならぬ」

東福寺(とうふくじ)の僧として平穏な暮らしを約束されていた勝久を口説き落とし、戦禍に身を投じさせてしまった。自分のせいで尼子の血脈が絶えるようなことになったら、先代・先々代に申しわけが立たない。

　スセリについていえば、さらに悔やむ思いがあった。新熊野(いまくまの)神社で再会したあのとき、鹿介は勝久を担ぎだすためにスセリの力を借りようと考えていた。それさえ叶えば、月山富田城を奪還して迎えを送るまで都のどこか安全な場所で待機してもらうつもりでいたのだ。

ところが二人はまぐわい、離れられなくなった。神々の申し子であるスセリこそ女頭領、戦場でもそばにいてほしい……と。

「かつて月山富田城が敵の手に落ちたとき、姫さまを京へ逃したのはおぬしだ」

こたびも二人を逃すようにと命じると、鼠介は小鼻をひくつかせた。

「さて、お二人が承知なさるかどうか……」

城を捨てて逃げよといわれて、総大将が首を縦にふろうか。勝久は見かけによらず気骨がある。

「されば姫さまだけでも逃してくれ」

毛利が攻めてくる前に城から出すようにと命じると、鼠介は狼狽(ろうばい)した。

「なんぞ不都合でもあるのか」

「い、いえ……不都合というわけでは……」

「下葉崎(したはざき)城へたどりつけば、あとは日本介(やまとのすけ)と女介(めのすけ)が計ろうてくれよう」

「女頭領はなんと、仰(おお)せられますか」

「案ずるな。おれが話しておく」

永久(とわ)の別れになるかもしれない。鹿介は身を切られる思いだった。が、スセリが城と共に果てるなど耐えがたい。それ以上に、人質にされて毛利につれて行かれる姿を見るのは無念きわまりなかった。

どんなことをしてもスセリを説得しようと、鹿介は心を決めている。

最後の晩は二人きりで過ごす。月山富田城を奪還するまで禁欲を貫く約束だったが、今生の別れとなれば、そんなことをいってはいられない。息も絶え絶えになるほどまぐわって、互いの名残りを体に刻みこんでおきたい……。

八百万の神々よ、願わくば、姫の胎にわが命を宿したまえ——。


鹿介の御座所を下がってもまだ鼠介の動揺はつづいていた。スセリとナギが入れ替わったことを鹿介に教えるべきだとわかっていたのに、とうとういえなかった。

どうしていえよう。明日にも毛利が攻めてくるというときに、尼子の旗印たる女頭領の正体は毛利の間者らしき怪しげな女だ……などといったらどうなるか。そんな話を信じてもらえるとも思えない。

しばらく前、牢からナギの姿が消えた。

第一発見者はスセリだった。驚愕の様は夕餉を運んできた黄揚羽が見ている。

スセリはなぜ牢を訪ねたのか。わからぬものの、スセリはナギがいなくなったと知るとひどく取り乱し、黄揚羽が押さえつけていなければ、鋼鉄のような踵で壁を蹴りたてて武器庫を破壊しようとしていたほどだという。興奮が鎮まると、見張りの番兵を呼んで詰問した。　怒りのあまりその場で首を刎ねかねない勢いだったが、ナギを逃がした張本人が勝久だとわかるやぴたりと口を閉ざし、奥御殿へ帰ってしまったという。そのあと鼠介が聞きあわせたところによると、スセリは食欲も失せたようで、祈禱の間にこもったきり、ほとんど出てこないとか。

スセリとナギのあいだにはただならぬなにかがある。鼠介は今や確信していた。世木忍者の中には他人に憑依する術を使う者がいると聞いていたが……。やはりイナタがいっていたことは事実かもしれない。

イナタといえば、イナタもあの日、ナギに会いに行った。あわやスセリと鉢合わせをするところだった。亀になって処刑を逃れたはずのイナタが目の前にあらわれたら、スセリの衝撃はさらに増して、黄揚羽一人では鎮められないほどの大騒ぎとなっていたにちがいない。

「さて、どうしたものか」

鼠介は思案した。スセリが毛利の手先だとしよう。城から逃せば、毛利方へ駆けこんで、尼子再興軍の内情をつぶさに報せるはずだ。みすみす毛利の勝利を呼びよせてしまいかねない。

「女房ならなんとするか」

鼠介は猫女の巨体とそれに見合う福々しい顔を思いうかべた。こんなとき頼りになるのは、やはり呪術師の女房しかいない。

二

「うえッ。なんだこれは？　こんなまずいもんが食えるかッ」

黄揚羽が差しだした顔が映るほど薄い粥を口にするや、生死介はペッと吐き捨てた。

「ほんならお好きに。餓えて死ぬだけやわ」

黄揚羽は椀を取りあげた。

「他に食うもんはないのか」

「知らん。自分で探してきたらええやないの。もう歩けるようになったんやさかい」

「おれはまだ怪我人だ。こんなもんばかし食ってるから、いつまでたってもようならぬのだ」

「死んだもんは、もう、食うこともできへん」

黄揚羽はくすんと鼻をならした。もちろん今は亡き兵庫介を思いだしている。

生死介もはっと顔をひきつらせた。二人はしばらくぎこちない沈黙に沈みこむ。

ややあって、「そのことだが……」と生死介はおもむろに口を開いた。あたりを見まわし、ぐいと顔を寄せる。

「おまえ、いつまでここにいる気だ?」

黄揚羽は眉根をひそめた。

「なんのことや」

「毛利が攻めてくる」

「それが、なんやの」

「ここにいたら死ぬぞ」

「どこにいたって死ぬときは死ぬわ。じたばたしたかてしょうもおまへん」

「いや、今なら間にあう」

黄揚羽はぱっと跳びのいた。心底、驚いたように生死介を見る。

「まさか、逃げよう、いうんやないやろね」

生死介は目をしばたたいた。黄揚羽が驚いたことにびっくりしている。

「尼子がなくなって京へ出てから、おれは自暴自棄だった。傾城屋(けいせいや)に入りびたっていたとき、鹿介が訪ねてきた。鹿介は幼なじみだ。おれに今一度、生きる希みってやつを与えてくれた。だから仲間に加わったんだ。だからこれまで命懸けで戦ってきた。だが……しょせん鹿介とは尼子に懸ける思いがちがう。もう、ここいらでいいんじゃねえかと……」

「それ、本気でいってはるん?」

「ああ。死んじまったら元も子もなかろう」

「ほんなら兵庫はんは……」

「あいつは戦が死ぬほど好きだった。戦場を駆けまわりたくてうずうずしてた」

黄揚羽がなにもいわないので、生死介はなおもつづける。

「おまえだっておなじだろう。いや、おまえこそ尼子とはなんのかかわりもない。女郎ならどこへ行ったたって身ひとつで稼げる。こんなとこにいたら宝のもち腐れだ」

突然、黄揚羽は顔を真っ赤にして椀を投げつけた。よけそこねた生死介は、椀が額にあたったばかりか、のこった粥を顔にあびる。

「イテッ。な、なにをしやがるッ」

「宝のもち腐れやて？　とんでもおへん。うちはな、矢鉄砲を浴びようが、焼き討ちの火に焼かれようが、一歩も動かん。今生の名残りにうちのこのお宝がほしい、いう者がおったら、だれでもええわ、何人かてええ、いつだって相手をしてやる。銭も取らん」

黄揚羽はムキになってがなりたてた。生死介はあっけにとられて黄揚羽の顔を見つめている。

「ええか。うちは本気やで。敵にかこまれたら、真っ先に総大将さまの御寝所へ行くつもりや。総大将さまは寺で修行してはったんやて。女子も知らんで黄泉へ行かはるんはあまりにお気の毒やもの。せめて、いっぺんくらい……」

黄揚羽は大真面目だった。自分のできることで、なんとか役に立ちたいと必死である。

生死介は両手のひらを泳がせた。

「わかった。おまえの気持ちはようわかった。しかし、どうして、それほどまでに尼子のために……そうか、兵庫介だな……」

「それもある。けど、それだけやおへん。うちは、うちは尼子が好きや。なんや知らんけど、うちもみんなと一緒に死ぬまで戦いとおすのやわ。せやかて、身内やもの」

黄揚羽は椀を拾い上げると、余命いくばくもない城と命運を共にしようという人とは思えぬほど愉しげな足取りで、おまけに鼻歌までうたいながら意気揚々と去って行く。

「かわいそうに、気がふれたか……」

生死介は茫然と見送った。

黄揚羽と生死介が賄い場の片隅で話をしていたおなじころ、本丸御殿の小座敷では、イナタと道理介が膝をつきあわせていた。

いつ毛利の攻撃がはじまるか。危急の時なので、道理介は甲冑や脛当がすぐにまとえるよう袴括りをした鎧直垂に揉烏帽子、鉢巻姿。かたわらには太刀がおかれている。

「総大将のために女頭領がお手ずから煎じておられた薬……それがなんだ」

道理介はけげんな顔である。

「ぜひともお教えください」

「ふむ、主たるものはイヌマキの葉とか」

「イヌマキ……。で、それを服用なされてすぐ病が回復されたのですか」

「いや、総大将はひ弱なところがおありゆえ、朝夕、服用されるがよろしかろうと、しばらくつづけておられたのだ。徐々に効き目が出て参ったのだろう」

そんなことを訊いてなんになると不服げな道理介を見て、イナタは思案顔になった。

「まわりくどくはありますが、一時に毒を盛ればたちどころにばれてしまいます」

「毒ッ」

道理介は目をむく。

「よもや、母がわが子を毒殺しようとした、などと愚にもつかぬことをいうのではあるまいの」

頭の固い道理介である。なんと説明をしたところで理解できるとは思えない。イナタは早々に切り上げることにした。

「いいえ、城内に毛利の間者がひそんでおるという話は、そもそもスセリ姫さまが仰せられたことにございます。わたくしに疑いがかけられたのもそのせいで……」

「疑いはまだ晴れておらぬのだぞ。亀になったはずの女がかようなところにおっては怪しまれよう」

「はい。用心は怠りません。道理介さま。大事の最中に、お邪魔いたしました」

イナタが元のように被衣（かずき）をかぶって出て行こうとしたときである。

物見の兵の一人が駆けこんできた。

「報せがござりましたッ」

毛利元就の病が重くなり、主力軍が撤退をはじめたという。道理介は喜色をうかべた。

「おお、奇跡じゃ。天はわれらが身方ぞッ」

三

毛利主力軍の突然の退陣に乗じて、尼子再興軍は猛然と反撃を開始した。

九月、十神山（とかみやま）城を攻撃。十神山城は美保湾の南岸にある。真っ先にこの城へ照準を定めたのはもちろん、毛利方に奪われた美保湾の制海権を奪いかえして、森山城攻めで痛手を負った水軍の勢いを盛りかえすためだった。

十神山城に陣を敷いた再興軍は、さらに南下して清水寺（きよみずでら）城を奪った。が、ひと月もしないうちに奪いかえされてしまう。

「なぁに、また奪いかえせばよいだけのこと。今ならなんとでもなりましょう」

「わかった。こたびは余が先頭に立つ」

勝久の出陣を、今回は鹿介も止めなかった。今こそ全軍が心をひとつにして戦うべき時である。

総大将をいただく尼子主力軍は、新山城南方の末次城を奪還すべく兵を挙げた。だがこれも堅い守りにはばまれて敗退。

一方、西出雲では、尼子方の米原綱寛が新山城の動きに呼応して高瀬城から出陣、北西の平田城を攻めた。ところがあえなく大敗。重臣や身内の多くを喪い、高瀬城へ逃げ帰った米原の残党は、西出雲で唯一のこっている尼子方の城を死守するために、籠城を余儀なくされた。

「高瀬城から援軍をたのむと矢の催促だ」

「せめて兵糧を送れぬものか」

このままではいつまで保つか。といって、周囲が毛利方一色となってしまった今は、書状や伝令の行き来でさえもとどこおりがちである。

「毛利の包囲網を突破するのは至難の業だぞ。天翔る足か羽でもあれば話は別だが……」

鹿介は口惜しそうに西の空を見上げた。

常人ではたどりつけそうにない西出雲だったが——。

ナギは、易々とたどりついた。

小高い萬祥山の頂にたたずんで四方を見渡している。東方に見えるのは滔々と水をたたえた斐伊川で、まるで大蛇さながらだ。川を越えたむこうには尼子の支城である高瀬城が敵の猛攻に息も絶え絶えながらも、いまだ孤軍奮闘していた。高瀬城の先には宍道湖が、湖の対岸にはナギが囚われていた新山城がある。

東方以外の西出雲の大地には毛利方の諸城や寺社が点在していた。北西の方角には海へ出る手前に杵築大社や日御碕神社、西南には石見銀山など、かつては尼子と深い縁があった諸所があるはずだ。が、これらも今や大半は毛利の支配下におかれている。

ナギは奥出雲へつづく西南へ目をむけた。

「父上。やっとここへ来ることができました。わらわが生まれたところ、父上がわらわにスセリビメの名を授けてくださった故郷へ」

新山城では長らく囚われの身だった。そこへ勝久がやって来て「逃げよ」と命じた。毛利が総攻撃をしかけてくる前に城を出ろ、と。

はじめは抗った。体はナギでも、心はスセリのままである。尼子のためなら命も惜しまぬと覚悟していた。わが子と命運を共にするつもりでいたのに、そのわが子から立ち去れといわれたのだから。

「なれど今はあの子に感謝しています。父上、この地に立って、わらわは力がみなぎってくるのを感じています」

勝久から与えられた品々は、生きのびる糧となった。短刀も護身用の役目を果たしてくれたが、実際に使ったのはただの一度きり、それも宍道湖で水を飲んでいたとき荒くれの一団にかこまれ、咄嗟に頭領らしき男の喉元に刃を突きつけて難を逃れた、という脅しのためのものだった。

それにしても、戦乱の地を越え、記憶にない道程をたどって、こんなに容易く塩冶へたどりつけようとは……。目に見えぬなにかが導いてくれたとしか思えない。足はふしぎに軽やかで、宙を駈けているようだった。

宙を駈ける——。

ナギは筒袖をまくりあげ、腕の内側に刻印のようにうき出ている八咫烏を凝視した。いよいよおまえの出番だ、わらわを黄泉国へ案内しておくれ……と話しかける。

ナギはゆっくりと山を下りた。塩冶にあったはずの父の城はもはや跡かたもなかったが、塩冶氏の菩提寺だった神門寺は山麓で昔の姿をとどめている。開山は八〇〇年近く前、光仁天皇の勅願所だったという旧寂びた寺である。

ここからさほど遠くない原手では昨年合戦があった。山のむこう側では高瀬城の米原軍と城を包囲する毛利軍とのにらみあいが今もつづいている。ざわついた世情に民人も息をひそめているようで、寺内は閑散としていた。

「詣でてゆこう」

そのためにここまでやって来たのだ。故郷をひと目見ることは、かねてからの悲願だった。塩冶で亡父の魂と邂逅すれば、黄泉国へつづく洞の在処を教えてもらえるにちがいない。

まずは本堂へ詣でた。が、戦禍を逃れるため一時的に避難させられているのか、本尊の阿弥陀如来はあるべきところになかった。かたわらの観音堂には秘仏の十一面観世音菩薩が祀られているとイナタから聞いていたが、こちらも扉が固く閉ざされて中へはいれない。

「だれぞおられぬか」

ナギはあたりを見まわした。

欅の巨木の根元に男がいた。小柄な男で鈍色の袈裟のようなものをまとっている。が、総髪をひとつに括った頭と日焼けした顔は、僧には見えない。

「塩冶の者か」

歩みよって訊ねると、男は上目づかいにナギを見た。驚いている様子はまったくない。それどころか、話しかけられることがわかっていたかのように悠然としている。

「塩冶の殿なれば、ここにはおらぬぞ」

ナギは思わず後ずさった。

「な、なにゆえ、さようなことを……」

「遥々ここまで来たのは、亡父の霊に会うためだろう。亡父に黄泉の在処をたずねる」

ナギは目をみはる。

「わらわを存じておるのか」

「スセリビメさま」

今度こそ心底、驚いた。自分はたしかに塩冶興久の実の娘、スセリだが、今はナギの体と入れ替わっている。とっさに手足を見たのは知らぬうちに元の姿に戻ったのかと思ったからだ。

ナギのままだった。なにも変わってはいない。

「わらわをスセリと見破ったか。何者じゃ」

「黄泉国の在処を知る者」

「なんとッ」

「八百万の神々に援軍をたのみたければ黄泉へ行くしかない」

「さようなことは百も承知だ。父上なら黄泉国へつづく洞がどこにあるか教えてくれると思うたゆえ、ここへ詣でたのじゃ」

「かわりに教えてやろう」

「まことかッ」

ナギは息を呑んだ。

男はすくりと立ち上がった。

「日御碕神社へ行け。黄泉へ行く手立てが見つかるはずだ」

土埃がぱっと舞い立った。と、同時に男が跳んだ。頭上高く。

「どういうことだ？」

「洞の場所なら宮司が知っている。だが、黄泉比良坂の手前には道返之大神の大岩がある。八咫烏が守る大岩だ。問題はそこから先」

次の瞬間、男はナギの視界から消えていた。

四

下葉崎城の物見砦で女介と日本介は鼠介の報せに耳をかたむけていた。そうしながらも南東のかなたに眸を凝らし、ひと月ほど前に尼子軍が占拠した十神山城から出陣の狼煙が上がるのを待っている。

「望むところよ。これで借りが返せる」

日本介は目を輝かせた。

「しかしまだ船の数が……」

「いや、これだけあればなんとかなる。森山とて、よもやまた攻めてくるとは思うまい」

女介の不安を日本介は一蹴した。

鼠介がとどけてきたのは、十神山城にいる鹿介からの森山城攻めの下知である。先に新山城から進軍したときは羽倉城の毛利軍に察知され、行く手をはばまれてしまった。が、こたびは十神山城から小舟と湾の岸づたいに三々五々送りこまれる小軍が本庄浦で日本介の奈佐水軍と合流、海から一気に森山城を攻撃するという作戦である。

「森山さえ落とせば、尼子も再び活路が見えてこよう」

「へい。良き時に、元就の病が重うなってくれました」

毛利の主力軍が退陣しなければ、新山城はどうなっていたか。開城をさせられていたかもしれない。

「そうそう。あのときは女頭領をこちらへおつれいたすよう、命じられましてございます」

スセリを逃す算段をしていたところが、元就重病の報せで尼子軍の露命がつながった。これぞ起死回生と鹿介が十神山城へ進軍してしまったので、この件はうやむやになっている。いずれにせよ森山城攻めがはじまるとなれば、新山城以上に下葉崎城は危うい。

「女頭領なれば、黄泉へつづく洞へおつれするよう、イナタどのにたのまれておる」

「イナタどのはどうしておられますか」

二人に訊かれて、鼠介は眉を曇らせた。

「わが家にて身をひそめておられたが……どこぞに行ってしまわれました」

「いなくなった、と申すか」

「いったい、いずこへ？」

日本介と女介は顔を見合わせる。

鼠介はふうーッと息をついた。

「ナギの姿が消えました。これは、落城を見越して総大将御自らが牢から出し、逃げるように仰せになられたものらしゅう……」

「なんとッ」

「それを知ったイナタどのは、わが女房に総大将の身辺に目を光らせるよう、たとえ道理介さまであっても総大将に薬などお与えにならぬよう、とりわけイヌマキの葉には用心するようにと……」

「イヌマキの葉ッ。われも見たことがある。総大将がイヌマキの葉を口にするところを……」

「で、いずこへ行ったか、わからぬのか」

「おそらくナギのあとを追いかけて行ったのではないかと……」

女介と日本介は今一度、けげんな顔を見合わせた。

「さすればあてがある、ということだな」

「スセリ姫さまとイナタどのは肝胆相照らす仲にござります。イナタどのが申されたように、ナギが姫さまであるなら、いずこへ行かれたか、むろんお考えがおありにございましょう」

といっても、戦乱の最中である。女のナギやイナタが、護衛もなく目的地へたどりつけるかどうかは、はなはだ心もとない。

「こちらも戦だ。悪いが鼠介、おれたちにはどうしてやることもできぬ」

「承知してござります。手前も戦忍び、今は、尼子の勝利のために働くことが第一にて……」

女介もうなずいた。

「ナギがスセリ姫さまなら、われらの案内がなくともきっと猪目(いのめ)洞窟へたどりつく。黄泉国へ行って、神々に尼子再興を願うてくださる」

「お、狼煙がッ」

鼠介が片手を目の上にかざし、もう一方の手で南東の方角を指さした。

「よし。女介、船の仕度を」

「おう。鼠介、十神山城への報せはたのんだぞ」

日本介と女介はあわただしく物見砦の梯子を下りてゆく。

十神山城の軍勢と本庄浦で待機していた奈佐水軍が合流して、尼子再興軍は十月二十五日の夜半、海路、森山城へむかった。毛利の主力軍のいないこたびこそは勝算ありと意気に燃えていたものの……。

毛利は尼子より一枚も二枚も上手だった。毛利方の水軍がひそかに出番を待っていたのだ。

「な、なんだあれは……」

美保関の方角から忽然とあらわれた無数の船影に、尼子方の水軍は仰天した。急襲する前にこちらが急襲されようとは……。

「退くなッ。矢を放てッ。鉄砲を構えよッ」

毛利の水軍は数だけでなく、船の大きさも尼子方の船の倍ほどもあった。それが躊躇する様子もなくぐんぐんと迫ってくる。

「日本介、久方ぶりだの」

「おぬしは……嵐丸ッ、生きておったかッ」

「瀬戸内では虚仮にされたが、尼子につくとは笑止千万。こたびこそ一艘のこらず海の藻屑にしてくれるわ。皆の者、かかれーッ」

弓矢・鉄砲の数も尼子方の比ではない。すさまじい砲弾をあびて、尼子方の船はあえなく沈められたり乗っ取られたり。小まわりのきく関船(せきぶね)や小早(こばや)に乗って逃げだす者も数知れない。

「日本介、われらも逃げよう」

「そうはゆかぬッ。嵐丸に背中は見せられぬ」

「捕らわれて首を落とされたいのかッ」

「女介、独りで逃げろッ」

「いやだ。なら、われも行かぬ」

いい争っているあいだにも次々に身内の兵が絶命してゆく。砲弾で木っ端みじんに吹き飛ぶ者もいれば、乗り移ってきた敵兵に首を掻(か)っ切られる者も……。

日本介と女介を力ずくで小早へ乗せたのは、大力介(たいりきのすけ)だった。

「われらが命は総大将のものぞ」

総大将は新山城にいる。新山城を守るための命はいくらあっても足りぬと諭されれば、ここで無駄死にをするわけにはいかない。

「下葉崎城へ戻るぞ。皆も退け、退けーッ」

奈佐水軍の残党は大小の船をつらねて本庄浦へ逃げこみ、船を捨てて下葉崎城へ落ちのびた。またしても毛利軍に裏をかかれて敗戦、日本介の胸は口惜しさ不甲斐(ふがい)なさ、そして憤りの焔にめらめらと焼かれている。

一方、十神山城から参戦した軍勢も大きな痛手を負った。ほうほうの体で逃げ帰った尼子軍を待ちかまえていたのは、毛利方の吉川軍の猛攻撃である。城にのこっていた兵をあわせても、吉川軍の半数に満たない。

やっとのことで奪った十神山城だ。が、城と討死するわけにはいかない。総大将と女頭領は新山城にいるのだから。鹿介は涙を呑んで十神山城を捨てることにした。尼子再興軍は追い討ちをかけてくる吉川軍を懸命にかわしながら新山城へ逃げこんだ。

「ううぬ、毛利め……」

憤怒のあまり七転八倒しながらも、総大将勝久の前では冷静さを装い、強がりをいう。

「まだ勝機はござるぞ。ご安堵くだされ」

ところが数日後、今やわずかみっつしかのこっていない尼子方の城のひとつ、古志重信が守る戸倉城が開城したとの報せがとどいた。

五

「なぜ、わらわはスセリビメなの」

幼いころ、スセリは乳母にたずねた。

「お父上が命名されたからにございますよ」

乳母がそれしか答えられなかったのは、スセリが成長した月山富田（がっさんとだ）城とその城下ではスセリの実父、塩冶興久（えんやおきひさ）の話をすることを禁じられていたからだ。興久は、尼子経久（つねひさ）の三男であるにもかかわらず、養子にはいった先の塩冶氏の勢力を後ろ盾に実家と合戦、攻め滅ぼされている。

もう少しふみこんで、スサノオノミコトの娘だからだと教えられたのはいくつのときか。

「シッ。だれにもいうてはなりませんよ」

このときも乳母は慎重な態度をくずさなかった。が、それから少しずつ、スセリに実父のことを教えてくれた。

塩冶氏の養子となった興久は、大廻（おおさこ）城を根城として斐伊川（ひいかわ）流域をよく治め、川運を意のままにあやつったことから、スサノオノミコトになぞらえられていたという。スサノオは斐伊川のごとき大蛇（オロチ）を退治した。国造りを完成させたオオクニヌシノミコトの父神でもある。

興久が日御碕神社をことのほか手厚く遇したのは、日御碕神社が杵築大社の「祖神（おやがみ）」で、日の本の昼を守る伊勢神宮と並んで日の本の夜を守る「日没の宮」だったこともあったが、なにより神社の一画を成す「神の宮」にスサノオノミコトが祀られていたためだった。

つまり日御碕神社は、興久ゆかりの神社でもあったのだ。

それが、どうか。

スセリ——いや、今はナギの風貌をしているからナギだ——ナギは目をしばたたいた。

鳥居はたしかにくぐった。花崗岩(かこうがん)でできた巨大な鳥居だ。が、日没の宮をかこむように建ち並んでいると乳母やイナタから聞いていた堂宇(どうう)は真新しい社殿がひとつあるだけだった。

京にいたころ、応仁の乱で焼け野が原になった寺社仏閣を目の当たりにした。日課のように詣でていた新熊野(いまくまの)神社も大半が焼失、鼠介と猫女夫婦の仮住まいがあった御香(ごこうの)宮(みや)神社もまわりは焼け跡のままだった。

では、ここも焼けてしまったのか。大火にでもみまわれたのだろうか。

周囲を見まわすと右手に松林が見えた。梢(こずえ)の上から茅葺(かやぶき)の屋根が覗(のぞ)いている。小高い山の上にあるのはおそらく神の宮で、こちらは元の姿をとどめているようだ。

ナギは石段を上った。

山腹に堂宇が点在していた。数人の男たちが立ち働いている。落葉を竹箒(たけぼうき)で掃く者、石材を運ぶ者、焚火(たきび)をしている者もいた。旅装束の小娘に気づくやいっせいに手を止め、好奇の目をむけてくる。

「おたずね申します。ここは日御碕神社ではありませんか。神の宮さまにぜひとも詣でとうて、はるばる参ったのですが……」

「女子（おなご）がたった一人で参ったやと？」

「日御碕の災難を聞いておらんのか」

あきらかにいぶかっている。

「怪しい者ではありません。尼子の……」

いいかけてやめた。スセリの侍女になる前、イナタはここにあずけられていた。源太兵衛ともゆかりのあるこの神社は、古くから尼子と密接なかかわりがあった。スセリの話を聞いている者もいるはずだ。ナギの自分がスセリだなどといえば、嘘（うそ）をついていると思われ、警戒されかねない。

よけいなことをいわなくてよかった。

「ふむ、尼子から逃げて参ったか」

「尼子めッ。ゆかりあるわれらにかような仕打ちをしようとは……」

「で、どこから逃げてきた？　あの海賊どもはどこにおる？」

口々にわめきたてられて、ナギは後ずさる。

どういうことか、話を聞いて驚いた。半年ほど前、森山城攻めに敗（やぶ）れた尼子の水軍が大挙してやって来て堂宇を破却、宝物を奪って火を放ったという。

「まさか、そんな……」

「ほとんど焼けてしもうた。尼子の危難とみて宮司さまは湊に船をつけることを許し、水や食い物をめぐんでやったんや。傷の手当てまでしてやったというに、それがどうや、恩を仇(あだ)で返すとは尼子も地に堕(お)ちたわ」

嘘だ、そんなことはありえない……ナギは声を大にして反論したかった。が、かろうじて逸(はや)る胸を抑える。ナギである自分があやまちを正しても、信じてもらえるとは思えない。

ナギは宮司に面会を願い出た。日御碕神社の宮司は代々、小野(おの)家がつとめている。枯れ木のごとき老軀(ろうく)ながら炯々(けいけい)とした双眸をもつ宮司の話はイナタからさんざん聞かされていたので、初対面のような気がしなかった。

「尼子の水軍に襲われたそうですね」

「さよう。酷(ひど)い話じゃ。なにもかも奪われ……塩冶高貞(たかさだ)さまご寄進の白糸威鎧(しろいとおどしのよろい)が助かっただけでも、ありがたいと思わねばの」

「塩冶……」

「高貞さまは塩冶の祖ともいうべきお方じゃ。高師直(こうのもろなお)に討たれて果てられたは無念千万。塩冶は悲運つづきでの、尼子から来られた興久さまもまことお気の毒なご最期じゃった」

亡父の話が出たので、ナギは胸をざわめかせる。ここへ導いてくれたのはやはり父だったのか。もっと話を聞きたかったが、スセリだと打ち明けられない今はそれもできない。

「わたくしは新山城から逃げて参りました」

これは事実だ。女頭領の侍女だったが毛利の手先と疑われて牢に入れられていたと打ち明けると、宮司は驚きをあらわにした。

「しかし、なにゆえここへ……」

「帰るところがなかったのです。イナタさまがそれならこちらを頼るように、と……」

イナタと聞くや、宮司は白い眉を曇らせた。

「イナタは孫娘のようなものでの……しかし、あれは性根のすわった女子よ。新山へは戻るなとあれほどいうたのじゃが……」

「イナタさまは女頭領を黄泉国(よみのくに)へおつれするため、新山城へ帰られたそうです」

「黄泉国……ふむ、そういえばイナタは目の色を変えて探しまわっておったのう。無駄なことはやめよと諭したのじゃが……」

ナギはここぞとばかり膝をのりだした。

「宮司さまはご存じなのではありませんか。お教えください、いずこにあるのか」

宮司は腕を組む。と、目を閉じた。

「それはスサノオノミコトしか知らぬこと」

　スサノオは根(ね)の国——すなわち黄泉国——から「吾(わ)が神魂はこの柏葉(かしわば)の止まるところに住まん」といって柏の葉を投げた。それが日御碕神社の背後、「隠ケ丘(かくれがおか)」と呼ばれる場所だったという伝承がある。

「それゆえここに神の宮が建てられた。根の国もここからさほど遠くはないはずじゃ。わしがいえるのはそれだけだ」

　ナギははっと思いついた。

　新熊野神社の小殿の祭壇には焼けこげた木片がおかれていた。八咫烏が彫られたその御神木の下に、スセリと鹿介は伝言を記した書付けを隠して連絡を取りあっていた。

「神の宮にお参りをさせていただけませんか」

「かまわぬが……御神体はないぞ」

「えッ、海賊に盗まれたのですか」

「いや。海賊は宝物を盗み堂宇を焼いたが、神の宮は難を逃れた。そもそも御神体はなかった」

「なんですって？」

　戦乱の世である。日没の宮に祀られていたアマテラスオオミカミの御神体ともども、神の宮の御神体も安全な場所で保管されていた。

「経島(ふみしま)ですね」

海猫の島だ。神域なので女子はむろん、神官以外、島へはいることはできない。

「神社はいまだ修築の最中での……」

宮司はナギに、イナタが滞在するとき使っていた小家があるので好きなだけ滞在するようにと勧めてくれた。イナタの知り合いなら親身に世話をしてやらねばと思ったのだろう。

「口うるさいが賄いの婆さんもいる」

ナギはしばらく厄介になることにした。

六

異変に気づいたのは黄揚羽だった。

闇の中、異臭がするので草の上で身を起こしてあたりを見まわしたところが、二の丸の裏手の見張り小屋が燃えていた。

皆が寝静まっているときになぜ黄揚羽が戸外で寝そべっていたかといえば——。

「ひゃッ、大変やッ。ほら、燃えてる」

いきなり突きとばされて、見張りの番兵はのけぞった。が、すぐ事の重大さがわかったようで、大あわてで身づくろいをする。

「小屋に仲間がいる」

「そないなことより早う消さな」

周囲の木々に燃えうつれば大火になる。城も危うい。身づくろいどころではなかった。黄揚羽は小袖の前をかきあわせただけで、早くも駆けだしていた。

「おーい、焼き討ちやッ、焼き討ちやッ。起きてぇな、みんな起きてぇな」

時ならぬ女の金切り声に驚いて、男たちが各々のねぐらから飛びだしてきた。火と煙を見て寝ぼけ眼(まなこ)は一変。

城内は大騒ぎになった。この夜、見張り小屋や道具小屋など数カ所から火が出た。毛利方の間者が忍びこんでいたのか、それとも毛利に内通した者がひそかに火を点(つ)けてまわったのか。焼死体ではなく斬殺された骸(むくろ)が小屋で見つかったことから、そのいずれかだと思われる。

幸い延焼はまぬがれた。これは黄揚羽がいち早く報せたおかげだった。

「総大将が直々に礼を述べたいと仰せじゃ」

道理介に呼びだされたのは翌朝である。

「なんやの、こんなに早うから……」

「つべこべ申すな。顔を洗え」

生死介も同行を命じられた。一応……だれも信じていないにせよ……兄妹というふれこみである。

間近で見る総大将勝久は、遠目で見るより、はるかに初々しく見えた。黄揚羽は髭のあいまから覗くつやつやした肌や澄んだ眸、みずみずしいくちびるに見惚れる。

「そなたが黄揚羽か。礼をいう」

「ほんなん、礼やなんて……」

黄揚羽は身をくねらせた。安堵したことに、夜中に戸外をうろついていたわけは訊かれなかった。もし訊かれていたら、嘘のつけない黄揚羽は悪びれずに本当のことをいっていたはずで、そうなったら、勝久より道理介と生死介が顔色を変えて悶絶したにちがいない。

勝久は生死介にも目をむけた。

「たのもしき妹をもったの」

「妹？」

黄揚羽は素っ頓狂な声をもらした。道理介は困惑顔で咳払いをする。

勝久はつづけた。

「女子のほとんどは城を出た。おまえの妹は、ここにとどまって、われらと命運を共にしようという。なかなかできぬことだ」

生死介は目を白黒させている。

　勝久は黄揚羽に視線を戻した。

「褒美、というても、この城にはもはや女子の喜びそうなものはのうなってしもうたが、なんぞ希みがあれば申せ」

「ほれやったら総大将さまといっぺん……」

　閨を共に……と身を乗りだしたところで道理介と目があい、黄揚羽はさすがに口ごもる。

「いえ、あの、ええと、総大将さまのお世話、してさしあげとおすのやけど……」

「馬鹿ッ、なにをいうかッ」

「無礼者が……あきれた女子じゃ」

　生死介と道理介は同時に叫んだ。が、勝久は喜色をうかべた。

「余の世話をしたいと申すか。女介がおらぬゆえ不便をかこっておったところじゃ。あ、いや道理介、さような顔をするな。おぬしはいちばんの頼りに変わりはないが、女子でのうてはできぬこともある」

「へえ、ほんまどす。ようおわかりやわぁ」

「なれなれしい口をきくでない」

　道理介ににらまれて黄揚羽は舌を出す。

「よい。明日の命とてわからぬ危急のときだ。堅いことは申すな」

「へえへえ。うちかてそないに思います。せっかく生きてはるんやさかい愉しま……やない、心をこめてお仕えしとおす」

「おもしろい女子じゃ」

　黄揚羽は早速、軍議が終わる夕刻から、勝久の湯あみや夕餉の介添えをすることになった。

　退出するなり、生死介が咬みついてくる。

「おまえというやつは、まったく、なんという厚かましさだ」

「男はんかて手柄立てたら出世しやはる。うちかて、手柄を利用させてもろただけやわ」

　黄揚羽は意にも介さなかった。

「ほんまにええ男はんやわぁ。うちは今ほど、尼子の身内にさしてもろてよかった、思うたことはあらしまへん」

　こいつにはなにをいっても無駄だとあきらめたのか、生死介はもうなにもいわない。満足しきった女の顔を恨めしげに眺めるばかり。

　黄揚羽は両腕で自分の胸を抱きしめて、くるりとまわって見せた。

「うちがお殿はんに寵愛されたら、兄さんかて出世まちがいなしや。お礼のひとつもいうてほしゅおすなぁ、兄さんッ」

発見が早かったので、新山城は焼失せずに済んだ。だが、これで終わりではなかった。数日後には火矢が撃ちこまれ、城内は上を下への大騒動となった。かろうじて本丸御殿への延焼は防ぐことができたものの、二の丸では焼死者が出る惨事となった。

しかも、新山城だけではなかった。今や唯一の支城である高瀬城も焼き討ちにあい、二の丸を焼失してしまった。二の丸といっても土塁の内に物見や倉がのこっているだけだったが、それでなくても長引く籠城で餓えかけている城である。二の丸の消失は大きな痛手となった。

毛利方の相次ぐ襲撃に、尼子再興軍は打つ手を失っている。

「高瀬城だけはなんとしても死守せねば」

「しかし、われらは動けぬ」

「となれば……水軍か」

新山城でそんな軍議がもたれていたころ、日御碕神社で恐ろしい出来事が起こった。

七

日御碕神社のある岬から海を眺めれば、左手に経島(ふみしま)、右手には宇龍(うりゅう)の湊が見える。かつては漁師の舟が出入りするだけの湊だったが、ここ数年は北国船や唐船、但馬や因幡からの船も寄港するようになった。海賊の襲来でいったんは大型船の入港が途絶えたものの、今はまた活気が戻りつつある。

ナギが日御碕神社に身を寄せて三日目、その日は重い雲がたれこめていた。

「こいつは時化るぞ」

浜の男たちはあわてて荷を運んだり、舟を陸へ引き上げたり、そんな最中にかなたから小舟がただよってきた。人影はない。

「どこかの阿呆が舟を出しおったか。おい、だれか見て来い」

漕ぎ手はおそらく沖へ出て荒波をかぶり、海へ落ちてしまったのだろう。だれもがそう思った。だとしてもみすみす波にさらわれるさまを眺めていることはない。数人が舟で近づいてゆく。

と、突然、ウワッと叫び声が聞こえた。小舟の周辺がにわかに騒がしくなる。

「おーい、どうしたーッ」

「ぐずぐずせんと、早う引いてこいやーッ」

浜の男たちが口々に呼び立てた。

小舟は綱で結ばれて引かれてきた。ところが引いてきた男たちの顔ときたら——一様に血の気が失せて、くちびるをわななかせている。

「なんでえ、何事だ」

もしや金塊かと覗きこんだ男は、後ずさりをした拍子に体勢をくずし、水の中へ尻餅をついた。

「お、お、女が……死んでる」

ナギははじめ、湊の方角から流れてくる喧噪を他人事のように聞いていた。喧嘩でもはじまったのだろう。浜の男たちは気が荒い。

そこへ、賄いの婆さんが這いつくばるようにやってきた。腰が抜けたのか。

「浜の衆が……来てくれ、いうて」

「わたくしが、浜へ、行くのですか」

「へ、へえ。死人が流されてきたそうや」

ナギは眉をひそめた。自分が死人とどういうかかわりがあるのか。

その疑問は、次の婆さんのひとことで一瞬にして吹き飛んだ。

「死人は、死人はナ、イナタはんやて」

これほど驚いたことが、かつてあったか。

父親だと思っていた人が実は養父で、実父はその養父の属する尼子軍に攻め滅ぼされたのだと知ったときは、天地がひっくりかえるかと思った。のちにいつもどおり登城した養父が骸になって帰ってきたときも、この世の終わりかと凍りついた。新熊野神社で鹿介に抱かれ、尼子再興の野望を聞かされたときは驚きのあまり息が止まりそうだった。けれどこれは……こんなことは……。

気がついたときは婆さんを押しのけて駆けだしている。胸中で「嘘だ嘘だ嘘だ……」と叫んでいた。

小舟は浜へ引き上げられていた。筵でおおわれているところをみると、死体はそのまま中におかれているらしい。

ナギは小舟に駆けより筵をめくった。

イナタだった。顔が蠟のように白いことをのぞけば眠っているようで、痛めつけられた跡はない。が、首にぐるりと青黒い痣があり、小袖にはひとつならず乾いた血の跡がついていた。

イナタを死に至らしめたものがなんだったにせよ、どこかで拷問さながらの制裁をうけ、息を引き取ったのち舟に乗せられて宇龍の湊——というより日御碕神社——へ流されたのだろう。

「イナタッ、イナタッ、目を開けて、だれが、こんな酷いことを……」

ナギはイナタの死体にとりすがって、冷たい頰に自分の頰をすりよせた。驚愕が烈しすぎて涙すら出ない。

「尼子さえ出雲へ帰らなんだら……」

背後で声がした。ナギは顔を上げる。宮司が悲痛な顔でイナタを見下ろしていた。

「毛利の仕業だとおっしゃるのですね。尼子再興軍が毛利を怒らせたから、こんなことになってしまったと……」

「他にあるか」

ナギは、塩冶で自分を待ち伏せしていた男の顔を思いだしていた。あの男の言葉に誘われてここへ来た。ということは、ここでイナタの死体と遭遇することも、はじめからわかっていたのではないか。もしやイナタを殺めたのも——だとしたら、どんな魂胆があるのだろう。

「社殿へ運んでくれ。手厚う葬ってやらねば」

宮司の指図でイナタの死体は神の宮の社殿へ運ばれた。宮司からは小家へ戻って体を休めるようにといわれたが、ナギはイナタのそばを離れなかった。悪夢を見ているようで現実とは思えない。

イナタと長いつきあいのある婆さんも見る影もないありさまだった。それでも涙ながらに死体を清め、死に化粧をほどこし、ナギに白湯を運んだりと立ち働いている。

「この装束は……」

「巫女さんのときのや」

スセリの乳母が自分のかわりをさせるためにイナタを呼びよせるまで、イナタは日御碕神社の巫女をしていた。その話は聞いている。

婆さんはナギにいたわりの目をむけた。

「悲しいことやが、これでイナタはんも黄泉国へ行ける。おっ母さんが待っとるやろ」

「イナタ、イナタさまが黄泉国へ……」

「そうや。心配いらん。迷わんよう、宮司さまが黄泉比良坂までお導きくださる」

婆さんの話では、宮司は黄泉国へつづく洞でイナタの遺髪を使って弔いの儀式をおこなうという。

「イナタはんは塩冶ゆかりの巫女はんやもの」

「ではやはり、宮司さまは黄泉国へつづく洞がどこにあるか、ご存じなのですね」

「そりゃ、知っておろうさ。なんたってスサノオノミコトを祀る神社の宮司さまや」

「でも、わたくしにはご存じないと……いいえ、わたくしはともかく、イナタさまがあんなに探していたときだって……」

「黄泉国へ行ってごらん、生きては帰れない。孫娘のように愛しんでいるイナタはんを、どうして黄泉国へやれるもんかね」

ナギははっと目をみはった。

そうか、そうだったのか。あの男はイナタから黄泉国へ行く方法を訊きだそうとした。

が、しくじった。で、自分を使って探らせようとした。宮司を利用して。それでイナタの命を奪ったのか。

ああ、なんてことッ、イナタ、わらわのために、そなたは命までも――。

ナギはあふれる涙をこらえる。こぶしをにぎりしめた。イナタの死を無駄にはできない。

「宮司さまはイナタさまの髪をもって洞へ行かれるのですね、お独りで」

婆さんはうなずいた。

「では、お邪魔をしないよう、わたくしはひと眠りして参りましょう」

むろん、眠るつもりはなかった。

宮司を見張っていれば、洞の在処がわかるはずだ。上手(うま)くすれば黄泉比良坂へ行く手段も。

八

新山城の本丸御殿の広間では、総大将勝久を筆頭に勇士たちがつどっていた。

鹿介、源太兵衛、道理介、苅介(かりのすけ)、生死介の他には、離脱した庵介(いおりのすけ)や戦死した兵庫介と早苗介(さなえのすけ)にかわって松田兵部丞(まつだひょうぶしょう)、神西元通(じんざいもとみち)、それに兵庫介の弟たちの顔も見える。

女介と日本介、大力介は、水軍の本拠地、下葉崎城にいるのでここには参加していないが、広間の隅に膝をついている鼠介が軍議の行方を委細もらさず報告することになっていた。

「やはり満願寺か」

「湯原春綱……手強いの」

「しかし、他に手はない。一刻も早う兵糧を送らぬと高瀬城は自滅する」

高瀬城は宍道湖の西南にある。一方、尼子再興軍の本拠地である新山城は湖の東北の方角にあった。両者を結ぶ線上、宍道湖の北の岸辺には毛利方の満願寺城があって、双方の行き来をはばんでいる。それさえなければ、北海から佐陀川、さらに宍道湖と船で兵糧を運び、高瀬城の窮乏を救える。

「待て」と道理介が異議を唱えた。「出陣すれば背後を突かれる。新山城を奪われるぞ」

新山城は末次城、羽倉城、勝間城など四方を毛利方の城にかこまれている。出陣の動きを見せればすぐさま攻撃されるにちがいない。新山城は最後の砦で、奪われれば尼子は終わりだ。

「それゆえ申しておる。われらは動けぬ。ゆえに、水軍に頼るしかあるまい」

「水軍は敗戦つづきだぞ。戦えようか」

道理介の言葉を聞くや、一同は鼠介を見た。

「鼠介。日本介はなんと申しておる？」

　鹿介がたずねた。

「へい。あのお方は不死身にござりますから」

「戦えそうか」

「むろん、いつなりと」

　鹿介は源太兵衛を見た。源太兵衛がうなずいたので、勝久に目くばせをする。

「されば奈佐日本介に出陣を命じる」

　ははぁと鼠介が頭を下げた。

　とはいえ、水軍の本拠地である下葉崎城は、新山城より東にある。陸路で満願寺城へ進軍するのは端から無理な話で、いずれにしても北海へ出なければならない。美保湾一帯がほぼ毛利の支配下におかれている今、どうやって湾を出るかがなによりの難題だ。

「目くらましに、こちらも兵を挙げるというのはどうだ」

「うむ。末次城奪還の噂を流して出陣の準備をはじめれば、毛利は新山から動けぬ」

「その間に水軍が動く、か」

「犬堀鼻岬をまわって古浦から佐陀川へ入る。湯原もよもや水軍が攻めてくるとは思うまい」

　満願寺城は油断をしているはずだ。新山城へ目がいっているから、背後を突かれて、しかも相手が水軍と気づけば、右往左往するのはまちがいない。

「満願寺を奪えば高瀬城へ兵糧を運べる。高瀬城が息を吹き返せば、米原軍が周囲の城を奪還できるやもしれぬ。毛利が泡を食って西出雲へ援軍を出せば、われらも再興軍を立て直すことができよう」

軍師の源太兵衛がひと言ひと言、まるで念力をこめるかのごとくいうのを、少なくとも一人、生死介は懐疑的な顔で聞いていた。

「そう上手くゆくもんか」

思わずもれた言葉に、大半の者は不快をあらわにした。が、生死介はやめなかった。

「これまで何度もおなじことをくりかえしてきた。甘っちょろい言葉に踊らされて、たくさんの仲間が死んでいった……」

背中に水を浴びせられたように、皆、凍りついた。一瞬後、蜂の巣をつついたような騒ぎになる。生死介をなじり罵倒する声がほとんどだった。

鹿介は片手を挙げてその場を鎮めた。

「おれは——尼子は——いかなるときも希みを捨てぬ。なにもないところからここまで来たのだ。いまだあきらめるときではない。だが、命を惜しむ者はいずこへなりと去れ。毛利へ参るも勝手。行きたいやつは行け」

鹿介の寛容すぎる言葉に座はふたたび騒然となった。非難の視線を浴びながらも、生死介は動こうとしない。

「いかがする、生死介？」

「おれは別に、命を惜しんでるわけじゃない」

生死介は一同の顔を見渡した。

「命を惜しんだときもあったが、今は覚悟ができている。おれなんざ、どうせ呑んだくれて喧嘩を吹っかけてるだけのあぶれ者だ、どこへ逃げたって、今よりマシになるとも思えぬ」

「生死介……」

「西出雲は、もはやおれたちの手には負えぬ。高瀬城に兵糧を送っても焼け石に水だ。もう、今となっちゃあ、綺麗事は通用しない」

だれもが驚いて生死介の顔を見ている。声を発する者はいない。生死介はなおもつづけた。

「命を棄てる覚悟があるなら、全軍で包囲を突破し、東へむかうべきだ」

「新山城を捨てよ、と申すか」

だれかが鋭い声をあげた。

「新山がなんだ？　月山富田城にあらず。伯耆国には大山寺教悟院の衆徒がいる。伯耆に本陣を敷いて再興軍を立て直すのだ」

これまで軍議でもほとんど発言せず、斜に構えて一人だけ投げやりな態度を見せていた生死介である。一同はどう反応すべきかわからず、互いに顔を見合わせている。

「叔父貴……」

「いや。高瀬城を見捨てるわけにはゆかぬ。さようなことをすれば、尼子は恩知らず、毛利とおなじと笑われよう。原手合戦を思いだせ。西出雲にはまだ、尼子の再興を心待ちにしておる者たちがいる」

源太兵衛のいうことも一理あった。

新山城を死守して西出雲へ援軍を送るか。

新山城を捨て、敵陣突破して伯耆国へ退去、軍勢を立て直すか。

どちらもいちかばちかの勝負だと鹿介は思った。スセリならなんというか。

「生死介の考えはわかった。教悟院の衆徒に報せをやり策を練ろう。が、尼子の軍師は叔父貴だ、まずは高瀬城に兵糧を送る」

鹿介は勝久の同意を得て断を下した。生死介は首をすくめただけだった。

軍議のあと、鹿介は急ぎ下葉崎城へ報せようとする鼠介を呼び止め、密命を与えた。スセリを呼び、人ばらいをしてむきあう。

戦がつづいていたため、このところ二人きりで語りあう機会がなかった。以前のスセリなら自分から情勢を聞きにきたはずで、軍議にも参加していたにちがいない。意見があればいわずにいられないのがスセリである。

ところが、近ごろは人が変わったように無口になった。祈禱所にこもって出て来ない。この日も顔色が悪かった。

「すまぬ。おれのせいだ」

頭を下げると、スセリはけげんな顔をした。

「鼠介と城を出よ。今ならまだ間にあう」

総大将勝久は毛利のだれもが知っているが、スセリの存在はほとんど知られていない。月山富田城が開城になる前にも、スセリは鼠介の道案内で京へ落ちのびていた。

「京で平穏な余生を送ってくれ。そなたが生きていると思えば、存分に戦える」

鹿介はスセリを抱きよせた。

「今生の別れになるやもしれぬ。最後に……」

口を吸おうとした。スセリは動転した。とっさにもがき、鹿介を押しのけようとする。

「いかがしたのだ。なんぞ、気に障ることでも……」

「い、いえ、なにも」

「さればここへ来い。こたびばかりは、否（いや）とはいわせぬぞ」

両手をひろげる。と、そのとき、鳩尾（みぞおち）に激しい衝撃がきた。鹿介は、失神した。

九

寒風が吹き荒れていた。このところ急に冷えこんできたので、日本介が用意してくれた毛皮の袖無羽織をまとっていても、足下から冷気が這いあがってくる。

「このぶんでは北海は荒波だな。かといって、大船をつらねれば湾を出る前に攻撃をしかけられる。佐陀川を遡(さかのぼ)るのも難儀だろう」

女介は眉をひそめた。ここ下葉崎城から見下ろしているのは、美保湾でも奥まった中ノ海で波らしい波はない。が、この時季、北海の荒波は毛利に負けず劣らず難敵だと聞いている。今でこそ水軍の身内のような顔をしているが、正直なところ、女介は船が苦手だ。

「瀬戸内で船倉にころがされていたときを覚えているか。胸がムカムカしどおしだった」

「おれも船は好まぬ。海賊だけは、なれといわれてもごめんこうむる」

大力介もため息をついた。

「大力介。おぬしは新山城へ帰れ」

「そうはいかぬ。大将の命に従わねば」

「自分の身は自分で守れる」

「だとしても、なにかの役には立つぞ。大蛇（オロチ）の真似（まね）をして毛利を追いはらうとか……」

女介は笑った。

「たしかに、おぬしにしかできぬことがある。人を笑わせることだ」

逆境に立たされても悠然としていられるのは、もしかしたら、鉄砲や弓矢や長槍（ながやり）の手練（てだ）れより称賛に値する才かもしれない。

「ところで、女頭領の話を聞いたか」

今朝方、新山城から鼠介が戻ってきた。軍議の結果を報せるためで、それをうけて日本介は早速、船の準備にとりかかった。武器や兵糧のことなら手伝えるが、船の仕組みや航路については女介も大力介も門外漢である。

鼠介は二人に、鹿介とスセリのあいだで起こった奇妙な出来事を教えた。

実際になにがあったかは二人にしかわからぬそうだが、鹿介とスセリが二人きりでいたとき、鹿介が突然、気を失ってしまったという。大将が不例では士気にかかわる。鹿介自身、なにが起こったかわからぬようなので、むろん口外は無用とされた。だが鼠介だけは、スセリの脱出が延期になったため異変を知ることになった。

「女頭領は大将の失神に動揺して、心配だから京へは行かぬといいはっているとか。鼠介が前々からいっておったように、女頭領がナギで、ナギが毛利の間者なら、なんぞ魂

「なるほど、そなたにとってはさぞかし馬鹿げた話に思えよう。しかし、あの鼠介にもナギに話すことのできぬ不都合があったのだ。猫女の進言もあって、この城で捕らえるつもりだったとか。人に憑依するほどの忍術使いなら、鼠介の企み（たくら）などとうにお見通し、それゆえナギは同行を拒んだのやもしれぬの」

「われもそう思う。憑依したはいいが、囚われの身だったナギが消え失せてしまった。さぞや困惑しているはずだ。ナギがいなければ、元の自分に戻りとうても戻れぬのだから」

憑依する？　元の自分に戻る？

十人のうち九人は、そんな馬鹿な話があるかと笑い飛ばすにちがいない。が、今では女介も鼠介の話を真実だと思いはじめていた。

ここは出雲国である。出雲は神々の国、彼岸と此岸（しがん）がまじわる特別な場所だ。

びゅーっと大風が頬を叩いた。女介は砂埃の攻勢に目をしばたたく。

「ナギは――本物のスセリ姫さまは――どこにおられるのだろう」

「黄泉国やもしれぬ。鼠介の話ではイナタどのも追いかけて行ったようだと」

「いや、お二人は黄泉国へつづく洞の在処をご存じないはずだ。女頭領ではなくナギに教えればよかったと、日本介が歯ぎしりしていた」

「日本介さまでのうても教える者はおるぞ」

「ムササビかッ」

女介はぞくりとした。寒風のせいではない。

「しかし妙ではないか。あやつは日本介さまを洞へ案内した。在処を知っておるなら、自分で黄泉国へ行けばよいわけで……」

「行けるなら行ってるさ。いや、行けなかったのだ。日本介がいうには、ムササビは八咫烏が描かれた大岩の先へは行こうとしなかったそうだ。黄泉比良坂へつづく大岩、道返之大神の先へ行くには、八咫烏か、さもなくばなにかの手引きが必要だ。ムササビはスセリ姫さまならスサノオノミコトの娘御ゆえ、黄泉国へ行く方法を知っていると考えたのだろう」

「しかし毛利の間者がなんのために黄泉へ行くのか。神々になにを願うつもりか」

「ムササビはただの間者ではない。これにはなにか、わけが……」

満願寺城を奪い、高瀬城へ兵糧を運びこむ。むろんそれだけで事態が好転するとは思えないが、ひと息つくことができたら、女介は日本介の船で猪目洞窟へ行ってみようと考えていた。ナギやイナタもきっとやって来るはずだ。ナギは洞窟に入る。そこでなにが起こるか。八百万の神々を身方につけて、尼子は出雲国で返り咲くことができるのだろうか。

「洞窟の前に、満願寺だ」

「おう、存分に働こう」

「大力介。おぬしはまだ傷が癒えておらぬ。無理はするなよ」

女介は表情を和らげた。大力介が言葉を返すより先にくるりと背をむけ、歩きだしている。

十

鼠介と行ってはいけない——。

鹿介から京へ逃げよといわれたとき、スセリはとっさにそう思った。雑木林の祠まであの男に会いに行く道で、鼠介とばったり出会った。あのときのことがなかったら、京へは行かないまでも——途中で姿をくらますにしても——鹿介のいうがままに、鼠介と一緒に城を出ていたかもしれない。

京へ帰るつもりはなかった。スセリの姿では帰れない。毛利が勝利して、あの男から解放されるか、でなければあの男がこの世からいなくなって自分や家族の危難が消え去るか。いや、その前にナギを見つけだしてもう一度入れ替わる。それにはあの男の術が必要だ。ああ、晴れて家族のもとへ帰れる日は来るのだろうか。

鹿介に抱きよせられ口を吸われそうになったときは動転した。驚きのあまり考えるより先に鋼鉄の踵をくりだしていた。目にも留まらぬ速さだったから、鹿介はなにが起こったかわからなかったにちがいない。ともあれ、そのおかげで、鼠介は独りで下葉崎城へ戻ってくれたので、スセリは安堵の息をついた。ひとまず難は逃れた。問題はこれからだ。どうしよう。二度あることは三度あるというから、三度目の焼き討ちで新山城は焼失してしまうかもしれない。開城となり、毛利に捕らえられるかもしれない。毛利に囚われた自分をあの男が救いだしてくれるかどうか、怪しいものである。

あの男は曲者(くせもの)だ、この上なく残忍な――。

スセリは眉をひそめた。人間は皆、あの男と似たり寄ったりだと思いこんでいた。今はそうではないと思いはじめている。戦ひとつとっても、戦そのものが好きな人間もいれば、戦を厭(いと)いながらも否応なく戦わざるをえない人間もいる。仲間を裏切る人間もいれば、裏切った仲間を許す人間もいる。なんの得にもならないのに名のため、義のため、だれかのために、命を棄てる愚かとしか思えない人間もいる。なんと多種多様か。そもそも、とうに滅亡した尼子の名にしがみつき、勝ち目がほとんどない戦に明け暮れる尼子再興軍という存在が、ナギには理解を超えていた。

なにより、あの若者――。

スセリは勝久を想(おも)った。心根のやさしい、気性の真(ま)っ直(す)ぐな男だ。勝久はナギの身を案じて牢から出してやったという。あのナギは偽物で、本物のナギはここにいるとも知らずに……。

ふいに、胸が熱くなった。こんなことははじめてだった。居ても立ってもいられなくなる。

勝久のところへ行って、ナギがどこにいるか心当たりをたずねてみようとスセリは思った。母がわが子に会いに行くのに遠慮はいらない。

それでも逸る胸を鎮めて、夜半まで待った。以前、前触れもなく勝久のもとを訪ねたとき、道理介と女介にじゃまをされそうになったことを思いだしたためである。女介は今、この城にはいないし、道理介の早寝早起きはつとに知れわたっている。

夜更けを待って、スセリは寝所を忍び出た。いつでも出陣できるように準備をしておく必要があるので、城内はそこここで火が焚かれ、兵たちがたむろしていた。奥御殿までざわめきが流れてくる。

勝久の寝所が近づくにつれて、胸が昂り、息苦しくなった。これはいったいなんなのか。ふところからイヌマキの葉を取りだして、ひと口かじる。

寝所が見えたところで、スセリははっと足を止めた。ふすまがすーっと開く。

「あッ」

女が出て来た。スセリはあわてて暗がりに身をひそめる。

姿のよい女だった。冬の最中だというのに薄い帷子一枚なので、まろやかな肩の線も、かたちのよい胸の隆起も、白いくるぶしもはっきりとわかる。女はふすまを閉めてもすぐには歩きだそうとせず、襟元や裾をととのえたり、乱れた髪を指で梳いたり、立ち去りがたいかのようにしばらくぐずぐずしていた。吐息と共に忍び笑いをもらしたのも、なにやら意味ありげだ。

女はこちらへ歩いてきた。うるんだ目元やまだ消えずにのこっている微笑もさることながら、勝ち誇ったようなその顔は——。

「黄揚羽ッ」

黄揚羽は「あれ」とつぶやいて声のしたほうを透かし見た。

「いややわぁ、女頭領さまやおまへんか」

こんばんは、と膝を折って挨拶をする。くったくのない仕草がなおのこと、スセリの癇に障った。

「総大将の寝所で、なにをしていたのじゃ」

「なにって……そりゃ、お慰めしてましたんやわ。いえ、お教えしてましたんどす。ええ歳した若者がなにもご存じおまへんのやもの、このままご出陣にならはったら、お気の毒や思うて……」

思わせぶりに目くばせをされて、スセリは言葉につまった。

「ま、ま、まぐわった、と、申すか」

「まぐわ……ま、そうどすけど、せめて、枕を交わした、いうてほしゅおすなぁ」

「だれの差し金じゃ。道理介か」

黄揚羽は目を丸くした。

「まさか。あの堅物がそないなこと……。うちはな、もう傾城屋の抱えやあらしまへん。ここんとこは銭かてもろてまへんえ。せやさかい、自分で相手を選ぶことにしてますのや」

スセリは次第に頭が混乱してきた。

「おまえは、自分で、総大将を選んだ……押しかけた、というのか」

「へえ。いっぺんくらい、て思うたんやけど、また来い、いわれて……フフフ、若いお人はええなぁ。ぎこちない、思うても、すぐに上手にならはって、ほら、疲れ知らずやし……」

「もうよいッ。下がりなされ」

耳をふさぎたかった。勝久がこの女と――だれやらの妹というのは大嘘、本当は京の遊女だという噂のある――黄揚羽とからみあっている姿を想像しただけで、頭にかっと血が昇る。

それにしても、なぜこんなに腹が立つのか。怒りにまかせて勝久の寝所へ乗りこもうとすると、後ろから黄揚羽が呼び止めた。

「あんましがんばらはったんで、死んだように眠ってはります。明日は戦やもしれまへんし。お母はん、な、起こさんであげとくれやす」

黄揚羽のいうとおりだろう。今、勝久を叩き起こしても、なんといったらいいのか。スセリはくちびるを噛みしめた。きびすを返し、もう黄揚羽の顔は見ないでその場を立ち去る。

「あんじょう、お寝みやす」

黄揚羽の鼻にかかった声が耳にのこった。

あの女、許さぬ――。

スセリは生まれてはじめて嫉妬に悶えた。

新山城の尼子再興軍が末次城に総攻撃をしかけるとの噂は、またたく間にひろまった。噂に信憑性をもたせるために、鹿介と源太兵衛は、各々の小軍をひきいて尼子の得意技である夜襲や急襲をくりかえした。もちろん、わーッと矢を射かけてさーッと逃げるという、兵も武器も極力減らさない小手先だけの攻撃である。それでも、いつでも反撃に出られるよう、毛利方の諸城は警戒を強めていた。

水軍はいつ動くのか。今回は狼煙で報せる危険は冒せない。新山城の面々は戦闘態勢をととのえたまま、今か今かと吉報を待ちわびた。

水軍が動いたのは十一月中旬である。

毛利方の監視の目をすり抜けるため、漁船をよそおい、夜陰にまぎれて一艘二艘と間をおいて美保湾から北海へ出た。船は古浦で合流、いっせいに佐陀川へ漕ぎ入れる。

この策は当たった。水軍の襲撃など夢にも思わなかった満願寺城の湯原軍は右往左往するばかりで、あっけなく開城。兵はちりぢりになって逃亡した。

「わが軍、勝利ッ。満願寺城を奪ってござる」

久々の吉報に新山城はわきかえった。

「これで宍道湖は自在だ」

「へい。早急に高瀬城へ兵糧をとどけると、日本介さまが仰せにござります」

鼠介は戦闘の様子や被害の多寡を事細かに報せた。死傷者が出たのはやむをえないとして、幸い日本介も女介も大力介も無事だという。

鹿介は鼠介に、伯耆国の大山寺教悟院へ書状をとどけるよう命じた。

高瀬城さえ死守できれば後顧の憂いはなくなる。毛利が西出雲へ目をむけてくれれば、その隙に新山城の再興軍も動ける。先日、生死介が進言したように、教悟院の衆徒と手を結んで、伯耆を拠点に再興軍の威勢を挽回することも、夢ではない。

「さすがは日本介だ」

「七転び八起き。われらも負けてはおれぬぞ」

鹿介と源太兵衛はうなずきあった。

ところが――。

水軍の勝利に酔っていられたのはわずか半月ほどだった。十二月の上旬に満願寺城の麓の庄原で合戦があり尼子方は敗戦、城はまたもや湯原軍に奪還された。しかも兵糧まで奪われた。

高瀬城は、絶体絶命の窮地に陥った。

十一

ナギは宮司のあとをつけていた。

真夜中である。しかも真冬だ。夜目の利く目と、疲れを知らぬ脚力がなかったら、途中で見失っていたかもしれない。

宮司は、日御碕神社から東へ、小高い山々の尾根づたいに、人けのない道を足早に歩いていた。片手に手燭、もう一方の手に杖をもっている。火が消えそうになると道端にしゃがみこんで火打石で火を補い、藪陰で物音がすれば杖をにぎりなおして身がまえる。仕込み杖だろう。黄泉国へつづく洞がさほど遠方でないことは、旅仕度ではなく防寒用の蓑を羽織ったいでたちからもわかる。

高尾山を越えると鷺浦だ。そこから南へ下れば杵築大社、道なりに進めば鷹取山と竜山の先に十六島湾がある。婆さんに絵図を描いてもらったので、ナギもこのあたりの地形は頭にはいっていた。

黄泉へつづく洞はどこにあるのか。それを知るときがきたと思うと昂る胸を抑えられない。

イナタの死は、黄泉国へつづく扉を開いた。スサノオノミコトの御神体にそれを示すものが記されていたのかもしれない。その在処を宮司が知っているとわかったとき、ナギは小躍りをした。すぐにも行かれると思ったからだ。

婆さんがいったとおり、宮司はイナタの髪を切った。髪束を油紙に包んで桐の箱にしまい、紫の袱紗でつつんだ。人に知られずに洞へ行くなら、昼日中ということはないはずだ。ナギは昼間寝て、夜は宮司を見張ることにした。ところが宮司は、いっこうに出かけようとしない。

もっともその間にはイナタの野辺送りがあった。宮司は経島へも出かけている。ナギはイナタの死を新山城にいる源太兵衛や猫女に報せた。新山城ではいまだイナタが亀になったと思いこんでいる者たちがいる。公に死を悼むことができるかどうか、それ以前に毛利方で固められた西出雲の包囲網を突破して、訃報が新山城へとどくかどうかもわからない。

源太兵衛がイナタの死を知ったら、さぞや悲嘆に暮れるだろう。源太兵衛とイナタは相思相愛の仲で、尼子が滅亡したあともひんぱんに連絡を取りあっていた。あのまま尼子再興軍が決起しなければ、二人は結ばれ、平穏な晩年をすごせたかもしれない。

許しておくれ、イナタ、そなたの命を奪うたのはわらわじゃ――。

ナギは何度、イナタに許しを請うたか。今、宮司のあとを追いかけていても、ナギはときおり胸の中でイナタに話しかけている。

「イナタ。そなたがわらわを黄泉国へ導いてくれるのじゃ。共に行こう。二人で八百万の神々を説き伏せようぞ」

宮司は南へは曲がらずに東へ進み、竜山を越えたのちは北へ進路を変えた。山道なので遠く感じるが、ここまで一里半といったところか。この先は十六島湾である。

宮司は湾へ出ると岸辺にたたずんでしばらくじっと動かなかった。手燭の明かりが蓑を着た背中を闇にうかびあがらせている。なにを考えているのか。イナタの魂に別れを告げているのだろうか。

ナギはあたりを見まわした。絵図によれば、左手には鵜岬（うのみさき）が、右手には十六島鼻の岬が見えるはずだが、今は闇に沈んで、ただ不穏な気配を感じさせる潮の香が流れてくるばかり。

宮司は唐突に歩きだした。岸にそって北へ進む。

砂地がせばまり、右手から岩が迫ってきた。宮司はそこで、足を止めた。目の前に洞があった。岩の割れ目のようだ。歳月を経るうちに侵食されて、大蛇（オロチ）の口のようなかたちになったのだろう。

宮司は迷わず足をふみいれた。

ナギも忍び足で洞の入口へ歩みより、中を覗いた。はじめはなにも見えなかった。が、目が馴（な）れてくると、数歩先の奥で宮司が地面に膝をついているのが見えた。イナタの髪と木屑（きくず）のようなものを燃やそうとしている。その奥は大きな岩で、岩壁になにか絵が描かれていた。全体は見えないが、宮司のかたわらにおかれた手燭の明かりが絵の下の部分、三本の鳥の足を照らしている。

「八咫烏……」

ナギは息を呑んだ。

と、そのとき、宮司の声がした。

「そこにいるのはわかっておる。おまえはいったい何者じゃ」

十二

「いつまでめそめそしてやがるッ。泣いたって死んだ者は帰っちゃこねえ」

「わかってるよ。わかってるけどおまえさま、こんな、酷いことが……」

「おめえがでっけえ図体でドバドバ泣くから、家ん中が水びたしだ。戦を待たずに溺れちまわぁ」

猫女と鼠介は、たった今、ナギの文を読んだところだ。由緒ある日御碕神社の使いが御札と共に運んでくれたからか、猫女のもとへ無事にとどいた。が、おなじ伝手を頼ったはずが、源太兵衛あての文はとどかなかった。途中で毛利に奪われたか。

源太兵衛にはイナタの死を報せないほうがよい。黙っていようと二人は決めた。これ以上の不幸が襲いかかれば、軍師としての才を発揮する気力さえ失せてしまう心配がある。

奪ったばかりの満願寺城が、つい先日、毛利に奪還された。水軍は大敗を喫して下葉崎城へ逃げ帰った。兵糧のとどくあてがなくなってしまった高瀬城はいつまでもちこたえられるか。

「で、教悟院はどうだったんだえ」

まだ洟をぐずぐずいわせながら、猫女がたずねた。鼠介はここ数日、伯耆まで出かけていた。

「そんなこたぁおめえの知った……い、いや、尼子が末石城を奪う気なら、兵を集めるといっていた。ただし大将自ら出陣するのが条件だ。いちかばちかの決戦になる」

鼠介は探るような顔で猫女の顔を見た。乱暴な物言いとは裏腹に、猫女の呪術師としての才を高く買っているのだ。

猫女も鼠介の目を見返した。

「大将はなんていってなさるんだえ」

「思案のしどころだな。高瀬と下葉崎ががんばっているときに、新山を捨てるわけにはいかん。といってこれまでのようなやり方じゃあ、勝利はおぼつかない。死に物狂いで総攻撃をしかけねえと……」

打って出るのも地獄なら籠城も地獄……追いつめられているのは高瀬城だけではなかった。

「ひとつだけ、希みがあるよ」

猫女がいった。鼠介は食い入るような目で先をうながす。

「日御碕神社に、ナギがいる」

「へ、そいつがなん……おっと、例の話か」

「イナタの死を報せてきたってことはスセリ姫さまにまちがいない。だったら八咫烏がついている。きっと黄泉国を見つけて……」

「神々を身方につける、か。しかし、もしそうだとしたってぐずぐずしてる暇は……」

「もうそれしかないんだ。じたばたしたって、はじまらないよ」

猫女のいうとおりだと鼠介は思った。今や、神々の力に頼るしか尼子が生きのびるすべがないなら、スセリが神々を身方につけてくれるのを待つしかない。

「昔からわかってたよ。姫さまには日御碕神社の巫女だった母親ゆずりの特別な力があるってね。イナタがおっ母さんに聞いた話じゃ、お小さいころから人とちがっていたそうだ。それにほら、興久さま、国久さま、誠久さま、晴久さま、義久さま……尼子の頭領はみんな、姫さまと切っても切れない縁がある。今じゃ腹を痛めたお子、勝久さまは尼子の総大将だし、鹿介さままで首ったけで……」

「うるせえッ。わかりきったことをくどくどいうなぃ。それよりいいか、大事なことをいっておくから、よぉく聞きやがれ」

「あいよ。さぁ、いっとくれ」

「あ、ああ。いざとなったら、おめえは姫さまをつれて逃げるんだ。いや、姫さまじゃねえや、女頭領、スセリ姫さまに憑依したナギか……ややっこしいな……とにかく毛利の手にあいつを渡しちゃならねえぞ。縄をつけてでも逃すな。わかったな」

猫女がうなずくのを見て、鼠介は愁眉を開いた。どれ、飯にするかと、どかりと胡坐をかく。

戦の最中の、久々の夫婦水いらずだ。粟飯と葱汁だけの粗末な食事だったが、二人はイナタの思い出話をしながら和気あいあいとしたひとときをすごした。

十三

尼子の水軍は、いったんは満願寺城を奪取した。攻防戦があったとはいえ思ったより代償も少なく、拍子抜けのような勝利だったのは、湯原(ゆばら)軍が早々と逃散(ちょうさん)したからだ。

そこに、油断があった。

「さぁ、高瀬城へ兵糧を送りこむぞ」

宍道湖に待機させていた船へ兵糧を運びこもうとしているとき、城の麓の庄原で、四散したはずの湯原軍に急襲された。警護の兵で固めていたとはいえ、戦闘態勢ではない。前後左右からわきでた兵に猛攻され、防戦に追われている隙に城を奪還されてしまった。

これが、満願寺城合戦の経緯である。

「畜生ッ。尼子の得意技を使うとは……」

「女介、歩けるか」

「なんの、これしき……」

「大力介、女介をたのむ」

「おう。命にかえても下葉崎へおつれいたすゆえ、おまかせくだされ」

女介は斬りあいで肩や足に怪我をしたばかりか、脇腹に流れ弾を食らった。もしわずかでもそれていたら、命はなかったかもしれない。

「われは戦う。逃げとうない」

「命の捨て所はここにあらず。さぁ、船に」

「しかし日本介が……」

「頭領なら心配無用。そう簡単にやられはせぬわ」

女介は大力介に助けられて小舟に乗りこみ、佐陀川を下って古浦へ逃げた。そこからは水軍の軍船に乗って美保湾へまわりこむ。湾の中ノ海へはいるとき毛利方の攻撃をうけたが、かろうじてかわし、本庄浦へ逃げこんで下葉崎城へ帰りついた。

女介ばかりではない。満身創痍の者ばかりだった。が、命があるだけでありがたいと思うべきだろう。三度目の大敗なのだから。

「女介。怪我の具合はどうだ」

「日本介ッ、よかったッ、無事で」

二人は下葉崎城で再会を果たした。日本介が帰らなかったら、と思うだけで、女介は生きた心地もしなかった。うれしさを隠しきれない。亡父の怨みを晴らすため、尼子再興のために戦ってきたはずが、いつしか奈佐水軍——日本介——のために戦っているようにも……。

日本介の表情は険しかった。

「おれはともかく、水軍はもはや……」

女介は表情をこわばらせた。

「まだ戦は終わっていない。二度や三度、敗けたからといってあきらめるのは、日本介、おぬしらしゅうないぞ」

「だが、高瀬城はもちこたえられぬ。となれば新山も危うい」

「尼子を見限るのかッ」

「落ち着け、女介」

力んだとたん激痛にみまわれ、脇腹を押さえてうずくまってしまった女介を、日本介はためらいがちに抱きよせた。思いがけない抱擁に、女介は息が止まりそうになる。

「尼子を見限るつもりはない。が、われらが尼子のためにできることも、今はない」

新山城は毛利方に包囲されていた。高瀬城とちがって兵糧がなくなる心配は今のところなさそうだが、下葉崎城との行き来がほぼ寸断されている今は援軍として馳せ参じることは不可能だ。新山城の再興軍が打って出ることになれば側面から援護することもできるが、それとて、そのときまで下葉崎城がもちこたえていられれば、の話である。

「女介。聞いてくれ。なにがあっても、おれのそばを離れぬと約束しろ」

「日本介……」

「勝手な真似はするな。命を惜しめ」

　女介はふっと微笑をもらした。

「二度目の森山城攻めのとき、戦いをやめようとしないわれらに、大力介がおなじことをいった。われらの命は尼子のものゆえ、粗末にしてはならぬ、と」

「大力介がいったことは正しい。戦は、勝たねば意味がない。勝つと思って敗けるはいたしかたないが、敗けると知って戦うは大馬鹿者だ」

　亡き兵庫介なら異議を唱えたにちがいない。早苗介も首を横にふったのではないか。しかし大半の者は日本介に同意するはずだ。現に女介の亡父、本城常光でさえ、調略されて毛利に降った。みすみす無駄死にするのは愚の骨頂。

「まさか、おぬしは毛利に……」

「それはない。裏切り者になるくらいなら大馬鹿者のほうがまだましだ。おっと、すまぬ。おぬしの父親のことをいったわけではないぞ」

「いいんだ。父は報いをうけたのだから。それより日本介、援軍は不可能、毛利にも降らぬというなら、どうするつもりだ」

　日本介は女介を今一度ぎゅっと抱きしめ、静かに体を離した。

「おれは海賊だ。海へ帰る」

　下葉崎城を捨てると、日本介はいった。むろん尼子方の動きに目をくばり、救援が可能になったときは駆けつけて、一人でも多く他国へ逃がす手伝いをする。が、地上戦には加わらない。今の水軍にはそれが上策、いや、唯一の選択だと女介にもわかっていた。

「おぬしも来い。いやといってもつれて行く」

「大力介は、それなら自分は命懸けで新山城へ戻るというだろうな。あいつは……船が苦手だし。だが、われは……」

女介は日本介の眸を見つめた。

「わかった。が、ひとつ、たのみがある」

日本介はうなずく。

「猪目(いのめ)洞窟へつれて行ってくれ」

「そういうだろうと思った。おれも気になっていたのだ。本物のスセリ姫さまを捜しだして、洞の謎を解いていただかねばならぬ、と」

今となってはそれが尼子再興を叶える最後の希みのような気がすると、日本介はいった。

「われもそう思う。猪目へ行こう」

永禄十三年は四月に改元、元亀(げんき)元年である。

十二月、毛利軍が下葉崎城を奪取したとき、城はすでにもぬけの殻になっていた。

第七章　黄泉国

一

元亀二年の新山城は、年明け早々から不穏な気配がたちこめていた。それもそのはず、尼子再興軍は四面楚歌、軍力は衰える一方で、その上、武器や兵糧の調達に欠かせない水軍までが姿を消してしまったのだ。

「下葉崎城はもぬけの殻だったってね」

「へッ、毛利の海賊どもめ、肩透かしを食わされて歯ぎしりをしたろうよ」

「だけどおまえさま、女介も一緒だっていうじゃないか。どこへ行っちまったのかねえ」

「大力介の話じゃ、西出雲の、なんとかいう、黄泉へつづく洞窟へ行くといってたそうだ」

「姫さまに黄泉国へ下っていただいて八百万の神々を身方につけるって話だね」

「姫さまには、余人にはない力がおありだ」

鼠介と猫女夫婦が話している。例によって鼠介は周囲の偵察から帰ってきたところだ。本丸へ報告に行く前にわが家へ立ち寄ったのは、恋女房、猫女の巨体とふくらんだ餅のような顔を見て心のざわめきを鎮(しず)めたいという思いもあったろうが、そればかりではなかった。

「で、卦(け)はなんと出た？」

鼠介は猫女の手元を覗きこんだ。猫女は立膝をして、両腕でかかえられるほどの火鉢を目の前におき、火箸で灰をかきわけていた。灰の中に埋めていた甲羅を取りだして、焼け具合を観察する。

猫女は首を横にふった。

「いよいよ……か。となりゃ、落ちのびる算段をしとかんとな」

「そうはいってもおまえさま、総大将にその気がなけりゃ、どうにもできやすまいよ」

総大将の勝久(かつひさ)は、鹿介(しかのすけ)や源太兵衛(げんたべえ)の説得にもかかわらず最後の一人になっても戦うと息巻いている。

「だれかが説くしかあるまい」

「大将でもだめなのに、だれにできるのさ。本物の姫さまがいてくださったらねえ……」

血を分けた母子なら、自ら担ぎだして総大将にすえた息子を説得して落ちのびさせることも可能かもしれないが……。スセリとナギは入れ替わっていた。しかもスセリは毛利の間者(かんじゃ)らしい。

二人はため息をつき、同時に庭を見た。

庭には黄揚羽がいた。亀とたわむれている。

「黄揚羽。ちょっとおいで」

猫女に呼ばれて、黄揚羽は顔を上げた。

「あいあーい。うちに御用どすか」

くったくのない笑顔である。事ここに及んでも——いつ毛利に攻められるか、明日の命さえ知れない今になっても——黄揚羽はいつもと変わらなかった。兵庫介が戦死してからしばらく泣き暮らしていたところをみると根っからのお調子者とはいえないが、涙が涸れた今は泰然自若、機嫌も上々である。

ひらひらとやって来て縁に腰をかけた黄揚羽に、夫婦はうさんくさそうな目をむけた。それでも黄揚羽を見る猫女の目に、以前のような敵意はなかった。黄揚羽の天衣無縫さが自分たちだけでなく尼子の皆にとって救いとなっていることが、わかっているからだろう。

「へえ。なんでっしゃろ」

鼻にかかった声も変わらない。

「総大将のことだけどね、おまえさん、お相手をつとめてるんだろ、どんなご様子だい」

猫女に訊かれて、黄揚羽は身をくねらせた。

「どんなって、いややわぁ、そりゃもう、めきめき腕をあげはって、それに若おすさかいに疲れを知らんし、今はこっちのほうが……」

「お床の中のことではないわッ。起きておられるときのことだッ」

「あれま。へえ、ほんなら……というたかて、あまり知りまへんのやわ。暗い中、忍んでいってお床へはいってまうだけやし……」

「夜這いか」と、鼠介が吐き捨てる。

「しかたおへん。今はとりこんでまっしゃろ。それでのうても逢わせてもらえへんのに、お母はんの目ぇが厳しゅうて……」

黄揚羽によると、スセリは勝久の寝所に見張りをつけていて、黄揚羽の夜這いを阻止すべく目を光らせているという。

「昨晩も呼びつけられて、叱られてもうた」

黄揚羽はちょろりと舌の先を見せた。

猫女と鼠介は顔を見合わせる。

「こうなったら、選り好みしてる暇はない、いいかえ、黄揚羽、おまえさんが総大将を夢中にさせるんだ。色仕掛けで虜にして……」

「アハハ、そんなん、無理やわぁ。総大将はんには愛しの君がいてはるさかい……」

「愛しの君？」

「だれのこと、いってるんだえ」

「へえ。総大将はんは、ナギはんが忘れられんのやわ。フフフ、うちを抱いてはっても、ナギナギ、いうて名を呼んではるもの」

猫女と鼠介はまたもや顔を見合わせた。

猫女はぐいと膝を進める。

「だとしたっておまえさんもその道でおまんま食ってる女じゃないか。総大将が城と命運を共にする、なんていいだしたら、離れたくない、一緒に逃げようとすがりついてここへおつれしとくれ」

「待て待て。そのときはナギの名を出すのだ。ナギの居場所を知ってる、せめて今生の別れにひと目逢うてから……とかなんとか」

「うち、嘘は好かん。人を騙すのはいややわ」

それでも危急のときだからとつめよられて、黄揚羽はしぶしぶ承諾した。

「なんや。城を挙げて戦おうってときやのに、落ちのびる算段やなんて……」

まだ文句をいっている。

「総大将を逃すのはわしらの仕事だ」

「フン。せやさかい、尼子は敗けつづけなんやわ。兵庫はん、見習うたらどうやの。命のひとつやふたつ、くれてやる気概でぶつかってこそ武士の義やないか。総大将はんが逃げだすやなんて、尼子の名が廃(すた)るわ」

黄揚羽は気を吐いて帰ってゆく。

あとにのこされた猫女と鼠介は、気勢を削(そ)がれて、ぼんやりと黄揚羽を見送った。

まさか、尼子と縁もゆかりもない遊女ごときに、義について説教をされようとは……。

二

冬の北海は大蛇(オロチ)の眼のように底知れない。

女介は船縁(ふなべり)にたたずみ、寒風になぶられながら渦巻く水面を見つめていた。

下葉崎城を捨てて脱出した。美保湾(みほのわん)から大海へ出ることができたのは、日本介(やまとのすけ)の素早い決断によるものだ。大力介のように敵地を抜けて新山城へ馳(は)せ参じる者や、独立独歩を決めこんで思い思いに去って行く者も多少はいたものの、それ以外の水軍の残党は今、船に身をあずけて西へ航行している。

「悔いておるのか、新山へ帰らなんだことを」

背後で、日本介の声がした。

「いや。われが決めたことだ」

「しかし新山城の方角ばかり眺めておるぞ」

「われが眺めているのは幻の月山富田城だ。父からよう聞かされた、天空にそびえたつ尼子の城の話を。日本介。おぬしは城を欲しゅうないのか。船だけで満足か」

こんなときに訊くことではないとわかっていても、訊かずにはいられない。

この二年余り、数々の戦に駆りだされた。仇である毛利を討ち果たす、己が城を奪還する、出雲をわが手にとだれもが野望を抱いている。けれど日本介だけは、そうした熱い思いとは無縁に見えた。

「いつまでも大海原を彷徨うておるわけにはゆかぬぞ。人は老いる。陸地こそ終の棲家、それが城ならなおよい」

女介の真剣な顔を見て、日本介は苦笑した。

「おれの希みは、船上でくたばって海へ埋葬されることだ。万が一、船から降りねばならぬほど老いたら、そうだな、海辺に小屋でも建てて魚を獲って暮らすか」

女介は目をしばたたく。

「だれかも……そうだ、早苗介が似たようなことをいっていた。戦をしているのでなければ、畑仕事をしていたいと……」

早苗介の恬淡としたまなざしを思いだして、女介は胸をつまらせる。

「われは、だれもが城主になりたがるものだと思うていた」

「城など無用の長物よ」

「なら、なぜ、戦う？」

「尼子が好きだからだ。尼子……というより、鹿介と……女介、おぬしが」

熱い視線を感じて、女介は目を伏せた。今はまだ、勇士を返上して女に戻るわけにはいかない。

「われも鹿介に惚れた。だから手を組むことにしたのだ。鹿介は――大将は今も戦っている」

「むろん尼子を見捨てるつもりはない。そのために、われらは猪目へ行くのだ」

「姫さまが見つかればよいが……」

「日御碕神社へ行けばなにかわかるはずだ。途上、古浦から釜浦で食い物を調達する」

日本介は北海に面したこの界隈で生まれ育った。子供のころから転々としていたところだから、地理に精通しているし、旧なじみも大勢いる。海賊と水軍の境はあいまいながらも身内や旧なじみに悪事を働くことは断じてなかった。むしろ、なにかあれば駆けつけて守ってやる。そんな故郷だったから、いつもどおり快く迎えられると考えていたのだが――。

事態は一変していた。

奈佐水軍の船が近づいてくると聞いただけで岸辺から人影が消えた。家へこもって、だれも出て来ようとしない。

「どういうことだ？」

古浦の長をつれてきて訳をたずねたものの、ふるえているばかりで要領を得ない。

「われにまかせよ」

女介は浜辺で神楽を舞い唄い、浜の人々に戦意のないことを説いてまわった。

「いったい、なにがあったのですか」

人々の答えは皆おなじだった。

「おめらの仲間に酷い目にあわされたんじゃ」

食物や衣服を奪われただけではない。女たちは凌辱され、子供たちはつれ去られた。

刃向かった者は容赦なく八つ裂きにされたという。

「われらの仲間だとッ」

日本介も女介も驚きのあまり言葉を失っていた。水軍の面々は皆、茫然としている。

「たしかに奈佐水軍といったのだな」

「ああ。皆は頭領をムササビと呼んどった」

三

「だれじゃ。出て来いッ」

宮司の声に、ナギは棒立ちになった。見つかったか。だが宮司の視線は、ナギではなく暗がりの一隅へむけられている。

洞(ほら)の内側、道返之大神(ちかえしのおおかみ)の大岩の前に小柄で異相の男が立っていた。

「あ、おまえは……」

袈裟(けさ)は脱いでいるが、総髪をひとつに括(くく)った姿は塩冶(えんや)の神門寺(かんどじ)で出会った男である。

宮司と男はそろってナギへ目をむけた。

「わしのあとをつけて参ったか」

宮司はナギに非難の言葉を投げた。男の仲間と思ったようだ。男は喉の奥で嗤(わら)った。

「これで準備万端ととのったというわけだ」

「何者か知らぬが、もしやおまえがイナタを、イナタをかような目に……」

「犠牲なくして事は成し遂げられぬ。イナタは知らぬといいはった。それゆえ別の役目を与えることにした」

「わらわをここへおびきだすために、イナタの命を奪うたのか。しかし、なぜ……おまえはとうにこの洞が黄泉国の入口だと知っていた」

「知っておっても、ここから先へは行けぬ。だがおまえなら宮司から訊きだせよう」

「わらわが訊いても、宮司さまはお答えになられまい」

「何の話だ?」と、宮司がナギと男の争いをさえぎった。神聖な儀式のじゃまをされた上に、二人の話の意味がわからない。ナギは宮司に、自分もイナタ同様、黄泉国へつづく洞を探しているのだと打ち明けた。尼子再興のために神々に援軍を願うつもりだ、と。

「わたくしの体には八咫烏が痣のようにうきあがっている。それもひとつならず。体が入れ替わっても……いえ、八咫烏はこの体ではのうてわが心に宿りしもの。京の新熊野神社で祈願をしているときにのりうつったのじゃ」

「八咫烏だと？　そいつは知らなんだわ」男はナギをねめつけた。「神社のお宝を奪うとみせて隅から隅まで探したが、黄泉へ行く手がかりは見つからなんだ。あきらめかけたが、そうか。おまえなら宮司の助けを借りずとも黄泉へ行けるのか」

宮司は心底驚いたようだった。

「おぬしらは洞の奥へ、黄泉へ、行くつもりか」

「この女なれば行けよう。でなければ宮司、おぬしが案内せよ」

「生きて帰れぬやもしれぬぞ」

「この女は特別だ。どのみち、このままでは尼子は全滅。とすればナギ、お前も一蓮托生だ、生きのびて独り老いさらばえたとて末路はおなじ」

ナギは息をととのえた。

「いわれずともそのつもりじゃ。それゆえここへ来たのだ。が、行く前にひとつ訊いておく」

　男は「どうぞ」というように首をすくめる。

「わらわが黄泉国へ行ったとて、そなたになんの得がある？　利するは尼子、そなたは尼子の敵」

「おまえは八百万の神々の援軍をつれ帰るつもりだろう。尼子の勝利のために」

「神々はわらわの身方じゃ」

「さればその指揮はおれがとる。他人に仕えるのはもうこりごりだ。おれは、神々の力で、おれの軍団を再興する。非情な侵入者どもに奪われた軍団を」

「軍団……おぬしは何者じゃ」

　宮司がたずねた。

「世木忍者ムササビ」と答えたものの、男は口をゆがめ、ひきつったように嗤った。

「……は、仮の姿。熊谷団の末裔だ」

「熊谷……なんとッ。斐伊川の、大蛇を退治したという……」

　男はナギに視線を戻した。

「先に行くか、ここでスセリを待つか。いずれにしろ三人そろわねば、おまえはおまえに戻れない」

「いやだといったら？」

「スセリに総大将の命を奪うよう命じる。鹿介ともども」

ナギは凍りついた。スセリに憑依したナギは城中にいる。できないことではない。

「行けッ」

同意するしかなかった。そう、この機を逃すわけにはいかない。

ナギは岩壁の八咫烏に正対して踵で地を蹴った。すると、真ん中の足の裂け目が広がり、暝い洞があらわれた。一気に跳ぶ。

大岩の向こうは黄泉比良坂だと聞いていたが、体が回転するような感覚と共にナギの体は洞の底へ落ちていった。

四

人々が苦難にあえごうがおかまいなく、新山城にも春はめぐってきた。若葉が萌え、花々が咲き乱れ、そよ風が心地よい。城がおかれている状況を知らなければ、桃源郷と思いちがいをしそうな山城に、高瀬城の城将だった米原綱寛がわずかな手勢と共に送られてきたのは三月の半ばだった。

護衛してきたのは毛利方の武将で、米原は新山城へ送りとどけてもらうことを条件に、これまで孤軍奮闘、死守してきた高瀬城を開城したのである。

「餓死した馬を食うて餓えをしのぐようでは、もはや応戦とてかなわず……このとおり、幾重にもお詫びいたしまする」

骨と皮になった米原が声をつまらせ、頭をたれて嗚咽をもらすのを、尼子再興軍の兵たちは茫然と見つめるしかなかった。

「兵糧を送れなんだわれらのせいだ。許せ」

鹿介は総大将勝久にとりなした。

「大儀。腹いっぱい食うてくれ」

勝久も米原をねぎらったが、食うてくれといっても食料はとうに底を突きかけている。

米原の世話を兵たちに命じて、鹿介と源太兵衛は本丸をあとにした。おもてむきは武器庫や兵糧倉を見てまわるためだが、鹿介は、源太兵衛と二人きりで話しあう必要に迫られていた。

「とうとう本城のみになってしもうたのう」

源太兵衛は万策尽きたといった顔で、城内を見渡している。

「夜襲も功なし、か」

「尾高城で懲りたわ。あれでかえって士気を削いでしもうた」

尾高城というのは伯耆国の毛利方の城のことで、ひと月ほど前に夜襲をかけた。が、先手を打たれ、こちらの武将が討ちとられた。血気さかんな兵たちが弔い合戦をしかけたが、これもまた敗戦、大半が戦死してしまった。

「これからどうする？」

　鹿介も焦燥を隠せない。

「無念だが、城を捨てるしかあるまい」

「出雲から退却する気か」

「いつぞや生死介がいっていた。あのときは断固、反対したものだが……」

「進言のおかげで教悟院の衆徒どもと密議を重ねた。やはり決断すべき秋がきたのやもしれぬ」

　鹿介の顔には苦渋の色がうかんでいた。毛利に屈して月山富田城を開城したのは五年前だ。そのときすでに再起を誓っていた。流浪していた旧臣たちを呼び集め、尼子再興の計画を練り上げた。のこるは旗印たる総大将を、尼子の血族の中から探しだすこと。

　願ったとおりになった。勝久に目をつけ、真っ先にスセリに相談したことが運を開いた。おかげで勝久は還俗、出陣に漕ぎつけることができた。新熊野神社でスセリとまぐわい、尼子再興の夢を語りあったあのころほど、命の昂りを感じた日々はない。

　尼子再興、すなわち月山富田城奪還は二人の悲願だった。神聖な誓いでもあった。スセリへの烈しい執着がなかったら、鹿介はもっと早く出雲から退却していたかもしれない。

「叔父貴。次戦の指揮はおれがとる。おれが行かねば衆徒らは動かぬ」

「新山を捨てる気なら、城に火をかけて一斉に退却してはどうだ」

「いや。追い討ちをかけられれば危うい。だが敵を攪乱して首尾ようゆけば、伯耆国に本陣を築き、総大将をお迎えできる」

「首尾よういかなんだら……」

「おれの首を懸けて、総大将母子の助命を嘆願する。もしそうなったら、隠岐へおつれしてくれ。隠岐弾正に約束をとりつけてある。機をみて日本介が但馬へ送りとどけてくれるはずだ」

　源太兵衛は眉をひそめた。

「果たして毛利が応じるか……」

「この首では足りぬと？　ハハハ、応じるよう仕向けてみせるわ」

「鹿介。おれはそれでも総力を挙げて戦うほうをとる。たとえ全滅したとしても、尼子は結束が固いと、世に知らしめてやれる」

「いや、それだけはできぬ」

　鹿介は頑としていいはった。

「こたびばかりは従うてくれ。お二人に生きのびてもらわねば、再興の希みが潰える」

「おぬしは、スセリ姫さまを……」

「嗤ってくれ。叔父貴にだけは打ち明けるが、苦戦を強いられれば強いられるほど姫さまへの想いが深うなるのだ。姫さまのためなら、命を棄てても悔いはない」

源太兵衛は足を止めた。西の空を見る。

「されば、おれも、いっておこう。この戦が終わったら——そのとき生きのびていたら——戦はもうしない。軍師は返上する。日御碕神社へ飛んで行ってイナタを妻に迎える」

鹿介は目をみはった。

「イナタは日御碕にいるのか。むろん、あの亀がイナタとは思うておらなんだが……」

だれかがどこかへ匿っていると、鹿介は薄々感じていたという。

「おれたちは、どこで誤ったのかな」

ふっと源太兵衛がつぶやいた。

「誤ってなどおらぬ。強いていうなら仲間を信用しすぎた。人は変わるという自明の理をうっかり失念していた。それだけだ」

二人は押し黙る。聞こえていた鳥の囀りが甲高い一声と激しい羽音で途絶えたのは、だれかが矢を射かけたのか。腹の足しにするために。

庵介をはじめとする寝返った仲間のことはむろん、鹿介の胸にわだかまっていた。が、今、鹿介の胸を占めているのはスセリのことだ。いつからか正確にはいえないが、スセリも変わってしまった。言葉では説明できない変化が、尼子に不運をもたらしているように思えてならない。快活で熱情にあふれ、大胆不敵だったスセリは、どこへ行ってしまったのだろう。

スセリよ——と、胸の内で問いかける。

「おれは早速、出陣の仕度にとりかかる。叔父貴、総大将と女頭領のことは……」

「まかせてくれ」

鹿介と源太兵衛は互いの目を見てうなずき、武器庫が並ぶ一角へ足をふみいれた。

五

「おう。されば悲願が叶うたか」

「姫さまは……ナギは黄泉国へ行ったのですね」

日本介と女介は喜色をうかべた。が、日御碕神社の宮司は憂慮の色を隠さなかった。

「行ったはよいがいまだ帰らぬ。案じたとおり帰ってこれぬのやもしれぬ」

日御碕神社へたどりつくまでの日本介一行は苦難の連続だった。毛利方の追っ手もさることながら、行く先々の湊町や漁村で、以前とは手のひらを返したように白い目で見られた。場所によっては矢を射かけられたり、石を投げられることさえあった。暴行のかぎりを尽くしたムササビが奈佐水軍の一員であったことは事実なので、弁明のしようがない。

日御碕神社でも門前払いを食らうかと案じていたのだが……。宮司は皆を説き伏せ、一行の上陸をあっさり許した。

「神社を襲うたのは尼子の水軍ではなかった。あやつに騙されてしもうたわ」

「ムササビをご存じか」

「猪目洞窟で会うた」

宮司は、ムササビが洞窟でナギを待ち伏せしていたときのことを話した。ムササビはナギなら八咫烏の導きで黄泉国へ行けると知り、八百万の神々を身方につけて軍勢をひきいて帰るよう、ナギに約束をさせたという。

「あやつは世木忍者、毛利の手先」

「さよう。尼子に寝返ったとは聞かぬが、だったらなぜ……」

宮司は片手を上げて二人を鎮めた。

「ナギは黄泉国へ援軍をたのみに行くそうじゃ。それを知って、あやつめ、千載一遇の好機と思うたのだろう。このままでは生涯、毛利の手駒だ。無用になれば捨てられる。が、雲の上にあると思うたものが、突然、目の前にあらわれた。しかも、それをつかむだけのわけが、あやつにはあるらしい」

「どういうことだ」

女介がたずねる。

宮司はムササビが熊谷団の末裔だと教えた。

「熊谷団とは古の出雲国で、国司の下にもうけられた軍団のひとつでの、大原郷近辺から強者どもが集められて、一時は千人にも及ぶ大軍団だったそうじゃ。斐伊川の流域に勢力をひろげておったが、やがては塩冶氏の支配下に組み入れられた」

熊谷団の中には塩冶掃部介に仕え、月山富田城を守っていた者たちがいた。山中一族の助勢と鉢屋衆という隠れ蓑を利用して、尼子経久は掃部介を闇討ちにした。卑劣きわまりないやり方だった。城は一瞬にして阿鼻叫喚につつまれ、女子供まで殺戮されたという。その後、尼子から養子にはいった興久が塩冶の当主となり、斐伊川流域を良く治めてスサノオの再来ともなぞらえられた。が、やがては実家である尼子の反感を買い、自刃させられてしまう。スサノオを祀り、興久が心の拠り所とした日御碕神社を、ムササビがどう見ているか、そこまでは宮司にもわからないというが……。

「鉢屋衆なら、われの母の一族だ」

「うむ。なにやら妙な気分になってきた。ここでは、時の流れがとどこおっているようだ。古と今、あらゆるものがまじりあっているような……」

日本介が困惑顔でいうと、宮司は光る目で二人を見比べた。

「そのとおり。ここは出雲ゆえの」

　宮司はそれ以上、説明をしなかったが、二人は宮司その人こそが今昔を超えた存在であるかのように思えて、畏敬の念に打たれた。

そう。ここは出雲国である。死者と生者が、神々と人間が、善と悪とがまじわるところだ。

「ではムササビは、今も猪目洞窟でナギの帰りを待っているのですね」

「そのはずじゃ。それとも、いくら待っても帰らぬゆえあきらめて、どこぞへ去ってしもうたやもしれぬが……」

二人は顔を見合わせた。あのムササビが容易にあきらめるとは思えない。ここまで用意周到に事を運び、ようやくナギを黄泉国へ送りこむことに成功したのだから。

　女介は両手をついた。

「宮司さま。宮司さまなれば、八咫烏がのうても黄泉国へ行く方法をご存じなのではありませぬか。イナタどのにもムササビにも、決してお教えにならなかった方法を……。お教えください。われが捜しに参ります」

　宮司は眉を寄せた。

「知らぬ。知っておっても教えぬ」

「いいえ。お教えいただかねばなりませぬ。尼子の命運がかかっているのです」

「尼子とは縁を切った」

「ムササビの悪行は尼子とはかかわりがない。そのことはわかっておられるかと……」

「わかっておるが、尼子はもはや……」

「尼子には大恩がおありのはず。日御碕神社が今日あるのは尼子のおかげ。尼子は塩冶のあとを引き継ぎ、社領の安堵、寄進をつづけてきた。それでも尼子とはかかわりとうないと仰せなら、スサノオの姫さまのために……」

「スセリビメさまのことをいうておるのか」

「はい。ナギはスセリ姫さま」

宮司は目をしばたたいた。女介はスセリとナギが入れ替わったいきさつを話した。

「ナギもいうておったような……いや、さように馬鹿げた話を信じろ、と申すか」

「黄泉国で、スセリ姫さまの御身になにか不測の事態が起こったのやもしれぬ。もしそうなら、お助けしなければ。宮司さまとて見過ごしにはできぬはず」

「黄泉国へ行くつもりか」

「はい。姫さまを捜しに」

「何度もいうた。帰れぬやもしれぬぞ」

するとそれまで息をつめて眺めていた日本介が身を乗りだした。

「女介。おまえを危険な目にはあわせられぬ。おれが行く」

「いえ、われが……」

「おれは海の申し子だ。きっと上手くゆく」

「われは鉢屋衆の末裔、神楽で神々の御心を鎮められる。心配はいらぬ」

「まぁまぁ。どちらが行くかはあとでじっくりと話しあうがよい」

「では、宮司さまッ」

「お教えいただけるのかッ」

「スセリ姫さまの御為とあらばいたしかたあるまい。だが、今すぐに、とはゆかぬぞ」

黄泉国へ行くためには、御神体の一部を切り取って作った櫛を挿さなければならない。本物の御神体は経島に保管されているという。

「御神体とは、なんですか」

「スサノオノミコト、すなわち柏の木片。八咫烏が彫られている」


日本介が背負う笈には櫛が入っている。古の大蛇退治の際、スサノオはイナタヒメを櫛に変えたというが、これは黄泉国への通行手形らしい。

「女介。おまえが帰らぬのではと案じながら待つのは死ぬより辛い。おれに行かせてくれ」

「それはわれとておなじだ。そういえば古でもイザナミが先に黄泉国へ下り、イザナギがあとから捜しに行ったのではないか」

「ほうら、捜しに行ったのはイザナギだ」

「いや、はじめはイザナミが……」

二人は足を止める。ひとしきり笑ったところで、日本介は真顔になる。

「イザナギは、どうしても妻に逢いたかった。恋しゅうてがまんができなかったのだ」

「イザナミとて、待ちわびていたはず。寂しゅうて愛しゅうて……」

「女介……」

日本介は女介を抱きよせた。

「共に行こう」

そんなことができようか。

「ぴたりと抱きあえばおそらく」

ところが、二人が望んだようにはならなかった。

猪目洞窟には人が寝起きしていた気配がのこっていた。焚火はまだくすぶっている。欠けた椀や草鞋がころがっていた。ムササビにちがいない。戻ってくる前に実行にうつしたほうがよさそうだ。柏の木片から作った櫛を髪に挿した女介を日本介が抱きかかえ、道返之大神に描かれた八咫烏の足に突進した。

と、そのときだ。頭上の暗がりから黒い影が落ちてきた。日本介を跳ねとばし、女介をかかえこんだ。なにが起こったか、二人に考える間を与えず、ムササビは一気に暝い裂け目へ跳びこんだ。女介の悲鳴が尾を引いて遠ざかる。

「女介ッ。女介ーッ」

日本介は跳ね起きて、あとを追おうとした。が、岩壁にはじかれて進めない。

「待てッ、行くな、待ってくれッ」

今やただの亀裂としか見えない八咫烏の足の向こうへ、ムササビと女介は消えてしまった。

六

「お許しくだされ。出雲国奪還のお約束は果たせませなんだが、これより鹿介、伯耆国へおもむき、敵毛利を蹴散らして、必ずやお二人を新たな城へお迎えいたしまする」

鹿介は総大将勝久とスセリに出陣の挨拶をした。真夏の蒸し暑い夜である。じっとしていても汗がにじみ出てくる。

勝久は、黒々とした髭を汗で光らせながら、仏門で修行に励んでいたころを思わせる真摯なまなざしで鹿介を見返した。

「前々から一度、訊いてみたいと思うていた。そなたほどの武将なれば、いずこの大名でも高禄で迎えるはず。なにゆえ尼子にしがみつく？　これほど敗け戦つづきというのに、尼子を見限らぬのはなぜだ。余を担ぎ出した手前、やむなくふんばっておるのではないか」

鹿介は虚をつかれたような顔をした。

「ご存じかと思うておりましたが……それがしの曽祖父は尼子の祖である持久（もちひさ）さまの孫にて、経久さまとは従兄弟（いとこ）同士、わが山中家は臣下であると同時に、恐れながら尼子の一門でもござります。見限るもなにも、この体を切れば尼子の血が噴きだしまする」

「さようか……知らなんだ」

「曽祖父の父は山中姓を賜ったのちにお咎（とが）めをうけ、幽閉されたまま亡（の）うなったそうにござります。にもかかわらず子孫は重用され、ひとかたならぬご恩をこうむりました」

「山中と亀井は尼子の両輪と聞いている。双方と縁のある鹿介こそ尼子の要（かなめ）ぞ」

鹿介は若いころの一時期、山中家と肩を並べる重臣の亀井家の養子となっていた。

「買いかぶりにござる。なれど、尼子なくして鹿介はない、それはまぎれもない事実」

月山富田城を開城する際、皆で再起を誓いあった。そのときも今も尼子以外の大名に仕えるつもりはまったくなかった。

とはいえ鹿介と尼子を結びつけているものはそれだけではなかった。先日、源太兵衛から、戦が終わったらイナタと夫婦になって平穏な暮らしをするつもりだと打ち明けられた。それを聞いて、鹿介も己の胸に問うた。なぜ出雲か。なぜ月山富田城か。尼子がなぜ命なのか。

左右に目をやる。スセリと勝久の他には道理介と大力介がいるだけだ。深々と息を吸いこみ、上気した顔をスセリにむける。

「今ひとつ。それがしが尼子にこだわる最たる理由は……スセリ姫さまとの約束をたがえとうないからにござります」

男たちはいっせいにスセリを見た。スセリは当惑して目をしばたたいている。

「尼子の総大将は勝久さまでのうてはつとまりませぬ。そのためには母者の姫さまのお力ぞえが必至にござった。しかし、今にして思えば、これこそ宿命と申すもの。姫さまとこの鹿介には切っても切れぬ縁がござる。若かりしころ、月山富田城下で育んだ……」

どんな縁かとたずねる者はいなかった。軽口を叩ける場ではなし、よけいな口を封じるような気迫が鹿介の隆々たる体軀にも、炯々としたまなざしにもみなぎっている。

一方のスセリは、鹿介の述懐に当惑しているようだった。見た目はスセリでも心はナギだから、縁とはなんのことか、わからないのだ。

「決して口にはすまい、生涯秘めたままで……と誓うたことにござりますが、姫さま、姫さまもよもやお忘れではありますまい。新宮谷、苔むした墓、燃えさかる焔、荒法師の祟りに屈してわれらは……」

　スセリはくちびるを嚙んでいた。けんめいに狼狽を悟られまいとしている。

「失うものが多すぎて一度は断ち切った想いなれど……すべてを失うた今、まことの日が開いた。新熊野神社で逢うたとき、これこそ宿命と悟ってござる。姫さまは、いかに？」

「え、ええ。わ、わらわもさように」

　スセリにとっては運のよいことに、じれったくなった道理介が二人の話に割ってはいった。

「お二人の縁とやらがなにかは存じませぬが、今は思い出話にふけっておるときではござらぬぞ。われらは追いつめられた。が、さればこそ尼子の底力を見せてやるときだ。皆々を集め、忠義を叩きこんで一致団結……」

　勝久は道理介の話を聞き流した。鹿介のほうへ紅潮した顔をむける。

「余は鹿介の気持ちがわかるぞ。縁とは道理を超えたもの、それこそが宿命」

「総大将……」

「余は尼子再興という大義に酔うた。書物と仏法に明け暮れる日々に突然、光が射したように思えた。采配をかかげて兵をひきい、まだ見ぬ月山富田城に君臨する日を夢に描いた。それは今も変わらぬ。だが、もしここにナギがいれば、手に手をとって逃げていたやも知れぬ。どこぞ名もない田舎の片隅で畑を耕し、子らにかこまれて天寿を全うしたいと願うたろう。総大将の身でそれができるかどうかは別として……」

しばし沈黙が流れた。鹿介は勝久の素直さに驚いているだけだが、道理介は盛大に顔をしかめている。この期におよんで総大将が感傷的なことをいいだしたのが気に食わないのだ。

と、そのとき、奇妙な声が聞こえた。スセリだ。泣いているのか。だとしても涙はない。目を閉じて首を左右にゆすり、ときおり顎を上げてクィクィと哀しそうな声をもらしている。

「母上。どうされましたか」

勝久が片手を伸ばしてスセリの膝の上におかれた手をにぎろうとすると、スセリは真っ赤になって手を引っこめた。

「なんでもありませぬ。昔を、昔を思いだしただけじゃ」

そうではなかった。スセリは勝久の熱い想いに打たれ、自分こそがナギだといえないもどかしさ苦しさに身を揉んでいたのだ。

「さすれば勝久さま、姫さま――いや、総大将および女頭領、お二人には鹿介の想いをお汲みいただき、なにとぞ、御命、粗末になされませぬよう。それがしの身になにがあろうと必ずや生きのびて、再起を期してくだされ」

鹿介は今一度、両手をついた。

勝久の唐突な問いから思いがけないところへ話がころがってしまったが、おかげでセリも自分との縁を忘れずにいてくれたことがわかった。それだけで大いに満足だった。

今生の別れやもしれぬ——。

鹿介は静かな諦観にひたっている。

翌未明、鹿介は数十の兵をひきいて新山城をあとにした。毛利の目を盗んで伯耆国へはいるには、できるだけ目立たぬほうがよい。兵は少数だが、鹿介のかたわらには大力介がぴたりと寄りそっている。

鹿介軍から少し遅れて、苅介（かりのすけ）や福山次郎左衛門（ふくやまじろうざえもん）、それに今は亡き兵庫介が遺（のこ）した弟らの一行も伯耆国へ出陣した。こちらも毛利の目をくらますために小軍編成である。

鹿介軍は美保湾岸の末石（すえいし）城へ、苅介軍はその先の八橋（やばせ）城をめざすことになっていた。ふたつの城より南にある教悟院衆徒の拠点、大山寺（だいせんじ）を加えた三カ所を押さえれば、毛利も容易には攻められないはずだ。それが衆徒と協議を重ねた末に出した結論だった。

進軍の途上で、鹿介は大力介に命じた。

「おれに殉じてはならぬぞ」

鹿介の真剣なまなざしを見て、大力介は息を呑（の）む。

「なにがあっても生きのびよ。おぬしには生き証人となってもらわねばならぬ」

「大将……」

「おぬしは不死身だ。そのことを忘れるな」

大力介にとって鹿介は、尼子の滅亡以前からの主である。命令にそむいたことは一度もなかった。

大力介がうなずくのを見て、鹿介は安堵の息をつく。

「いっておくことはそれだけだ。さて、あとはいかにして神西を身方につけるか」

末石城は、尼子再興軍に加わっていた尼子の旧臣、神西元通が守る城である。布部山合戦のあと毛利へ降り、出雲から追放された。が、かわりに末石城を与えられた。それを再び尼子へ寝返らせようというのである。

「大将なれば容易にござりましょう」

「なにゆえだ？　もはや手柄を立ててても与えてやるものはない。道理介の道理は使い古し、口にするのもこそばゆいわ」

「いえ、大将御自ら、しかもわずかな兵のみで会いに行かれる――それだけで、神西どのは感涙にむせぶはず。尼子の勇士は皆、意気に感ずる心をもっております」

大力介が予想したとおり、神西は鹿介がまさに命懸けで新山城を脱出、自分に援助を求めてきたことに感激した。やむをえないこととはいえ、布部山合戦のあと毛利軍に降伏したことにうしろめたさを感じていたのだろう。

一方、苅介軍も毛利方の留守居の兵が手薄になっていた隙をついて八橋城を奪い、陣をかまえた。

それにしても――。

新山城は周囲を毛利に監視されていた。籠城さながらの苦境にあえいでいた。ではなぜ、小軍とはいえ鹿介軍と苅介軍は脱出に成功し、無事に伯耆国の城へ入ることができたのか。

これにはわけがある。

六月十四日、吉田郡山城で病の床についていた毛利元就が死去した。このとき、毛利輝元・隆景ら大方はすでに本国へ引き揚げ、出雲にのこっていたのは吉川元春軍のみだった。しかも訃報がとどいたとき、元春は高瀬城にいた。尼子方の米原から尼子最後の支城である高瀬城を奪った勢いで隠岐へ水軍を送り、一気に手中におさめようとしていたのだ。そのため、新山城や伯耆国の諸城への目くばりが疎かになっていた。尼子方はその隙をついたのである。

元就の死去で、吉川軍も本国へ引き揚げるかと思われた。もしそうなったら、尼子再興軍は鬼の居ぬ間に伯耆国で新たな拠点を築き、息を吹き返すことができたかもしれない。

そうはならなかった。

父の死を知った元春は猛然と立ち上がった。

尼子を叩き潰すことは亡父の遺志。今度こそ容赦はせぬぞ――。

吉川元春は弔い合戦の号令をかけた。

七

黄泉国へつづく、永遠とも思われる坂を下りながら、ナギは、スセリであった遠い日の記憶をたどっていた。

蒸し暑い夏。あれは月山富田城だ。

イナタが扇で風を送っていた。その風は生ぬるく、にじむ汗は止められない。止められようか、この胸の想いを――。

スセリはため息をついた。

「もしや、姫さまはまたあのお人のことを想うておられるのではありませんか」

扇のうしろから、イナタの咎めるような目が覗いている。

「お屋形さまに知られたらどうなるか」

「心配は無用じゃ。お屋形さまにとって、わらわなど数多の側妾の一人にすぎぬ。わらわがなにをしようと、お気になどなさるまい」

「それはちがいます。お屋形さまは姫さまに執心しておられます。さもなくば、いかに姫さまの懇願とはいえ、孫四郎さまをご赦免して京の寺へお預けになるはずがございませぬ」

「孫四郎はあのときまだ幼かった」

「いいえ。異母兄は皆、首を刎ねられました。謀反人の男子の成敗は武門のならい……」

新宮党粛清の話である。月山富田城の北麓、新宮谷に屋敷をかまえ、三千近い家臣をしたがえていたスセリの養父、国久はその六年前に暗殺された。国久の息子でスセリの夫でもあった誠久も斬殺され、先妻の子らをはじめ一族郎党が攻め滅ぼされた。

乳飲み子ともども逃げのびたスセリは、後日わが子の助命嘆願のため城へ上がった。わが子の助命は叶ったものの、そのまま尼子の当主、スセリには従兄でもある晴久の閨に侍ることになった。拒むことなどできようか。尼子の血をうけながら、実父と養父、さらに夫まで奪われて孤立無援になった女の生殺与奪は、晴久の手ににぎられている。

スセリにはひそかに想う男がいた。新宮谷で共に育ち――といってもスセリのほうが年上だから遊んでやり――一時期は他家の養子になったため会えなかったものの、再会したときは評判にたがわぬ美丈夫に成長していた若者……。

そう。鹿介である。

鹿介は、新宮党が壊滅させられた際、戦火をくぐってスセリ母子を助けだしてくれた。

まだ十代半ばだったが、隆々とした体つきはすでに大人、聡明(そうめい)な人柄と冷静沈着なふるまいはスセリの目にたのもしい勇士に映った。

その後も鹿介はスセリ母子を気づかってくれた。が、片や幽閉同然の謀反人の姫、片や将来を嘱望された若者。しかも鹿介は、病弱な兄にかわって山中家の家督を継いだばかりだった。養子となっていた亀井家を去るにあたっては亀井家の娘を妻に迎え、妻の妹を養女として婿をとり、その婿に亀井家の家督を継がせている。両家が鹿介をたのみとしていたのは一目瞭然(りょうぜん)。

実るはずのない恋である。が、天は思いもよらぬ宿命(さだめ)を用意していた。ある日、スセリは晴久の目を盗んで新宮谷へ出かけた。そこで久方ぶりに鹿介と再会した。

山中家の屋敷から出てきた鹿介は、かつて新宮党の屋敷があった跡の空き地にたたずんでいるスセリを見て息を呑んだ。

「姫さま。かようなところへいらしてはなりませぬ。ご無念にはござりましょうが、もはや取り返しのつかぬことにて……」

スセリは鹿介に燃えるような目をむけた。

「わらわは嘆き悲しむためにここへ来たのではない。だれぞの声が聞こえた。その声はわらわに新宮谷へ行けと命じた。亡父かと思うたが、わらわは亡父を知らぬ。ゆえにもしや……」

「姫さまは近ごろ、ようふしぎなことを仰せになられます。まるで神がかりのような」

かたわらにつきそっていたイナタが困惑顔で言葉をそえた。

「鹿介。そなたは荒法師の墓を存じておるか」

スセリはたずねた。鹿介は顔をそむける。

「あの墓には近づかぬほうがよい」

「わらわは祟りなど恐れぬ。新宮谷のどこかにあると聞いた。墓所へ案内しておくれ」

「しかし、それは……」

「荒法師に問うてみたいのじゃ。なぜ尼子は、身内同士で殺しあうのか」

鹿介とスセリは目をあわせた。

八

「おい。なにをしておる？」

背後から声をかけられて、黄揚羽は手にした木片を落としそうになった。

「なんや、びっくりさせんといて」

生死介（せいしのすけ）は黄揚羽の手元を覗きこんだ。

「そいつは……」

「卒塔婆に決まってるやろ」

「引っこ抜いたのか」

「いつ、こっから出てかななららんかわからんさかい、このままにはしておけん」

ええとこへ来た、と黄揚羽は、目の先に鎮座している大石のほうへ顎をしゃくった。

「あれ墓石にしたらええ、思うてるんやけど。戻ってきたとき、目印になるさかいに」

「戻ってくる？　おまえは、ここへ、戻ってくる気か」

「あたりまえやわ。兵庫はんがここに眠ってはるんや、放っておけますかいな」

生死介はふしぎそうに黄揚羽を見た。

「しかし、おまえは総大将の閨へ入りびたっておるではないか」

「だから、なんやの？」

「おまえは、銭さえもらえばどやっとでも小家へしけこんでいた」

「近ごろは総大将はんだけで手いっぱいや。うちも年とったのかもしれへんなぁ」

「そのおまえが兵庫介の墓を守る、だと？」

「へえ。そうどす。ほんまはな、兵庫はんのおそばで稼げたらいちばんなんやけど。そうや、戦がのうなったらここに小家建てて、そのうちにはりっぱな廓、いや、傾城町にしてもうたらどないやろ」

「阿呆かッ」

吐き捨てたものの、ふっと真顔になる。

「おれは、おまえという女が、わからん」

蔑んではいない。あきれてもいない。心底、感心した顔でいう。

黄揚羽はじれったそうに指さした。

「なぁ、あの石、もってきておくれやす」

「お、おお、いいとも」

生死介は大石のところへ歩みよる。が、重くて容易にはもちあがらない。

黄揚羽は忍び笑いをもらした。

「なんや、へっぴり腰やなぁ。女頭領はんやったら片手でもちあげはるわ」

「うるさいッ、よっこらしょっと」

苦心惨憺（さんたん）して運んだところで、生死介は首をかしげる。

「女頭領はそんなに力持ちか」

「そりゃもう……あの華奢（きゃしゃ）な腕で、この前なんか、雨水を貯めた大樽（おおだる）、軽々ともちあげてはったわ。それだけやおへん。女頭領はんの踵は岩よりも硬おす」

「ふうん。並みの女子（おなご）にあらず、とは思うておったが……」

生死介はたった今、自分でもってきたばかりの石をしげしげと眺めた。

「ま、女頭領はスセリ姫、スサノオの娘なればふしぎはないやもしれんが……」

「スサノオの娘って、なんどす」

生死介は、スセリの実父の塩冶興久が、大蛇（オロチ）を退治したスサノオノミコトになぞらえられていることを、かいつまんで説明してやった。

「あれ、女頭領はんは尼子のお血筋やと思うとったんやけど……」

「そのとおり。興久さまは尼子のお生まれなれど塩冶を継がれた。塩冶一族は出雲源氏の嫡流で、八百万（やおよろず）の神々とも近しい。出雲随一の由緒ある家柄だったが、尼子にのっとられた」

「なぁんや。うちは尼子がいちばんかて……」

生死介はまだ石を見ている。

「これに似た墓が、新宮谷にもあった。尼子に首級（しるし）を挙げられた、塩冶の荒法師の墓だ」

黄揚羽は目をしばたたいた。

「荒法師……」

「うむ。百年近く前になるが、尼子経久さまのころの話だ。月山富田城を守っていた塩冶掃部介が騙し討ちにあった。それも、正月の万歳に扮（ふん）した鉢屋衆にまぎれて城内へはいりこみ、祝い事の舞を装って襲いかかるという卑怯（ひきょう）きわまりない謀（はかりごと）によって。このとき手柄を立てたのが、尼子方の山中と亀井の一族で、それゆえ以後は尼子の重臣として引きたてられた」

「そんなむずかしこと、うちはようわからん」

黄揚羽は口を尖らせた。

「それより、荒法師ってなんやの」

「だから騙し討ちにあった塩冶掃部介さまだ。富田城下の新宮谷というところに墓がある。だがこの墓が厄介での、よほど怨みがこもっておるのだろう、数々の祟りを引き起こした。で、皆、荒法師と呼んで恐れておったのだ」

「へえ、荒法師の墓、ねえ……」

黄揚羽は墓石をなでまわした。

「だぁれも墓守りをせえへんかったさかいに、祟られたんやおまへんか」

「たしかに、尼子は御難つづきだった。身内が身内を殺め、とうとう滅んでしもうた」

「ほーら、いわんこっちゃない。せやさかい、うちがこの墓を守る、いうてますのや」

「兵庫介はだれにも祟らぬぞ」

「けど、兵庫はんかて身内の騙し討ちにあったと聞いてます」

「いや。それとこれとはちがう。口惜しゅうはあったろうが、あれは戦だ。戦に死はつきもの。兵庫介は思いのこすことなくくたばったはずだ」

「ほんまどすか」

黄揚羽は首をかしげ、それから墓石の前にしゃがみこんで手をあわせた。

「兵庫はん。荒法師なんかになったらあきまへんえ。せやけど少しは思いかてのこしてもらわな、うちは寂しゅおす。うちのとこだけ、こっそり出て来ておくれえな。今度こそ夜通し、愉しいことしまひょ」

黄揚羽の身勝手な言い分を聞き流して、生死介も合掌する。

二人は亡き友、想い人の冥福を祈った。

九

スセリと鹿介がその場所を選んだのは天の配剤――人智を超えた力――によるものだったかもしれない。むろん、あのころの二人はそんなことまで考えがおよばなかった。ただ、人目を気にせずに逢引きができる場所を他に思いつかなかっただけで……。

だれしも祟りは怖い――。

荒法師の墓所は、新宮谷の南のはずれにあった。ぼうぼうと藪が生い茂る一隅に、廃屋さながら、丸太の囲いと茅葺の屋根だけの、祠と呼ぶにはあまりに粗末すぎる小屋があって、その中に人の膝丈ほどの自然石――三重の塔らしく見える――の墓がおかれていた。つまり、野ざらしにしておいてだれかが不用意にふれ、祟りが引き起こされることのないよう、あとから小屋で隠したものらしい。

鹿介ははじめ、尻込みをした。

「祟られるぞ」

「わらわは塩冶の姫。血はつながらずとも荒法師の末裔じゃ。祟られたりするものか」

なんといわれようと、スセリは平気だった。今さらなにを畏れるのか。

ある日突然、養父と夫が斬殺された。一族郎党が粛清される阿鼻叫喚の地獄絵を目の当たりにしてきた。記憶にはないものの、実父も身内に滅ぼされている。

そもそも新宮党は荒武者ぞろいだった。物心ついてからずっと猛者の中で暮らしてきたスセリは、人一倍気丈である。

「そなたは塩冶と縁つづきだが、おれは荒法師を騙し討ちにした山中と亀井の縁者だ。怨み骨髄、真っ先に祟られるにちがいない」

「荒法師は黄泉国の住人じゃ。わらわはお屋形さまのほうが恐ろしい。人は神より狡猾、しかも残虐、わらわはよう存じておる」

「神は畏るるに足らず、と……」

「八百万の神々はわらわの身方じゃ」

スセリがきっぱりいいきったので、鹿介はけげんな顔になった。

「なぜ、そんなふうに信じられるのだ」

「わらわはスサノオと日御碕神社の巫女の娘、神々の申し子ゆえじゃ。今も新宮谷へ行けと声が聞こえた。ここへ来たら、そなたに逢えた」

　スセリは新宮谷が、月山富田城が、自分と八百万の神々とを結ぶ接点であるような気がしていた。となれば、荒法師の墓所も、人目を忍ぶのにもってこいの隠れ処であるだけでなく、鹿介とまぐわうために太古から用意された聖地なのではないか。

「いやなら帰る。わらわはそなた次第」

　スセリは艶めいた双眸で鹿介をじっと見つめた。漆黒の眸の魔力に抗える男がいようか。

「よし。中へはいろう。荒法師よ、祟りたいならおれに祟れ」

「それでこそ鹿介じゃ」

　その日、二人は荒法師の墓石のかたわらでまぐわった。養父・国久の命令でその息子・誠久の子を産み、わが子の助命のために尼子の当主・晴久の側妾となったスセリは、はじめて自ら見初めた男と結ばれた。悦びは限りない。

　尼子とは切っても切れぬ縁のある鹿介にとっても、尼子隆盛の礎となった先代経久の三兄弟（嫡男の政久は早世してしまったので正確にいえば孫の晴久だが）のすべてと深い縁で結ばれている、まさに尼子の申し子のような姫との濃密な交わりは、忘れがたい記憶として体の隅々に刻まれた。

もし何事も起こらなかったら、より大胆になり、抑えがきかなくなって、破滅の淵へ共々にころがり落ちていたかもしれない。

ところが、秘密の逢瀬はほんの数回しかつづかなかった。ある日、火の気のないはずの小屋から火が出た。小屋はあっという間に焔につつまれた。小屋は燃え落ち、今や荒法師の墓石だけが黒く煤けた姿をさらしている。

「姫さま。少しはお召し上がりになられませんと。お体が保ちませぬよ」

イナタに懇願されて粥をひと口すすったものの、スセリはもう箸をおいていた。食欲がないのは、荒法師の墓所の焼亡が気になってしかたがないからだ。

「イナタ。小屋はなぜ燃えた？　皆はなんと申しておるのじゃ」

「むろん、荒法師の祟りだと……」

だれかが荒法師の墓に近づいた。それで荒ぶる魂が怒りだし、焔となって噴き上がった。城下ではそんな噂がひろまっているらしい。

「わらわはそうは思わぬ。あれは、お屋形さまがなされたことじゃ」

「姫さまッ。なにゆえさような恐ろしいことを……なんぞ脅されたのでございますか」

「いいや。なれどこのところ、わらわを避けておられる。あの御目を見ればわかる」

「お声がかからぬのは、苦境ゆえにございましょう。今は、女子にうつつをぬかしているときではございませぬ」

イナタのいうことはもっともだった。

新宮党を粛清してから、尼子の勢いに陰りが生じた。もとより新宮党の粛清も尼子内部の抗争を招くために毛利が仕組んだ謀だという噂があるくらいで、毛利は次々と調略をしかけて、尼子のさらなる衰退を画策していた。

このままでは危うい。尼子は寺社に片っ端から寄進をすることで地盤を固めようとしていたが、果たしてどれほどの成果があるか。

「お屋形さまはすべてお見とおしじゃ。なれど、わらわを罰すれば、鹿介もお咎めなしとはゆかぬ。そなたがいうように、この尼子存亡の大事に、鹿介ほどの勇士を失うては毛利に勝てぬ。それゆえ小屋を焼きはらい、われらに脅しをかけたのじゃ」

「それは……さようなことも、あるやもしれませぬが……」

イナタも案じ顔になっている。

「鹿介さまはなんと仰せにございますか」

「わらわのためにも尼子のためにも、もう逢わぬほうがよいと……」

鹿介の股肱(ここう)の臣である大力介が伝言をとどけてきた。文(ふみ)では危うい。報(しら)せがあるときはどちらも口頭で伝言をとどけさせている。

「わらわはどうなってもよい。が、鹿介の前途が閉ざされるのはわらわとて見とうない。

尼子に災いがふりかかることも」

とはいえ、このままで済むのか。晴久がもし二人の逢引きに気づいていたとして、これでお終いになるのだろうか。小屋を焼くだけで終わればよいが、京の寺にいる孫四郎のことを思うと、スセリは心配で物も喉を通らない。

「わたくしは、はじめから、かようなことになるのではないかと案じておりました」

イナタがため息をつくのを聞いて、スセリははっと目を上げた。

「今思えばそれも――鹿介とこうなったことも――抗いがたい宿命であったような気がする。だれかが……黄泉国の声が、わらわをあやつっておるのやもしれぬ」

「姫さま、またさようなことを……」

「声が導いてくれよう。心配はやめじゃ。イナタ、美味を並べよ。腹いっぱい食べるぞ」

スセリと鹿介の恋は終わった。というより、終わらざるをえなかった。毛利・吉川・小早川の連合軍が赤穴の陣から出雲へむけて進軍してきたからである。月山富田城と尼子方の諸城との連絡網を分断して諸将を毛利へ寝返らせるべく、調略をしかけてきた。

鹿介は晴久の命で、嫡子・義久の補佐をして各地を転戦することになった。富田城へ戻っても、新宮谷の屋敷へ立ち寄る暇はない。一方の晴久は富田城で采配をふる。

晴久は戦の劣勢に焦燥を深め、体調もすぐれないのか、声を荒らげることが多くなっていた。いつ見ても陰鬱な顔をしている。

年が押しつまったある夜、スセリは晴久の閨へ呼ばれた。

「毛利が余を呪い殺そうとしておる。だれに祈禱をさせたと思う？　鰐淵寺(がくえんじ)の栄芸(えげい)坊主だ」

「まさかッ。ありえませぬ」

「鰐淵寺は山中一族と縁が深い。よもや、山中までかかわっておるとは思わぬが……大昔、荒法師は、鰐淵寺から来た山中党に首を奪(と)られた」

荒法師、と聞いて、スセリは息を吞む。

晴久はそれ以上、話をしなかった。スセリを抱こうともしなかった。

寝所へ帰ったスセリは、イナタの腕の中で、ひと晩中、歯の根を鳴らしてすごした。

ところが同月二十四日、晴久が頓死した。

そして、それから十年と七カ月の余――。

新宮谷での記憶をたどりつつ黄泉比良坂(よもつひらさか)を下ってきたスセリ――ナギは闇の底で目覚めた。

十

「今、なんとッ」

鹿介は、いつものこの男とは別人のような険しい顔で床几を蹴りたてた。

「大軍がこちらへむかっておると？」

地面に平伏したまま、大力介は顔を上げた。

「すさまじい軍勢にて……その数、一万近くになろうかと……」

鹿介の軍はここ末石城を占拠した。が、城将の神西が迎え入れてくれたので、戦闘はなかった。一方、荊介たちの尼子軍は出雲国から見てさらに東の八橋城を攻めとった。

両城の南方には教悟院があって、そこでは大山の衆徒が戦闘態勢をととのえている。

毛利元就という巨星を喪った吉川元春が、これほど素早く弔い合戦の号令をかけたのは意外だったが、吉川軍の当面の矛先は八橋城と教悟院だと聞こえていた。それが証拠に、小十神山に陣を敷いた吉川軍は、東進の道すがら、尼子残党がひそむ寺内城を攻撃しているとの報せがとどいていた。

「矛先を変えた、と申すか」

「他は捨ておき、全軍で末石城を攻めよと下知があったもようにて……」

「希みはおれの首か」

「大将を討ちとれば、皆も戦意を失うと考えたのでござりましょう」

鹿介はうなった。

吉川軍が大軍であることははじめから承知していた。そこでこちらは拠点を三カ所に分散、勢いを削ぐ作戦に出た。ところが戦闘のあった八橋城へ大軍を送ると見せて、突如、馬の首をまわし、平穏を保っている末石城へまっしぐらに進軍をはじめたというのだ。

一万もの軍勢に包囲されれば逃げ場はない。籠城したところで、いつまで保つか。

「抜け道は？」

「ことごとく敵に……」

「畜生めッ。油断した」

神西は尼子の旧臣で心利いた仲である。が、一時は毛利についていたわけで、となれば、毛利の息のかかった者が送りこまれていたとも考えられる。今こそ好機、鹿介を捕らえるべしと元春の耳に吹きこむ者があったとしてもふしぎはなかった。

末石城は籠城のかまえをとり、八橋城の尼子軍や大山衆徒の援軍を待つことになった。が、多勢に無勢、たとえ両軍が命を棄てる覚悟で攻め崩しにかかったとしても――大山の衆徒がそこまでする義理はなかったが――吉川軍の包囲網を崩せるとは思えない。

苛立って歩きまわり、一刻ごとに焦燥の色を深めてゆく鹿介だったが、胸の奥は、自分でも意外なほど静まりかえっていた。

もとより予想していたことではないか。

伯耆国に本城を築き、総大将を迎える……というのは、むろん、出陣の目的であり、なんとしても成し遂げたい悲願だった。けれど同時にもうひとつの可能性が常に頭の片隅にあったことも事実である。それは己の命と引き換えに総大将と女頭領の命を救うことだ。新山城を開城して、スセリと勝久母子を落ちのびさせる。万が一のときは二人を助けようと決めていたからこそ、鹿介は新山城を出て、伯耆国へむかったのだ。

「宍戸どの口羽どのに密書をとどけよ」

鹿介は大力介に命じた。宍戸隆家と口羽通良は共に毛利方の武将である。

鹿介の文には、降参する場合の条件が認められていた。尼子軍を撤退、すべての城を明け渡すかわりに、総大将以下、尼子の諸将の命を保証すべしという内容である。

宍戸と口羽は吉川元春のもとへ飛んでいったが、元春は鹿介の申し出を突っぱねた。

尼子は五年前に滅亡している。月山富田城が開城となったとき、毛利は尼子の諸将の命を奪わなかった。その結果はどうなったか。尼子の残党どもは再興軍を結成して出雲国へ進軍してきた。尼子再興軍に、毛利はどれだけ苦戦を強いられたか。

「すべては鹿介の野望のせいだ。あやつを生かしておいては、この先またなにをしでかすか。出雲国の平定は望めぬ」

元春はそもそも、鹿介の降参の申し出を信用していなかった。偽りだと断定した。

「一気に総攻撃をかけて鹿介の首級を挙げる。この機に、尼子を完膚なきまで叩き潰せ」

宍戸と口羽はなおも反対した。

「鹿介を誅せば悪評がひろまりましょう。それこそ平定は危うくなりまする。後悔なされますぞ」

神西のように、毛利に調略されながらも実は鹿介に心酔している者たちは数知れない。いつなにをきっかけに寝返るか。尼子が消滅したからといって油断はできない。

「本城常光どのの一件、よもやお忘れではありますまい」

毛利に降った本城が誅された。すると調略されて毛利方についていた尼子の旧臣がこぞって尼子方に帰参してしまった。

「尼子の諸将には、われらには理解しがたき結束がござります」

宍戸と口羽の説得は功を奏した。

元春は二人の提案を入れ、尼子再興軍の撤退と諸城の開城を条件に、鹿介はじめ諸将の助命と、鹿介に二千貫の土地を与えるとの約定を認めた。この報せに鹿介が小躍りしたのはいうまでもない。

「捨扶持(すてぶち)までいただけるとは恐悦至極」

鹿介は大力介を急ぎ八橋城へ走らせ、城を開城させると共に、苅介、兵庫介の弟たち、福山らを新山城へむかわせた。とはいえ――。

元春が自分を疑ってかかったように、鹿介も元春を信用してはいなかった。反乱が起きないよう、当座は自分を生かしておくはずだ。が、それはあくまで当座のみ。いずれにしても、新山城を開城して、スセリや勝久が無事に落ちのびるまでは、己の首を差しだすわけにはいかない。

鹿介は末石城から新山城のある西方のかなたを眺め、胸中でスセリに語りかけた。

「昔も同様にござったのう。またもや追いつめられて、別れ別れになろうとは……」

かつては荒法師の祟りを避けるために、今回は毛利の追撃をかわすために、二人は辛い別れを余儀なくされた。自分とスセリは結ばれぬ宿命(さだめ)にあるらしい。

「姫さま。この世のどこかに、いや、たとえ黄泉国とてかまわぬ、二人が安穏に暮らせる地がもし、あるならば……」

宙を駆けてでも行きたいと鹿介は思った。

西の空で満月が哀愁をおびた光を放っている。

十一

新山城はごったがえしていた。

「末石城が開城したとはまことか」

「大将は囚われたらしい」

「いいや、大将は毛利に降ったと聞いたぞ」

「いいや、それは毛利の流言。鹿介さまは首級を挙げられたと聞き申した」

なにが真実でなにが流言か、判断するすべはない。が、ともあれ鹿介から開城すべしとの報せがとどいた。敗戦はまちがいなさそうだ。

「潮時にござります。お下知を」

源太兵衛は総大将勝久に退却をうながした。

「皆の者は落ちのびよ。余は城にのこる」

案の定、勝久は頑固だった。

「さすがは総大将、と、道理介の道理は申してござりまするが、ここは軍師どのに従うべきかと存じまする。総大将には大将との約束がござる。落ちのびて再起を期すがつとめにござりましょう」

道理介も退却を勧めた。

そうこうしているところへ、苅介軍の兵たちも逃げ帰ってきた。

「戻る道で聞いたところによりまするると、大将との話し合いが成ったあとも吉川軍は手をゆるめず、寺内城を落としてわれらが残党を全滅させたそうにござりまする。となればこの城も危うい。一刻も猶予はござりませぬ」

毛利としても、降参して城を明け渡し退却してゆく敵に追い討ちをかけることはできない。そんなことをすれば、以後、だれからも信用されなくなる。では安全に退却できるか、と問われれば、そうともいえなかった。野武士をよそおった残党狩りは、こうした際の常套手段である。そのため、大方は敵の襲撃に備え、一丸となって城を出る。

裏門で勝久はほろほろと涙をこぼした。

「母上の夢を潰えさせてしまいました。余の力が足りなんだゆえ、お許しくだされ」

勝久はスセリに詫びた。

「いいえ。そなたのせいではありませぬ。そもそも城など無用。だれのものでもない、自在に駈けまわれる野山があれば十分じゃ」

「母上……？」

「わらわは、京へ帰りたい」

スセリは京の都がある東方のかなたに目をやった。その目はナギのまなざしだ。

黄揚羽も勝久に負けず劣らず未練がましかった。最後の最後まで兵庫介の墓石にしがみついている。

「おまえさんは根っからの阿呆やねえ」

呼びにきた猫女は辛辣だった。が、細い目の奥で光っているのは涙か。

「兵庫さまならこんなとこにゃいないよ。だいたい血染めの袖しか埋まってないんだ」

兵庫介は毛利方に寝返った自分の身内に首を討たれた。首級は手柄としてもっていかれてしまったから、敵が去ったあと道端にのこっていたのは胴体のみ。物陰に隠れて事のなりゆきを見とどけた残党の一人が兵庫介の胴体から袖をもぎとってとどけてくれなければ、遺品すらないままだった。

「あれぇ、ほんまかいな。どないしょ。お首は毛利やし、お体は道端に捨てられたまんまやし……。兵庫はん、どこにいてますのやろ」

「黄泉国サ」

「せやけど、皆、墓に手ぇあわせてはります」

「黄泉国は遠すぎる、行かれないから、かわりに墓を建てるのサ。するとむこうじゃ、墓が見える。だからね、つまり、どこだっていい。おまえさんも落ちのびた先でまた建てればいいってことサ」

「へぇえ、知りまへんどした。なぁんや、どこでもええんやったら気が楽やわ。うち、行く先々に兵庫はんのお墓、つくってまぉ。フフフ、黄泉国で目ぇ丸うしますやろなぁ。あっちゃこっちゃ見んならんさかい、忙しゅおす」

黄揚羽はもう墓石には見向きもせず、元気よく裏門へむかって歩きだした。猫女はほっと息をつく。

黄泉国があるかないか、それは呪術師の猫女といえども死んでみなければわからない。けれどスセリやイナタが夢中で探していたところをみると、どこかにあるのは確かだろう。

では、墓はなんのために建立するのか。

猫女は黄揚羽に、黄泉国の住人には墓が見えるといった。咄嗟（とっさ）に出た言葉ではあったが、これは常々考えていたことでもあった。

かつて富田城下の新宮谷では、荒法師の墓が数々の祟りを引き起こし、人々をふるえあがらせていた。どこにいようと、荒法師には墓が見えていたにちがいない。

墓こそ、死人（しびと）の眼――。

「おい。なにぐずぐずしてやがる。女頭領から目を離すなといったはずだぞ」

鼠介が苛立ちもあらわににらんでいた。

「あれ、ぼんやりしちまって。堪忍しとくれ」

猫女は巨体をゆすって亭主に駆けよる。

十二

その声を、なんといいあらわせばよいのか。声といってよいかどうかもわからない。ギシギシと物がこすりあわさるような、ボワォボワォと木霊がひびきあうような、ブィンブィンと弦がはじかれるような……それでいてナギは、その声を聞きとることができた。

〈おまえを、知っている〉

ほわわ、ほわわ……。

ナギはあたりを見まわした。が、闇があるばかりで、声の主の姿は見えない。

〈頭の中は知っている。顔と姿は、知らぬ〉

では、ナギが坂を下ってくるときにたどっていた──新宮谷にいたころの鹿介との出会いと別れの──記憶が声の主にも見えていた、ということか。

〈おまえは、塩冶の姫、だな〉

「はい。わらわは塩冶興久の娘、スセリビメ。なれどこの姿はナギ、いえ、体は入れ替わっておりましても、心はスセリにございます」

〈なぜ、黄泉へ、参った?〉

「八百万の神々におすがりして、尼子軍にお力をお借りしとうて……」

〈尼子、尼子、尼子……はん、尼子とは……〉

なにかを吐きだすような音がした。大気が動いて、生臭い風がナギの顔にあたった。

「尼子がお嫌いなのは、昔、山中、亀井、それに鉢屋衆が加担した尼子の騙し討ちにおうたからにございましょう。それゆえ、尼子を怨んでおられるのではありませんか」

声は返ってこない。

神か化け物か、荒法師の死霊か。なんであれ問答している場合ではなかった。

「八百万の神々はいずこにおられましょうか」

鼻をならすような音。

〈ここではないところ〉

「いずこへ参ればお会いできるか、お教えください。神々の援軍がのうては尼子は滅んでしまいます」

大気がゆれた。笑っているのか。ぼわわ、ぼわわ……。

「どうか、荒法師さま……」

〈今、なんというた?〉

「荒法師さま、と」

〈荒法師……フン、まぁいいだろう。さようなことより、おまえは塩冶の敵とまぐわっ

た。しかもわしの目の前で〉

「鹿介は敵ではありませぬ。わらわの命の恩人、尼子の勇士でもある……」

〈尼子尼子尼子……いずれにしても、尼子はもう終わりだ。おまえは、間にあわなんだ〉

ナギははっと前後左右を見まわした。今では声の主の正体がわかっていたし、となればもう恐ろしいとは思わない。

「間にあわぬとは、どういうことですか」

〈尼子は降参した。新山城は開城した〉

「なんとッ。鹿介は無事かッ。勝久は？　二人はよもや……」

〈今となってはもはや手遅れ〉

「ま、待ってッ。なればこそ神々のお力が……お教えください。いずこへ行けば会えるか」

〈黄泉国は果てしない。神々は果ての果てにおられる。行け、だが二度と此岸へは戻れぬぞ〉

とそのとき、一陣の疾風と共にドサッと音がした。つづいてもう一度、似たような音が……。

十三

小柄だが固太りの、温和に見えて目は決して笑っていないその男と対峙したとき、鹿介は、己の命運が尽きたと確信した。

吉川元春は、四十そこそこになる年齢まで、毛利の一翼を担い、毛利を守り立てることだけに心をくだいてきたのだろう。吉川家に養子にはいった際も、命の保証をしていた養父や養嫡子を非情にも死に追いやり、強引に家をのっとったと聞いている。冷酷な面があることは想像していたものの、その冷酷さが感情の昂りによる一過性のものではなく、生真面目な性格と結びついた日常的なものであることに、鹿介は戦慄した。正妻以外に女を近づけないという事実も、好もしいというよりむしろ、人間味の欠如のゆえではないか。たとえ身方だったとしても、酒をくみかわし、胸襟を開いて語りあえる相手とは思えない。

元春は胸を病んだことでもあるのか、鹿介の挨拶を咳込むことで中断させた。

「八橋城、新山城はたしかにうけとった。約定どおり、城内の者たちは一人も欠けることなく、無事、退去したそうだ」

「かたじけのうござる」

両手をつきながらも、鹿介の胸中は安堵とはほど遠かった。舌の根が乾かぬ先から約定をたがえて追い討ちをかける光景が、見えたような気がしたからだ。

しかし、だとしても、今さらどうすることができようか。

「末石城も開城いたそう。これより城内の者たちを退去させようと存ずるが、お屋形さまより、皆々に手出し無用と、今一度、申し渡していただきたく……」

「相わかった。ただし山中鹿介、そのほうは城を出ることまかりならぬ」

鹿介は眉を動かした。

「そは、なにゆえにござりましょうや」

「そなたには二千貫目の土地を与えた。つまり吉川から扶持をいただく身になったということだ。家臣は主の命に従わねばならぬ」

元春は鹿介に、城の明け渡しと城兵の退去を見とどけたあとは、毛利の家臣・杉原盛重（すぎはらもりしげ）の居城である尾高城で謹慎するように、と命じた。謹慎とはすなわち幽閉、もしくは座敷牢（ざしきろう）にでも押しこめられるということか。

なるほど、そういう魂胆だったかと、鹿介は臍（ほぞ）を噛んだ。が、まったくの予想外というわけではないので驚きはない。

謹慎という体裁で、元春はとりあえず鹿介の身柄を確保しておく。時がきたら腹を切らせればよい。そのころには尼子の残党を始末すべく追撃をはじめているはずだ。スセリ・勝久母子をはじめ尼子の面々がそれまでに安全な場所へ逃げおおせているかどうかは、各々の才覚と天運にまかせるしかない。

不本意ではあったが、鹿介は承諾した。元春に臣下の礼をとり、大力介の他は――神西とその家臣も――城から出した。鹿介の身を案じ、随従したいと申し出る者も多数いたが、鹿介は許さなかった。

「油断するな。這ってでも逃げよ。京へ行って再起の秋を待つのだ」

一人一人の肩を抱き、耳元で激励する。

城内が無人になり、吉川軍の兵がのりこんでくると同時に、鹿介は尾高城へ護送された。尾高城は末石城の西南にある毛利方の城で、伯耆国の城だが出雲との国境にも近い。鹿介は去る二月にこの城を攻めて失敗していた。であればなおのこと、自分の城を奪おうとした敵将を迎える城将の杉原が歓待などするはずがない。

「牢へぶちこんでおけ」

座敷牢ですらなかった。鹿介は大力介と引きはなされ、じめついた岩場の、小さな高窓があるだけの牢獄へ文字どおり投げこまれた。

十四

スセリ・勝久母子を中心とする尼子の残党は新山城を出たあと、一昨年の夏、但馬から奈佐水軍の船で出航して記念すべき出雲上陸の第一歩を刻んだ千酌湾の北浦を目指して黙々と歩いた。この時点ではまだ乗船の見込みはついていなかったが、北浦で船を調達して、隠岐島へ渡るという計画である。他の陸路はことごとく毛利方に固められているので、それより他に選択肢はなかった。唯一生きのびる希みがあるとすれば、隠岐弾正の力にすがることだろう。鹿介もいっていた、弾正をたよれ——と。

むろん、船を確保するまで身をひそめる場所が必要だ。鼠介は、忠山の東北にある簾ヶ岳に隠れ処のめどをつけていた。こういう場合の常で途中で離脱する者が少なからずいたため、隠れ処へ到着したときは数十人になっていた。

「ひとまずは安心にございます。いかに気が逸ろうと周囲は険しい崖だらけ、攻めてくる命知らずはおりますまい。矢を射かけようにも足場はなし。ただし、長居はできませぬ。大雨で水が増せば、ひとたまりもありませぬ」

鼠介は、四方の見張りを怠らぬよう、万が一毛利方に隠れ処を知られた場合は、夜襲を警戒して崖の随所に篝火を絶やさぬよう、源太兵衛に進言した。

「手前はこれより日御碕へ行って参ります」

「日御碕へ？　なにゆえだ」

「ナギ、いや、日本介さまがおられるはず。今こそ水軍の救援をたのむときか、と」

源太兵衛は首をかしげた。

「なにゆえ日本介は日御碕におるのだ？　日御碕神社にはイナタもおるはずだが……」

鼠介は小さな目をしばたたいた。スセリを捜しに行った、などといえば、スセリなら目の前にいるではないかと反論されそうだ。スセリとナギが入れ替わったと話したところで理解してもらえるとは思えない。それどころか、余人の耳にはいろうものなら、毛利の追撃をうける前に大混乱をきたすは必定。

源太兵衛にイナタの非業の死を報せることだけは、なんとしても避けたかった。

「もはや尼子には、八百万の神々のお力にすがるしか生きのびるすべがございませぬ。それゆえ日御碕神社へ行き、黄泉国の在処を探ろうとしておるようで……」

「なればおれが行く。日御碕神社はおれの郷里にも等しき場所だ」

鼠介は狼狽を隠せなかった。

「め、めっそうもござりませぬ。軍師どのには総大将をお守りする大役がござります。ここで指揮をとっていただかねば……」

敵軍に顔を知られた源太兵衛と、戦忍びの鼠介とでは、どちらがより速く、より確実に日御碕へたどりつき、奈佐水軍をともなって帰還できるか、くらべるまでもない。

鼠介は日御碕神社へ出立することになった。

「スセリ姫さまから目を離すな。毛利に奪われては一大事。本物の姫さまと入れ替わるまでは無事でいてもらわねばならぬ」

猫女に念を押したのはいうまでもない。


簾ヶ岳の隠れ処では、尼子の残党が数人ずつのかたまりになって渡海の時を待っていた。生死介や荊介、兵庫介の弟らは、交替で崖を這い登って、食料の調達や船探し、敵の偵察に駆けまわっている。

川があるので飲み水には困らなかった。が、城を退去した際に持参できた食料はごくわずかで、というより、そもそも新山城にはすでに満足な食料がなかった。

「へえ、どうぞ。ていうたかて、あんまし腹の足しにはならしまへんけど」

黄揚羽は甲斐甲斐しく粥を炊き、皆にくばっている。どんなときもへこたれないのは、これまでも、これからも、心は兵庫介と共にあると思えるようになったせいだ。

「お二人の分どすえ」

源太兵衛と道理介は黄揚羽から粥のはいった椀をうけ取る。二人は再興軍の行く末について話しあっていた。隠岐島へたどりつくことができたとして、そのあとはいかにすべきか。

奈佐水軍の到着を待って、但馬国の山名家へ逃げこむのがいちばんだろう。山名と毛利は敵対している。道理介の先祖は山名家の家臣で、山名家の重臣である垣屋とも昵懇だから、快く迎えてくれるにちがいない。

「道理介。おぬしは但馬へ留まるがよい」

「いや、京へ潜伏して皆と再起を図る」

「わかった。おれは鹿介を助けに行く。いずこにおるか知らぬが、あきらめてはいないはずだ」

源太兵衛がいったときだった。あのう……と黄揚羽が口をはさんだ。

「なんだ、まだおったか」

道理介が眉をつりあげる。源太兵衛は「いうてみよ」とうながした。黄揚羽は勝久の閨の相手をつとめているらしい。となれば、粗略には扱えない。

「うち、ええこと思いつきましたんどすけど」

「よいこと……」

「へえ。お墓つくってお参りしはったらどないどっしゃろ」

源太兵衛と道理介は顔を見合わせた。

「墓、だと？」

「京に墓を建てるのか。しかしだれの……」

「ちゃうちゃう」と、黄揚羽は片手をふる。「ここに建てるんどす。早いほうがええさかい。だれって、そら決まってますがな、荒法師はんいうお人のお墓どす」

二人はますますけげんな顔になった。

「荒法師？　なんのことだ」

「そういえば新宮谷に荒法師の墓があったの。あの、荒法師か」

「しかし、そんなものをなぜ今……」

「せやさかい、祟りにおうてまうんどすえ」

黄揚羽は地団太をふんだ。

「尼子がこないになってもうたのは荒法師はんを粗末にしたからやおまへんか。猫女はんが墓はどこへつくったかてええ、いわはりました。せやさかい、ここにお墓をつくって、ほんで、皆そろうてお参りしはったら、うまいことゆく思いますのやわ」

黄揚羽の突拍子もない申し出を、今の、この危急の場で正確に理解しろ、というのは、どだい無理な話だった。

「そんな悠長なことをしている場合かッ」

道理介は怒鳴ったが、源太兵衛はまともに相手をする暇さえ惜しかった。

「おまえの好きにしろ」

うるさそうに片手で追いはらおうとする。

「へえ。ほな、つくらせてもらいまひょ。世の中、道理ばかしや、どうもならんさかい」

得々といいながらその場を離れて行く黄揚羽の後ろ姿を、道理介は腹立たしげににらみつけた。


黄揚羽は猫女を捜した。

猫女はスセリのそばにぴたりと張りついていた。スセリのかたわらには勝久がいて、二人は親密な様子で話しこんでいる。もっとも話しているのは勝久で、京の東福寺で修行をしていたころの話をしているらしい。スセリが蒼い顔をしているので、母の緊張をほぐし、気をまぎらわそうというのか。

「猫女はん。亀、貸してもらえまへんやろか」

黄揚羽は唐突に話しかけた。

猫女はむろん、スセリと勝久、その場にいた者たちはいっせいに黄揚羽を見た。

「亀なんか、なんにするのサ」

「おうかがいをたてよう、思うんどす。亀は、なんでも知ってはるそうやし、このへんで悪党を改心させなあかん。尼子にはいりこんで、これ以上、悪さされては大迷惑や」

「なんだかわからんけど、ま、そこの袋の中に籠がある。お出し」

猫女は顎で指し示した。

黄揚羽はふと思いついて、荒法師の墓を建てる場所を亀に占わせようとしただけだった。けれど、そうは思わない者もいた。

かがみこんで袋を取りあげようとした黄揚羽は、目にも留まらぬ速さで突進してきたスセリに袋を奪われ、鋼鉄のような踵で蹴り上げられた。宙高く飛び、地面に叩きつけられる。黄揚羽が気を失っているあいだに、スセリは亀の入った籠を見つけだして高くかかげ、今まで座っていた大石に打ちつけようとした。

その手首を勝久がつかむ。

「母上ッ。いかがなされたッ。母上、どうか、お気をたしかにッ」

猫女もスセリの前に立ちはだかった。

「お待ちッ。これはイナタじゃないよ」

「いや、イナタじゃ」

「おまえさん、イナタに化けの皮をはがされるのが恐ろしいのかい。なら、安心するがいい。イナタはもういない。死んじまった。ムササビとかいうおまえの仲間がイナタを……」

猫女はそこではっと口をつぐんだ。

源太兵衛が、茫然と猫女を見つめている。

「今、なんと、いった？」

源太兵衛の声は平坦にも平静にも聞こえたが、それがかえって衝撃の烈しさを物語っていた。

「イナタが、どうした、と？」

「い、いえ、いえいえ……なんでもございません。うっかり考えもなしにとんでもないことを……」

猫女はしどろもどろにいいわけをする。が、源太兵衛は猫女の腕をぐいとつかんで引きよせた。

「なにがあったか、教えてくれ」

どのみち隠しおおせることではなかった。猫女は肚を決めた。

「イナタどのが世木忍者に殺られたと、報せが……」

スセリがヒッと声をもらした。スセリは勝久の腕に抱きかかえられている。

「だれが報せを送ってきたのだ」

源太兵衛はなおもたずねた。

「日御碕神社の宮司さま」

ここでスセリだナギだといいだせば話がややこしくなる。

「女頭領の仲間がイナタを殺めたと……なにゆえ仲間とわかるのだ」

「うちの人が、姫、さまと、話しているところを見た、そうで……」

「でたらめは許さぬッ」

怒鳴ったのは勝久だった。

「母者を忍びごときと一緒にするとは……猫女とて許さぬッ」

「まぁまぁ、ここはひとつ、落ち着いて」

道理介があいだに割ってはいろうとしたときだった。崖の上から叫び声が聞こえた。

荊介と兵庫介の弟の一人がころがるように駆けてくる。

「毛利だッ。毛利が来たぞーッ」

地の利があるとはいえ、何十倍もの大軍では防ぎきれるかどうか。

「生死介が小舟を確保した。隠岐へ行くぞッ」

イナタの話は宙ぶらりんになったまま、一行は泡を食って出立した。

十五

伯耆国尾高城の岩牢では、鹿介が、犬のように這いつくばって椀の中の腐りかけた水をむさぼり飲んでいた。不精髭におおわれた土気色の顔に落ちくぼんだ眼、シラミのわいた総髪を山姥のようにたらしている。やたらに喉が渇くのは良い兆候か、悪い兆候か。体は常に熱っぽく、頭も朦朧としていた。

牢へ投げこまれてから、どのくらいの月日が経ったか。高窓は苔がはびこっていてほとんど隙間がないし、規則正しく食事が与えられていればともかく、ときおり芋や黍団子が放りこまれるだけなので、朝も昼もわからず昨日と今日の区別もつかない。

それでも鍛え上げた体は頑丈で、いまだ不屈の精神を宿していた。足腰も萎えてはいない。万にひとつ——天変地異でも起こって——ここから出られたとしたら、迷うことなく策を練りなおし、武器を集めてふたたび毛利に戦をしかけるだろう。そうしたいから、というより、それが習い性……いや、生来の闘争心こそが鹿介の鹿介たる証だからだ。

だが今ここでは、まったく別のことを考えていた。生きるか死ぬかなど問題ではない。尼子の再興でさえ頭になかった。鹿介の想いはただひとつ。

スセリよ、生きのびてくれ——。

この閉ざされた空間ではなぜか、それだけが祈るに値することのように思える。

鹿介は、新宮谷で駆けまわっていた子供時代を思い出していた。スセリは当時、すでに輝くばかりに美しい娘だった。スセリの養家も山中家も新宮谷にあったので、花を摘んでいる姿や蝶を追いかけている姿をしばしば目にしたものだ。ばったり出くわして、スセリから声をかけてくれたこともあった。

「そなたときたら、なんて大きいんでしょう。子供なのに見上げるばかり。それにその腕……なんとたくましい……。そうだわ。石を投げて見せておくれ」

スセリは、鹿介が石を驚くほど遠方へ投げたり、だれよりも速く大木へ登ったり、年長の少年たちを次々に投げ飛ばしたりするのを見たがった。そのたびに手を叩いて喜ぶ。

「勇士におなり。尼子一の勇士に」

艶めいた眸で見つめられると、鹿介は体が火照って、谷を駆けまわりたくなったものだ。

スセリが新宮党の当主、国久の息子の誠久の何番目かの妻になったと知ったときは、目の前が真っ暗になった。山中家も元はといえば尼子一族なのに、自分たち新宮党だけが尼子の身内だといわんばかりに肩で風を切って歩いている。鹿介は新宮党が大嫌いだったから、中でも目障りな誠久にスセリが抱かれているのかと思うだけで胸をかきむしられるようだった。新宮党粛清の謀を耳にしながら知らん顔をしていたのも――もちろん若造がなにかいったところでだれからも相手にはされなかっただろうが――騒乱の最中にスセリを助けだしたのも、仰ぎ見ていた憧れの女性を余人に奪われまいとの一心だった。

ところが新宮党が壊滅したあと、スセリは晴久の側妾になってしまった。女が、それもスセリのように複雑な生い立ちを背負った女が戦乱の世を生きのびるにはいたしかたのないことだろう。この時期は鹿介も山中家の家督相続にともなう私事に忙殺されていたから、しばらくのあいだスセリとは疎遠になっていた。

ところがあの日――。

鹿介とスセリは人目を忍んでまぐわった。そして案の定、その報いが……。

あれはまことに荒法師の祟りだったのか。荒法師は山中と亀井の両家に縁のある自分を、それほどまでに怨んでいるのだろうか。

いや、荒法師の墓所を焼きはらったのが晴久の密命だとしたら、荒法師はそのことに腹を立てて晴久を急死させ、その後の尼子の滅亡までお膳立てをしたのかもしれない。

いずれにしろ、尼子が滅んだ一因は自分にあると、鹿介は思っていた。

「荒法師。答えてくれ。おまえはそれほどまでに尼子を怨んでいるのか。怨みとは、時を超え、世代がかわっても消えぬものなのか」

もしそうなら「おれ一人を怨め」と鹿介は苔むした岩をこぶしで叩いた。尼子でもスセリでもなく、このおれを……。

岩の隙間からにじみ出た涙のような水滴が、壁を伝い、鹿介の素足をぬらした。

十六

　鼠介は、猪目洞窟の入口で日本介を見つけた。十六島湾の沖に停泊している水軍の船から手下たちが水や食料を運んでいるようで、日本介の顔に窶れはない。が、双眸にうかぶ焦燥の色は隠しようもなかった。手下をまわりにおかないのは、なすすべもないいま焦り苛立つ姿を見せたくないからか。

「かようなことになっておったとはのう。日御碕神社の宮司さまから聞いたところによれば、女介さまと黄泉国へ下ったムササビとか申す世木忍者は、古の熊谷団の末裔で、尼子や山中、鉢屋衆にも私怨を抱いておるとか」

　鼠介は日本介に語りかけながら、薄暗い洞窟の内部を見まわしていた。ここがほんとうに黄泉国へつづく洞なのか。がらんとしているだけで、とりたてて変わった様子はない。

　日本介は、獣のように目を光らせた。

「フン。あいつは人の上に立って采配をふりたいだけだ。毛利ではそれができぬとわかったので尼子を利用することにしたのだろう。身のほど知らずにもほどがある。目の前に一国がころがっていると勘違いしてる大馬鹿者さ」

毛利は盤石だ。元就が死んでも、吉川と小早川が左右から毛利を支える構図は変わらない。毛利ではどんなに手柄を立てても忍者など日陰の身だが、黄泉国の軍団さえ身方につければ、華々しい未来が拓けるかもしれない。下克上の世の中なればこその野望である。

「だとしても、あやつは黄泉国へ下っちまいました。今は姫さまや女介さまと共におるわけで……」

「おれが黄泉国へ行くはずだったのだ。畜生めッ。油断さえしなければ……」

「三人が戻るまで、日本介さまはここにいるおつもりで？」

「むろん、そのつもりだ。女介が戻ったとき、ここにいてやらねばならぬ」

鼠介は当惑していた。命知らずにも毛利方に席巻された出雲を縦断してここまでやってきたのは、なぜか。奈佐水軍の力で尼子の残党を救い出し、北浦から隠岐島へ、さらには但馬国へ送りとどけてもらうためだ。

「ご事情はようわかる。わかるが、日本介さまにお力をお貸しいただかねばなりませぬ」

鼠介は新山城を開城せざるをえなかったいきさつや、総大将と女頭領を護衛して源太兵衛、道理介、莇介、生死介ら一行が落ちのび、忠山の麓の簾ヶ岳で身をひそめていることを教えた。

「そうか、開城の噂は聞いていたが……。で、大将は、鹿介さまもご一緒か」

「いや。末石城を明け渡して毛利に降ったということになってございますが、おそらく囚われておられるものと……。新山城の者たちの命を救うために、御自らのお命を差しだされたに相違ございりませぬ」

日本介はこぶしをにぎりしめた。

「大将を見殺しにはできぬ。一刻も早うお助けせねば」

「手前とておなじ思いにござります。が、しかしすべては総大将と女頭領を救わんがため、尼子のお血筋を守らんがためになされたこと。お二人をお助けすることこそが大将の悲願かと……」

まずはスセリと勝久を出雲国から脱出させることが先決である。

鼠介は平伏して両手をついた。

「女介さまも尼子の勇士、おわかりくださるはずにござります」

日本介はしばし思案にくれていたが……。

「わかった。大将の悲願とあれば知らぬ顔もできぬ。だが北浦も敵の支配下だ。容易にはゆかぬぞ」

「ぬかりはござりませぬ。いえ、今ごろはもう隠岐島へ渡っているころかと……」

鼠介のその言葉を聞いたとたん、日本介は顔色を変えた。

「なんというた？　隠岐へ渡る、だと……」

「へい。大将が、いざとなったら隠岐の弾正さまをたのむように、と」

馬鹿なッと日本介は吐き捨てた。

「知らぬのかッ。隠岐は毛利の手に落ちた」

「まさかッ」

隠岐島が毛利軍に占領されて隠岐弾正が降参したのは、新山城が開城となるより以前だという。伯耆国にばかり目がいっていたので、隠岐島の情勢に気づかなかったのか。いや、毛利方が意図的に報せがとどかぬよう細工をしていたのかもしれない。もしそうなら、尼子再興軍が新山城から退却するのを平然と眺めていたのもうなずける。出雲の北端まで行ったところで、その先には逃げ場がないのだから。

鼠介も顔色を変えた。

「日本介さま……」

「うむ。隠岐島へ渡る流域は毛利の水軍が目を光らせているはずだ。遠まわりをせねばならぬが……行こうッ、鼠介」

洞窟から出る前に、日本介は松明（たいまつ）を灯（とも）し、奥の岩壁へ駆けよって、溶けだした松脂（まつやに）で伝言を認（したた）めた。

「うわッ、なんだこいつはッ」

「八咫烏だ」

「八咫烏……なるほど。やはり姫さまは八咫烏に導かれて神々のもとへ……」

「感心しておる暇はない。急げッ」

二人は洞窟を飛びだした。

十七

女介は領巾（ひれ）をなびかせ、神楽を舞っていた。亡き母から教えられた鉢屋衆に伝わる大蛇（オロチ）退治の神楽である。舞は決して終わることがないように思えたが、息切れもしなければ、足腰が痛くなることもなかった。宙を舞っているのか、と思うほどである。

突然、体に衝撃があって硬い地面に放りだされた。周囲を見まわしたものの、闇があるだけでなにも見えない。

「女介かッ。なにゆえここにおるのだ」

耳のそばで声がした。ナギの声だ。が、話し方はスセリ。

「スセリ姫さまッ。あぁ、ご無事でよかった。姫さまをお捜しして参ったのです」

眸を凝らしていると、ぼんやりとナギの姿が見えてきた。

「なんと、無謀なことを……」

ナギがいいかけたとき、地響きがして巨大なかたまりが落ちてきた。

「あ、大蛇ッ」

「姫さまッ。近づいてはなりませぬ」

女介はとっさにナギを庇おうとして、ナギと大蛇のあいだに立ちはだかった。腰にさしていた太刀をふり上げて身がまえる。

大蛇は八つの頭をひとつずつもちあげ、鬼灯のような朱紅の眼で二人を見つめた。八つの尾を打ちふるたびに巨大になってゆく。うろこでおおわれた胴体をヌメヌメと光らせながら、近づいて来ようとしているのか。

「来るなッ。叩き斬るぞ。あっちへ行けッ」

女介とナギはあとずさる。と、そのとき、ふたたび人のものとは思えぬ声が聞こえた。

〈ズタズタにするのは勝手だが、こやつを斬ればもうスセリビメには戻れぬぞ〉

二人は顔を見合わせる。

ナギが叫んだ。

「こやつ、ムササビかッ」

「そういえばムササビが日本介を突きとばして……そうだッ、一緒に跳んだんだッ」

女介が黄泉国へやって来るまでのいきさつを話しはじめると、大蛇は前進をやめた。

ナギはひとまず安堵の息をつく。

「ムササビはわらわに申した。八百万の神々がもし援軍をさずけてくれたらその時は、自分に指揮をさせろ、と。熊谷団をよみがえらせ、尼子を利用して、出雲国を奪う気だ」

またもや奇妙な音が聞こえた。荒法師とおぼしき霊が嘲笑っているのか。

〈かつて出雲は神々の国だった。塩冶が出雲に住み着いたときは、すでに民がいた。その塩冶を尼子は騙してのっとったが、その尼子も毛利に滅ぼされた。こやつが出雲国を奪うたとて、ふしぎはない〉

「荒法師さまッ。そなたは大蛇の身方かッ。出雲は尼子のものじゃ」

〈いや、だれのものでもない。スセリビメよ、だれかのものであるものなどない、い、ないのだ〉

さてと……と、声は口調をあらためた。

〈おぬしらはイザナギがイザナミを迎えにきた話を聞いておろうの〉

イザナギとイザナミは夫婦だった。火の神を産んだために火傷で死んでしまった愛しの妻を捜しにイザナギは黄泉国へ下るが、そこで見たものは腐敗したイザナミ。醜い姿を見られて激怒したイザナミに追われ、イザナギはほうほうの体で黄泉国から逃げだした……。

〈大蛇に命ずる。ナギをつれてこい。この女をスセリの体に戻したら、鹿介を捜しだし

てつれてくるのだ。さすれば、熊谷団をよみがえらせて、おぬしにくれてやろう〉

人でさえ聞き取りづらい姿なき声が、大蛇には理解できたのか。大蛇の十六の眼がいっせいにきらめいた。八つの口がカッと開いて舌の先からちろちろと焔が噴きだす。

〈しかし、いうておくぞ。いずれかでもしくじれば大蛇に逆戻りだ。その姿のまま、この先の二度と帰れぬ黄泉の底へ堕(お)としてやる〉

ナギは困惑していた。荒法師は、いったいどちらの身方か、自分か大蛇か……。鹿介を黄泉国へ招いてどうしようというのだろう。憎き山中と亀井の後裔である鹿介を、よもや歓待するとは思えない。

「鹿介をつれてきたら、どうするおつもりか」

〈このままでは、おれは、黄泉の底へ行かれぬまま、怨念に身を焼き、彷徨(さまよ)うておるしかない。なにか、己の荒ぶる胸を、鎮める、ものを、見つけねば、ならぬ〉

「そのために、鹿介の命を奪おうというのですか」

〈わからぬ。が、それも、ひとつの、策、やもしれぬ〉

ナギは深く息を吐き、それからきっぱりとうなずいた。

「さればうけて立ちましょう、この体がスセリに戻り、鹿介に今一度会えるなら、もはやなにも欲しいものはない。共に死に、手をたずさえて黄泉の底へ下る。仲睦(なかむつ)まじい翁(おきな)と媼(おうな)になって、尼子の再興を神々に祈ります」

女介には、二人の話がまったくわからなかった。荒法師も知らないし、となれば、声の主が何者か、考えるよすがとてない。ただ、茫然とたたずんでいるばかりだ。

〈さて……〉と声はつづけた。〈女介。おまえは大蛇と行け。鉢屋衆にも遺恨はあるが、おまえの神楽は万人を癒やす、八雲たつ八重垣をつくる地を探して、子を生し、末永う家を守り立てよ〉

返事をする暇もなかった。

一瞬ののち、女介は猪目洞窟の入口にいた。目の前には八咫烏が描かれた岩壁、そのひとところに文字が書かれている。

「起きろッ。隠岐島に行くぞ」

髪に挿していた櫛をふところへしまい、足下に倒れているムササビにむかって、女介は叫んだ。

第八章　永遠

一

元亀二年八月晦日、仲秋の新月で月はない。スセリと勝久をいただく尼子再興軍の面々は、星明かりを頼りに北浦の湊へつづく道を急いでいた。毛利軍の目を逃れるために遠まわりをしたり、少人数に分かれて身をひそめたり、遅々として進まない。

「母上。御足は痛みませぬか。お辛いようなら余の背中に……」

勝久はスセリによりそい、なにくれとなく気づかった。スセリが奇矯なふるまいをしたのはたしかだが、緊迫したこの状況下では、か弱き女性が異常をきたすのも無理はない。それより猫女や源太兵衛がスセリに疑いの目をむけ、あたかも毛利の間者であるような言い方をしたことに勝久は腹を立てていた。となれば、なんとしても自分が守ってやらなければならない。

「わらわなら心配無用じゃ。それにしても毛利の執拗なことといったら……。尼子を一人たりと生かしてはおかぬつもりらしい」

「田畑数多ありとても冥途の用には立たぬ、と仏の教えがござります。出雲を奪いおうて血を流すは愚かしきこと、きわまりなし」

スセリはまじまじと勝久を見た。

「そなた、東福寺におればよかったのじゃ。戦などせずに済んだものを」

いいえ、と、勝久は口元をほころばせた。

「愚かであっても、こうして母上と共に戦えるのは無上の喜び、命など惜しゅうはございませぬ」

「人間にもかような情があるのか……。ああ、勝久どの、わらわは……」

スセリは鳩尾に手をあてる。その仕草に勝久はまたも不安をつのらせる。

北浦の湊はひっそりと静まりかえっていた。関船が二艘とあとは小早が数艘、見えるだけだ。生死介と苅介が一行の到着を待ちわびていた。船のかたわらで手をふって、合図をしている。

「皆の者、急げッ。ただちに出航だ」

源太兵衛が号令をかけた。イナタの死については信じまいとしているのだろう、あれ以来、一度も口にしていない。

背後には毛利軍が迫っていた。一刻の猶予もない。スセリと勝久は道理介、苅介の他、数人の兵と共に関船の片方に乗りこんだ。猫女は勝久に拒否され、もう一艘の関船に黄揚羽や生死介、源太兵衛と乗りこむ。

「あれは六月だったのう。二年と一、二……」

道理介は陸地を眺めながら、名残惜しそうに指を折って数えた。

「かような日が来るとは思いもせなんだわ」

本来なら今ごろは月山富田城で快哉を叫んでいるか、それとも戦死して出雲の土となっているか……道理介の理路整然とした頭にあったのは戦勝か戦死のみ、敗走という言葉は考えてもいなかった。

二年余り前とくらべてはるかに小さな船団は隠岐島を目指して闇の海を漕ぎ出す。ところが、津ノ和鼻岬の薄ぼんやりとした影を左手に見ながら千酌湾を出るや仰天した。前方の、隠岐島へつづく海域に船影がずらりと並んでこちらを威嚇しているではないか。

「毛利だッ。しかしなぜ……」

「隠岐弾正が寝返ったかッ」

吉川元春が隠岐島へ水軍を差しむけたことは尼子方にも伝わっていた。が、隠岐弾正が調略された、敗戦したとの報せは聞こえてこなかった。むしろ吉川が隠岐をあきらめたとの風評が流れていたのだ。

「後ろを見ろ。畜生ッ、はさみ撃ちにされたぞ」

どこにひそんでいたのか。背後にも毛利の水軍らしき船団が迫りつつあった。

「ひとまず築島へ逃れよう」

「いや、待て。人影が見える。近づけば矢を射かけられるやもしれぬ」

「しかしいずこへ……」

「死力を尽くして突破するのだ。多古鼻のむこうまで行くしかあるまい」

ひとかたまりになって突き進む。むろん逃げれば追ってこようし、海上での戦となれば多勢に無勢、十中八九、逃げおおせる見込みはなさそうだ。それでも、他に道がなければやってみるしかない。簗島を素通りして多古鼻岬のほうへ進路を変えようとしたときだった。

「逃げられぬぞッ。観念せよ」

敵の船から大音声がひびきわたった。巨大な船が一艘、間近まで迫っている。

船首に、矢をつがえ、鉄砲をかまえた男たちがずらりと居並んでいた。中央で仁王立ちになっているのが頭領か、暗いので顔まではよく見えないが、声を発したのはこの男らしい。

「無駄な血を流す気はない。総大将を引きわたせば、他の者は見逃してやる」

頭領はちらりと西方を見た。

尼子の船団からは見えなかったが、実は西のはるかかなたにも船影があった。まだ遠すぎてどこの船かは不明だが、頭領はこれが奈佐水軍の船団ではないかといぶかったのである。もしそうなら、海戦の最中、尼子に援軍が加わるわけで、かなり手こずることになりそうだ。しかも海戦では海に落ちる者も数多く、敵将の首を奪りそこねる場合もままあった。だったら確実に敵将を捕らえて毛利に献上するほうが、手柄としては段違いに大きい。

「船もろとも海の藻屑と消えるか、総大将を引きわたすか、ふたつにひとつ。即刻返答せよ」

動揺が走った。が、むろん、総大将を人身御供にして自分たちだけ助かろうなどと声をあげる者は、尼子再興軍にはいない。

「見損なうなッ。尼子はひとつ、死なばもろともッ。おぬしらも道づれにしてやるッ」

源太兵衛が怒鳴りかえした。同時に、もう片方の船上では、道理介や苅介らが庇うように勝久を取りかこむ。

「三度はいわぬぞ。総大将、いかがする？」

敵軍の頭領の申し出に、源太兵衛が今一度、拒絶の言葉を口にしようとしたときだ。

「よかろう。余の首をくれてやる」

凛とした声が答えた。船上は騒然となる。船のあいだでも怒声や諫める声が飛び交う。

勝久はそうした声を一喝した。

「おぬしら、総大将の命が聞けぬと申すかッ。不忠者どもめッ。口を出すでない」

「おう、それでこそ尼子の総大将」

「皆の命はたしかに助けてもらえようの」

「二言はない。小早を差しむけるゆえ総大将は乗りうつられよ。あとの者はいずこなりと勝手次第」

「承知した。されば身仕度をいたそう」

いずれ首を打たれるのは必定、これが今生の別れである。となれば、できうるかぎりの正装で出立するのが武門の習いだ。勝久は船の縁に立てまわした装甲の背後にいったん引っこんだ。茄介の手を借りて揉烏帽子をかぶりなおし、直垂をととのえて、鎧兜をつけようとする。

と、そのとき、スセリが駆けよった。

「わらわは鹿じゃ」

いうなり、勝久の鳩尾を鋼鉄のごとき踵で蹴り上げた。目にも留まらぬ速さだった。勝久はくずおれ、意識を失う。

「なにをなさるッ」

「気でもふれたかッ」

道理介と茄介が左右からスセリの腕をつかもうとした。スセリはするりと逃れ、勝久の体に跳びかかった。直垂を脱がそうとする。

「敵の頭領は総大将の顔を知らぬ」

道理介と茄介は同時にあッと目をみはった。

「時がない。急げ」

「女頭領ッ」

「スセリ姫さま……」

「闇夜、しかも海の上、先方の船へ乗りこむまでは騙せよう」

かつて、ナギがナギであったときも、女介が勝久の替え玉をつとめたことがあった。勝久は華奢で色白の若者だから、スセリとなったナギでも十分、替え玉になれる。つけ髭はなかった。が、小早で迎えにくる敵兵に髭の有無などわかろうはずもない。兜があれば顔もよくは見えないはずで、毛利の船にうつされて問答がはじまるまでは、スセリでも勝久の代役がつとまりそうだ。

道理介は深呼吸をした。スセリは憧れの女性であり、女神さながら崇めたてまつってきた。その女性が、わが子のために命を棄てようとしている……。胸をかきむしられる思いだったが、さりとてここで否を唱えるは愚とわきまえていた。

スセリはこれからまことの神になるのだと、道理介は波立つ胸を鎮めた。

「苅介。早う、仕度を」

スセリは、勝久が死出の旅におもむこうとしていると気づくやいなや、考えるより先に行動に出ていた。そんな自分に驚いている。が、それ以上に、自分のとった行動にこれっぽっちも後悔していない自分にも驚いていた。京へ帰る日をあれほど待ちわびていたのに、母や弟妹たちの身を案じ、あんなにも会いたくてたまらなかったのに……。

思えばそのために——一縷の希みにすがって——今日まで耐えてきたのだ。なのに今はそれさえも押しのけてしまう激しい感情が自分を支配している。

勝久への「想い」である。

勝久よ、そなたはなぜ尼子勝久なのか。東福寺の僧だったと聞いた。尼子の名など、なんの意味があるのか——。

それになにより、勝久は人間である。スセリのままでいたとしても、勝久とは母子にしかなれない。もしやナギに戻れたとしても、鹿と人では情を交わせない。

永遠に結ばれない宿命ならばいっそ——。

「スセリ姫さま……」

道理介が悲愴なまなざしをむけていた。ここにも想いを遂げられずに苦悶する人間がいる。

「総大将にこれを」

スセリはふところから干からびた耳を取りだし、道理介に渡した。

道理介はけげんな顔である。

「これは……」

「お守りじゃ」

「さればたしかに」

「道理介、よいの。わらわの船が動きだしたらただちに逃げよ。わらわの死を無駄にするな」

道理介はひきつったような声をもらした。

「かしこまりましてござります」

甲板へ出て行くと関船のかたわらに見慣れぬ小早が停泊していた。漕ぎ手の他には、松明を手にした男と太刀を手にした男が待ちかまえている。見るからに屈強そうな男たちで、万が一総大将が船上で刃向かおうとしたら即刻斬り捨てるよう命じられているのだろう。

スセリは、鎧兜を身につけていたにもかかわらず、軽やかに跳んで小早へ乗りうつった。指示された場所に威儀を正して座し、二度と尼子の船団をふりかえらない。今熊野にいたころからそうしてきたように、スセリ――ナギ――子鹿は息をつめ、人の気配に耳をそばだてて、暝い水面をじっと見つめる。

尼子の関船のもう片一方でも、源太兵衛、猫女、黄揚羽、生死介らが、血の気の失せた顔で事の次第を見守っていた。総大将が敵の小早に乗りこむ。惚れ惚れするようなしりをしている。

凜々しさだ。納得はいかないが、かといって他に為すすべもないままに、だれもが歯ぎ

「あ、髭ッ」

黄揚羽が唐突につぶやいた。

「おやまぁ、あれは……」

猫女が目をみはり、生死介も身を乗りだす。

「いったい、どういうことだッ」

「しッ。黙れッ。勘づかれるぞ」

なぜ勝久ではなくスセリなのか。おかしいとは思ったものの、すでに賽は投げられてしまった。敵に勘づかれれば、スセリはまちがいなく斬り殺される。毛利の水軍が前後左右から襲いかかってくるにちがいない。

道理介が退却の合図をした。

「船を出せッ。目指すは日御碕だ」

逡巡している暇はなかった。感傷にふけっている余裕もない。猫女がいうように、万にひとつ、スセリが毛利の間者なら、自分の身の始末は自分でつけるはずである。

皆は艪に跳びついた。が、黄揚羽だけはまだ船尾にへばりついていた。

「おい、いいかげんにしないか」

生死介に手をつかまれても動かない。

「姫さまはどうなるんや」

「囚われの身になる」

生け捕りか、首と胴がばらばらにか。

「偽者だとわかってもうたら？」

「命はない」

「ほんなんッ、なんとかせなッ」

「今となってはどうしようもない」

「総大将さまはどうしてはるのや」

勝久が母を見殺しにしようか。

「おそらく縛り上げられて、猿轡も」

「なんやてッ、だれがそないなことッ」

黄揚羽は生死介の手をふりはらい、海へ落ちそうなほど身を乗りだした。こっちやこっちやとかたわらの小早を呼び立てる。

「な、なにをする気だッ」

「あんたら男どもにはまかせておけん。うちが談判に行くんや」

「阿呆ッ。死にたいのかッ」

「女子を人身御供にする尼子に未練はおへん」

揉みあっていたときだ、小早の兵があッと声をあげた。二人は敵の水軍の船に目をやる。

「うわッ、なんだッ」

「ひゃッ、姫さまがッ」

通常なら闇夜でもあり遠方でもあったから、なにも見えなかったかもしれない。ところが、船が明るかったために、地獄絵のような光景がうかびあがった。船が明るいのは帆が焔を噴き上げているからだ。巨船の脇に、横づけにされた小早が一艘。ただし、漕ぎ手も屈強な見張りもいない。親船から小早に縄梯子がたらされている。

二人が目にしたのは、その縄梯子を上りきったあたりの船縁から、スセリが宙へ高く舞い上がり、それから真っ逆さまに海へ落ちてゆく光景だった。敵の逆鱗にふれたのか、その体には夥しい数の矢が突き刺さっていた。

二

「お、あれを見ろ。船が燃えてるッ」

日本介は海のかなたを指さした。

「もしや、われら尼子の……」

鼠介はさっと顔色を変える。

「いや。命からがら落ちのびた尼子だ、あんな船は手にはいるまい。第一あれに乗って隠岐島を目指してみろ。たちどころに見つかって攻撃されちまうぞ」

「へい。さようで」と、鼠介は安堵の息を吐いた。「では隠岐を奪った毛利の水軍……」

「うむ。やはり尼子には神々がついておられるのやもしれん」

急げッと日本介は手下に命じた。毛利の船が燃えているなら好機到来。むろん日本介は戦闘を頭においている。実際には、兵を救出すべく周囲に集まっている小ぶりの関船と一戦まじえるつもりだ。

当初はもっと多くの船が集まっていたにちがいない。隠岐島や北浦の方角へ遠ざかって行く船が見えた。威嚇のためだけに駆りだされ、役割を終えて帰って行くのだろう。尼子方の船が見えないところをみると、船火事のおかげで難を逃れたか。

日本介は毛利の船の数からその兵力をざっと計算した。奈佐水軍の衰退は隠しようもなかったが、日御碕神社近くの宇龍湊に停泊していたとき、ムササビにそそのかされて逃亡した兵の何人かが帰参した。虫のいいやつらだと立腹したものの、背に腹はかえられない。日本介は頭領の器量を見せて、裏切り者どもの帰参を許した。それもあって今回は互角に戦える。

毛利方でも見る見る近づいてくる船に恐慌をきたしているようだ。矢倉の楯板の狭間から銃口がこちらへむけられていた。が、いずれの船もその数はまばらで、兵たちの多くは溺れかけた仲間を助けるので忙しい。一刻も早く退散しようと焦っているところを見ると戦意は喪失しているはずだ。主力船が燃えただけではない、采配をふる者がいないのではないか。

「雑魚にかまうな。武器を奪え」

戦闘がはじまったとわかれば、いったん引きあげた船団も、態勢を立てなおして加勢にやってくるにちがいない。急襲あるのみ。

目前まで迫った船が奈佐水軍のものだとわかるや、狭間から銃弾が放たれた。が、火縄銃は準備に手間どるため立てつづけには撃てない。毛利方は矢の攻勢をしかけた。が、奈佐水軍の船はものともしなかった。瀬戸内ではいざ知らず、ここは北海だ、日本介の手下たちは北海の海賊である。

「かかれーッ」

命知らずの手下たちは、これまでさんざん煮え湯を飲まされてきた毛利を今度こそ打ちのめさんと意気に燃えていた。次々に敵船に跳びうつって太刀で敵をなぎ撓す。猛攻の末に武器を奪い、一人また一人と海へ投げ入れた。

「待てッ。こやつは……嵐丸」

嵐丸は毛利方に属する水軍の頭領で、日本介の宿敵でもある。

日本介が矢倉の一隅に横たわる嵐丸を見つけたとき、護衛していたはずの兵たちはだれもいなかった。ことごとく斬られたか、海へ投げこまれたか。

嵐丸は身を起こすことさえできないようだった。苦しげに荒い息を吐いている。

仁王立ちになったまま、日本介は瀕死（ひんし）の宿敵を見下ろした。

「とんだザマだな」

嵐丸は日本介をにらみかえした。

「とっと、と、首を、奪（と）れ」

ひゅーひゅーと息がもれる。がさついた、蛙（かえる）がつぶれたような声が返ってきた。

「どうした？　火傷（やけど）には見えぬが……」

火に巻かれたとか溺れかけたというなら見ればわかる。が、そうではなさそうだ。いったいどうしたというのか。

日本介の問いを、嵐丸は無視することもできた。が、唇をゆがめて苦笑した。あまりに異様な、予想外の出来事だったので、だれかに話さずにはいられなかったのかもしれない。

「尼子に、ひとつだけ、敬意を、表すると、すれば、あ、あの、総大将だ。あれは神業……」

「神業……総大将だと？」

「人質に、したが……見張りを、襲い、松明を投げた。宙へ、跳んで、おれの喉笛を……目にも、留まらぬ、は、速さ、だった」

日本介は息を呑んだ。

「総大将を捕らえ、他は逃がした。だが総大将が刃向かってきた、か。で、どうなった？」

「や、矢だるま、だ」

衝撃がきた。衝撃以上に違和感を覚えた。勝久は修行僧だった若者である。囚われの身で見張りの兵を斃したり、松明を投げたり、宙を跳んだり、あげく嵐丸の喉笛を蹴り上げたり、そんなことができるとは思えない。

考えこんでいると嵐丸が片手を泳がせた。

「は、早う、早う殺れ」

「今ひとつ。鹿介さまはいずこにおられる？」

「知らぬ。噂、では、尾高、城の、岩牢に。さあ、ひと思いに、殺って、くれ」

日本介は太刀をふり上げた。ふりおろそうとして、既のところで手を止める。嵐丸の閉じたまぶたがふるえているのに気づいたからではなかった。

嵐丸は目を開けた。

「なぜ、斬、らぬ」

「動けぬおぬしを斬ってもおもしろうない」

「情けを、かけても、無駄だぞ。おれに、斬られとう、なくば今……」

「回復してまた戦うつもりなら、そのときにおれが殺る。戦場でまみえたら容赦はせぬ」

日本介は背をむけた。

「なんだ、鼠介、そこにおったか」

鼠介は日本介と嵐丸を見くらべた。

「よろしいので?」

「長居は無用」

隠岐島の方角へ退却したはずの船団が向きを変えたようだ。加勢が来れば厄介だ。

奈佐水軍の船は撤退をはじめた。逃げ足が速いのも海賊の海賊たるゆえんである。戦勝品の武器もむろん、つみこんでいる。

嵐丸が乗っていた毛利水軍の主力船は、すでに燃え落ちていた。残骸や死骸のあいだを縫って航行しながら、日本介と鼠介は水押(みよし)に乗りだし海面に眸(ひとみ)を凝らした。

「あッ、あれを見ろ」

「うッ、うう……」

矢だるまにされた死体は、毛利の船の残骸からは少し離れたところにういていた。重い鎧兜はなく、見慣れた勝久の直垂姿である。早くも白々と明けかけた空の下、静まりかえった海面をただよう凄惨な死体は、そのまわりだけが侵すべからざる聖域ででもあるかのように、ふしぎな神々しさをかもしだしていた。

「あやつのいったとおりにございりました」

「だが総大将ではない。あれは女頭領、スセリ姫さまだ」

「いえ、体は姫さまでも中身はナギ」

「ナギ……ナギとはいったい何者だったのか」

日本介は手下に命じ、骸を引きあげさせた。自らの手で死体に刺さった無数の矢を抜いてやる。血はもう固まっていて流れ出てはこなかったが、穴だらけの死体の痛ましさはとても正視できるものではなかった。

「一大事にございります。これで、姫さまのお体が失うなってしもうたわけで……」

「うむ。黄泉国から帰られても、姫さまはもうご自分のお姿には戻れぬ」

「いずれにいたしましても、この骸を勝久さまにお見せするのは、あまりに酷かと……」

「骸は海へ沈める。なんぞ重石を……うん、せめておれの甲冑を着せてやろう。この女子が何者であったにせよ、総大将の身代わりになってわれらを救うてくれたのだ」

幸い毛利水軍は追ってくる気がないようだった。鼠介は死に装束となった勝久の直垂の片袖を切りとって、ふところへ入れる。

スセリの体とナギの魂は、おごそかに海中へ埋葬された。

最後の水輪が消える。海面は何事もなかったかのように朝陽にきらめいている。

二人は合掌した。船がその場を離れたあともしばらくその手を解かなかった。

三

毛利水軍から逃れた尼子の船団は、西へ進路をむけ、多古鼻岬をまわりこんで南西へ進み、さらに潜戸鼻をまわって加賀湾へ出た。このあたりには馬島、黒島、栗島、櫛島、二つ島など小さな島が多数ある。身をひそめるには都合がよい。

一行は桂島へ上陸した。川があるので飲み水に困らないこと、小高い山から四方を見渡せること、身を隠すための樹木がこの季節でもしげっていることが決め手だった。根本から株分かれした桂の大木がひときわ目を引く。

「いやはや、命拾いをしてござる」

下船後、一同が会したところで、道理介がつぶやいた。相槌を打つ者はいない。だれもが疲労困憊していた。それ以上に沈痛な思いにとらわれている。いつまで保たれるかはともあれ、束の間の平穏を毛利からもぎとってくれたのは、そう、女頭領スセリである。皆の命はスセリの命であがなわれたものだ。

とりわけ勝久は母の死をいまだにうけいれられないようだった。スセリの壮絶な最期は黄揚羽や生死介の他、数人の兵が目にしていた。矢の雨を浴びて海へ落ちれば助かる見込みは皆無だろう。頭ではわかっていても、目にしていないから信じられない。信じたくないのだ。

「姫さまは御自ら身代わりを申し出られた。われらは皆、お止めしようとしたが、お聞き入れくださらなんだ」

「わが子に尼子を守り抜いてほしい……それがための身代わり、母上さまの御心を無にされてはなりませぬぞ」

「さようさよう。総大将が弱腰では、亡き御母上が嘆かれまする」

皆から諌められ励まされて、なんとか総大将の威厳だけは保っているものの……。

母者はおらぬ。鹿介もおらぬ。おお、ナギ、おまえもいない。余は、なんのために、だれのために戦うのか――。

出雲国も尼子も記憶にないまま成長した勝久である。苦悩するのは当然だろう。

「皆、よいか。今は思い悩むな。まずは休息をとり、今後のことはそれから考えるとしよう」

源太兵衛は見張りをたてて、交替で休むよう皆に命じた。それはよいとして――。

いかにして腹ごしらえをするか。これが問題だった。食料は底をついている。むろん島には人家もあるはずだが、今は毛利の支配下だ、尼子の落ち武者だと知られれば毛利に売られる危険があった。

「なんや、なにぐずぐずしてはるんどす。川も海もあるのや、魚とったらええやおまへんか」

黄揚羽は男たちを追い立てる。自らは猫女を誘って木の実を集めた。

「おまえさんにはほとほと感心したよ」

猫女は心の底から賛辞を贈った。男をたらしこむしか能のないあばずれと、はじめのうちは毛嫌いしていた。同行が決まったときは大反対したものだ。が、今は黄揚羽に助けられている。

黄揚羽は木の実探しに余念がなかった。

「うちは生まれたときから貧しゅおしたさかい、食べられるもんがないか、いっつも探してましたんや。こんなん、朝飯前やわ」

「おまえさんといると、なんだかいいほうへころがりそうな気がしてくる。そうだ、そろそろうちの人が戻ってくるはずだよ」

「ほんなら、うちらは都へ帰れるんやね」

落ち武者相手では、銭は稼げない。これ以上歳(とし)をとったら——もうしばらくはごまかせるとしても――この体、高くは売れなくなる。

黄揚羽が京へ帰って今のうちにもうひと稼ぎしておこうという気になったのは、本当は容色の衰えが気になりはじめたせいではなかった。スセリの死を目の当たりにしたからだ。筋道を立てて考えるのが苦手なので自分でも自分の気持ちは説明できないが、とにかく、目にした瞬間に、黄揚羽は思ったのである。戦場は自分の居場所ではない、京へ帰ろう……と。

鼠介が奈佐水軍をつれて戻ってくる日を待ちわびているのは、黄揚羽と猫女だけではなかった。皆の願いが天にとどいたか、桂島へ上陸して一昼夜も経たないうちに日本介と鼠介が到着した。この界隈にくわしい日本介だから一行の隠れ処は端から推測できていた。毛利の目を警戒して、わざと遠まわりをしたという。水軍の船を馬島の先へ停泊させ、二人だけが小早で上陸したのも用心のためだった。

「ああ、おまえさま、よう無事に戻っておくれだねえ」

「日本介。礼をいう。この恩は忘れぬ」

猫女や勝久ばかりではない。だれもが二人をとりかこんで快哉を叫ぶ。もし水軍の迎えがなければ、一行は毛利に捕らわれるか、戦闘もしくは難破の果てに海の藻屑となるか。いずれにしてもよほどの奇跡が起こらなければ、但馬国へたどりつくことはできない。地獄に仏とは、まさにこのことである。

女介は、ナギ――の姿をしたスセリ――は、イナタは……黄泉国は見つかったのか、八百万の神々は援軍を送ってくれるのか、訊きたくてうずうずしている者もいたはずだが、だれもたずねなかった。二人も話さなかった。日御碕神社や猪目洞窟で遭遇した出来事は一朝一夕に話せるものではない。

「皆の者も、見てくれ」

日本介は鼠介に目をやった。鼠介はふところから直垂の袖を取りだす。勝久の前に膝をついて、うやうやしく差しだした。

勝久は息を吞む。元は自分のものであり、母の死出の旅路を飾った片袖を茫然と見つめる。

「御母上はお見事な最期にござりました」

日本介は、毛利水軍との戦闘のあとスセリの死体を見つけて海中へ埋葬したいきさつを語った。敵の頭領がスセリの神業のような戦いぶりを称賛していたことも教えた。

勝久は形見の片袖を頰に押しあてる。と、そのときだった。黄揚羽が日本介に話しかけた。唐突に。鼻にかかった、気力満々といった声で。

「これからすぐに出立しやはるんどすか」

「いや。敵の動きと雲の動きを見きわめねば。早くとも、日が暮れてからだな」

「ほんならほれ、みんな、ぐずぐずせんと、墓石探しや。墓を建てな、祟りにあってまう」

黄揚羽はバンと手を叩いた。

一同は、虚をつかれたように黄揚羽を見る。

四

猪目洞窟をあとにした女介とムササビはまず宇龍湊で船を探した。奈佐水軍の船は隠岐島を目指して航行しているはずだ。岩壁に記されていたとおりなら、毛利との戦闘がはじまっているかもしれない。

ムササビにも奈佐水軍から盗んだ船と、どうそそのかしたか、仲間に引き入れた手下どもがいた。が、どこかへ消えたか、姿が見えない。

「どうするつもりだ？　船がなければ隠岐島へは行けぬぞ」

「まかせておけ。おれはこれでも毛利でちっとは知られている。毛利のお墨付きもあることだし、船なんざどうとでもなるわ」

ムササビは、関船にしては小ぶりだが艪の数が二十ほど、矢倉のついた船を調達してきた。十余人の漕ぎ手もただの水夫ではなさそうだ。詮索をするつもりはなかった。そもそも毛利の間者と共に隠岐島へむかうことからして女介には信じがたい事態である。

しかもムササビは、ナギとスセリをすり替え、イナタを殺め、八百万の神々の援軍をわがものにして尼子も毛利もしのぐ力を手にしようと企む大悪党なのだから。

それでも目をつぶるしかなかった。スセリとナギを今一度、本来の姿に戻すことができるのはムササビだけだという。鹿介を見つけて黄泉国へつれて行くことも、ムササビならできるかもしれない。

「荒法師とは何者だ？」

隠岐島へ航行する船上で、女介はムササビに訊かれた。

「知るもんか。われもはじめて聞いた名だ」

「あの女は知っているらしい」

「姫さまには神々がついている。荒法師も神の端くれだろう。おぬしを大蛇に変えた」

大蛇と聞いてムササビは顔をゆがめた。聞きたくない言葉を聞いたとでもいうように。斐伊川の大蛇を成敗したという熊谷団を祖にもつムササビも、自分の体が大蛇になるおぞましさはこたえたようだ。

「忘れるな。毛利の前ではおれの仲間を装え」

ムササビは話題を変えた。隠岐島は今や毛利の領地、尼子と知られれば無事では済まない。女介にとっても、ムササビとの同行は好都合だった。

スセリ——心はナギ——を見つけるのが女介とムササビに課せられた目的である。日本介が尼子再興軍の面々を保護していればよし、囚われの身になっているなら、助けだして黄泉国にいるナギ――心はスセリ――のもとへ送りとどけなければならない。いずれにしても、スセリに生きていてもらわなければ話ははじまらない。

「何事もなければよいが……」

不安そうにつぶやく女介とは裏腹に、ムササビは自信満々だった。

「おまえはあいつを知らぬ。あいつは容易にはくたばらぬ」

「姫さまは――ナギは、何者なんだ？」

「そのうちわかる。腰を抜かすぞ」

自信に裏づけられた予想も、時にはずれることがある。

隠岐島で、尼子再興軍の総大将が矢だるまになって死んだと聞いたときは眉ひとつ動かさなかったムササビだったが、死に際の人間業とは思えぬ武勇伝を耳にした瞬間、蒼白になった。

「屈強な三人を一度に仕留めただと？」

「松明を奪って投げつけたと？」

「宙を跳んで頭領の喉笛を蹴り上げた？」

ムササビの半生で、これほどまでに驚いたことも、落胆したこともなかったのではないか。うずくまって頭を抱えるムササビを見て、女介も憂慮の色をうかべた。

「スセリが死んだ、ということは、ナギが死んだ、ということか。矢だるまになって海へ落ちた、と？　なら黄泉国へ行ったのだ、姫さまと会うておるやもしれぬぞ」

「おまえは阿呆か。黄泉のことは知らんが、万にひとつ二人が出会うたとしても、体がのうてはどうにもならぬ」

「だったらムササビ、海中を探そう。死体を引きあげて、運んで行けば……」

「どうやって探すのだ。見つかるものか。いや、見つけて運んだとしよう、矢だるまの体だぞ。死体と入れ替えてどうなる？」

女介はあきらめきれなかった。

「おぬしは魂をすり替えたのだ。死人を生きかえらせることだってできるはずだ」

「それは神の領分だ。おれではない」

「なれば荒法師とかいうやつにたのんで……」

「さようなことより、このおれはどうなる？　このままでは黄泉国へ戻れぬ」

神々か熊谷団の援軍を後ろ盾にこの世の覇者となる道は閉ざされた。それどころか手ぶらで戻れば、今度こそ大蛇に変身させられる。

ムササビはよほど大蛇が恐ろしいらしい。うずくまったまま歯の根を鳴らしている。

「これからどうする？」

女介は日本介を捜し、合流しようと考えていた。おそらく勝久一行と共にいるはずだ。どこにひそんでいるにしろ、ぐずぐずしていれば但馬国へ出航してしまう。

ムササビは顔を上げた。双眸が鬼灯のように赤く染まって、異様な光を放っていた。

「もうひとつ、為すべきことがある」

「大将か。それなら尾高城に幽閉されていると兵どもが話していた」

「おれも聞いた。一緒に来い」

「われは皆のところへ……」

「世木忍者であるこのおれさまがいなければ、鹿介は奪えぬぞ。奪いかえしてやる。が、おれは黄泉へは行けぬ。おまえがつれて行け」

断ることもできた。だがそれは鹿介を見殺しにすることだ。スセリを助けることもできない。

温泉津で神楽を舞っていたとき、大力介が訪ねてきた。亡父の仇である毛利に復讐の焔を燃やしていた女介は、鹿介の招きにどれほど胸を昂らせたか。鹿介は女介を歓迎してくれた。女介にとって理想の大将だった。敗戦の果てに撤退となってしまったが、鹿介への尊崇の念は今も変わらない。

荒法師の正体は……。黄泉国とはいったいなんなのか。黄泉へつれて行くことが鹿介にとって吉か凶かはわからぬものの、毛利に命を奪われるよりはましだろう。少なくともスセリと逢える。鹿介さまを助けなければ……と、女介は思った。

「尾高へ行くか行かぬか、おまえ次第だ」

「行くッ。行くとも。大将をお助けすれば姫さまもお喜びになられよう。おぬしのことなら、われが荒法師を説き伏せてやる」

二人は鹿介救出に尾高城へ行くことにした。

日本介を想うと胸がうずく。一刻も早く逢いたいと思う。けれど……その一方で、女介はこうも思った。日本介は海の申し子である。自分がいなくても心配はない。生まれながらの海賊は、これからも終生、ひとところに定住することなく、海を放浪しつづけるにちがいない。

八雲たつ八重垣をつくる地……と、荒法師はいった。その地を見つけて子を生し、末永う家を守り立てよ、とも。あれはなんだったのか。

荒法師の言葉が、散りかかる落葉のように、女介の頭の中でくるくるとまわっている。

五

女頭領スセリの墓は、桂の大木のかたわらに建立された。地中には鼠介がスセリの死体の装束から切り取った片袖を埋め、男たちが探してきた自然石を墓石とした。

黄揚羽はとなりに小さな石をおいて兵庫介の墓をつくった。これからもどこかへ行くたびに建てるつもりで、とりあえずは三つ目の墓、ということになる。

黄揚羽が墓をつくるといいだしたとき、はじめはだれも相手にしなかった。ほんの一時の避難場所である。今日明日にも立ち去る地だ。再訪することもおそらくないだろう。けれど、黄揚羽はがんばった。子供のようにいいつのった。そこで次第に一人二人とその気になり、最後には勝久が決断した。

「母者の御為、立派な墓を建てよ」

墓碑銘を刻む段になって、だれかがいいだした。どうせなら勇士たちの名も刻んではどうか、と。京で決起した再興軍は、意気に燃え、勝利を夢見て出雲へ上陸した。敗け戦になってしまったが、二年余りにわたる戦いの日々は、だれの胸にも消えることのない思い出として刻まれている。

「たとえ毛利に破却されても……」

「うむ。苔むしてただの石となっても……」

「ここには勇士の名が刻まれている」

一同は車座になって相談をはじめた。

スセリと勝久は別格である。勇士として名を刻むのは、まず大将の鹿介だ。それから軍師の源太兵衛。三番目から順に、道理介、生死介、苅介、そこまでは順当に決まった。

「お次は日本介だな」

「おれも？　おれも尼子の……」

「あたりまえだ。おぬしこそ尼子の勇士だ」

「おれはともかく、女介を忘れるな」

「むろんだ。女介は立派な勇士だ」

「庵介はどうする？」

再興軍の決起には秋上父子の働きが欠かせなかった。功労者であることはたしかだったが……。

「あやつは毛利に寝返った。毛利は入れぬ」

そうだそうだと全員が同意した。

「おう、大力介を忘れているぞ」

「うむ。巨体のくせに、出しゃばらず縁の下の力持ち。うっかり忘れるところだった」

大力介で八名。

「ちょいと待ってぇな。薄情なもんどすなぁ。戦死したかて勇士どっしゃろ。真っ先に入れてもらいとおす」

黄揚羽にいわれて源太兵衛は苦笑する。

「兵庫介と早苗介は勇士の中の勇士だった。ひとまわりでっかい字で刻んでやろう」

これで十名だが、二人を別格として、そこへあと二人加え、十勇士にしてはどうかという。真っ先に選ばれたのは兵庫介の弟だ。

ところが弟たちは固辞した。

「兄者は真の勇士だ。同列にはなれぬ」

「となれば、鼠介だな」

「手前は勇士ではござりませぬ。しがない戦忍び、皆さまのお仲間にはとてもとても……」

「いや、勇士は戦場で戦う者のみにあらず」

そうだそうだとまたもや全員が声をあげた。鼠介は恐縮して小さくなる。

「おまえさま、せっかくそういってくださるんだからさ……」

猫女がどんと背中を叩いた。鼠介は吹っ飛びかけてたたらを踏み、「うるせえッ、てめえは」といいかけたところで真顔になる。

「でしたら、ええと、手前と女房を一緒にして、鼠猫介でお願いいたします」

「おまえさまッ」

「こんなとこでいうこっちゃござりませんが、手前は鹿介さまをお助けしに参るつもりでおります。無事お助けしたら戦忍びから足を洗ってこいつと……女房と、どこか田舎でひっそり暮らそうかと……」

「おまえさま……」

「馬鹿のひとつ覚えみてえに、おまえさまおまえさまというんじゃねえやい」

鼠介は猫女をにらみつけた。が、他の者たちは皆、頬をゆるめている。

「さてと、ではあと一人、勇士としてここへ名を刻もうと存ずるが……」

源太兵衛がいいかけた。いい終わらないうちに、全員の目が一人のところへ集まった。

黄揚羽は驚いて後ずさる。

「う、うち？　うちが？　いややわぁ、冗談いわんといてぇな。うちが、なんで、勇士になれますのや。おなじユウでもうちは遊女。担ごうったってそうはいきまへん」

引導を渡したのは、やはり勝久だった。

「そなたは勇士だ。皆の者。黄揚羽と刻め」

かくして遊女は勇士になった。

星明かりの下で、源太兵衛、道理介、苅介、生死介、日本介が酒盛りをしている。日本介が船からもってきた酒だから、酒盛りといっても瓶をまわしながら手のひらへ滴を落としてなめるという、意気のあがらぬ宴である。

「鼠介に先を越されたが、おれも鹿介を助けに行く。日本介、尾高城におるというのはまことか」

源太兵衛に訊かれて日本介はうなずいた。

「よし。おれも一緒に行こう」

「いや。おぬしは勝久さまを但馬国まで送りとどけてくれ。道理介、おぬしは垣屋さまにたのんで勝久さまを京へ。隠れ処をもうけ、再興軍の本陣とするのだ」

四人は意外そうな顔になる。

「おぬし、まだ戦をする気か」

道理介が首をかしげるのも道理。

「しないつもりだったが……考えが変わった」

源太兵衛は西空のかなたへ目をやった。夜の闇が、眸の奥の悲愴な色を隠している。

そう。源太兵衛はイナタと夫婦になるつもりでいた。その話は鹿介にしかしていないが、もう戦はしないと皆に話していた。

「やらねばならぬことができたんだ。勝久さまもおなじ思いだと仰せられた。われらは毛利を潰す。決して、あきらめぬ」

源太兵衛が報復したいのはムササビだ。が、行方が知れないので、毛利と戦うことにした。

「そうか……。総大将はここ数日で変わられた。軍茶利夜叉明王のようなお顔になられた」

「当然だ。御母上を奪われたのだ」

「うむ。最後の一人になっても戦うと仰せだ」

源太兵衛は一同の顔を見まわした。

「おぬしらはどうする？」

やはりいちばんに答えたのは道理介だった。

「おれも戦うぞ。総大将はスセリ姫さまの御形見、どこまでもお供する」

荊介も同意した。生死介のほうは戦には及び腰だったが、京まで勝久を護衛することについては力強くうけあった。

「女介は黄泉国にいるといったな。日本介、おぬしは女介と……」

「女介には、黄泉国から戻ったら日御碕神社で待つようにと伝えてある。おれは……行けないが、かわりに、猫女に行ってもらう」

日本介は洞の岩壁に伝言を記した。隠岐島は毛利の手に落ちた、おれは皆を助けに行くが、おまえは日御碕で待て……という伝言だ。

「さすれば、これで皆、行き先が決まったの」

源太兵衛の言葉に四人はうなずいた。

「軍師どの。大将を必ず……」

「承知した。おぬしらも総大将を……」

出立前夜。わずかな酒しかなかったのに、五組の眸はうるんでいた。

六

尾高城は伯耆国（ほうきのくに）の北西、西に蓑蚊屋（みのかや）平野をのぞむ平山城（ひらやまじろ）で、土塁と堀をめぐらせた城内に八つの曲輪（くるわ）をつらねている。

本来なら鹿介は本丸の北にある二の丸か、南にある天神丸に幽閉されるところだった。が、背後の小高い山、大山の岩場に造られた牢へ入れられた。城下と城を今春二度にわたって猛攻したため、城将の怨（うら）みを買っていたのだ。

牢内は暗くてじめついている。ろくな食い物も与えられない。それでも目下のところ、命だけは永らえていた。早まって命を奪い、吉川元春の逆鱗にふれては一大事、城将の杉原（すぎはら）が生かしておけと見張りに命じているからだ。

「なぜ首を奪（と）らぬ。使い途（つかいみち）がなくば、ひと思いに殺（や）れとお屋形（やかた）さまに伝えよ」

鹿介はこぶしで岩壁を叩き、水を運んできた見張りに訴えた。生殺しにされたまま朽ち果ててゆくのは死ぬより口惜しい。

やむなく絶食することにした。どのみち食欲も失せている。ところがいざ決行しようというその日、水を運んできた男はいつものようにそそくさと立ち去ろうとはしなかった。格子のむこうにしゃがみこんで、鹿介を観察している。小柄な男だ。暗くて顔はよく見えないが、双眸が獲物を狙う獣のように光っている。

「勇士もカタなしだぜ」

ペッと唾を吐いた。

「どこぞで会うたか」

「会うた。そっちは覚えてもおらんだろうが……」

「何者だ」

「そのうちいやでもわかる。それこそ見飽きるほど、おれさまの顔とつきあうことになる」

鹿介は眉をひそめた。

「なんのことか、さっぱりわからぬ」

「わからずともよい。ここから出してやる」

「冗談を申すな」

「冗談をいってる時ではない。ま、死ぬまでここにいたいならしかたないが……」

「どうやるつもりだ。目の前の厠(かわや)へ行くにも見張りがついてくるのだぞ、それも一人ならず」

「おれのいうとおりにすればよい」

男はふところから油紙のつつみを取りだした。中には丸薬がひとつ。

「呑め」

格子越しに差しだされた丸薬をつまみ上げ、鹿介はためつすがめつする。

「なんの薬だ？」

「腹痛(はらいた)」

「なんだって？」

「薬など使わんでも、ここにいれば遅かれ早かれ腹痛になる。が……悠長に待っていれば時を逸する」

「腹痛のフリなら薬がのうても……」

「仮病で騙せると？　さように甘うはないわ」

額に脂汗をにじませて呻(うめ)く。もがき苦しみ這(は)うようにして厠に行く。百回も通えば、見張りは動転して隙を見せるはずだ。

「そこが狙い目」

鹿介は丸薬と男を見くらべた。男の目も丸薬とおなじくらい油断がならない。鵜呑(うの)みにするつもりはなかった。男はなにかの理由で、鹿介の命を奪おうとしているのかもしれない。

逡巡していると、男はつけ加えた。

「おぬしを牢から出してやるようにと命じたのは、尼子の女頭領、スセリ姫さまだ」

鹿介は目をみはった。

「姫さまが、おれを……姫さまは、姫さまはご無事か。いずこにおられる？」

「女介に訊け。牢の外で待っている」

「女介ッ。女介もおるのかッ」

「これ以上、ぐだぐだ話している暇はない。呑むのか、呑まぬのか」

鹿介は今一度、手の平の上の丸薬を見た。

「呑むッ。呑もう。姫さまの御下命とあらば、毒薬とて呑まいでか」

「七転八倒するぞ。死んだほうがマシと思うやも知れぬ」

「いいとも。惜しくもない命だ」

「へ、こんなもんでは死ねぬわ。ではたっぷり苦しめ。治ったときは牢の外だ」

さっと風が動いた。男の姿はもうない。

鹿介は丸薬をつまみ上げた。毛利方のだれか——自分に激しい憎悪を抱く者——がスセリや女介の名を出して自分を陥れようとしているのかもしれない。だとしても、かまうものか。

「姫さま。地の果てだろうが黄泉国だろうが、どこでもよい、おれをつれて行ってくれ」

鹿介は丸薬を呑み下した。

七

女介と大力介は、大山の中腹から岩牢を見下ろしていた。

「あやつ、信用できるのか。騙されておるのではあるまいの」

「信用はできぬ。が、われらを騙す理由もない。助けるフリをして大将の命を奪うたとしてムササビになんの得がある？」

むしろ事が発覚すれば、毛利から疑いの目をむけられる。

「だからというて……助けたところで得るものもないのでは……」

「いや、なにかあるはずだ。大蛇（オロチ）にされずに済む方法、自らが大将となって世に出る方法……そう、思いついたのだ、きっと」

「打って出る……国を奪（と）るために戦うて血を流す……か。おれは、たとえ鹿介さまに命じられても、もう戦はごめんだな」

女介は驚いて大力介を見た。

女介とムササビは隠岐島から海路、米子（よなご）へやって来た。大力介を見つけるのは容易だった。巨体と風貌だけでも十分に人目を引くのに、大山の岩牢へ入れられている主（あるじ）を案じてほとんど毎日のように牢の近くで胡坐をかき、牢を見守りつづける大男は、尾高城下でも評判になっていたからだ。

むろん大力介にも雨露しのぐ隠れ処があるらしい。けれどどこからやって来ていずこへ帰って行くのか、だれも知らない。

牢の近くで大力介を見つけたとき、女介はその変貌ぶりに驚いた。鹿介の安否が気になって居ても立ってもいられないのはわかる。が、それだけでこんなにも変わろうか。巨体がひとまわりちぢんだように見えた。眼窩がくぼみ頬がこけて窶れがきわだち、双眸にうかぶ焦燥の色も隠せない。それなのにその顔には一片の明るさがあった。いや、明るさとは少しちがう、突き抜けたような色、とでもいおうか。もっとも大力介は生来、大らかで純朴だった。子供のような心をもっていた。野心や競争心とは無縁だったから、その本性があらわになっただけかもしれない。

「おぬしは……」と、女介は思案のまなざしになった。「前にもようそんなことをいっておったの。戦場は嫌い、船も苦手だと」

「物心ついて以来ずっと鹿介さまのおそばに仕え、なにからなにまで世話になった。あれほどのお人と共に戦えた、これ以上の果報者はおらぬ。なれど……」

大力介は虚空の一点を見つめた。

「折にふれ、考えておったのだ。戦のない地を見つけ、ささやかな家をもち、田畑を耕し、家族を守って平穏に暮らす、そんな暮らしもよいかもしれぬ……と」

女介ははっと目を上げた。

八雲たつ八重垣をつくる地――。

女介に見つめられて、大力介はてれくさそうにもぞもぞと尻を動かした。

「かようなときに……顔に似合わぬことを……笑うてくれ。実は、尼子の縁者に匿うてもろうておるのだ。そうか、女介、そなたの縁者でもある。昔、万歳や神楽をしていたという鉢屋衆の老夫婦での、山中一族ゆかりのこの土地へ住み着いた。大将のことも存じておるそうで、御身をたいそう案じている。今後のことはさておき、まずは、この命にかえても鹿介さまをお助けせねばならぬ」

「われも同じだ。大力介。瀬戸内で共に戦うたときのことを覚えているか。われらは死にもの狂いで戦い、勝利した」

「おう、忘れるものか。船上で、敵を斬っては投げ斬っては投げ……あのときは、二人とも、嬉々として戦うたものよのう」

「大昔のことのように思える」

「うむ。あれから、どれだけ、戦をしたか」

二人は目をあわせ、小さく息を吐く。どちらからともなく足下の岩牢へ視線を戻した。

岩牢に変化はない。入口を固めている数人の見張りにも変わったところはなかった。

それなのになにかが起こりそうな予兆を感じるのは、裏手の、どう見ても人が下りられるとは思えない切り立った崖を伝って牢内へはいりこんだムササビが、いまだに出て来ないからだ。

「あやつ、なにをしておるのか」

「世木忍者だ。ぬかりはあるまい」

二人は終日、牢を見張った。が、何事も起こらなかった。日が暮れるころには、ムササビまで捕らわれてしまったのではないかと心配になってきた。

ざわざわとあわただしい気配が伝わってきたのは、夜も更けてからだ。

「お、見張りが出たり入ったりしておるぞ。なにかあったのやもしれぬ」

「異変があればムササビが報せてくるはずだ」

「いや、報せられぬのやもしれぬ」

「まぁ待てって。逸(はや)るな大力介、合図がある。それまで待つのだ」

どれくらい息をひそめていたか。

「あれを見ろ」

女介は、城の裏門からつづく山道から近づいてくる一行を指さした。数人の兵に囲まれて、道服に投げ頭巾姿の小柄な老人が岩牢へむかって足早に歩いてくる。挟み箱を担いでいるところをみると老人は医者か。

牢の前まで来たとき、老人が手にした松明をもちかえた。顔がぱっと明るくなった。

「見ろッ。ムササビだッ」

「しかしいつ外へ出たのだ。牢から出るところは見なんだぞ」

「そんなことよりあれは合図だ。われらに手を貸せといっている」

「よしッ。行ってみよう」

牢の入口にいた見張りが、いつのまにかいなくなっていた。一行と共に中へはいったのか。二人は山道を下りて牢の入口まで行き、中を覗いた。と、暗がりからムササビの怒声。

「ぼさッとするなッ。早う運べ」

ムササビは鹿介を抱きかかえておもてへ運びだそうとしていた。

「うッ、なんだ、この臭いは……」

「あ、こいつらは……」

「息をするなッ。運びだせッ」

大力介は鹿介を担ぎ上げた。ムササビ、大力介、女介は息をつめて牢の外へ出る。三人、それに大力介の背から下ろされた鹿介も、体を折り曲げてごほごほと咳込(せきこ)み、息をあえがせる。

「なんだ、あの臭いは？」

「やつら、のたうちまわっていた。動かぬ者もおったようだが……」

大力介と女介の問いに答えるかわりに、ムササビは苛立ちをあらわにした。

「役立たずどもめがッ。ぐずぐずしおってッ。こっちもお陀仏になるところだった」

つんと鼻にきたあと胸にはいりこんで息を止めてしまう臭いの正体がなんであれ、ムササビは全員がそろっている場で巧みにそれを撒いた。鹿介が格子の外へ出ていたからこそ、素早く助けだすことができたのだろう。

「大将。大事はござりませぬか」

大力介が駆けよる。

鹿介はまだうずくまって咳込んでいた。蒼ざめた顔で腹を押さえている。

「病にございましたか」

「許せぬッ。かような酷い仕打ちを……」

女介と大力介は背中をさすり額の汗をぬぐってやる。ムササビは三人を急き立てた。

「見つかったら、こたびこそお陀仏だぞ」

しばらくは時を稼げても、安穏としてはいられない。鹿介の逃亡を知れば、杉原は山狩りをしてでも見つけだせと命ずるだろう。毛利の手前、人質を失った、では済まされない。

大力介が鹿介を背負った。

山を越えて一刻も早く湊へ……と逸る女介とムササビに、大力介は異を唱えた。

「このまま湊へむかえば追っ手に捕まる。日野川を渡るほうが安全にござるぞ」

「川を渡る、だと?」

「牢破りをしても、逃げ道がのうては元も子もない。準備は万端にござるよ」

中州がある水深の浅い場所を見つけ、川底へ大石を並べてあるという。人並みはずれた大力に加え、百戦錬磨の大力介だからこそ、できたことだった。

「ふむ。力自慢だけで頭のほうは空っぽかと思うたが、そうでもないらしい」

ムササビの嫌味を、大力介は柳に風とうけ流す。大力介と、中州まで大力介の肩車で渡った三人は、中州に隠してあった小舟で無事、対岸へたどりついた。

「行くあてはあるのか」

ムササビは警戒の色を濃くして、あたりを見まわしている。大力介は月明かりの下でこんもりと小山のように見える雑木林を指さした。

「ゆかりの家がある」

ムササビは一瞬、身をこわばらせた。が、老夫婦しかいないと聞いて安堵の息をつく。尼子再興軍の面々が伏兵として待機しているとでも早合点したのか。

「日野川の西岸に山中ゆかりの一族が住んでおられることは、子供のころから聞いていた。大昔、月山の山腹に住み、祝い事があると月山富田城まではるばる万歳や神楽を見せにきてくれた鉢屋衆の何家かが、山中一族を頼ってここへ流れたそうだ」

ゆかりとはいえ鹿介も一族の家を訪ねたことはないそうで、首尾よく探しあてた大力介は、今は老夫婦だけになってしまってはいたもののまだ家があり人がいるとわかって、大いに感激したという。

「つつましき小家なれど、大将が養生なさるには願ってもない隠れ処かと……」

鹿介は大力介に背負われていた。精根尽き果てて、ぐったりと目を閉じている。

ムササビはちらりと鹿介を見て舌打ちをした。

「ちッ。早う回復してもらわんと計画が狂う」

女介はムササビに目をむける。

「隠れ処へ着いたら、体を洗うて着替えをしていただこう。さすればよう眠れる。目覚めれば食欲も戻るはずだ」

病が回復しなければスセリのもとへはつれて行けない。ムササビは一刻も早く黄泉国へ行かせなければと気が逸っているのだろう。そう女介は解釈した。

「さぁ、夜が明けぬうちに」

大力介はもう歩きだしている。

八

その家は奇妙な家だった。

囲炉裏のかたわらで媼(おうな)が、土間の莚(むしろ)の上では翁(おきな)が、黙々と藁(わら)細工にいそしんでいる。どちらも粗末な布子に裁着袴(たつつけばかま)、太古から生きているようにシワ深い小さな顔をしていて、白髪を丸めた頭と投げ頭巾をかぶった頭のちがいがなければいずれが媼でいずれが翁か、わからないほどよく似ている。

媼は亀を編んでいた。手のひらほどの。

翁は身の丈ほどもある大蛇(オロチ)を編んでいる。

土間へ一歩足をふみ入れるなり、ムササビがのけぞった。大蛇に驚いたのか。

藁細工から同時に顔を上げた老夫婦は、温和な笑みで一同を迎えた。

「鹿介さまのお役に立てます日を心待ちにしておりました」

「はいはい。心待ちにしておりました」

「さあ、お上がりくださいまし」

「はいはい、お上がりくださいまし」

老夫婦は鹿介のために床をとり、三人に山菜がたっぷりはいった粥(かゆ)をふるまって歓迎の意を表した。

ムササビも警戒を解く。とはいえ、藁細工の大蛇が気になるようで、ちらちらと盗み見ている。

「あれは、なにをつくっておるのだ」

「注連縄にございます」

「はいはい。注連縄にございます」

「神楽を舞うていたと聞いたが……」

女介にも鉢屋衆の血が流れている。

「大昔は万歳をしておりましたが、こちらへ参りましてからは神楽を奉納しております」

「はいはい。奉納しております」

若い者たちがあちこちへ散って行き、今は神楽もままならない。自分たちは歳をとったのでここへのこって、注連縄を編んでいるという。

「もう、たいそうな高齢にございますから」

「はいはい。高齢にございますから」

嫗は歯のない口を開けて笑った。

二人を見ていると時の流れが止まってしまったように思える。だが現実は緊迫していた。日野川は大川だから、よもや対岸へ渡ったとは思わないだろうが、どこを捜しても見つからぬとなれば、追っ手は探索の範囲をひろめるはずだ。いつ追っ手があらわれるか。長居はできない。

翌朝、鹿介は生気を取り戻した。髭をそってこざっぱりした姿は、痩せて研ぎ澄まされたぶん、男ぶりもましている。

「今日一日は、滋養のあるものを食うて体力をつけることだな」

スセリのもとへ駆けつけたいと逸る鹿介を、ムササビは諫めた。鹿介が素直にうなずいたのは、荒業ではあったものの牢からの救出という奇跡を起こしたムササビに、口ではいえぬほどの恩義を感じていたからにちがいない。

ムササビは鹿介にかわって、女介と大力介に仕事を割りふった。ここではまだ顔を知られていない女介は湊へ行き、待たせている船の水夫たちに出立の準備をさせる。大力介のほうは、少々危うくはあるものの、勝手知ったる尾高城下へ行って敵の様子を探る。

「おれは大将と話がある」

女介も大力介も、正直なところ、ムササビを信用していたわけではなかった。とはいえ、命懸けで救出した鹿介に今さら危害を加えるとは思えない。手柄をいい立てて鹿介の配下に加わる許可を得、やがては鹿介をあやつろうと考えているのではないか。それならしばらくは好きなようにさせておこうと女介は思った。実際、ムササビの船がなければ、ここから脱出することはできないのだ。

「鹿介さま。今日のところはなにもお考えにならず、ゆるりとご養生ください」

「ムササビ。大将をたのんだぞ」

大力介と女介は出かけて行った。

九

湊でムササビが雇った水夫たちと話をつけたあと、老夫婦の家へ帰ろうとしたときだ。

「女介ッ。女介ではないかッ」

女介は源太兵衛に声をかけられた。

「おう、軍師どの。鼠介も一緒か」

「われら二人、尾高城へ、大将の救出に行くところにて……」

「ちょうどよかった。話がある」

三人は人けのない場所を探して、これまでのいきさつを報告しあった。源太兵衛と鼠介は、新山城の開城、簾ケ岳（すだれがたけ）を経て隠岐島を目指して出航したこと、途中、毛利の水軍に待ち伏せされたもののスセリが勝久の替え玉となって水軍に一矢（いっし）報いたこと、さらには奈佐水軍も毛利の水軍を打ち負かして勝久一行と合流、桂島にスセリの墓を建立して、二人以外の面々は但馬へ脱出したこと……などを教えた。

　紆余曲折は女介も同様だ。猪目洞窟でのふしぎな出来事、ムササビとの隠岐島行き、岩牢からの鹿介救出、そして山中家ゆかりの老夫婦の家へ逃げこむまでを順を追って話した。

「大将を救出したと？　おお、鹿介は無事か。ようやったようやったッ」

「鉢屋衆の話なら手前も存じております。日野川の西岸の山中一族の旧地にねぐらがあることも」

　源太兵衛と鼠介は喜色をうかべる。

　一方、女介は隠岐島で、スセリ、すなわちナギの非業の死を耳にしていた。

「そうか。桂島に隠れておったのか……」

　日本介が勝久一行の護衛かたがた但馬へ同行するのは当然の役目だ。わかってはいるものの、今ここにいてくれたら……と願わずにはいられない。それでいて――。

　日本介は生まれながらの海賊である。海からやって来て海へ帰って行く。八重垣をつくる地で平穏に暮らすような男ではない。これでよかった、とも思った。

「大将救出は無事、成功した。源太兵衛どの。日御碕へ行かれるなら、われらと共に船で……」

　女介の申し出に、源太兵衛は首をふった。

「おれは都へ上って再起を図る」

「まだ戦をするつもりか」

「もう、平穏な暮らしに未練はない。イナタが生きていればちがったろうが……」

苦渋の色をにじませながらも、源太兵衛は、きっぱりという。

「ここにムササビがおるというたの」

その眸には燃えたぎる憎悪があった。

「ムササビがイナタどのを手にかけたは事実。だがあやつは大将を助けだした恩人でもある」

女介はとりなそうとする。

「それは……そのことには礼をいわねばならぬが……だがイナタのことは……」

「こらえてくだされ。やつが悪党なら、機会はまためぐって参りましょう。大将のお目の前で恩人の血を流すのだけは……」

鼠介も諫めた。毛利に追われている今、仲間内で殺しあうのは愚の骨頂である。二人に意見されて、源太兵衛はしぶしぶながらうなずく。

「されば、おれは大将と共に都へ行く」

「いや。大将は姫さまを迎えに黄泉国へ行かれる。われが道案内をする」

「手前もお供いたします。女房もひと足先に、猪目へむかいました」

源太兵衛は不服そうに鼻をならした。

「相わかった。おれは勝久さまのあとを追いかけて都へ行き、再起の手筈をととのえておく。その前に、大将と相談をしておかねばの」

尼子再興軍の仲間としても、叔父としても、源太兵衛が鹿介の元気な顔をひと目拝みたいと願うのは当然だった。

「ムササビのこと、くれぐれも……」

「案ずるな。手出しはせぬわ、今はな」

三人は老夫婦の家へ行くことにした。


「鹿介ッ。おぬし、よう無事で……」

源太兵衛は鹿介の顔を見るなり駆けよって、甥の背に腕をまわした。鹿介はぎくりと身をすくませたものの、おとなしく背中を叩かれるままになっている。

老夫婦の家に、翁と媼はいなかった。

ムササビの姿もない。

鹿介の話では、老夫婦は鹿介とムササビが込み入った話をするときにじゃまをしてはいけないといいだして、知り合いの家を訪ねることにした。そろって出かけて行ったという。

鹿介とムササビは互いの希みを忌憚なく話しあった。そして、ある合意に達した。

「出て行ったのか、ムササビは？」

女介は驚いた。源太兵衛と鼠介もけげんな顔をしている。

「手柄を立てたのに、なにも求めず……」

ムササビらしくない。

鹿介によると、ムササビは鹿介のかわりに黄泉国へ行き、スセリと、あわよくば神々の援軍をひきつれて京へ上るつもりだそうで、

――まかせよ。おれに考えがある。

と、自信満々だったとか。

「なれど、われも共に行くことになっていた。いや、ムササビではなくわれが大将を案内して……妙だな、なにもそんなにあわてて独りで行かずともよかったのに……」

待っていれば女介も大力介も戻ってくるのに、あわただしく出て行ったのが気にかかる。

「毛利の追っ手が襲うてくるからではないか」

そういえば、鹿介は太刀を手にしていた。

「大力介がなにか聞きこんできたのか」

女介は左右を見まわした。が、大力介はまだ帰っていないようだ。

「いわずにいようと思うたが……」と、鹿介は眉をひそめた。「実は、ムササビの話によると、この家の夫婦は毛利の手先やもしれぬ」

女介はあッと声をもらした。それならムササビがあわてて飛びだしたわけもわかる。鹿介があわただしく出立しようとしている理由も。

「知り合いの家へ行くというのは大嘘(おおうそ)で、尾高城へ報せに行ったというのか」

「そうは思いとうないが、ムササビは確信があるようだった」

「だとしたら鹿介、おれたちも急がねば」

それまで鹿介と女介のやりとりを黙って聞いていた源太兵衛が、話に割ってはいった。

鹿介は源太兵衛の顔を見つめる。

「いかにも。ここは危うい。叔父貴。女介。ただちに出立だ」

「お待ちください。スセリ姫さまのこと、ムササビ一人にまかせてよろしいのですか」

「よい」鹿介は即答した。「われらは何度でも再起する。戦うのだ。戦いつづけるのだ。敵をなぎ斃し、一人のこらず息の根を止め、敵国を焼き尽くして覇者となるまで」

凄味(すごみ)すら感じさせる鹿介の言葉に、源太兵衛は目を輝かせ、こぶしを握りしめた。

「鹿介。いや大将、おれも従うぞ」

二人は早くも出立しようとしている。女介は狼狽(ろうばい)した。急な展開が腑(ふ)に落ちない。

「大力介に黙って行くわけには参りませぬ」

鹿介が答えないので、女介は、土間の片隅にしゃがみこんでいる鼠介に目をむけた。

「われは大力介を待ってあとから追いかける。鼠介。湊まで護衛を……」

鼠介はへいッと立ち上がった。両手に藁細工の大蛇をささげもったまま、鹿介のもとへ歩みよる。鼠介はただ、藁細工が物珍しくて鹿介に見せようとしただけだったかもしれない。が、鹿介はうわッと叫んであとずさった。双眸には恐怖の色がありありとうかんでいる。

鹿介の驚愕は一瞬だった。すぐに平静に戻った。藁細工を捨てさせ、源太兵衛と鼠介をしたがえて出かけて行く。

女介は独りのこった。胸をざわめかせながら、大力介の帰りを待つ。鹿介がいっていたことはまことだろうか。つまり、ムササビが疑っていたとおり、あの夫婦は毛利のまわし者で、追っ手を呼びに行ったのか。だとしたら、大力介も毛利の兵に見つかって捕らわれてしまったのかもしれない。

大力介、帰って来てくれ――。

女介は祈った。大力介は大きくて力持ちだ。決して弱音を吐かないし、愚痴もいわない。そばにいるだけで安心できる。今ここに大力介がいてくれたら、どんなに心強いか。

不安はつのる一方だった。男の恰好をして、男言葉を使って、男たちに伍して戦ってきた。源太兵衛の話では、桂島のスセリの墓石には、勇士の一人として女介の名も刻まれているとやら。自分ほど気丈な女はいないと思っていたのに、いったいなにを怯えているのだろう。毛利の襲撃に独りで立ちむかうのも恐ろしいが、恐怖の源はそれだけではないような……。

じっとしていられなくなって、女介はおもてへ出てみた。家のまわりをぐるりとまわってみる。そして、裏手の雑木のあいだで、〈それ〉を見つけた。悲鳴をあげたのは、動転して毛利への警戒心を忘れていたからだ。その声を聞いて駆けつけたのが毛利ではなく大力介だったのは、不幸中の幸いである。

女介と大力介は、無残に斬り棄てられた死体を見下ろした。死体はふたつ。翁と媼――あの老夫婦である。翁の上に媼がおおいかぶさるように倒れているのは、翁、そして媼の順に斬られたのだろう。いずれも一太刀だった。

「二人は、出かけてなど、いなかった……」

「出かけた？　いや、ムササビが嘘をついたのだ。あやつが二人を斬って逃げたのだろう」

「別の考えもあるぞ」

女介は、自分がなにを恐れていたか、今こそ恐怖の正体に気づいた。

「探さねばならぬ」

「なにを？」

「もうひとつ、骸があるかもしれない」

首をかしげている大力介を急き立てて、女介は大力介と二人であたりを探しまわった。

思ったとおりだった。といっても、藁細工の藁を保管していた小屋の、その藁の中から見つかったのは死体ではなく、両手両足を縛られ、猿轡をはめられたムササビだった。

ムササビはなにが起こったのかわからぬようで、縛めを解かれても茫然としている。

女介と大力介の声はふるえていた。

「黄泉国へ、行ったというのも、でたらめか」

「われらは大将に騙されたのだ。いや、大将の姿かたちをした悪党に……」

「なんだと? どういうことだッ」

女介の腕をつかんだ大力介の顔から見る見る血の気が失せてゆく。

女介のくちびるも真っ青だ。

「おかしいと思った。大将が姫さまを迎えに行かぬといったとき、おぬしの帰りを待たずに出かけるといったときも。藁細工の大蛇に怯えたのを見て、気づくべきだった……」

「しかし、だが、そんなことが……もしそうなら源太兵衛さまはムササビを大将と思いこんだまま京へ……」

「姫さまとナギも入れ替わった。造作はない」

「だとしたら、なぜ翁と媼のようにムササビも一太刀に殺らなんだのか」

「さすがに自らの体を斬り裂くのは気色が悪かったのだろうよ」

そのとき、ムササビが正気に返った。自分の身になにが起こったか気づく前に、凜とした声でいう。

「おれを、姫さまのところへつれて行け」

十

ナギは、闇の中に座っていた。

ナギの体に宿るスセリの魂は、問いつづけている。姿は見えないがどこかで自分を見つめているにちがいない荒法師の魂にむかって。

鹿介をいかがするつもりか――。

この先にある、二度とは戻れぬという黄泉の底へ突き落とすつもりか。それともムササビにしたように、八つの頭をもつ大蛇（オロチ）に変えてしまうつもりか。

答えはなかった。が、なおも執拗に問いかけていると、ぼわわという声が聞こえた。

〈怨みは消えぬ〉

同時に熱風がナギの頬を打つ。

荒法師の口調が多少なりと和らいだのは、永遠とも思える時間がすぎた後だった。もっとも、ここには時が存在しないらしい。永遠は一瞬であり、一瞬は永遠である。

〈やっと、死んだ〉

ぼわわ、ぼわわ……。

「だれが亡うなったのですか」

ナギはぎょっとして訊きかえした。

〈大蛇を綯う翁、亀を編む媼〉

「大蛇？　亀？　だれのことか。もしや、ムササビ……」

〈あやつは逃げた。が、放っておけばよい。あやつの頭にあるのは戦のみ。金輪際、あやつの心が満たされることはない。野心、戦、渇望、戦、裏切り、戦、戦戦戦……〉

「でも……わらわのこの体は……」

〈ないのだよ、はじめから体など〉

ぼわわ、ぼわわ……。

〈この世のすべては空しく、愚かしく味気なく、意味などないのだよ〉

「そんな……ではわらわは、どうしたら……」

〈待っておってはどうじゃ。おまえのイザナギが迎えにくるのを〉

「イザナギッ、わらわの……」

〈さて、わしは行かねばならぬ。ずいぶん待たされたが、今や、翁と媼が死んだとあれば〉

「待ってッ。どういうことですか。教えておくれ。行かないでッ……」

一陣の風が吹き流れて、そのあとに血も凍るような静寂がやって来た。

では、本当に荒法師は行ってしまったのか。どこへ？　なぜ？　だれかが死んだといっていた。荒法師が去って行ったのと、それはいったい、どうかかわっているのか。なにもかもが謎だった。ナギは放心したまま底知れぬ闇を見つめている。

ふと、痒(かゆ)みを感じた。無意識に掻(か)き、はっと手首を見る。痒いのは八咫烏(やたがらす)のかたちをした痣(あざ)がうき出ているところだ。烏は赤くただれて、腫れあがっている。

ナギはうなじに手をやった。痒い。たまらなく痒い。がまんできずに掻きむしっていると、今度は背中や顔が痒くなった。手首の八咫烏はもう腐りかけている。いや、八咫烏ではない。自分の体が腐ってゆくのだと気づいて、ナギは驚愕のあまり悲鳴をあげた。

ここで朽ち果てるのか。イザナミのように。それだけはいやだ。ナギは呻いた。いつか死が訪れ、肉体が消滅するとしても、自分のものでない体のままで朽ち果ててゆくのだけは耐えられない。

「八百万の神々よ。どうか、お慈悲をッ」

痒みは痛みに変わっていた。のたうちまわりながら、ナギは声をかぎりに叫ぶ。

猪目洞窟では、女介と大力介、鼠介と猫女、それにムササビ——といっても中身は鹿介——の五人が黄泉比良坂へつづく大岩、道返之大神を見上げていた。壁面に彫られた巨大な八咫烏は、今しも飛びたとうというように羽をひろげている。

「こいつを髪に挿して跳べばよいのだな」

ムササビは女介から手渡された櫛を見た。

「どうあっても独りで行かれるおつもりか」

「こたびはそれがしがお供を……」

女介と大力介は口々にいう。だがムササビは首を横にふった。

「おぬしらにたのみがある。老夫婦の家へ戻って菩提を弔うてやってくれ。あの翁と媼、なにを馬鹿なといわれそうだが、共に黄泉へ旅立つ日を待ちわびていたようにも見えた。罪を償う時を待っておったのやもしれぬ。ムササビのほうが怯えていた」

女介と大力介は顔を見合わせる。

「そのことならわれらも……」

「大将。仰せのとおりにいたします。女介どのとはかつて神楽舞で路銀を稼いだ仲、大蛇退治の舞など披露しながら、のんびりと暮らしとうござります」

「大力介ッ。勝手に決めるな」

女介は異議を申し立てようとした。が、すぐに、それもよいかもしれないと思いなおした。日本介を追いかけて船上暮らしをするのは、正直、疲れる。戦にも、今は飽いていた。

「しかし、お独りで行かれては、ナギが——姫さまが、鹿介さまだとおわかりにならぬのではござりませんか」

鼠介は案じ顔である。

「いいや、おまえさま、姫さまのほうだってナギになってるんだから、どっちもどっち……」

「うるさいッ。おめえは黙ってろ」

「いやだね。おまえさまこそ黙っといでッ。鹿介さまと姫さまのことに口をはさむなんて、厚かましいにもほどがあるよ」

いつもは夫唱婦随の女房にいいかえされて、鼠介は絶句する。

「戦忍びをやめてただの夫婦になるんだから、これからは心してもらわないと」

しゅんとちぢこまった鼠介がおかしい。

ムササビは一同を見渡した。

「今ひとつ。皆にいうておく。おれを待つことは相ならぬ。われらのことはもうよい。

忘れてくれ」

大将ッ、鹿介さまッ……と、四人は悲鳴にも似た声をあげる。

「長年お仕えした拙者にそれはあんまりな」

「手前とて、かようなかたちでお別れいたすのは心外にござります」

「われもだ。尼子はいつなんどきも一心同体だと大将はいわれた……」

ムササビは一人一人の肩に手をおいた。

「ここへ来る道々、おれは怒りに燃えていた。姫さまをお助けしたら京へ上り、鹿介を捜しだして元どおりのおれの体を奪いかえそう、と。だが、もしそれができても、姫さまはもうスセリビメのお体には戻れない……」

「しかし、だからというて大将まで……」

「姫さまなくして尼子再興があろうか。尼子再興なくして、なんの、山中鹿介か」

「なれば大将は、鹿介さまのお体を、あやつにくれてやると仰せか。源太兵衛さまも、皆も、大将がムササビの化身とは知らぬのですぞ」

「よいではないか。鹿介は戦の申し子、戦なくして生きられぬ。それがどんなに愚かしく空しく、無益なことか、今のおれにはようわかる」

「なれど、ムササビとて危うござりますぞ。今や毛利の怨みを買うております」

「だからなんだ？　そんなことより……」と、ムササビは自分の体をしげしげと眺めた。

「どうも風采がぱっとしないのう。もう少しどうにか……これでは姫さまに嫌われてしまうやもしれぬ」

苦笑から一変、真顔になった。

「さらばじゃ」

ムササビは大岩に描かれた八咫烏の足、暗黒の裂け目へ跳びこんだ。

そこは、無限の闇だった。

暝くてなにも見えない。

手探りでやみくもに歩きだそうとしたとき、足の先になにかがぶつかった。つまずき、ころびそうになって、あっと息を呑む。

人か。人だ。かがみこむや、強烈な腐臭にのけぞりそうになる。それでもまだ息はあるようで、かすかだがぬくもりが感じられた。

「おい。どうした？　病か」

肩のあたりにふれてみると、驚いたことに、顔らしきところでふたつの光が瞬いた。どこかで見たような……目。邪気のない動物のような、涙のたまった丸い目だ。

なんとかしてやりたいと思った。が、ここがどこかもわからず、ただ闇があるばかりでは、どうしてよいかわからない。第一、自分はナギを探さなければならない。

「待っておれ。だれか見つけて……」

かがめていた腰を伸ばそうとすると、顔のあたりから声がもれた。

「なにか、いったか」

「た、す、け……て」

かすかなその声にも聞き覚えがある。

「助けてやりたいが、どうしたら……」

顔をそむけて息を吸いながら、ムササビは考えている。いちばん考えたくないこと、を。

「こ、こ、か、ら、だ、し、て」

「出してやりたいが、おれは人を迎えに来たのだ。見つけてからで、ない、と……」

ムササビはそこで、コクッと唾を呑んだ。すべてが突然、明らかになった。

「おまえはナギッ。いや、姫さまかッ」

腐臭が耐えがたいので、じっくり見ないようにしていた。一刻も早く、この場を離れたいと焦っていたからなおのこと。

しかし、これはナギだ。この腐臭を発する体はナギ……とすれば、魂はスセリビメ！

吐き気をこらえて、ムササビはナギを抱き起こした。体を動かすと、ぞろぞろとウジ虫が這いだしてきて四散する。

「姫さま。お迎えに参りましたぞ。さぁ。洞の外へおつれいたそう。おれは、今は、こんな姿だが、どう見えようが鹿介にござる」

ムササビはナギを抱きかかえた。腐臭にまじって血臭もした。ぬめぬめと指がすべるのは、皮膚が剝がれているからかもしれない。

彼岸から此岸へ帰って、ナギの姿が白日のもとにさらされたなら、自分は正視できようか。逃げださないと誓えるか。

「イザナギは、朽ち果てたイザナミから逃げた……おきざりにした」

鹿介の動揺に気づいたのか、ナギは声をふりしぼった。

「おれは、イザナギではない」

「鹿介……」

おれは弱い──と、鹿介の魂は思った。だが尼子の勇士でもあった。とにもかくにも戦い抜いたのだ、姫さまのために。二人のために。

「行くぞッ」

ムササビは跳んだ。

次の瞬間、洞の中の砂地に、ふたつの体が投げだされた。スサノオの体を顕す櫛と共に。

女介と大力介を見送ったあともいまだ立ち去りがたく、猪目洞窟にほど近い鵜猪崎（うどざき）の掘立小屋に住み着いて魚を獲（と）り畑を耕して暮らしていた鼠介と猫女夫婦は、その夕、洞から後光のような光をなびかせて駈（か）け去る二頭の鹿を見た。

「おまえさまッ。洞から鹿が……」

「うるせえ、見まちがいだ……いやいや、おめえのいうとおり、おれも見た。あれは鹿だった」

ほらね、だからきっと……といったあと、猫女は感きわまって号泣した。

「おめえが泣くと溺れちまわぁ」

文句をいいながら、鼠介も鼻をぐずぐずさせる。

十一

元亀三年、早春。

京の都、東洞院（ひがしのとういん）通七条を下った傾城町（けいせいまち）のはずれの、看板を掲げて間もない傾城屋の入口に、源太兵衛が立っていた。

傾城屋は〈兵庫屋（ひょうごや）〉という。

入口のかたわら、遊女たちがずらりと居並ぶ見世（みせ）の格子の真ん前に、〈兵庫塚〉と彫

られた自然石がデンとおかれていた。遊女を買う客はこの塚を拝むのが慣例になってい
る。

源太兵衛も合掌した。

「兵庫介。おぬし、運が良いのか悪いのか。とうとう遊女屋の守り神に祀り上げられた
の」

塚にむかってつぶやいたときだ。背後で鼻にかかったような声がした。

「あーれま、源太兵衛の旦那やおまへんか。なんや、珍しゅおすなぁ」

綾唐織の小袖をゆるりと着くずし、丸紐で結び、髪は艶やかな垂髪、小女をつれた黄
揚羽がにこやかな笑みをうかべている。

「すっかり女将らしゅうなったの。どうだ、見世は繁盛しておるか」

「へえ。おかげさんで」

「おまえなら、ぬかりはなかろう。ずいぶんと贔屓が増えたそうではないか」

「まぁ……ここは敵も身方もおへんさかい」

黄揚羽はシナをつくって中へうながす。

「イイ娘が入りましたんどすえ」

「いや。生死介に会いに来た。いるか」

「さぁ、酔いつぶれてはるんやおまへんか。ほんまになぁ、なんもせんと呑んでばっか

しゃ。旦那はんからもいうておくんなはれ。ちっとはしゃっきりせなあかん、て」

自ら裾をまくりあげてしゃがみこみ、黄揚羽は手際よく源太兵衛の足を濯(すす)ぐ。源太兵衛は、すっと顔を寄せた。

「ようよう、道が拓(ひら)けた」

黄揚羽は手を止め、源太兵衛の目を見る。

「ほんでまた、うちの人を？」

「亭主よりおまえのほうが役に立つやもしれんがの。しかし、大将直々の要請だ。生死介も断れまい」

「どうだか……」黄揚羽は首をかしげた。「うちはお断りするほうに賭けまっけど」

以前は鹿介のひと声だった。が、今の鹿介にそこまでの人望はない。まるで人が変わってしまったように、冷酷で情容赦のない横暴ぶりが目につくからだ。

「家臣集めも楽ではないの」

源太兵衛は苦笑しつつ見世へ上がった。

桜の季節である。

今熊野(いまぐまの)の空はそこここに薄紅色の雲がたなびいて、一陣の風に花びらがはらはらと舞い散る景色は絵巻物のようだ。

その日、勝久は、道理介、苅介ほか数人の供をつれて新熊野神社へ詣でた。

むろん危険がないとはいえない。が、京の都は、尼子再興軍の面々が毛利の目を恐れて隠れ住んでいた三年余り前から様変わりしていた。今はだれの目も、織田上総介、すなわち信長にむいている。

勝久も――実質的に動いているのは鹿介と源太兵衛だが――織田家の家臣、柴田勝家や羽柴秀吉にとりいって、よしみを通じるところまできていた。近い将来、織田信長に拝謁が叶えば尼子家再興への足掛かりになるはずだ。

「なんとしても、ご祈願なさるべし」

新熊野神社詣でを勧めたのは、鹿介ではなく道理介だった。

境内の大楠の前まで来て、一行は足を止めた。

「見よ。鹿だ」

勝久は目をみはった。都に鹿は珍しくもないが、ひときわ見事な角のある牡鹿に目を奪われた。しかも一頭ではなかった。つややかな毛並みが神々しいほどに美しい牝鹿が寄りそっている。二頭のまわりには愛らしい子鹿たちも群れていた。

鹿たちはいっせいに顔を上げ、漆黒の眸で、勝久を見つめる。

牝鹿と目があった。

「昔、子鹿の目をした女子がいた……」

勝久はふっと目元をやわらげた。出雲での再興戦は苦難つづきの過酷な日々だったが、そんな中でも一点、華やいだ思い出があった。枯野の中で吾亦紅(われもこう)の紅を見つけたような……。

あれは、生まれてはじめての恋、だったのかもしれない。

勝久は家名も出世も戦も忘れた。じっと牝鹿を見つめる。

「総大将。そろそろ……」

道理介に声をかけられて、はっとわれに返った。

「おう。行こう。早う帰らぬとまた鹿介に叱られる」

応(こた)えたときにはもう、精悍(せいかん)な武将の顔に戻っていた。

鹿はまだ勝久を見つめている。

名残りを惜しむような視線に見送られて、一行は小殿のほうへ歩き去った。

〔主な参考文献〕

『国史大辞典』第二巻　国史大辞典編集委員会編　吉川弘文館
『戦国大名家臣団事典　西国編』山本大・小和田哲男編　新人物往来社
『月山富田城尼子物語』藤岡大拙著　安来市観光協会
『出雲　尼子一族』米原正義著　新人物往来社
『山中鹿介のすべて』米原正義編　新人物往来社
『出雲尼子一族』米原正義著　吉川弘文館
『中国をめぐる戦国武将たち』米原正義著　NHK出版
『月山富田城跡考』妹尾豊三郎編著　戦国ロマン広瀬町シリーズ2　ハーベスト出版
『尼子とその城下町』妹尾豊三郎編著　戦国ロマン広瀬町シリーズ5　ハーベスト出版
『月山富田城年表』妹尾豊三郎編著　戦国ロマン広瀬町シリーズ7　ハーベスト出版
『出雲の山城』高屋茂男編　ハーベスト出版
『島根県の歴史散歩』歴史散歩シリーズ32　島根県の歴史散歩編集委員会編　山川出版社
『解説出雲国風土記』島根県古代文化センター編　今井出版
『神々と歩く出雲神話』藤岡大拙著　NPO法人出雲学研究所
『戦国大名　尼子氏の興亡』島根県立古代出雲歴史博物館
『古代出雲歴史博物館展示ガイド』島根県立古代出雲歴史博物館編　ハーベスト出版
『写真集　出雲国風土記紀行』島根県古代文化センター編　山陰中央新報社
『資料で見る石見銀山の歴史』石見銀山資料館
『銀鉱山王国・石見銀山』遠藤浩巳著　シリーズ「遺跡を学ぶ」090　新泉社

解説

河合敦

本書は、戦国大名尼子氏の御家再興を舞台にした壮大な物語である。

ただ、多くの方は、この文章を目にする前に本編を堪能したと思うので、いまさら説明はいらないかもしれないが、解説者という立場上、史実としての尼子氏について少し語らせていただきたい。

といっても、けっこうな歴史好きでも「そもそも尼子ってどんな戦国大名？」と思うくらい、マイナーな存在なのだ。だから改めて、戦国大名尼子氏の概略を一分間で解説してみよう。

尼子氏は、南北朝時代に活躍した、婆娑羅大名として有名な佐々木道誉を遠祖とする。孫の高久が近江国尼子郷に住んだことから尼子を名乗るようになり、高久の子・持久が守護代として出雲国へ派遣されたことを機に、この地に根付くようになった。応仁の乱後、経久（持久の孫）率いる尼子氏は、月山富田城を拠点として山陰から山陽地方に広く勢力を伸ばして戦国大名化し、その孫の晴久のとき、八カ国を制する巨大な勢力に成り上がったのである。

ところが、四十七歳（異説あり）で晴久がまさかの急死、たちまち尼子氏は求心力を失い、その領国は新興の毛利元就に侵略されていった。尼子の重臣たちは続々と毛利方に寝返り、貴重な財源であった石見銀山を失い、白鹿城など重要な諸城も次々と奪われてしまった。このため新当主の義久（晴久の子）は、永禄九年（一五六六）、ついに居城の月山富田城を明け渡し、毛利氏に投降した。義久は安芸国長田の円明寺に囚われの身となり、尼子家臣団は離散し、ここに戦国大名尼子氏は滅亡したのである。

本書『尼子姫十勇士』は、それから二年後の永禄十一年秋から話が始まっていくわけだが、いきなり冒頭で男女のまぐわいのシーンが登場する。応仁の乱で荒廃した新熊野神社の社殿で、二十代前半の若者と数歳年上のスセリという「後家」が抱き合うのだ。

「長いあいだ男に抱かれていなかったので、スセリは自分でもあきれるほど乱れて、忘我の淵を彷徨った」

性愛の描写は、このたったの二行。しかし、数行前に「野太い四肢が牡鹿のように跳ねて、若い獣の発する刺激的な匂いがスセリの体を疼かせる」という一文が入る事で、女がいかに情欲にまかせて男の腕の中で乱れたかがわかり、読者の想像力は一気に膨らんでいく。しかも「事が終わったあと胸におかれた鹿介の腕を跳ねのけ、いち早く身を起こしたのもスセリだった。脱ぎちらした小袿をまとい、被衣をかぶる」と、我を忘れたあとの恥じらいの様子が見事に表現される。さすが、諸田玲子先生である。歴史小説に登場する女性の心理を描写させたら、この人の右に出る作家はいないだろう。

　このシーンで登場する鹿介とは、もちろん山中鹿介のことだ。

　鹿介は、滅んだ尼子氏を再興するために力を尽くした遺臣である。今はすっかり影が薄くなってしまった感があるが、戦前は教科書に載るほど知名度抜群の武将だった。あの勝海舟も『氷川清話』（回想録）で「この五百年が間の歴史上に、逆境に処して平気で始末をつけるだけの腕のあるものを求めても、おれの気に入るものは、一人もない。しかし強ひて求めると、（略）山中鹿之助が、貧弱の小国を以て、凡庸の主人を奉じ、しばしば失敗してますます奮発し、斃れるまでは已めなかった」と高く評価している。

　そんな鹿介を補佐して御家再興のために活躍するのが、本作品でも重要な役どころを演じる秋上庵介、横道兵庫介、寺本生死介、井筒女介ら尼子十勇士である。尼子十勇士は、江戸時代の軍記物語で語られはじめていたが、世間の知名度を不動のものにしたのは、明治時代に出版された立川文庫の『武士道精華　山中鹿之助』である。ただ、十勇士たちの活躍は残念ながら史実ではない。

「それはそうだ。生死介とか女介なんて、ふざけた名前の武将が実在するはずはないだろう」

　そう思ったあなた、なんと、この二人は実在した可能性が高いのである。少なくとも、庵介と兵庫介については存在が確実視されている。つまり尼子十勇士は、実在の人物を組み込んだフィクションになっており、諸田先生は、これに架空の女たちを巧みに織り込んで、壮大な歴史物語をつくりあげたわけだ。

作品中では、主人公のスセリにくわえ、侍女のイナタとナギ、家来の猫女、遊女の黄揚羽といった個性の強い女たちが十勇士たちとさまざまな関係を結びつつ、大枠では史実に沿って話が進んでいく。諸田ファンの期待を裏切らない展開だ。

個人的には私は、黄揚羽が好きだな。多くの男を癒やすことに喜びを覚え、純情さと楽天性を併せもち、自分の気持ちに正直に生きている。そんな黄揚羽に出会ったら、きっと虜になってしまうだろう。ホント、諸田先生は魅力的な女をうまく作り出す。

しかも諸田作品には、入念な取材によって最新の研究成果が取り入れられているから、歴史に詳しい私でも、史実的な違和感をおぼえずに没頭できるのだ。今回もまさに安定の……、えっ、どういうこと⁉

「秘伝の術で、うぬらの魂を入れ替える」

まさかと思ったが、二人の人間の魂を入れ替えるという忍術がいきなり登場したではないか！　まるで眉村卓のSF小説『なぞの転校生』のよう。これってファンタジー小説なの？？

これまで多くの諸田作品を読んできたが、これほど衝撃を覚えたことはなかった。史実に沿った歴史・時代小説だと思って読み進めてきたものが、にわかに伝奇小説に変貌したのである。もちろん、我が国には江戸時代以来、曲亭馬琴の『南総里見八犬伝』に代表される伝奇小説という伝統的ジャンルがある。それにしてもまさか諸田先生が、このジャンルを書かれるとは……。

ちなみに、これ以後は、到底、現実ではあり得ないことが次々と起こっていく。しかもお話は、スサノオ、イザナミ、イザナギ、スセリビメなど、八百万（やおよろず）の神々がにわかに関係し、黄泉（よみ）の国が大きなキーワードになっていくのだ。

多数の名作を世に送り、作家の世界で安定した地位を築いた方が、あえて安住の地を飛び出して新境地を開拓しようというのだから、その勇気に私は率直に感動した。

しかも、作品が伝奇化してからのストーリー展開が抜群に面白い。

忍者が飛び回り、海賊が活躍する。淡い恋は次々と死別によって破れ去り、欲望に惑って人を裏切り、あるいは戦いの意義を見いだせずに懊悩（おうのう）する、そうした人間の情念が見事に交錯しながら、結末に向かって収斂（しゅうれん）していく。そして、その最後たるや、間違いなく読者諸氏は仰天したことだろう。まさか鹿介が○○になるなんて！

じつは本作品を読み始めたときから、一つの危惧の念が私の脳裏に浮かんでいた。ラストをどう締めるのかということだ。

戦前、山中鹿介が人気だったのは、忠君愛国のための格好の教材だったからである。

少年時代、鹿介は衰退する主家のために山の端にかかる三日月に「願わくば、我に七難八苦を与え給え」と祈ったという。これは明治時代のつくり話だが、いずれにせよ、鹿介の願いは報われず、最後は殺害されてしまう。

忠臣蔵や真田十勇士がいまも人気なのは、赤穂(あこう)浪士が仇討(あだう)ちに成功し、真田幸村が大坂の役で家康を翻弄できたからだ。夢を叶(かな)えられなかった失敗者の鹿介は、現代人には見向きもされないだろう。そういった意味で、諸田先生は読者にどうカタルシスを与えるのか気に掛かっていた。

が、私の心配は、まったく予想もしないかたちで、大きく裏切られてしまった。本書を読んだ方には、もはや説明する必要はないし、これから読もうとしている方には、ネタばれになるからあえて教えない。

私と諸田先生のお付き合いは、もう十年以上前にさかのぼる。諸田先生の作品（『四十八人目の忠臣』）の時代考証を担当したのがご縁である。以来、年に何度かお会いして楽しく食事する間柄だ。諸田先生は人当たりがよく、優しくて明るい素敵な方だ。お世辞ではない。編集者にも慕われている。毎年、諸田先生を囲んで三十人以上の編集者たちがカラオケ大会を開いているのだ。私もおじゃましてサザンを歌って賞品をもらったが、おそらく私が編集者に声をかけても一人も来ないだろう。

そんな人徳者の諸田先生に甘えて、ときおり相談にも乗ってもらう。たとえば四年前に初めて時代小説に挑戦したとき、悪人や女性の描写に悩んだことがある。

小説は、作家の心にあるものを引き出して文字にすると思い込んでいたからだ。

正直、私は善良な人間だし、男なので女性の気持ちはわからない。結果、陳腐な悪役や定型化した女性しか描けないと行き詰まってしまった。だから思い切って諸田先生に、個性豊かな登場人物たちをどうやって描くのか、そのコツをお尋ねしてみた。

すると、諸田先生は「いくら作家だって、自分の中からすべて引き出すのは無理。さまざまなものからインスピレーションを得るものなの」とおっしゃるので、「たとえばどんな?」と尋ねたら、「CSの海外ドラマ」と言ったのだ。「えっ?」と思わず聞き返してしまった。あまりに意外な答えだったから。これって、解説に書いていいのかな? まあ、いいか。

拙い私の小説が完成した後、諸田先生は有名な出版社の文芸誌上で対談を組んでくださったり、あちこちに宣伝してくださったりした。NHKの時代劇ドラマの時代考証に推薦してくれたのも諸田先生だ。そういった意味では、感謝してもしきれない。だからいま、せめてもの恩返しということで、この拙い文章を書いている。しかもこれが、私の初めての時代小説の解説なのである。

（かわい・あつし　歴史作家）

［初出］
「サンデー毎日」二〇一七年十月二十二日号〜二〇一八年十一月四日号
本書は、二〇一九年三月、毎日新聞出版より刊行されました。
本文図版　テラエンジン

集英社文庫

尼子姫十勇士（あまごひめじゅうゆうし）

2021年10月25日　第1刷　　定価はカバーに表示してあります。

著　者　諸田玲子（もろたれいこ）

発行者　徳永　真

発行所　株式会社　集英社
東京都千代田区一ツ橋2-5-10　〒101-8050
電話　【編集部】03-3230-6095
【読者係】03-3230-6080
【販売部】03-3230-6393（書店専用）

印　刷　図書印刷株式会社

製　本　図書印刷株式会社

フォーマットデザイン　アリヤマデザインストア　　マークデザイン　居山浩二

ISBN978-4-08-744306-6 C0193